FRIEDERIKE SCHMÖE

Geisterflug

ES KANN JEDEN TREFFEN! Die wahre Geschichte: Am 8. März 2014 verschwand eine Boeing 777 von Malaysian Airlines mit der Flugnummer MH370 spurlos. Sie startete um 0:41 Uhr in Kuala Lumpur und sollte um 6:20 Uhr in Peking ankommen. Doch bereits eine halbe Stunde nach dem Start verschwand die Maschine von den Radarschirmen. Später ließ sich rekonstruieren, dass um 1:19 Uhr alle Bordkommunikationssysteme deaktiviert wurden, die Maschine ihren Kurs änderte und auf den Indischen Ozean hinausflog. Das Flugzeug wurde bis heute nicht gefunden. Am 17. Januar 2017 wurde die Suche offiziell eingestellt. Die fiktive Story: Stella Simonis, deren Lebensgefährte Dean Welsh auf dem Flug MH370 war, kann sich mit dem ungewissen Schicksal ihres Freundes nicht abfinden. Sie beauftragt die Münchner Agentur Tesnik & Fletcher, die auf die Suche nach vermissten Personen spezialisiert ist, den Verschwörungstheorien rund um den Malaysian-Airlines-Flug nachzugehen. Die Ermittler machen sich auf die Suche und fördern eine schier unglaubliche Verkettung von Umständen zu Tage …

Geboren und aufgewachsen in Coburg, wurde Friederike Schmöe früh zur Büchernärrin – eine Leidenschaft, der die Universitätsdozentin heute beruflich nachgeht. In ihrer Schreibwerkstatt in der Weltkulturerbestadt Bamberg verfasst sie seit 2000 Kriminalromane und Kurzgeschichten; sie gibt Kreativitätskurse für Kinder und Erwachsene und veranstaltet Literaturevents, auf denen sie in Begleitung von Musikern aus ihren Werken liest. Ihr literarisches Universum umfasst u. a. die Krimireihe um die Bamberger Privatdetektivin Katinka Palfy und eine Krimiserie mit der Münchner Ghostwriterin Kea Laverde als Hauptfigur.

Bisherige Veröffentlichungen im Gmeiner-Verlag:
Der Geisterflug (2018), Mörderische Prachtbäder (Hrsg. zus. mit Petra Steps) (2018), Kreidekreis (2018), Falsche Versprechen (2017), Dohlenhatz (2017), Die viel zu lange Lüge, E-Book only (2016), Von Zimtsternen und Zimtzicken (Hrsg.) (2016), Die Bernsteinburg, E-Book only (2016), Stille Nacht, grausige Nacht (2015), Kirchweihleichen (2015), Zuträger (2015), Ein Toter, der nicht sterben darf (2014), Wer mordet schon in Franken (2014), Schaurige Weihnacht überall (2013), Du bist fort und ich lebe (2013), Still und starr ruht der Tod (2012), Rosenfolter (2012), Lasst uns froh und grausig sein (2011), Wasdunkelbleibt (2011), Wernievergibt (2011), Süßer der Punsch nie tötet (2010), Wieweitdugehst (2010), Bisduvergisst (2010), Fliehganzleis (2009), Schweigfeinstill (2009), Spinnefeind (2008), Pfeilgift (2008), Januskopf (2007), Schockstarre (2007), Käfersterben (2006), Fratzenmond (2006), Kirchweihmord (2005), Maskenspiel (2005), Oberfranken, 66 Lieblingsplätze und 11 Brauereien (4. überarb. Auflage 2018)

FRIEDERIKE SCHMÖE

Geisterflug

Kriminalroman

GMEINER SPANNUNG

Personen und Handlung sind frei erfunden.
Ähnlichkeiten mit lebenden oder toten Personen
sind rein zufällig und nicht beabsichtigt.

Im Ehnried 5, 88605 Meßkirch
Telefon 07575/2095-0
info@gmeiner-verlag.de

1. Auflage 2018

Lektorat: Claudia Senghaas, Kirchardt
Herstellung: Mirjam Hecht
Umschlaggestaltung: U.O.R.G. Lutz Eberle, Stuttgart
unter Verwendung eines Fotos von: © AHMAD FAIZAL YAHYA/
Fotolia.com
Druck: CPI books GmbH, Leck
Printed in Germany
ISBN 978-3-8392-2314-7

Große Unglücke in der Luftfahrt beginnen meist mit etwas, was man als »das Undenkbare« bezeichnen könnte.

– Richard Quest

***

Ein heißer Sommertag.

»Wenn du auf dem Heimweg über den Markt gehst, bring Tomaten mit!«, ruft Maman mir nach. »Paps kommt früher zum Abendessen.«

Ich hätte nichts dagegen, wenn sie mal meine Schwester Lucie über den Markt schickte. Eigentlich will ich mich nur mit meiner Freundin Pepe auf ein Eis treffen. Wir haben Semesterferien, in einem Jahr ist Examen, da wollen wir den Sommer genießen, wenn wir auf Heimaturlaub sind. »Heimaturlaub«, das sagt Pepe oft, klingt lässig, als wären wir beim Militär und verteidigten das Vaterland. Mir ist schleierhaft, was sie damit sagen will, aber Pepe meint oft gar nichts, sie will nur witzig sein, auch wenn den Witz nicht jeder versteht.

Der Tag ist schwül, ich nehme das Rad, liebe ich doch den Wind, der mir warm ins Gesicht pustet, und zudem bin ich spät dran, Pepe wird schon warten. Ich ahne nicht, dass mein Leben in zwei Stunden implodiert. Hätte ich dann den Erdbeerbecher andächtiger gegessen? Länger an der Sahne herumgeschleckt, während Pepe ihren Eiskaffee fast in einem einzigen langen, gierigen Zug wegtrinkt?

Wir reden ein bisschen über das Studium, die Kurse, die wir im Herbst belegen müssen, aber wir sind beide träge von der Sommerhitze, sodass uns der Gesprächsstoff ausgeht und ich aufbreche. Über den Markt radle, nach sechs ist das erlaubt, sonst nur für Fußgänger. An Mamans Lieblingsstand kaufe ich ein Kilo Tomaten. Die Händlerin gibt mir ein gutes Kilo, ich lege es in den Fahrradkorb. Sie sagt: »Grüße an deine Mutter!« Ich weiß noch nicht, dass ich die Grüße nicht werde ausrichten können.

Graue Wolken sind aufgekommen, und mit einem Mal bläst der Wind böig. Ich trete in die Pedale. Schade, wir wollten alle zusammen im Garten essen. In der Siedlung ist es ruhig, irgendwo mäht jemand den Rasen, anderswo spielen Kinder Ball. Von fern grollt Donner. In unserer Straße parkt ein SUV mit abgedunkelten Scheiben. Ich schaue auf das Kennzeichen, vergesse es gleich wieder. Das hat mir nachher niemand geglaubt. »Sie müssen sich doch erinnern können. Wenigstens der erste Buchstabe muss Ihnen doch im Gedächtnis sein.« Ist er mir aber nicht. Ich müsste lügen. Es könnte ein B, ein L, ein M sein. Aus einer Stadt hier in der Nähe oder von ganz weit weg.

Als ich an dem Wagen vorbeiradle, habe ich kurz ein seltsames Gefühl, das habe ich nicht vergessen. Ein Gefühl von Kälte, das mir für Momente Gänsehaut auf die erhitzten Arme treibt. Auf der Zunge liegt mir noch der Geschmack nach Erdbeeren, der verfliegt, als ich das Rad abstelle und ins Haus gehe.

»Maman? Ich habe die Tomaten dabei. Ist Paps schon hier?«

Stille umfängt mich. Ich stehe im Korridor und denke, wie sonderbar, ist nicht Lucie immer redselig und diskutiert mit Maman über irgendwas, läuft nicht das Radio, kaum dass Paps im Haus ist? Vielleicht ist er noch nicht daheim, denke ich. Noch im Büro.

Dann höre ich doch etwas. Als wenn Stuhlbeine über den Holzboden im Wohnzimmer schrappen. Ich rufe: »Ich wasche gleich mal die Tomaten.« Gehe in die Küche, und vielleicht verdanke ich den Tomaten, dass ich lebe.

***

HOTEL SAIGON, KUALA LUMPUR, MALAYSIA

6.3.2014

Die Sitzung fand im Hotel »Saigon« in der Chesterton-Lounge statt. Das Hotel war vor allem bei Amerikanern beliebt, die sich länger in Kuala Lumpur aufhielten. Es befand sich nahe der weltbekannten Petaling Street, auch bekannt als »Chinatown«, und verfügte über einen ausgesprochen schicken Spabereich, den Piero Toselli liebend gern aufsuchte. Wurde er gefragt, was ihm am besten an seinem Job gefiel, hätte er ehrlicherweise antworten sollen: »Diese verdammt guten Hotels.« Stattdessen gab er jedes Mal zum Besten, was die Reputation und das Ansehen erforderlich machten. Er schwadronierte über Herausforderungen, internationale Beziehungen und den Kitzel der neuesten Technik. Natürlich stimmte das irgendwie. Er hatte die Chance bekommen, für Panucci & Caffle zu arbeiten, und die Aussicht, Geld zu machen und weit oben mitzumischen, elektrisierte ihn jeden Tag aufs Neue.

Er war früher als die anderen ins »Saigon« gefahren, hatte im Pool seine Runden gezogen und danach auf dem Handy ein bisschen »Clash of Clans« gespielt. Das lenkte ihn ab. Für eine Weile konnte er dabei die erregenden Geschäfte vergessen. Jetzt saß er im dunkelblauen Anzug in der Chesterton-Lounge. Mit ihm vier weitere distinguierte Herren im Nadelstreif. Zwei aus der malaysischen Vertretung von Panucci & Caffle. Zwei Amerikaner aus dem Pentagon, einer gebürtiger Texaner mit buschigem dunklen Haar, der andere so rothaarig wie rotgesichtig. Obwohl Toselli ziemlich relaxed in die Sitzung gekommen war, brach ihm plötzlich der Schweiß aus.

Der Texaner knödelte ein paar Sätze. Danach herrschte Stille in der Lounge.

»Sie können was nicht?«, fragte Toselli nach. Er war mit 14 Jahren aus Sizilien in die USA gekommen und zweifelte bisweilen an seinen Englischkenntnissen.

Der Texaner grinste breit.

»Unnötig, sich zu wiederholen, mein Freund. Reine Freundlichkeit unsererseits, Ihnen Bescheid zu geben.«

Bei Toselli klingelten die Alarmglocken. Reine Freundlichkeit war in dieser Branche inexistent. Niemand tat in den luftigen Höhen der internationalen Player irgendetwas, um nett zu sein. Nichts geschah aus Mitleid. Es ging nur um Profit.

»Sie haben doch ein paar wirklich gute Leute.«

Toselli wechselte einen Blick mit Robert Dyson, dem Personalvorstand. Dyson zuckte die Achseln.

»Internationales Parkett. Wir sind weiter an einer Zusammenarbeit interessiert. Da brauchen wir die Besten der Besten, so viel steht fest. Wäre wirklich zu schade um Leute wie Banton, oder?«

»Sie sprachen von einem gewissen Risiko.« Toselli. »Was sollen wir uns darunter vorstellen?«

»Was ein Risiko ist, werden Sie ja wohl wissen.« Der Rothaarige.

Dysons Kinn zuckte. »Ich denke, wir haben uns verstanden, Sir.« Seine Reibeisenstimme klang nonchalant wie immer, obwohl auch er überrascht darüber schien, welche Wendung das Gespräch gerade genommen hatte.

Die Herren aus Washington standen auf. »Immer wieder ein Vergnügen.«

Niemand schüttelte dem anderen die Hand, als der Texaner und der Rothaarige die Lounge verließen.

»Uff«, machte Dyson.

Toselli sah von seinem Personalchef zum dritten Mann im Raum, Eric Kober. Er leitete die technische Entwicklung am Stammsitz des Unternehmens. Ein vierschrötiger Typ, dessen Emotionen, falls er welche besaß, nur selten zum Vorschein kamen. Er saß stoisch auf seinem Stuhl und wartete. Worauf auch immer.

Tosellis Kopf dröhnte. Man hörte manchmal läuten, dass genau diese Dinge passierten, aber dann hielt man sie doch für Hoaxe. Trotz all dieser Sachen, die man wissen konnte. Zusammenhänge, die sich aufdrängten. Sie stellten ja keine Holzbauklötze her, verdammt! Jeder in der Firma, der in die oberen Etagen aufgestiegen war, wusste, wer der Hauptabnehmer ihrer empfindlichen Produkte war. Carlo Panucci ermöglichte bevorzugt den Italo-Amerikanern den Einstieg in jene Kreise, die mehr wussten. Der Alte glaubte an die Macht des Blutes. Die innere Einstellung, das Füreinander. Seine sizilianische Abstammung war Toselli in seiner Karriere von Vorteil gewesen.

»Verzeihung, Sir.« Dyson räusperte sich. Anscheinend hatte er bereits mehrmals versucht, die Aufmerksamkeit seines Chefs zu erzielen. »Wir sollten uns die Liste noch einmal ansehen.«

Kober legte Papiere auf den Konferenztisch. Seine Aufgabe bestand darin, das derzeitige Meeting der Ingenieure zu betreuen. Die meisten waren aus China angereist und wollten in Kürze dorthin zurück, in ihre Planungsbüros.

»Dies ist eine Auflistung der Ingenieure, die sich augenblicklich in Malaysia aufhalten und spätestens übermorgen nach China beziehungsweise in die Staaten zurückfliegen«, dozierte Kober.

Toselli hatte Mühe, sich auf den näselnden Tonfall des Mannes zu konzentrieren.

»Acht Namen?« Toselli sah an die Decke, plötzlich bekam er Bedenken. Er dachte an Wanzen.

»Acht Ingenieure. Bessere haben wir kaum.«

Toselli musste sich konzentrieren. Acht Todesurteile auf einem Stück Papier. Er war nicht abgefeimt genug für diesen Job.

»Alle gebucht auf diesen Flug?«, erkundigte er sich.

»Alle.«

Toselli warf wieder einen Blick an die Decke.

»Sir«, mischte Dyson sich ein, »es gibt da etwas, was Sie wissen sollten.«

BEIJING CAPITAL INTERNATIONAL AIRPORT

8.3.2014

Sie war überwältigt von der schieren Größe dieser Stadt; in einer Weise, die an Furcht grenzte. Furcht vor der Überforderung, den Behördengängen, dem Einkaufen, dem morgendlichen und abendlichen Pendeln. Ständig brauchte sie eine Dolmetscherin. Und wenn sie allein unterwegs war, musste Stella sich manchmal sogar richtiggehend überwinden, ein Geschäft zu betreten. Sie hätte nie gedacht, was für eine Umstellung das neue Leben in China werden würde. Ein harter Einschnitt. Obwohl sie oft auf Dienstreise in China gewesen war. Vorher schon, als sie noch in Deutschland arbeitete. Wahrscheinlich hatte sie deshalb überhaupt erst die Traute gehabt, »ja« zu sagen zu Dean. Ja, ich suche einen Job in Peking. Ja, ich ziehe hierher. Zu dir. Auf lange Sicht. Ohne Netz und doppelten Boden. Weil ich dich liebe und mit dir leben will. Wenn es sein muss, auch in Peking.

Das Taxi schwamm mit dem Verkehr mit, ein Strom an Autos, die sich über waghalsige Brückenkonstruktionen und durch tiefe Häuserschluchten wälzten. Der Fahrer ließ das Radio laufen. Morgendliches, monosyllabisches Geplapper. Es war noch nicht einmal hell, und die Stadt summte wie ein Hornissenschwarm. Stets war hier alles in Bewegung, zu jeder Tageszeit, oft dachte Stella, in dieser Stadt würde sie niemals Ruhe finden.

Zum Glück kam Dean jetzt endlich zurück. Die eine Woche Geschäftsreise nach Kuala Lumpur war ihr vorgekommen wie ein Monat, mindestens. Ohne ihn stahl sich ein Gefühl von Verlorenheit in ihr Leben. War die Entscheidung, alles in Deutschland aufzugeben, den hoch dotierten Job, den Freundeskreis, um in Asien zu leben, nicht eine Nummer zu groß für sie gewesen?

»Ma'am, wir sind da.«

Das Taxi stand vor dem Terminal. Der Motor lief, das Radio plärrte. Stella schreckte aus ihren Gedanken.

»Excuse me.« Sie zahlte den Betrag, den das Taxameter anzeigte. Stieg aus. Kurz nach sechs. In gut 20 Minuten musste Deans Maschine landen. Sie würden reden. Über China. Die Arbeit. Das Leben. Wie sie sich die gemeinsame Wohnung einrichten würden. Sie brauchte ihn. Ohne ihn ging sie unter in der Megacity.

Was für ein Unsinn, schalt sie sich, als sie auf der Ankunftstafel nach MH370 suchte. Ich komme klar. Andere schaffen es auch in China. Aller Anfang ist schwer.

MH370 aus Kuala Lumpur. »Verspätet«, blinkte in roten Lettern auf.

Mist. Aber was soll's.

Sie holte sich einen Kaffee in einem Bistro, gab ordentlich Zucker hinein. Morgens funktionierte sie üblicherweise nur sehr verhalten. Sie freute sich wie verrückt, Dean wiederzusehen. Seinetwegen hatte sie immer noch Schmetterlinge im Bauch. Da würde sie die paar Minuten Verspätung locker durchhalten. Sie rührte im Kaffee. Trank ihn aus. Warf den Becher weg.

In der Ankunftshalle ging es drunter und drüber. Menschenmassen, wie überall in China, kein Abstand, zu niemandem. Laute, gellende Gespräche, Rufe. Rempler. Viele Abholer hielten Schilder mit Namen hoch, in lateinischen Buchstaben oder chinesischen Schriftzeichen, umklammerten Blumensträuße. Aufgedrehte Kinder, zu früh aus dem Schlaf gerissen, hüpften herum.

Stella checkte ihr Handy. Der Flug sollte pünktlich sein, hatte Dean geschrieben.

Unter »scheduled« wurde weiter die ursprüngliche Ankunftszeit angezeigt. 6.20 Uhr.

Es war fast sieben.

Stella sah in andere besorgte Gesichter. Sie sollte nachfragen, am besten bei jemandem von der Airline. Wo war der nächste Infoschalter? Jemand würde Bescheid wissen. Aber bei ihrem sprichwörtlichen Glück käme just in dem Moment Dean aus dem Sicherheitsbereich, wenn sie sich entfernte. Wahrscheinlich war die Angabe auf der Tafel ein Fehler. Flüge, die laut Plan nach MH370 eintreffen sollen, waren längst gelandet. »Gepäck« blinkte bei den meisten auf. Die automatischen Türen öffneten und schlossen sich. Leute kamen heraus, zogen Trolleys hinter sich her oder schleppten schwere Rucksäcke. Abholer winkten, riefen, es gab Tränen, Gelächter, förmliches Händeschütteln.

Eine Gruppe Chinesen, eine Großfamilie, wartete neben Stella. Man diskutierte. Die Stimmung wirkte nervös. Eine junge Frau, die eine Hand an einem Kinderwagen, überprüfte immer wieder ihr Handy.

Stella sprach sie an. »I'm sorry, do you know why the flight is delayed?«

Die Frau schaute kurz auf, schüttelte den Kopf, ein bedauerndes Lächeln auf den Lippen, und widmete sich wieder dem Handy.

7:15. Immer noch »verspätet«. Stella wurde kribbelig. Jetzt machte sie sich doch lieber auf die Suche nach einem Infoschalter.

Ein junger Mann tippte auf ihre Frage hin etwas in seinen Computer. »I'm sorry, Ma'am, the plane is delayed.«

»Aber die Maschine muss planmäßig abgeflogen sein.«

»Die Airline sagt: verspätet.«

Hilflos bedankte Stella sich. Das war nun wirklich eigenartig. Ob sie Dean anrufen sollte?

Sie wählte seine Kurzwahl. Es läutete ein paar Mal.

»Der Teilnehmer antwortet nicht. Bitte hinterlassen Sie eine Nachricht.« Stella drückte die rote Taste. Natürlich antwortete Dean nicht, weil er im Flugzeug das Handy ausschalten musste.

Sie holte sich einen zweiten Kaffee. Übermüdet, wie sie war, brannte die heiße Flüssigkeit in ihrem Magen. Mit einem Mal fühlte sie sich überwach.

7:30 Uhr. Sie setzte sich auf den Boden, lehnte den Rücken an die Wand. Den Kaffee neben sich rief sie Facebook auf.

Sie postete selten etwas, sah sich lieber an, was andere von sich zeigten.

Ein Mann, keine zwei Meter von ihr entfernt, schrie plötzlich auf.

»The plane …«, begann er. »Malaysia Airlines …« Reiner Horror stand in seinem Gesicht.

Herzklopfen. Hier stimmte etwas nicht.

Einer Eingebung folgend tippte Stella »Malaysia Airlines« in die Suchzeile. Die Nachricht, die sich auf dem kleinen Bildschirm ihres Handys aufbaute, verstand sie und verstand sie doch nicht.

»Malaysia Airlines confirms that flight MH370 has lost contact with Subang Air Traffic Control at 2.40 a.m., today.*«

MÜNCHEN, AGENTUR TESNIK & FLETCHER

1.2.2017

Roxane Tesnik, genannt Rox, hatte sich mit den Daten des bevorstehenden Falles vertraut gemacht. Zusammen mit Saul Fletcher, einem Ex-Polizisten, hatte sie die Agentur Tesnik & Fletcher in den vergangenen drei Jahren aufgebaut. Gemeinsam hatten sie ein paar spektakuläre Fälle gelöst. Das, was

* Malaysia Airlines bestätigt, dass der Flug MH370 heute Morgen um 2 Uhr 40 den Kontakt mit der Flugsicherung in Subang verloren hat.

ihnen heute angetragen würde, überstieg jedoch alle vorangegangenen Angelegenheiten.

Rox lehnte Papier ab. Sie druckte nie etwas aus. Lieber speicherte sie Zusammenfassungen ihrer Recherchearbeiten auf ihrem Tablet ab. Wobei ihr Gedächtnis vermutlich der leistungsfähigere Speicher war. Kriterium Nummer eins, um Vermisste zu finden: ein ausgezeichnetes Gedächtnis, das sich vor allem an Details erinnerte. Wenn Menschen spurlos verschwanden, und genau auf solche Fälle war Tesnik & Fletcher spezialisiert, stellten sich die Kleinigkeiten immer als entscheidend heraus. Hätte Rox jemandem Nachhilfe im Aufspüren von unauffindbaren Personen geben müssen, wäre das ihre erste Regel: Schau auf die Details.

Über die Maschine der Malaysia Airlines mit der Flugnummer MH370 kursierten die unterschiedlichsten Dinge im Netz. Rox hatte zunächst die blanken Daten abgefragt und sich anschließend an ersten Analysen versucht. Resultat: ein großes Rätsel.

Vor zwölf Tagen hatte man die offizielle Suche nach der Boeing 777, die am 8.3.2014, also vor knapp drei Jahren, auf dem Flug von Kuala Lumpur nach Peking abhandengekommen war, beendet. Erfolglos. 160 Millionen Dollar waren investiert worden. Ohne Ergebnis. Es gab kein Wrack, es gab keine Leichen, keinen Flugschreiber, einfach nichts. Einen Tag später war der Anruf gekommen.

Rox trug wie immer einen schwarzen Hosenanzug und ein schwarzes Shirt mit langen Ärmeln. Sie ging zum Waschraum, frischte ihr Make-up auf. Ihr dichtes Haar, rot, kurz geschnitten, ließ sich heute kaum bändigen.

Eine 777 wog 223 Tonnen, war 63 Meter lang, 18 Meter hoch und hatte 60 Meter Tragflächenspannweite. Der Indische Ozean mochte riesig sein, so groß wie Asien und Afrika zusammen, aber ein Absturz hinterließ in der Regel ein Trümmerfeld. Also: Wo war die Maschine?

Malaysia galt nicht gerade als Staat, in dem Informationen transparent gemacht wurden. Militär und zivile Luftfahrt misstrauten einander, es herrschte Korruption, und auch innerhalb des Militärs begegneten unterschiedliche Ressorts einander mit Misstrauen. Missmanagement vermochte noch ganz andere Dinge zum Verschwinden zu bringen als ein nicht ganz ausgebuchtes Düsenflugzeug. Geldströme zum Beispiel. Rox hatte gezielt danach gesucht, um eine Entführung ausschließen zu können. Nicht, dass ein Kidnapping von den offiziellen Stellen je in Erwägung gezogen worden war. Es gab keine Lösegeldforderungen. Jedenfalls waren keine öffentlich geworden. Die Agentur Tesnik & Fletcher verfügte über exzellente Kontakte in die Finanzwelt. (Das zweitwichtigste Kriterium, würde Rox in ihrer Nachhilfestunde preisgeben, lautet wie folgt: Wenn du vermisste Personen finden willst, brauchst du Kontakte. Kontakte. Und Kontakte. Nicht irgendwelche Leute. Entscheidend ist die Qualität dieser Leute. Leute von ganz oben.) Hätte es also auffällige Finanzbewegungen in den Tagen und Wochen nach dem unerklärlichen Verschwinden der Maschine gegeben, wäre zumindest gerüchteweise etwas zu Rox' und Sauls Informanten durchgesickert.

Zurück zu der Frage, wo die Maschine sein konnte.

Zwischengelandet? Notgewassert und allmählich in den Fluten eines Ozeans versunken, der bis zu 8.000 Meter tief war? Sanft auf dem Meeresboden aufgekommen, wo sie in den vergangenen drei Jahren von Schwebteilchen und Schlick bedeckt worden war? Wo steckten die Passagiere?

Letztere Frage stellte sich ihre neue Klientin.

Rox kehrte an ihren Schreibtisch zurück.

Der Pilot der Unglücksmaschine hatte sich beim Verlassen des malaysischen Luftraums etwa eine Dreiviertelstunde nach dem Start unter nahezu optimalen Flugbedingungen mit den Worten »Good night, Malaysian 370« vom malaysischen Flugsicherungszentrum in Putrajaya, südlich der malaysischen Hauptstadt Kuala Lumpur, verabschiedet. Um 1.19 Uhr. (Rox hatte gelesen, dass die Schwester des Piloten behauptete, die Stimme aus dem Cockpit – später auf youtube zu hören – sei nicht die ihres Bruders.) Drei Minuten später wurden Transponder und ACARS* an Bord der MH370 und damit sämtliche Kommunikationsmöglichkeiten deaktiviert. (Was nicht ganz zutraf, da das bordeigene Satellitengerät noch aktiv war, aber auf die technischen Details würde sie später zurückkommen.) Das Symbol des Flugzeugs erlosch auf dem Bildschirm des Sekundärradars von Malaysia Air Traffic Control. Das Flugzeug erreichte den vietnamesischen Luftraum, doch das Flugsicherungszentrum in Ho-Chi-Minh-Stadt konnte zu MH370 keinen Kontakt aufnehmen. Um 1.37 Uhr fiel das erwartete ACARS-Signal aus. Die vietnamesische Flugsicherungsbehörde meldete sich erst 20 Minuten, nachdem MH370 in ihren Luftraum hätte einchecken sollen, bei den Kollegen in Kuala Lumpur. Die malaysischen Behörden behaupteten zunächst, MH370 befände sich im kambodschanischen Luftraum, mussten jedoch später zugeben, dass diese Angabe völlig aus der Luft gegriffen war. (Rox mochte das implizierte Wortspiel.) Erst um 2.39 Uhr versuchte Malaysia Airlines, die Boeing 777 zu erreichen. Vergeblich.

Luftfahrtexperten gaben Rox zu verstehen, dass jede Flugüberwachung binnen drei bis vier Minuten nach einem Flugzeug suchen würde, das nicht im nächsten vorgesehenen

* Aircraft Communications Addressing and Reporting System; Fachbegriffe s. Register.

Luftraum eincheckte. Insofern hatte die zuständige Lotsin im nicht ganz wörtlichen Sinn geschlafen.

Während die vietnamesische Flugsicherung darauf wartete, dass MH370 auf ihrem Radar auftauchte, drehte die Boeing 777, jetzt ein Geisterflug, hart nach Westen ab. Ein malaysisches Militärradar registrierte die Maschine um 2.22 Uhr südlich der Insel Phuket über der Andamanensee, ohne sich weiter um sie zu kümmern.

Ein Satellit namens 3 F1, betrieben vom britischen Kommunikationsdienstleister Inmarsat, befand sich am 8.3.2014 in einer Höhe von 35.793 Kilometern über dem Indischen Ozean. Eigentlich bestand seine Aufgabe darin, Telefonsignale weiterzuleiten. Aber an diesem Tag gab es sieben Mal Kontakte zu einem Satellitengerät, das zu Flug MH370 gehörte. Die Kontaktaufnahmen fanden statt, nachdem die Maschine vom Primärradar des Militärs verschwunden war. Das Satellitengerät der Boeing, das sich in Höhe des Flügels über der Kabine befindet, ließ sich vom Cockpit aus nicht ausschalten. Einmal pro Stunde sandte das Gerät automatisch ein Signal an den Satelliten. Zuletzt um 8.19 Uhr. Die Maschine flog also nach ihrem »Verschwinden« ganze sieben Stunden weiter, zu einem beliebigen Punkt über dem Indischen Ozean. Dieser blieb allerdings im Dunkeln, da die Satellitendaten keine Koordinaten bereitstellten.

Während die Familien und Freunde der Passagiere in Peking auf eine Maschine warteten, die über eine Stunde nach der offiziellen Ankunftszeit weiterhin als »verspätet« galt, flog die Boeing noch zwei Stunden über den Ozean hinweg. Es hieß, sie müsse so lange geflogen sein, bis das Kerosin ausging. Davon waren knappe 50 Tonnen getankt worden.

239 Menschen waren spurlos verschwunden. Und keine der bislang vorgetragenen Theorien über Ursache und Verlauf

des Unglücks konnte ausreichend mit Fakten untermauert werden. Insgesamt waren bis Herbst 2016 22 Trümmerteile gefunden worden, die vermutlich von der Unglücksmaschine stammten. Von einem modernen Düsenjet, der inklusive Kerosin und Fracht 286 Tonnen in die Luft wuchtete.

MÜNCHEN, AGENTUR TESNIK & FLETCHER

1.2.2017

Die neue Klientin erschien pünktlich. Stella Simon, 32. Sie stand in der Tür, in einem dunkelblauen Kostüm, ganz klassisch, mit hochgestecktem blonden Haar. Sehr verloren. Sehr entschlossen.

»Frau Simon, kommen Sie doch herein!« Saul Fletcher empfing neue Auftraggeber in der Agentur, so war es immer. Sein bäriger Körperbau strahlte Sicherheit aus. Das mochten die Klienten. Sie waren alle traumatisiert, denn wer sich an Tesnik & Fletcher wendete, hatte bereits eine Odyssee auf der Suche nach einem geliebten Menschen hinter sich. Meist über Jahre angestaute Erfolglosigkeit hatte die Leute zermürbt. Tesnik & Fletcher war der letzte Hoffnungsanker.

Saul trug Chinos und ein weißes Hemd. Keinen Schlips. Er wirkte amerikanisch, fröhlich, unaufdringlich, kompetent. Seine milchkaffeebraune Hautfarbe, die er von seinem hispanoamerikanischen Vater mitbekommen hatte, tat ein Übriges, um die Atmosphäre zu lockern. Wenn man ihn ansah, dachte man an Surfbretter und sonnenbeschienene Strände. Man dachte an Baywatch. Nicht an verschwundene Großraumjets. Stets beteuerte er, dass er diesen ersten Eindruck nicht als rassistisch empfand.

»Ich freue mich, dass Sie zu uns gefunden haben.«

Wenn Rox diesen Satz hörte, trat sie aus ihrem Büro und stellte sich ebenfalls vor. Eine eingeübte Dramaturgie. Um ihre Aufträge zu erfüllen, brauchte Tesnik & Fletcher das unbedingte Vertrauen ihrer Kunden, und genau dies wurde durch eine exakte Choreografie hervorgebracht und gestärkt.

»Guten … guten Tag.« Frau Simon lächelte schief. »Ich weiß, in Bayern grüßt man mit ›Grüß Gott‹, aber ich stamme aus Hamburg. Das Hanseatische werde ich nicht mehr los.«

Ein kurzes Zucken nur, dann hielt Rox' Wange wieder still. Hamburg. Nur eine Erinnerung. Eine strahlende. Eine, die mit ihrem jetzigen Leben nichts zu tun hatte. (Ihren imaginären Nachhilfeschülern würde Rox mit auf den Weg geben, dass eine Ermittlerin von ihrem Schlag nie, niemals!, etwas Persönliches preisgab. Ihre Fälle waren zu heikel. Zu viele Interessen waren im Spiel. Man konnte selbst eine verzweifelte Klientin nicht zur Gänze durchschauen.)

Rox und Saul bedienten das Drehbuch. Sitzungszimmer, Kaffee aus dem Vollautomaten und Wasser aus einer geschliffenen Karaffe. Der traumhafte Blick über München aus dem Fenster. Heute sonnig, dennoch kalt. Ein Jet, der über den blauen Himmel zog. Beim vorliegenden Thema nicht unbedingt ein Zeichen von Unbeschwertheit. Ein wenig plaudern, dann entschieden die Aufmerksamkeit auf den Auftrag richten. Auch hier übernahm stets Saul das Kommando, das Warm-up, die freundlichen Sätze, damit das Vertrauen wuchs. Wir bei

Tesnik & Fletcher wissen, was wir tun. Wir haben Erfahrungen und Kontakte. Sie sind bei uns in den besten Händen.

»Wie kann es sein, dass ein Großraumflugzeug einfach abhandenkommt?«, brach es aus Stella Simon heraus. »Erklären Sie mir das.«

»Wir finden die Maschine. Oder ihre Geschichte. Zweifellos.« Saul.

»Es wird etwas vertuscht, verstehen Sie? Bei allen größeren Unfällen mit Verkehrsflugzeugen wurde etwas vertuscht. Entweder sollten technische Fehler nicht ans Licht, und es gab irgendein Missmanagement, Korruption, was weiß ich, man versuchte, die wahren Urheber des Problems unter dem Deckel zu halten, um die Betroffenen später mit winzigen Summen abspeisen zu können. Oder das Militär hat einen Fehler gemacht, will es aber so aussehen lassen, als sei es etwas anderes.«

»Wir kennen solche Fälle.« Wieder Saul.

»Wir, die Hinterbliebenen, wurden in die Irre geführt, getäuscht und hingehalten.«

»Frau Simon.« Rox. »Bitte schildern Sie uns, was Sie über die letzten Stunden Ihres Verlobten wissen.«

»Nicht viel. Er hatte in Kuala Lumpur Verhandlungen zu führen. Es ging um irgendeine Zusammenarbeit seiner Firma mit einer malaysischen Firma. Malaysia hat eine Sonderwirtschaftszone, in der auch der internationale Flughafen liegt. Dort trafen sich die Beteiligten in einem Hotel.«

»Wissen Sie, worum es bei den Gesprächen ging?«

»Um Mikroprozessoren für Internettelefonie. Dean arbeitete für ein chinesisches Unternehmen.«

»Was waren das für Prozessoren?«

»Wie gesagt, es ging um Internettelefonie. Südostasien ist verrückt nach Technik. Mittlerweile ist die Entwicklung weitergezogen. Die Produkte sind nur für zwei, drei Jahre wirklich von Belang, dann werden sie überholt von neuen Gadgets. Als Firma müssen Sie dranbleiben, um mit ihren Erzeugnissen Geld zu verdienen.«

»Sie und Dean Welsh waren ein Paar?«

»Ja. Ich war zu ihm nach China gezogen, nachdem ich erst lange gezögert hatte. Zuvor haben wir eine Fernbeziehung geführt. Schließlich bekam ich ein Jobangebot. Ich bin Betriebswirtin, ich sah es als Riesenchance, nach China überzusiedeln. Als Dean diese Reise nach Kuala Lumpur antreten musste, war ich erst einen Monat in Peking ansässig.«

»Schien Dean besorgt, nervös oder irgendwie belastet, als er nach Malaysia flog?«

»Nein, er freute sich auf die Reise. Die Firma zahlte ihm Business Class, das genoss er sehr.«

»Sie hatten also keinen Grund, sich Sorgen zu machen, als Dean Peking verließ?«

»Nein, bis auf die Tatsache, dass ich in China furchtbar einsam war. Ich kannte das Land von früheren Aufenthalten, die zu meinem bisherigen Job gehörten. Aber dort zu leben, auf lange Sicht, war etwas ganz anderes. Ich vermisste Dean fürchterlich.«

Sie ließen Stella Simon Zeit, sich zu sammeln.

»Sie arbeiteten bereits in Ihrem neuen Job?« Saul. Einfühlsam.

»Ja. Ich war noch gar nicht richtig eingerichtet. Der Großteil meiner Sachen war noch unterwegs.«

»Hatten Sie Kontakt zu Ihrem Lebensgefährten, während er in Malaysia war?« Rox. Geschäftsmäßig.

»Natürlich. Wir schrieben uns Textnachrichten. Mehrmals am Tag.«

»Auch am 7. März?«

»Sicher, die Maschine ging erst nach Mitternacht, also am 8.3.14. Er schrieb vom Flughafen aus. *Freu mich auf dich.*«

Wieder eine pietätvolle Pause.

»Glauben Sie, dass er tot ist?« Stella Simon. Angstvoll. Hoffnungsvoll. Beides zugleich.

Rox dachte, dass die Hoffnung nie wirklich starb. Sie hielt sich wie eine Luftblase, in der immer weniger Sauerstoff zurückblieb, in der ein Mensch dennoch lange überleben konnte. Insofern war Hoffnung durchaus hinderlich. Die Blase musste platzen, damit man wieder an die frische Luft kam.

»Wir finden es heraus.« Saul. »Sie kamen am Morgen zum Pekinger Flughafen, um Dean abzuholen?«

»Genau. Danach wären wir im Taxi gemeinsam zurückgefahren. Wäre der Flug pünktlich um 6.20 Uhr angekommen, hätten wir es glatt rechtzeitig zur Arbeit geschafft. Ich hatte ohnehin flexible Zeiten.« Sie legte ihre Hände auf ihre Oberschenkel. Junge Hände, die einen deutlichen Kontrast zu ihrem verhärmten Gesicht zeigten. »Das malaysische Militär hatte die Maschine auf dem Radar. Nachdem der Transponder abgeschaltet war und keine Flugnummer mehr an den Boden gesendet wurde. Das Flugzeug muss direkt über Butterworth Penang geflogen sein, eine Militärbasis auf der malaysischen Westinsel, wo auch die Hauptstadt liegt. Erklären Sie mir, weshalb das Militär sich nicht für diese Maschine interessierte!« Stellas Stimme wurde schrill, aber sie kämpfte die Empörung rasch nieder. (Rox würde ihren Schülern darlegen, wie wichtig solche Kleinigkeiten im Verhalten der Kunden waren. Körperliche Reaktionen und ihre Unterdrückung sagten etwas über den Stress aus, unter dem eine Person stand, außerdem einiges darüber, wie lange ein Zustand schon bestand. Stella Simon schlug sich beinahe drei volle Jahre mit dem ungeklärten Verschwinden des Mannes herum, den sie hatte heiraten wollen. Sie kannte die unbeeinflussbaren Fluchtversuche ihres Körpers und war darin geübt, sie in Schach zu halten.)

»Nach dem 11. September! Seit man weiß, dass jedes Flugzeug eine potenzielle Bombe ist! Da lassen sie eine 777 in aller Seelenruhe über die Straße von Malakka fliegen. Normalerweise müssten Abfangjäger aufsteigen und die Maschine begleiten, bis klar ist, was da vor sich geht. Wissen Sie, was der damalige Verkehrsminister von Malaysia behauptet hat, der praktischerweise gleichzeitig Verteidigungsminister war? Es wäre ja ein freundliches Flugzeug gewesen. *A friendly plane*. Darf ich lachen? Woher wollten sie das denn wissen! Entweder verschleierte Hishammudin Hussein damit eine gigantische Schlamperei, oder sie verheimlichen etwas.«

Rox sah vor sich, wie Stella Simon in den vergangenen 35 Monaten jedwede Literatur zum Thema »Luftfahrtunfälle« studiert hatte.

»Anders kann es nicht sein.« Saul gab ihr recht.

»Ich habe mit anderen Betroffenen Geld gesammelt, um einen Whistleblower zu finden. Einen, der etwas wusste und bereit war, auszupacken. Die halbe Million Dollar hat anscheinend nicht ausgereicht.«

Wenn Sie drei Nullen drangehängt hätten, dachte Rox, hätte sich vielleicht jemand gefunden. Gier war mächtig. Und viel Geld konnte Berge versetzen.

MÜNCHEN

4.2.2017

Stella drehte die Heizung zurück.

Der Arzt hatte ihr Tabletten verschrieben. Zum Schlafen in erster Linie und zum Ruhigbleiben. Dennoch zitterte sie wie ein Blatt im Sturm.

Als sie aus China zurückgekommen war, hatte sie fliegen müssen, natürlich, wieder mit Hilfe von Tabletten, anders ging es nicht, jeder hatte dafür Verständnis. Sie war am 27. Dezember abgeflogen. 2014. Gute neun Monate nach MH370.

Ein Neuanfang in Deutschland stand ihr bevor, ein Job, den sie im Januar antreten konnte. Sie war nicht durch die Netze gerutscht. Trotzdem das Gefühl von Scheitern. Beruflich wie privat. Dabei die Ungewissheit. Und die Hoffnung. Sie gab einfach nicht auf, irgendwo tief drinnen daran zu glauben, dass Dean noch am Leben war. Bei all den Gerüchten …

Stella war nach wie vor überzeugt, dass die Behörden in Malaysia oder sonstwo auf der Welt mehr wussten, als sie zugaben. Mit dieser Vorstellung stand sie nicht allein. Im letzten Jahr hatte sie versucht, den Kontakt zu den anderen Menschen, die Angehörige auf MH370 verloren hatten, einzuschränken. Sie kam mit den unterschiedlichen Lebenseinstellungen nicht mehr klar. Manche – die meisten – hatten sich abgefunden, hatten Zeremonien veranstaltet, um sich von ihren Lieben zu verabschieden, die dort draußen in einer der entlegensten Regionen des Globus am Grunde des Ozeans lagen.

Wobei das Wort »liegen« es nicht traf. Ein Flugzeugabsturz war keine friedliche Sache. Zerbrach so eine Maschine nicht? Stella hatte mit einer schier endlosen Zahl an Experten diskutiert. Ein Flugzeug glitt in der Regel nicht wie ein sorgsam abgeschossener Pfeil sanft ins Wasser. Das war zwar vorstellbar. Unter den allerbesten Bedingungen. Aber eine Notwasserung funktionierte nicht in einem aufgewühlten Ozean. Möglicherweise auf einem spiegelglatten See. Zudem war da immer die Frage im Hintergrund, ob die Piloten das Flugzeug weiterhin unter Kontrolle hatten und auf diese Weise Einfluss auf den Flugwinkel nehmen konnten.

Schätzungsweise hatten die Piloten keinen Einfluss mehr gehabt. Wahrscheinlich war der Sprit ausgegangen. So lautete die offizielle Version. Wenn der Sprit ausging, würde das Flugzeug über die Seite rollen, in einer spiraligen Bewegung auf dem Meer aufschlagen und zerbrechen. Was bedeutete, dass man Trümmerfelder hätte finden müssen. Wenn man denn an der richtigen Stelle gesucht hätte. Mittlerweile waren die Trümmer wer weiß wo. Falls es je Trümmer gegeben hatte.

Stella nahm einen Chablis aus der Minibar und goss sich ein Glas ein. Alkohol zusammen mit den Tabletten war keine ideale Kombination, doch sie konnte sich einfach nicht beruhigen. Morgen würde sie zum zweiten Mal nach dem Verschwinden von Deans Flug in ein Flugzeug steigen. Sie würde nach Asien fliegen. Ihre Hände zitterten. Sie konnte kaum das Glas halten.

Leo hatte die Idee mit dem Crowdfunding gehabt. Meine Güte!

Vielleicht hätte sie ihm den Plan ausreden sollen. Sie verstand die Angehörigen, die sich innerlich von ihren Freunden, Ehemännern, Kindern verabschiedet hatten. Man musste schließlich weiterleben. Auch wenn alles ungewiss blieb. Wer ehrlich zu sich selbst war, musste einsehen, dass mit nichts weniger zu rechnen war als damit, dass Dean oder ein anderer der 239 Menschen an Bord demnächst fröhlich durch die Haustür spazieren würde.

»Tu es, um deinen Schmerz zu lindern«, hatte Leo gesagt. Leo.

Die vorsichtige, behutsame Beziehung. Mehr ein Tasten.

Dean würde nicht zurückkommen. Nicht nach drei Jahren. Stella glaubte es eigentlich nicht mehr. Aber in ihr gab es ein paar Funken Hoffnung, die sich nicht auslöschen ließen, und bisweilen jagte ein Wind über die Glut und fachte erneut ein Feuer an.

Wie damals, als das Stichwort »Cyberhacking« durch alle Medien ging. Fachleute, Mitarbeiter des MI6, Hacker, Luftfahrtexperten, sie alle hatten bestätigt, dass es möglich war, ein Verkehrsflugzeug vom Boden aus zu steuern. Bei Drohnen machte man nichts anderes. Eine denkbare Alternative lautete, dass Hacker direkt an Bord des Jets die Systeme infiltrierten. Sie steuerten die Maschine, bestimmten Flughöhe und -richtung, bedienten die komplette Bordelektronik, ohne dass die Piloten im Cockpit noch eine Chance hatten einzugreifen.

Obwohl manche Piloten das bezweifelten.

»Verstehen Sie, Frau Simon«, hatte einer zu ihr gesagt, »so eine Boeing 777, das ist ein fliegender Computer. Den steuert man nicht mehr, man programmiert ihn und bedient ihn. Quasi ein mobiler Superrechner.«

Stella stellte ihr Glas ab. Sie war todmüde – und überwach. Ihr Herz hämmerte. Trotz der Medikamente würde sie heute Nacht keinen Schlaf finden. Sie hatte Angst. Das Wort stand so deutlich vor ihr. Angst. Immer wieder Angst.

Vor Dingen, Zuständen, Aktivitäten, die unkontrollierbar waren. Leo hatte Verständnis dafür. Deswegen die Idee mit dem Fundraising.

Tesnik & Fletcher war die letzte Hoffnung. Wenn die beiden Detektive die eingeworbene Summe verbraucht hatten, ohne eine Erklärung für das Verschwinden von 227 Passagieren und 12 Besatzungsmitgliedern zu finden, würde Stella das Kapitel Dean abschließen. Bei allem Schmerz. Er war so plötzlich aus ihrem Leben verschwunden. Sie hatten so viele Pläne gehabt. Kurz zuvor ihr Neuanfang – und unversehens stand sie allein in einem fremden Land, mit einem Job, den sie wegen Dean angenommen hatte.

Stella ließ die Weinflasche stehen und ging ins Bett. Sie wälzte sich ein paar Stunden herum, bis der Wecker klingelte. Zerschlagen duschte sie. Es kam ihr vor, als würden die Tabletten nun endlich wirken. Oder der Alkohol.

Sie müsste nicht mitfliegen. Letztendlich musste sie die Ermittlungsarbeit ohnehin den Profis überlassen. Aber es zog sie mit. Sie wollte Malaysia sehen. Kuala Lumpur, den Ort, an dem Dean sich zuletzt aufgehalten hatte. Soweit sie wusste.

HOTEL PARKROYAL, KUALA LUMPUR

7.2.2017

»Sie hätte nicht mitkommen sollen«, befand Rox, während sie sich ein Handtuch um den Körper schlang. Der Außenpool des Hotels war genau nach ihrem Geschmack. Früh am Morgen lag er einsam da. Nur Saul hockte auf einem Liegestuhl und sah ihr zu.

»Lass sie. Sie muss sich mit einer äußerst schwierigen Entscheidung abplagen.«

»Sie hat bereits entschieden. Indem sie uns beauftragt hat.«

»Du weißt genauso gut wie ich, dass es nicht sehr wahrscheinlich ist, nach drei Jahren noch eine Spur zu finden. Irgendwann hat sie einen Schlussstrich zu ziehen.«

»Es gibt Spuren, die nie erkalten.«

Saul betrachtete Rox, die sich nun das Wasser von den Beinen rubbelte und einen Jogginganzug über den Bikini zog. Sie war das Paradebeispiel, wie durch einen Schicksalsschlag aus einer weichen, empathischen Frau ein Eisblock werden konnte. Eine Schönheit mit ihrem roten Haar, den Sommersprossen, der milchweißen Haut. Eine Intelligenzbestie, polyglott. Aber ein Eisblock. Wahrscheinlich machte ihr deshalb der kühle Pool nichts aus.

Sie hatten sich angewöhnt, hier draußen unter der spiegelnden Fassade des »Parkroyal« Kriegsrat zu halten. Man wusste nie, wer mithörte. Saul hatte zwei Prepaidhandys besorgt. Ihre eigenen lagen ohne Akku im Zimmersafe.

Bei der Einreise hatte es keine Schwierigkeiten gegeben. Sie spielten eine Freundesclique, zwei Frauen, ein Mann, jeder mit einem Einzelzimmer. Sie zelebrierten ein gemeinsames Frühstück, bei dem Reiseführer und Stadtplan studiert wurden. Malaysia war ein beliebtes Touristenziel.

Stella hatte sich nach einem hysterischen Anfall beim Check-in in München beruhigt. Gespenstisch beinahe, wie sie durchhielt. Stoisch, blass, aber aufrecht. Saul fand, es wäre besser, sie würde sich abfinden. Die Chancen, etwas über MH370 herauszufinden, waren wirklich mikroskopisch. Es sei denn, sie entdeckten den richtigen Hebel. Ähnlich wie Stella hielt auch Saul es für wahrscheinlich, dass etwas vertuscht wurde. Aufseiten der Behörden und des Militärs, denn immerhin hatte die Basis Butterworth Penang die Maschine nach deren außerplanmäßigem Kurswechsel noch auf dem Bildschirm gehabt, als sie über die malaysische Westinsel flog – jetzt nur ein Echozeichen auf dem Primärradar, da Transponder und ACARS bereits deaktiviert waren –, ohne sich jedoch groß um das unbekannte Flugzeug zu kümmern.

Sie hatten beim Militär angesetzt. Üblicherweise musste das Militär in einem vergleichbaren Fall Abfangjäger mobilisieren. Das war ausgeblieben. Man habe die Maschine für ein »freundliches Flugzeug« gehalten.

Was waren die Anhaltspunkte gewesen?

Saul hatte einen gewissen Bezug zum Militär. Sein Vater war bei der Navy gewesen. Er selbst hatte die Polizeiarbeit bevorzugt, bevor er sich mit Rox selbstständig gemacht hatte.

»Kommst du?«, fragte sie, während sie bereits ihre Siebensachen einsammelte und zum Hotelgebäude ging.

»Bin knapp hinter dir.«

MILITÄRBASIS BUTTERWORTH PENANG

7.2.2017

Sie fuhren mit dem Hochgeschwindigkeitszug ETS. Auf der Basis waren sie angemeldet. Saul hatte den Kontakt geknüpft. Während der Fahrt unterhielten sie sich über banale Dinge, später versuchten sie zu schlafen. Der Jetlag war nicht leicht zu überwinden, allerdings hielt Rox wenig davon, sich dem Schlafbedürfnis hinzugeben, wenn es einen übermannte. Sie kam mit der Zeitumstellung am besten zurecht, wenn sie sofort nach der Tageszeit des neuen Ortes lebte und ihre Schlaf- und Essenszeiten entsprechend anpasste.

Ein Taxi brachte sie auf die Basis. Saul spürte, wie seine Beine nach der langen Fahrt steif waren. Er ließ seine Füße kreisen, was in dem engen Wagen eine Herausforderung darstellte. Rox warf ihm einen Blick zu. Er versuchte ein Grinsen. Wir werden alle älter, wollte er sagen. Rox allerdings würde eine solche Aussage sofort verwerfen. Disziplin eben.

Um auf die Basis vorgelassen zu werden, mussten sie sich ausweisen und die Mail vorzeigen, die ihren Besuch bestätigte. Danach ging alles leicht. Sie stiegen aus dem Taxi und wurden von einem Soldaten in einem Jeep zu einem Verwaltungsgebäude gebracht.

»Air Marshal Nolan wird sich gleich um Sie kümmern.«

Der Soldat salutierte und ging.

Rox sah sich in dem schmalen Büro um. Ein Schreibtisch mit Papierkram. Ein Rechner. Eine Hängeregistratur. Ein Foto an der Wand, das einen kitschigen tropischen Strand zeigte. Die Klimaanlage surrte. Dennoch war es warm im

Raum. Draußen ballten sich dicke Wolken. Rox wies Saul darauf hin. Der schüttelte nur den Kopf. Saul hielt nicht viel davon, dem Wetter Bedeutung einzuräumen. Außer bei Flugreisen.

Die Tür wurde aufgerissen. Ein stämmiger Mann in grüner Uniform füllte den Raum sofort aus.

»Jeff Nolan«, stellte er sich brüsk vor.

»Roxane Tesnik.«

»Saul Fletcher.«

»Sie kommen wegen Malaysian 370?«

»Exakt.«

»Nehmen Sie Platz.«

»Danke für dieses Meeting, Air Marshal«, begann Saul, während sie sich auf den Stühlen vor dem Schreibtisch niederließen. Nolan sank auf den Sessel dahinter.

Er winkte ab. »Kein Small Talk. Ich bin in Eile. Was wollen Sie wissen?«

»MH 370 änderte um 1.25 Uhr am 8.3.14 den Kurs, nachdem vier Minuten zuvor der Transponder ausgeschaltet wurde, der Flugnummer, Flugposition und –geschwindigkeit mitteilt. Damit war die Maschine auf dem Sekundärradar unsichtbar.«

»Das ist bekannt.« Nolan sah auf seine Uhr.

(Rox würde ihren Nachhilfeschülern beibringen, das Mienenspiel eines Gesprächspartners auf Anzeichen von Nervosität, Ticks und so weiter abzusuchen. Wenn sich in der Mimik unerwartet etwas änderte, und zwar an einem kritischen Punkt des Gesprächs, hatte es Bedeutung. Konnte sein, dass Nolan wegen einer anderen Sache als ihrem Besuch aufgebracht war. Im Geiste notierte sie: Zeitdruck. Sie schätzte Nolan auf Mitte 50. Wahrscheinlich seine letzte aktive Stelle. Ursprünglich hellblond, war er noch nicht vollständig ergraut und vertrug die Hitze schlecht. Sie sah es an den roten Spuren um seine Nase, wo der Schweiß der Haut nicht gut tat. An den Schatten unter den Augen.)

»Sechs Minuten zuvor hätte der Handover vom malaysischen in den vietnamesischen Luftraum stattfinden soll«, fuhr Saul fort. »Die letzten Worte aus dem Cockpit lauteten: ›Good night, Malaysian Three Seven Zero‹.«

»Das ist hinlänglich bekannt.«

»Umso spannender ist« – Saul machte eine Kunstpause – »was nach dem Kurswechsel geschah. Die Boeing kehrte um, überquerte die malaysische Halbinsel und verließ ihr Territorium westlich von Penang. Also in etwa hier.« Er deutete an die Decke, als zöge der Geisterflug dort vorbei. »Danach drehte die Maschine nach Nordwest und flog entlang der Straße von Malakka über die Andamanensee und um die Spitze Indonesiens herum, bevor anschließend ein letzter Kurswechsel rekonstruiert werden kann: nach Süden.«

Nolan griff nach einem Stift und klopfte rhythmisch auf die Tischplatte.

(Ungeduldig. Er ist verdammt ungeduldig. Mag sein, dass er sich diese Abfolge der Ereignisse schon zu oft anhören musste.)

»MH 370 wurde vom malaysischen Primärradar gesehen. Das militärische Primärradar ist hier in Butterworth Penang stationiert.«

»Da sagen Sie mir nichts Neues.«

Rox ging dazwischen.

»Air Marshal, wer hatte in der entscheidenden Nacht Dienst?«

»Darüber darf ich Ihnen keine Auskunft geben.«

»Hat der Diensthabende jemanden über seine Entdeckung informiert?«

»Nein.«

»Die Verantwortung ist also nur dieser einen Person anzulasten?«

»So sieht es aus.« Nolan legte den Bleistift weg.

»Der Mann am Radar hat niemandem Bericht erstattet und schriftlich nichts protokolliert?«

»Nein.«

»Internationale Bestimmungen fordern, dass bei Auftauchen eines unbekannten Flugzeugs im Luftraum, für das es keine autorisierte Flugroute gibt, Abfangjäger aufsteigen, um sich einen Überblick über die Situation zu verschaffen und die Maschine notfalls zur Landung zu zwingen. Haben Sie Abfangjäger alarmmäßig starten lassen?«

»Darüber kann ich keine Auskunft geben.«

»Am 11. April 2014 wurde bestätigt, es habe einen Alarm gegeben und Abfangjäger hätten sich bereit gemacht, seien aber nicht aufgestiegen!« Rox wurde lauter.

»Was hätten sie tun sollen – die Maschine abschießen?«

Rox und Saul schwiegen. Diese Gegenfrage war eine Überreaktion. Sie warteten.

Nolan: »Hören Sie, natürlich gab es eine Reihe von Fehlern, aber ich versichere Ihnen, dass hier auf der Basis getan wurde, was nötig war. Mit Ausnahme …«

»… eines Radaroperators, der keine Meldung machte.«

»Sie wissen, dass der Austausch von Daten zwischen der militärischen und der zivilen Flugüberwachung mehr als langsam ist.«

»Oder nicht existent.« Rox lächelte. »Nicht wahr? Dennoch: Die Maschine flog ohne ein Transpondersignal. Das ist für sich genommen schon unhaltbar. Sie war auf den Radarschirmen nur als Echozeichen zu sehen, und es gab keinen Flugplan. In einem solchen Fall …«

Nolan beugte sich vor.

»Ihnen ist bekannt, dass wir eine internationale Basis sind? Großbritannien, Australien, Neuseeland, Singapur und eben Malaysia haben sich zusammengetan. Seit 1971 gilt hier das ›Fünf Mächte Verteidigungsabkommen‹. Wir sind alle Mitglieder des Commonwealth, zu Ihrer Information.«

»Darüber sind wir in Kenntnis gesetzt.« Saul.

Rox: »Sprechen wir über Verteidigung: Sie ließen ein Flugzeug, ein unbekanntes Flugzeug, stundenlang herumfliegen. Ohne nachzusehen, was da los war. Während die zivile malaysische und die vietnamesische Flugsicherung überall herumfragten, ob jemand die Boeing gesehen hatte.«

»Damals war ich noch nicht Kommandierender dieser Basis. Nicht, dass Sie denken, ich will mich rausreden.« Er stand auf, trat ans Fenster. »Sie haben recht. Es war eine irrsinnige Schlamperei. So ist Südostasien. Man traut sich gegenseitig nicht über den Weg. Wenn eine Institution signalisiert, dass sie Hilfe braucht, wäre das in deren Augen ein Eingeständnis von Schwäche. Andere Aktanten könnten auf diese Weise mit der Nase auf Schwachstellen gestoßen werden. Also hält man die Klappe und tut so, als wäre alles in bester Ordnung.«

»Hat in jener Nacht nicht geklappt.« Rox.

»Nennen Sie es schlechte Koordination.«

»Militärische und zivile Flugsicherung tauschen keine Daten aus?«

»Nein. Die zivile Flugsicherung hat außerdem nicht rechtzeitig Alarm geschlagen. Sie kennen die Warnstufen. Es wurde nur die niedrigste Warnung abgesetzt. Und zudem viel zu spät.« Nolan wandte sich ihnen wieder zu. »Es ist unverzeihlich, was damals geschehen ist. Wiedergutmachen können wir es nicht. Nur dafür sorgen, dass es nicht wieder passiert.«

»Während MH370 mehrfach den Kurs änderte, und das muss willentlich geschehen sein, kein Autopilot ändert den Kurs von selbst, fragten die verschiedenen Flugsicherungen ziellos herum, ob jemand zufällig eine 777 mit 239 Menschen an Bord gesehen hatte. Mit Verlaub!«

»Madam, ich kann Ihnen nur recht geben. Die schlimmsten Fehler geschahen in jener Nacht.«

»Wir möchten die Protokolle einsehen.«

Nolan stützte sich auf den Schreibtisch. »Das ist nicht möglich. Lesen Sie den Abschlussbericht der malaysischen Behörden.«

Rox und Saul erhoben sich gleichzeitig.

»Danke für Ihre Zeit.« Saul schüttelte dem Air Marshal die Hand. Rox spazierte schon zur Tür hinaus.

»Ich rufe einen Fahrer.«

Im Jeep wechselte ein Umschlag mit Geld und einer Handynummer den Besitzer.

HOUSTON, TEXAS

8.2.2017

Toselli richtete seine Krawatte. Er tat das nur seiner Frau zuliebe. Er mochte nämlich keine Benefizveranstaltungen. Sie kamen ihm verlogen vor. Die Arroganz der Guten ging ihm auf den Wecker. Allerdings brauchte Lauren einen Ausgleich zur täglichen Ödnis des Hausfrauendaseins. Er sah das ein. Wobei er sich durchaus nach einer solchen Ödnis gesehnt hätte. Er arbeitete 70 Stunden pro Woche. Oft mehr. Sein Verdienst ging in Kredite für das Haus, in Versicherungen, das College seiner Kinder. Und in Charity.

»Piero?« Lauren trat hinter ihn. »Schick bist du!« Sie wischte ein imaginäres Stäubchen von seinem Sakko.

»Und du erst!« Piero Toselli war auch nach 20 Ehejahren nach wie vor hingerissen von der Schönheit seiner Frau. Sie gab sich nicht aufgedonnert und künstlich jugendlich wie die Ehefrauen seiner Kollegen. Lauren hatte den Dreh raus, die Anzeichen ihres Alters charmant umzumünzen. In der Kleidung. In ihrem Gang. In der Art, wie sie lachte.

Sein Handy klingelte.

»Denk dran, in zehn Minuten kommt das Taxi!« Lauren knuffte ihm die Schulter und ging nach unten. Er hörte ihre Absätze auf der Treppe.

Unbekannte Rufnummer.

»Hallo?«, meldete er sich.

»Sir, es gibt eine wichtige Sache.«

»Ro…«

»Keine Namen!«

Toselli musste grinsen. Robert Dysons Reibeisenstimme war unverwechselbar. Allerdings staunte er schon, dass der Personalchef aus Kuala Lumpur ihn jetzt anrief. In Malaysia musste es früher Morgen sein.

»Was ist los?«

»Da waren Ausländer auf der Basis.«

Toselli erstarrte.

In den vergangenen Jahren war es ihm meistens gelungen, das alles zu verdrängen. Nur manchmal nachts platzte die Blase und er erwachte schweißgebadet aus einem Albtraum.

»Ich verstehe nicht.«

»Eine Frau aus Deutschland hat anscheinend genug Geld, um alles noch einmal aufzurühren. Ihr damaliger Lebensgefährte war an Bord der Boeing. Sie hat zwei Detektive beauftragt. Echte Cracks, nicht die üblichen Versager.«

»Piero?«, rief seine Frau von unten.

Toselli knipste das Licht aus.

»Sir«, Dysons Stimme wurde eindringlich. »Wir sollten dazwischengehen, bevor …«

»Bevor?«, fragte Toselli, obwohl ihm deutlich vor Augen stand, was Dyson meinte. »Hören Sie, ich kann jetzt nicht sprechen. Kümmern Sie sich drum.«

»Das habe ich vor.«

PARKROYAL, KUALA LUMPUR

7.2.2017

Jetzt also bin ich hier, dachte Stella. Wieder in Asien.

Sie setzte sich auf einen Liegestuhl am Pool. Lust zu schwimmen verspürte sie keine, aber im Zimmer hielt sie es auch nicht aus. Rox hatte ihr eine Liste mit den Top-Ten-Sehenswürdigkeiten in die Hand gedrückt. Schien der

Meinung zu sein, Stella auf diese Weise ganz easy aus dem Weg zu räumen. Als wäre sie hier, um Touristin zu spielen!

Draußen am Pool fiel ihr das Atmen jedenfalls leichter als in ihrem Zimmer. Ein paar Chinesinnen saßen am Rand des Beckens und tauchten die Füße ins Wasser. Sie ratschten und lachten und tranken bunte Cocktails.

Ich kann das nicht.

Rox und Saul hatten sie eindringlich gebeten, mit dem Handy vorsichtig umzugehen. Dennoch chattete sie mit Leo. Er musste wissen, was los war. Sie sehnte sich nach ihm. Nachdem sie sich endlich wieder an jemanden herangetastet hatte, spürte sie ihre Einsamkeit hier am anderen Ende der Welt umso deutlicher. Einsamkeit, tintenschwarz.

Als sie ohne Dean damals, vor beinahe drei Jahren, am Flughafen in Peking ausgeharrt hatte, war sie kaum imstande gewesen, logisch zu denken. Sie hatte sich nur an jeden neuen Strohhalm geklammert, an die widersprüchlichen Behauptungen der Behörden, sie hatte mal den Chinesen geglaubt, mal den Malaysiern, schließlich niemandem mehr, und als die Erkenntnis einsickerte, dass keiner der Verantwortlichen irgendeine Ahnung besaß, wo die Maschine sich befand und was mit ihr geschehen war, hatte die Einsamkeit brutal zugeschlagen.

Aber jetzt war da Leo. Obwohl sie nach Dean suchte …

Stella legte sich auf ihr Handtuch und setzte die Sonnenbrille auf.

Das hier war der letzte Hoffnungsanker.

Wenn sie jetzt nicht herausfanden, wo das Flugzeug sein konnte, dann niemals mehr. Es mochte irgendwo am Grunde des Ozeans liegen, zerbrochen, und die Tiere des Meeres hatten sich geholt, was zu holen war. Die teuerste Suche der Luftfahrtgeschichte hatte nichts ergeben, doch sie konnte immerhin die schwächliche Erklärung der Verantwortlichen nachvollziehen. So ein Ozean war eben verdammt riesig.

Stellas Magen krampfte sich zusammen. Was hatten die Menschen an Bord in den letzten Stunden ertragen? Sie hoffte inständig, Dean habe geschlafen, immerhin war es ein Nachtflug. Sie wünschte sich, er hätte nicht mitbekommen, wie die Maschine vom Kurs abwich und Stunde um Stunde weiterflog, wo sie doch nach gut sechs Stunden in Peking hätte landen sollen. Aber irgendwann war er bestimmt aufgewacht. Hatte auf die Uhr gesehen … Sie selbst konnte in Flugzeugen kaum schlafen, zu eng, zu viele Menschen, zu viele Geräusche.

Sie stellte sich vor, wie Dean hochschreckte. Aus dem Fenster sah. Und dort lag nur das Meer. Endlos. Ein Anblick, den er nicht erwartet hatte, schließlich hätte MH370 auf dem Weg nach Peking das Südchinesische Meer rasch überquert, um dann die restliche Strecke über Land zurückzulegen.

Hatte Dean mitbekommen, dass etwas nicht stimmte? Das war der schlimmste Gedanke, der reine Horror. Dass die Passagiere kapierten: Es ist aus. In Stellas Ohren klang der Tumult in der Kabine, die hektischen Nachfragen der Passagiere, die beschwichtigenden Stimmen der Flugbegleiter.

Warum mussten 239 Menschen sterben?

Hatte der Pilot Suizid begehen wollen? Lag hier der Hund begraben? Ihr Bruder Ludwig hatte sofort darauf gepocht. Ganz der übliche Besserwisser. Ludwig mit dem Seitenscheitel. Mutters ganzer Stolz. Der in den ersten Stunden, nachdem die Medien von dem spurlosen Verschwinden einer Boeing 777 berichtet hatten, bereits seine klaren Theorien entwickelte und nichts Besseres zu tun wusste, als sie seiner unter Schock stehenden Schwester in seinen Textnachrichten und Anrufen unter die Nase zu reiben. Stella kramte in ihrer Tasche nach der Sonnencreme. Ihre Beziehung zu ihrer Mutter und dem sechs Jahre älteren Bruder war nicht die beste. Sie hatte erst nach China umziehen müssen, um endlich zu akzeptieren, dass ihre Mutter auf sie nie so stolz wie auf Ludwig sein würde. Dass Stella nie dieses Funkeln in ihre Augen zaubern würde wie Ludwig. Als sie abgeflogen war, um ihr Leben mit Dean zu beginnen, da hatte ihre Mutter als Abschied nur ein kurzes Statement für ihre einzige Tochter übriggehabt. »Du wirst schon sehen, dass es nichts für dich ist.«

Auch deshalb hatte Stella zuerst nicht zurückkehren wollen nach Deutschland. In den Monaten, die auf MH370 folgten. Aber sie hielt es in China nicht mehr aus. Sie war in zwei Teile zerfallen: in die Stella, die Dean wiederhaben wollte und mit jeder Faser ihres Seins die Hoffnung nährte, dass er zurückkäme. Und jene Stella, die, je mehr Zeit verging, zu ahnen begann, dass ein glückliches Wiedersehen ein Wunschtraum bliebe.

Weshalb bin ich dann hier?

Die Chinesinnen ließen sich unter großem Gekreische in den Pool gleiten. Stella griff nach ihrem Reiseführer. Nur um etwas in der Hand zu haben.

Der Punkt war: Sie hatte nichts in der Hand. Keiner hatte auch nur einen sinnvollen Anhaltspunkt. Jedes vorstellbare Szenario war Dutzende von Malen überprüft und verworfen worden, weil ein Detail nicht dazupasste. Die Piloten waren auf Herz und Nieren gecheckt worden. Sie waren völlig unverdächtig. Stella spürte die Sonne, die nach dem langen Winter in Deutschland ungewohnt heiß auf ihrer Haut brannte. Mechanisch begann sie, sich mit der Sonnencreme einzureiben.

Anders als viele Angehörige der Passagiere von MH370 hatte Stella nie an erweiterten Selbstmord geglaubt.

Natürlich, Selbsttötung kam vor, 2015 hatte ein Pilot eine »Germanwings«-Maschine in den französischen Alpen absichtlich zum Absturz gebracht. Grauenvoll, Stella hatte nächtelang kaum geschlafen, diese neuerliche Katastrophe brachte es fertig, alles wieder hochzuspülen, was sie ein Jahr nach Deans Verschwinden mühsam unter dem Deckel halten wollte. Es ging um so viel; sie hatte China verlassen, einen neuen Job, arbeitete hart. Gleichzeitig bildete sie damals nach wie vor eine Art Anlaufstation für die Angehörigen der westlichen Passagiere an Bord von MH370. Bei ihr liefen Mails zusammen, man berief Skype-Konferenzen ein, um sich auszutauschen und Pläne zu schmieden, wie man die Suche nach dem vermissten Flugzeug unterstützen könnte. Pläne, die allesamt im Sande verliefen.

Stella hatte stets für die beiden Piloten Partei ergriffen. Es war total unwahrscheinlich, dass sie an dem Desaster schuld waren. Keiner von ihnen war je wegen psychischer Probleme in Behandlung gewesen. Die Gerüchte, die Ehefrau des Kapitäns Zaharie Ahmad Sha habe sich am Tag vor dem Start von MH370 von ihrem Mann getrennt, hatten sich als Unsinn erwiesen. Die Familie besaß schlicht zwei Immobilien: ein Haus am Rand Kuala Lumpurs sowie eine kleine Wohnung, die näher am Flughafen lag. Dort pflegte Sha zu übernachten, wenn er im Dienst war. Die Medien hatten politische Hintergründe durchleuchtet. Ein Oppositionspolitiker, den Sha unterstützte, war am 7.3.2014 zu einer Gefängnisstrafe verurteilt worden. Doch Stella ging davon aus, dass dies allein kein Grund war, sich mit über 200 weiteren Menschen ins Meer zu stürzen. Für einen Mitnahmesuizid brauchte es eine kranke Grundstruktur.

Nicht alle Angehörigen wollten akzeptieren, dass Stella sich für die Piloten starkmachte. Man suchte einen Schuldigen für das Undenkbare, dringend, so war die menschliche Psyche gestrickt, das Grauen brauchte ein Ventil. Allerdings arrangierten sich die meisten anderen Angehörigen bald mit Stellas Hauptargument: Für einen Pilotensuizid war die Maschine zu lange unterwegs gewesen. Hätte Kapitän oder Copilot die Boeing abstürzen lassen wollen, wäre er nicht erst sieben Stunden lang herumgeflogen. Er hätte das Schlimmste möglichst bald hinter sich gebracht.

Stella stand auf, raffte ihre Sachen zusammen und flüchtete unter einen Sonnenschirm. Viele Familien und Freunde der Verschollenen vergaßen, dass auch die Piloten Angehörige hatten, die nun unter demselben Albtraum litten: nichts zu wissen, keine gesicherten, ehrlichen Informationen zu bekommen und keine Hilfe. Den Familienmitgliedern wurden bereits im Sommer 50.000 Dollar als Kompensation angeboten. Stella erhielt nichts; sie war keine Ehefrau, nur eine Freundin. Auch dies musste ihr Ludwig unter die Nase reiben. Subtil natürlich, wie stets.

Er durfte nie von den Panikattacken erfahren. Das wäre ein gefundenes Fressen für ihn.

Stella bemühte sich redlich, ihr Leben in ruhigere Fahrwasser zu steuern. Was nicht funktionierte. Diese eine ungelöste Frage bestimmte ihr ganzes Dasein. Ihren Tagesablauf. Ihre Beziehungen zu anderen. Nicht zuletzt zu Leo. Dass Dean so brutal aus ihrem Leben gerissen worden war, stellte eine Wunde dar, die nicht zu heilen vermochte. Diese Reise mit Tesnik und Fletcher war die letzte Chance. Wenn diese neuerliche Suchaktion scheiterte, würde Stella sich mit dem Unvermeidlichen abfinden. Sie würde lernen, damit zurechtzukommen, dass sie nie erfahren würde, wo und wie Deans Leben geendet hatte.

Stella beobachtete die Chinesinnen im Pool. Sie schwammen wie Entlein, die Hälse weit hochgereckt. Leise lächelnd dachte sie an Leo. Sie mochte ihn wirklich und freute sich über seine Besuche und Anrufe. Er wollte mehr, das konnte sie spüren. Seine Hilfe in Sachen Crowdfunding basierte natürlich auf Hintergedanken. Verständlich, dass er sich wünschte, sie könnte das Kapitel Dean abschließen, um mit ihm neu zu beginnen.

Doch jetzt, da sie wieder in Asien war, diese andere, buntere, schnellere Lebensform um sich her pulsieren spürte, fühlte sie sich an das erinnert, was sie bei ihren ersten Besuchen in China so begeistert hatte: die Megastadt, die vielen Menschen, die Gerüche, das allzeit Fremde, die geballte Energie. Ein Versprechen auf neue Entdeckungen, darauf, hier ein Stück weit ein anderer als der gewohnte Mensch sein zu können. Rauszukommen aus den Schablonen, in denen sie zuvor gelebt hatte, in die sie nach der Katastrophe mit Erleichterung zurückgekehrt war, weil sie für Sicherheit standen.

Sie hatte in den Tagen nach dem Unglück immer wieder Deans Nummer gewählt. Am Vormittag des 8. März hatte es hingeläutet. Ein paar Mal getutet, bis die Verbindung abriss und nur noch hässliches Rauschen zu vernehmen war. Danach war überhaupt keine Verbindung mehr zustande gekommen.

Sie hatte Deans Nummer noch in ihrer Kontaktliste. Es war lange her, dass sie sie zuletzt gewählt hatte. Weihnachten. Das war so ein neuralgisches Datum. Da hatte sie ihn wieder einmal angerufen. Obwohl sie natürlich wusste, dass es völlig irrsinnig war.

PARKROYAL, KUALA LUMPUR

8.2.3017

Saul rannte. Sein Atem kam in Stößen, sein Herz hämmerte. Er war zu schnell, er liebte das Gefühl der Erschöpfung, das sich gleich einstellen würde. Längst lief er nicht am Limit. Hätte das Laufband gerne noch eine Stufe höher gestellt. Aber er war nicht zum Trainieren hier. Man konnte nie wissen, was kam. In seinem Job lebte man auf Abruf. Ein paar Reserven musste er bewahren.

Saul ließ das Band auslaufen. Setzte nun gemächlich Fuß vor Fuß, während er sich den Schweiß von der Stirn wischte. Das Handtuch war klatschnass. Diese verdammte Hitze! Er war 42, zusehends fiel es ihm schwerer, Klimawechsel zu verkraften. Sein Vater stammte aus New Mexico, ein Hispanic, er hatte viele Jahre seiner Kindheit in den Wüstenstaaten der USA verbracht. Dort allerdings herrschte trockene Hitze vor, ein Klima, das ihm guttat. Kuala Lumpur dagegen war heiß und feucht.

Eventuell würde er sich eine Massage gönnen. Wie seine Mutter war er ein Genießertyp. Unangenehme Dinge versüßte er gern mit etwas Schönem. Ganz anders als Rox. Er fragte sich manchmal, wie lange sie ihre radikale Selbstdisziplin durchhalten würde. Sie war fast zehn Jahre jünger als er. Da steckte man noch mehr weg. Nur: wozu diese Mitleidlosigkeit sich selbst gegenüber? Rational konnte er ihre Lebenseinstellung nachvollziehen. Aber ein wenig Barmherzigkeit hatte noch keinem geschadet. Fand Saul. Er stieg vom Laufband. Er wusste zu viel. Lauter Dinge, die Rox' Lebensstil erklärten. Er kam aus der Nummer nicht raus.

Er packte seine Sachen, als eine Mitarbeiterin des Hotels auf ihn zu trat.

»Sir«, begann sie, »there's a visitor for you. Would you be so nice?«

Jemand würde ihn an der Rezeption erwarten.

Saul verließ das Fitnessstudio. An Asien liebte er die Höflichkeit, diese selbstverständliche, feine, freundliche Zugewandtheit. Europa bot da nicht viel.

In der Lobby saß ein junger Mann im Anzug. Ein Malaysier. Ein Allerweltsbüromensch, einer, der in irgendeinem Glaskasten in einer Metropole dieser Welt an einem Rechner hockte.

»Mr. Saul Fletcher?« Der Mann erhob sich.

»Der bin ich.«

»Man hat mich beauftragt, Ihnen die Unterlagen für die Tour nach Batu Caves persönlich vorbeizubringen.« Er sprach sehr ruhig.

Saul fühlte den Blick der Rezeptionistin im Rücken. Er streckte die Hand aus und nahm die Mappe. Obenauf lag ein Foto von einer goldenen Statue. Der Gott Murugan. Er kannte das Bild von seinen Recherchen im Vorfeld der Reise. Batu Caves – Kalksteinhöhlen, die Hindutempel beherbergten.

»Danke. Das ist sehr freundlich.«

Der Mann neigte den Kopf. »Es ist unserer Agentur wichtig, dass die Gäste sich willkommen fühlen.«

»Wir freuen uns auf die Tour.«

»Auf Wiedersehen.«

Er ging davon. Schlaksig. Jung.

Saul spürte ein Kribbeln im Nacken, als er zu den Fahrstühlen schlenderte.

PARKROYAL, KUALA LUMPUR

8.2.2017

Stella war entschlossen, sich nicht einschüchtern zu lassen.

»Ich komme mit.«

Rox verzog das Gesicht. »Verstehen Sie denn nicht! Wir wissen doch gar nicht, was für ein Treffen das wird.«

»Ich komme mit.« Stella fühlte sich elend. Diese endlose, einsame Rumhockerei im Hotel!

»Machen Sie eine geführte Sightseeingtour. Die Rezeption kann Ihnen was buchen.«

Saul räusperte sich. »Für unsere Tarnung wäre es nicht schlecht, wenn Stella mitkäme.«

Rox funkelte ihn an. Sie hasste es, vor Klienten gemaßregelt zu werden.

»Wir treten hier als Clique auf. Machen gemeinsamen Urlaub. Man sieht aber immer nur uns beide weggehen, während Stella im Hotel bleibt.«

Rox' Kiefer mahlten.

»Ich kann mich im Hintergrund halten«, schlug Stella vor. Diese Roxane Tesnik wurde ihr immer unsympathischer. Verstand die Frau nicht, dass sie, Stella, ihr Gehalt bezahlte? Eine exorbitante Summe bereitstellte, von der Tesnik und Fletcher lange würden Rechnungen bezahlen können?

»Sie haben keine Ausbildung.« Rox.

»Ich denke, das lässt sich ausgleichen, Rox.« Saul legte die Mappe, die er von dem Mann in der Lobby erhalten hatte, auf den Tisch. »Ist sogar unauffälliger. Auf dem Sky Deck des Kuala Lumpur Tower sind ohnehin so viele Touristen, da fällt einer mehr nicht auf.« Saul hielt die Diskussion für beendet.

»Wer ist der Informant?«, fragte Stella.

»Das wissen wir bisher nicht. Er nennt sich Najib. Wie es scheint Militärangehöriger. Die Finanzspritze hat gewirkt.«

(An dieser Stelle würde Rox ihren Azubis mit auf den Weg geben, dass nicht jeder Köder die richtigen Fische anzog.)

KUALA LUMPUR TOWER

8.2.2017

»Willkommen auf dem Sky Deck des Menara Kuala Lumpur!« Der Mann trug ein weißes Shirt, dunkle Slacks und ein strahlendes Lächeln zur Schau.

Saul nickte. »Najib?«

Rox schoss ein Bild von Stella mit den Petronas-Towers im Hintergrund. Sie gab ihr das Handy zurück. Stella bedankte sich und entfernte sich ein paar Schritte.

Auf den zweiten Blick sah man Najib trotz seines Freizeitlooks die militärische Herkunft an. Die gerade Haltung. Die korrekte Fassade. Das kurz rasierte Haar. Er mochte keine 25 sein. Ein Ehrgeiziger, der das Treffen akribisch vorbereitet hatte, einschließlich der Kennwörter, die auszutauschen waren.

»Guten Tag Mr. Fletcher. Und Mrs. …«

»Ich bin Rox Tesnik.« Rox nickte Najib zu.

Sie schlenderten über das Aussichtsdeck. Der Blick von Kuala Lumpurs Fernsehturm war atemberaubend. Die Skyline lag im spätnachmittäglichen Dunst, eine fast geisterhafte Kulisse, über der man die Kondensstreifen von Jets sehen konnte.

Fliegen war wie Bus fahren. Nichts Besonderes in der heutigen Zeit, dachte Saul.

Najib warf eine Münze in eines der fest installierten Fernrohre und spähte interessiert hindurch.

»Es gibt ein paar Gerüchte. Mehr kann ich nicht liefern.«

»Wir hören.« Saul legte den Arm um Rox. Sie ließ es nur zu, weil es zur Tarnung gehörte.

»Sie wissen, dass immer mal US-amerikanische Militärtechnik an China verkauft wird?«

Saul nickte.

»Im Verdacht steht unter anderem Israel. Die können sich eigentlich alles erlauben. Auch international.«

»Was meinen Sie damit?«

Najib schraubte an dem Fernrohr herum. »Israel erwirbt legal Technologie von den Amerikanern und vertickt das Zeug an andere. An China. Wahrscheinlich auch an Russland. Wir befinden uns hier nahe an China. Geografisch und kulturell. Viele Chinesen im Land. Deswegen laufen etliche Chinageschäfte über Malaysia. Entweder mit dem Schiff. Oder per Luftfracht.«

»Was haben die Israelis in dem Fall verkauft?«

»Es soll um eine Drohne gehen. Mit Steuerungssystem, Kommandostand, Software, allem, was dazugehört. Bestes militärisches Equipment. Unbemannte Flugzeuge, ›Unmanned Aircrafts‹ oder ›UAs‹ im Fachjargon. Da gibt es die

Brandbeobachtung und natürlich ferngesteuerte Kampfjets. Die Öffentlichkeit kommt mit dem Thema kaum in Berührung, nur wenn ab und zu Fehler durchsickern.«

»Sie meinen, wenn Zivilisten in Kriegsgebieten versehentlich getötet werden?« Rox.

»Oder wenn Talibanführer per Drohne gezielt ausgeschaltet werden. Beispielsweise. Was sonst noch läuft, möchte niemand wissen. Ein Universum für sich.« Najib.

»Ein solches UA samt Zusatzausrüstung wurde über Malaysia nach China verschickt?«

»Die Amerikaner haben einen Hinweis bekommen. Wir sprechen von Flugobjekten, die an die sechs Tonnen wiegen können. Das sind Maschinen, die eine Flughöhe von 9000 Metern erreichen und eine Reichweite von 600 Kilometern haben.«

Saul pfiff leise durch die Zähne. Rox kramte in ihrem Portemonnaie nach Kleingeld.

»Möchte jemand Eis?«

»Frappé«, bat Saul.

Rox machte sich auf den Weg zum Kiosk. Sie nutzte den kurzen Weg, um sich nach Verfolgern und ungebetenen Zuhörern umzuschauen. Natürlich konnte Najib verkabelt sein. Ein Minimikro auf der Haut kleben haben. Eins mit Sender.

Als sie mit drei Bechern Frappé zurückkehrte, sagte Saul gerade:

»Die Taliban sind doch nicht imstande, eine solche Drohne sicherzustellen, zusammenzupacken und nach Malaysia zu transportieren. Und warum geht das Ding nicht über den Landweg?«

»Vielleicht nicht die Taliban. Niemand weiß das.« Najib nahm sein Frappé. »Danke.«

»Da drüben wird eine Bank frei. Sollen wir uns setzen?«

»Gern.«

Sie spazierten Frappé löffelnd zu der Bank. Nur Stella saß dort mit einem Becher Cola.

»An Bord der Boeing befanden sich 4,5 Tonnen als Mangostane deklarierte Kisten. Eine Frucht, die unter anderem in Malaysia angebaut wird. Sehr beliebt in Asien. Wir exportieren Massen davon«, sagte Najib. »Dann waren da 2,7 Tonnen Li-On-Batterien. Sie haben davon gehört?«

»Die Frachtpapiere sind lange nicht herausgerückt worden.« Saul.

Najib winkte ab. »Wir sind in Südostasien. Einem äußerst umfangreich militarisierten Gebiet, alle beobachten sich gegenseitig.«

»Sie unterstellen, dass die Früchte und die Batterien nicht waren, was sie vorgaben?« Rox.

»Entweder das eine oder das andere oder beides.« Najib hielt den leeren Becher von sich weg. »Was glauben Sie, was an Bord von Zivilflugzeugen alles transportiert wird?«

Ich möchte es nicht wissen, dachte Saul.

»Die Amerikaner bekamen einen Hinweis. An Bord von MH370 wird etwas verladen, was da nicht hingehört. Kümmert euch drum.«

Hollywood, dachte Rox.

»Und haben sie das gemacht?«

»2009 haben irakische Hacker unverschlüsselt übertragene Daten einer Videodrohne an sich gebracht. Es gibt viele Fälle, in denen listige Freaks Informationen zu den Waffensystemen der Amerikaner abgeschöpft haben. Jedes Mal ein GAU. Bei einer Drohne, die das Neueste vom Neuen darstellt, können die Amis auch gleich den Chinesen die Baupläne schicken. Beide Länder haben fundamental unterschiedliche Bedürfnisse.«

»Im Gegenteil. Sie wollen beide das Gleiche. Macht über den Globus«, widersprach Rox.

Najib schwieg einen Moment. »Offiziell sind beide Länder Rivalen. Man schenkt sich nichts.«

»Von wem haben die Amerikaner den Tipp bekommen?«, fragte Saul.

»Ich weiß es nicht. Von den Israelis vielleicht. Das wäre logisch. Die Israelis wissen alles. Sie hängen überall mit drin. Sehr effektiv. Meinen Respekt haben sie.«

»Sagen Sie das als Angehöriger des Militärs?«

Najib grinste. »Kein Kommentar.«

Rox stand auf und warf ihren leeren Becher in einen Mülleimer. Wie zufällig schweifte ihr Blick über die Menschen, die den Blick auf das dunstige Kuala Lumpur unter sich genossen. Fraglos eine atemberaubende Aussicht.

KUALA LUMPUR

8.2.2017

Stella schickte eine Textmessage an Leo.

Fahren zum Dinner. Heute japanisch. Viele Grüße!

Zu mehr Romantik war sie nicht fähig.

In ihrer Zeit mit Dean, da hatten sie unzählige Messages geschickt. Mit vielen Herzchen und Smileys und »*Ich liebe dich«. »Ich liebe dich auch.«* Mit Leo funktionierte es nicht. Nicht so.

Um sie her tobte Kuala Lumpur. Im Taxi lief die Klimaanlage, dennoch klebte ihr das Shirt vor Schweiß am Körper. Neben ihr saß Saul. Schweigend. Vorne starrte Rox unbewegt aus dem Seitenfenster. Das Radio lief. Chinesische Popmusik. Die löste etwas aus. Erinnerung an Peking, an ihren Job dort, an die ersten Wochen nach Deans Verschwinden, als sie zwischen dem Hotel »Lido« und ihrer Arbeitsstelle hin und her gefahren war.

Im »Lido« hatte man die offiziellen Pressekonferenzen und die Briefings für die Angehörigen abgehalten. Ein Spießrutenlaufen! Sie schleppte sich jedes Mal mit all den anderen, hauptsächlich chinesischen Familien, aus dem Saal, frustriert und aufs Neue entsetzt von der ungenügenden, schlicht nicht existenten Aufklärung durch die Behörden, nur um Auge in Auge mit Dutzenden Kameras zu stehen. Niemand der Organisatoren ermöglichte ihnen, den Raum diskret zu verlassen. Man schien sie förmlich vor die Pressemeute zu hetzen.

Es gab Angehörige von Verschwundenen, die die Journalisten anschrien, auf die Kameras eindroschen. Und es gab Leute, die vor aller Augen zusammenbrachen, ohnmächtig manche, andere schreiend vor Entsetzen, und auf Tragen weggebracht wurden. Vor allem an jenem 24. März 2014, über zwei Wochen nach dem Verschwinden der Maschine, als der malaysische Ministerpräsident Najib Razak in Kuala Lumpur ein Statement abgab, in dem er bestätigte, neu erhobene Satellitendaten hätten gezeigt, dass MH370 stundenlang in Richtung des südlichen Indischen Ozeans weitergeflogen sei. Die Worte Razaks klangen Stella immer noch im Ohr:

»Dies ist ein entlegenes Gebiet, weit von jedem möglichen Landeplatz entfernt. Deshalb muss ich Sie voller Traurigkeit und Bedauern darüber informieren, dass, entsprechend diesen Daten, Flug MH370 im südlichen Indischen Ozean endete.«

Selbst jetzt im Taxi griff die kalte Hand wieder nach Stellas Nacken.

Neu erhobene Satellitendaten! Später stellte sich heraus, dass diese Daten der britischen Gesellschaft Inmarsat bereits 24 Stunden, nachdem die Boeing verschwunden war, vorgelegen hatten. Am 14. März jedoch hatte die malaysische Regierung noch abgestritten, dass MH370 überhaupt weitergeflogen war – und zwar auf einer ganz anderen Route als vorgesehen. Najibs These von einer Drohne im Frachtraum. Durfte das sein? Dass ein illegaler Waffenverkauf den Tod von 239 Menschen verursachte? Stella versuchte gegenzurechnen. Drohnen verursachten letztlich sehr oft den Tod von Menschen. Direkt durch Abschuss oder indirekt durch Ausspionieren und spätere Angriffe.

Sie lehnte den Kopf zurück, schloss die Augen. Ihre Finger tasteten über das Smartphone.

»Alles in Ordnung?«, fragte Saul.

Was könnte in Ordnung sein? Sie hatte keine Antworten. Nur Erinnerungen.

»Sie haben uns eine SMS geschickt«, entgegnete sie leise, als spräche sie zu sich selbst. »Wussten Sie das?«

»Eine SMS? Wer hat die geschickt.«

Stella öffnete die Augen. Vor ihr saß Rox auf dem Beifahrersitz, immer noch unbewegt aus dem Seitenfenster blickend.

»Am 24. März. Gut zwei Wochen, nachdem die Maschine verschwunden war.« Sie scrollte über ihr Smartphone. »Hier.«

Saul griff nach dem Telefon.

*Malaysia Airlines deeply regrets that we have to assume beyond any reasonable doubt that MH370 has been lost and that none on board survived. As you will hear in the next hour from Malaysia's Prime Minister we must now accept all evidence suggesting the plane went down in the Southern Indian Ocean.**

»Meine Güte.« Saul gab ihr das Handy zurück.

»Ich hätte mir nie träumen lassen, dass die Airline uns mit einer SMS informiert. In so einer Sache. Hätten Sie uns nicht schreiben können: Es gibt neue Erkenntnisse, wir geben Ihnen Auskunft darüber am Soundsovielten in einem Briefing?«

»Es muss ein grauenvoller Schock gewesen sein.«

Stella nahm die Sonnenbrille ab. Es wurde Abend. Das Licht schwand. Sie war müde. Sie hatte längst aufgegeben, die lächelnde Fassade aufrecht zu halten. Irgendwann zwischen dem 8.3.2014 und ihrer Rückkehr nach Deutschland. Damals wie heute fiel es ihr nicht leicht, Gefühle zu zeigen, aber sie nahm nicht mehr diesen inneren Zwang wahr, Optimismus ausstrahlen zu müssen. Zu Anfang hatte sie sich dazu verpflichtet gefühlt. Den anderen Angehörigen gegenüber. Und ihrer Familie, ihren Freunden gegenüber. Sie ertrug das Mitleid nicht. Das war der Punkt. Sie wollte nicht bemitleidet werden, weil Mitleid nichts half. Es belastete nur. Sie spürte Druck, dankbar für die vermeintliche Zuwendung sein zu müssen. Versuchte, die Blicke zu ignorieren, die Ludwig und

* Malaysia Airlines bedauert zutiefst, dass wir jenseits aller vernunftbedingten Zweifel annehmen müssen, dass MH370 verloren ist und keiner an Bord überlebt hat. Wie Sie in der nächsten Stunde von Malaysias Premierminister erfahren werden, haben wir sämtliche Evidenzen zu akzeptieren, dass die Maschine im südlichen Indischen Ozean abgestürzt ist.

ihre Mutter austauschten. Die Arme. Sie wird es überstehen. Geben wir ihr Zeit. Wir haben es ja gleich gesagt, das mit China ist nichts für sie …

»Wissen Sie, viele chinesische Angehörige können gar kein Englisch. Sie erhielten die SMS also in einer Fremdsprache und suchten händeringend nach einer Vertrauensperson, die den Text übersetzte. Stellen Sie sich diese Minuten vor, in denen sie nicht wussten, was da stand! Und dann erschien Razak auf der Pressekonferenz, live im TV, und sagte, dass der Flug im Ozean endete.« Stella entfuhr ein bitteres Lachen. »Ich war im Büro an dem Tag. Besonders produktiv war ich nicht, das gebe ich zu, aber ich konnte nicht in der Wohnung sitzen, in der ich mit Dean hatte leben wollen und die nun nichts als Leere ausstrahlte. Da blieb ich lieber in der Firma. Hörte, wie mein Handy eine SMS meldete, und las diesen Text.«

Merkwürdig: In der Erinnerung war dieser Moment wie weichgezeichnet. Sie hatte keine Empfindung mehr, die sie noch einmal durchleben könnte. Der Schock war zu groß gewesen. Etwas in ihr war abgestorben.

»Dabei hatte ich damals richtig viel Hoffnung. Ich konnte einfach nicht glauben, dass Dean tot sein sollte. Dachte, vielleicht ist die Boeing im Regenwald abgestürzt. Vorstellbar, dass man sie zwischen der dichten Vegetation nicht sofort fand. So kurz nach dem Unglück hätte es Überlebende geben können. Aber sie fingen an, über diese Satellitendaten zu sprechen, und meinten damit zu belegen, dass die Maschine in den südlichen Indischen Ozean hinausgeflogen ist. Wenn es stimmt, dass sie dort abstürzte, liegt das Wrack mittlerweile am Meeresgrund. Ich habe Dutzende Artikel von Fachleuten gelesen. Sie sagen, der Ozean ist dort an manchen Stellen 8.000 Meter tief. In einer solchen Tiefe würde der Wasserdruck die Maschine in kleinste Teile zerdrücken. Eine

Leichenbergung ist unmöglich. Glauben Sie mir, rein rational verstehe ich es. Meine Vernunft akzeptiert es und ich kann darüber reden wie über einen geplatzten Fahrradreifen. Aber tief drinnen verspüre ich doch noch diese absurde Hoffnung.«

Das Taxi hielt.

»Manche Angehörigen haben von Anfang an hingenommen, dass alle Menschen an Bord tot sind. Niemand darf sie dafür kritisieren, auch ich tue das nicht, verstehen Sie?«

Saul nickte.

»Seltsamerweise glaubt ein Teil von mir bis jetzt, dass Dean gefunden wird. Wenigstens seine Leiche. Wenigstens eine Erklärung. Deswegen tue ich das alles hier.« Dabei tue ich gar nichts, fügte Stella im Stillen hinzu. Ich sitze in einem Taxi vor einem Restaurant. Das ist alles.

»Gehen wir essen«, befand Rox und reichte dem Fahrer ein paar Geldscheine.

PARKROYAL, KUALA LUMPUR

8.2.2017

Der Amerikaner, der an der Rezeption den Anmeldeschein ausfüllte, war groß, ein wenig füllig und führte außer einer Laptoptasche einen kleinen Trolley mit sich. Er hatte mit

Hinweis auf seine persönliche Glückszahl genau das Zimmer über dem bekommen, in dem Stella Simon wohnte. In Südostasien hatte man Verständnis für Sonderwünsche dieser Art. Glückszahlen stellten einen wichtigen Bestandteil jeder individuellen Überlebensstrategie dar.

Er nahm seinen Schlüssel in Empfang und fuhr mit dem Lift nach oben. Im Zimmer angekommen, wusch er sich sorgfältig die Hände, bevor er den kleinen Koffer öffnete. Er schaltete seinen Laptop ein und vernetzte ihn mit den beiden Rechnern, die sich in dem Trolley befanden. Anschließend stellte er mit einem der Rechner eine Verbindung über einen sicheren Hotspot zum Internet her, mit seinem Laptop loggte er sich in das Hotel-WLAN ein.

Sie war im Netz.

Sowohl mit ihrem Notebook als auch mit ihrem Handy.

Er griff die nötigen Daten ab. Als Nächstes kroch er auf die Festplatte ihres Notebooks und kopierte alle ihre Kontakte. Anschließend verschaffte er sich Zutritt zu ihrer Webcam.

Mist. Sie war nicht dumm. Das Ding musste abgeklebt sein, er sah nur dunkelgrau.

Na gut, dieses Problem wäre leicht zu lösen. Gleich nachher würde er sich mit dem Schlüsselkartensystem des Hotels befassen.

Zuvor wollte er noch in ihr Handy eindringen. Er gab ein paar Befehlszeilen ein.

Doch er kam nicht durch. Sie schien ausgerechnet jetzt ihr Mobiltelefon ausgeschaltet zu haben. Für Momente überlegte er, ob sie ihn bemerkt haben konnte, entschied aber dann, dass es Zufall sein musste.

Bei Tesnik und Fletcher dagegen sah es anders aus. Der Laptop, den Tesnik benutzte, besaß eine ganze erstklassige

Ringmauer von Abwehrmechanismen. Außerdem nutzte sie nicht das hoteleigene WLAN. Fletchers PC war ausgeschaltet. 100-prozentig würde es bei ihm nicht anders aussehen.

Seine Auftraggeber hatten ihm einiges an Informationen über Tesnik und Fletcher mitgegeben. Die beiden mussten ziemliche Cracks sein, nicht die üblichen Stümper, die sich im Nachgang des 8.3.2014 für das verschollene Flugzeug interessiert hatten, ganz zu schweigen von den Spinnern, die mit allerhand gequirlter Scheiße aufwarteten.

Er würde sich einiges einfallen lassen müssen. Was ihn selbstverständlich herausforderte. Er hatte selbst einige kleine Programme geschrieben, die ihm helfen würden, die Rechner in der Etage unter ihm zu infiltrieren.

Dann kümmerte er sich eben erst einmal um die Schlüsselkarten.

CAFÉ SOLEMAR, KUALA LUMPUR

9.2.2017

Rox setzte sich in das Café, das ihr am Telefon genannt worden war. Sie bestellte einen Cappuccino und wartete.

Es fiel ihr nicht schwer. Sie konnte stundenlang nur dasitzen. Und beobachten. Sie hatte sich angewöhnt, früher zu Treffen wie diesen zu kommen. Das gab ihr die Chance, nach Dingen oder Personen Ausschau zu halten, die an Ort und Stelle nichts zu suchen hatten. Für Abweichungen von Mustern hatte sie feine Antennen.

Obwohl es erst früher Vormittag war, brannte die Sonne bereits. Das Café »Solemar« lag strategisch günstig am Unabhängigkeitsplatz, einer der Hauptsehenswürdigkeiten Kuala Lumpurs. Hätte Rox Wert auf Sightseeing gelegt, wäre ihr diese riesige Freifläche mitten in der Megacity als ein Ort zum Verschnaufen gerade recht gekommen. Im Osten des Merdeka-Squares thronte das Sultan Abdul Samad-Gebäude, in dem vor der Unabhängigkeit Malaysias die Briten ihre Verwaltung untergebracht hatten. Vor der gewaltigen Fassade mit seiner orientalischen Ornamentik wiegten sich Palmen im Wind. Dahinter ragten die unvermeidlichen Wolkenkratzer auf. Blendete man die Glaskästen aus, besaß Kuala Lumpur am Merdeka-Square tatsächlich noch etwas typisch Koloniales. Die grüne Rasenfläche erinnerte an Kricketspiele, und die Kathedrale im Norden des Platzes stellte eine anglikanische Insel im muslimischen Malaysia dar.

Rox behielt Büroangestellte, Touristen, Straßenreiniger im Auge, außerdem eine Schulklasse, die Mädchen adrett in Uniform.

Er könnte hier sein.

Doch trotz all ihres Misstrauens: An diesem Morgen geschah gerade hier nur das Übliche. Wenngleich Rox und Saul damit rechnen mussten, durch den Besuch in Butterworth ein paar Leute aufgescheucht zu haben. Sie war dagegen gewesen, ihre Recherchen beim Militär zu beginnen, aber Saul hatte sie schließlich überzeugt. Wenn es tatsächlich eine Chance gab, an die Ereignisse rund um das Verschwinden von MH370 heranzukommen, mussten sie mit den ersten Stunden beginnen, als das Transpondersignal der Maschine auf den Radarschirmen erloschen war. In jener Nacht waren die ersten kapitalen Fehler passiert. Das Militär spielte eine entscheidende Rolle. Rox wusste über Südostasien ausreichend Bescheid, um den beständigen Argwohn selbst innerhalb von Landesgrenzen gar nicht hoch genug einschätzen zu können. Keine Behörde wollte sich von der anderen in die Karten schauen lassen. Eigene Leute wurden gedeckt, andere ans Messer geliefert. Beispielsweise wurde 2016 bekannt, dass etliche malaysische Beamte am Flughafen in Kuala Lumpur das System zur elektronischen Überprüfung der Reisepässe wiederholt sabotiert hatten. Offenbar handelte es sich um Angehörige eines Menschenschmugglerrings. Die Computer seien auch von außen gehackt worden. Mehr hatte Rox nicht in Erfahrung bringen können. Aber diese Schlamperei – ihr war bewusst, dass der Begriff mehr als eine Verharmlosung darstellte –, war nicht die einzige gewesen.

Die Medien hatten sich kurz nach dem unerklärlichen Verschwinden von MH370 zunächst auf zwei Iraner eingeschossen, die mit gestohlenen europäischen Pässen an Bord der Boeing gelangt waren. Verlorene oder gestohlene Dokumente wurden weltweit in einer Datenbank namens »Stolen and Lost Travel Documents SLTD« erfasst, damit an den Flughäfen jeder Pass mit dieser Datenbank abgeglichen werden konnte. 2014 zumindest hatten die malaysischen Behörden auf diesen Abgleich verzichtet, um sich später mit hanebüchenen Erläuterungen herauszureden. (Diverse Verschwörungstheoretiker trugen vor, dass die Sicherheitsfirmen, die die Kontrollen der Passagiere übernahmen, Diener vieler Herren sein konnten. Daran mochte Rox nicht einmal denken. Eines nach dem anderen, das Wahrscheinliche zuerst, diktierte sie ihren Nachhilfeschülern.) Dies erschien umso lächerlicher, als einer der Iraner, keine 30 Jahre alt, mit dem Pass eines 61 Jahre alten Österreichers reiste. Niemand hielt die beiden Iraner auf. Sie blieben beim Boarding unter dem Radar, was – Rox konnte darüber nur entsetzt den Kopf schütteln – ihr Todesurteil bedeutete. Nachdem beide Männer zunächst als Terrorverdächtige betrachtet wurden, stellte sich schnell heraus, dass sie mit den gestohlenen Dokumenten in Europa einreisen und dort Asyl beantragen wollten. Mit dem Verschwinden der 777 jedenfalls hatten sie nichts zu tun.

»Madam?«

Ein Schatten fiel über Rox und riss sie aus ihren Gedanken.

»Sir?« Sie nahm kurz die Sonnenbrille ab.

»Bao Deng.« Er reichte ihr die Hand. »Nice to meet you.«

Sie bat ihn, sich zu setzen. Ein Chinese mit freundlichem Gesicht und blitzenden Augen. Er trug ein weißes Hemd und eine dunkle Hose. Für das Gespräch hatte er keinen Freizeitlook gewählt, aber auch keine besonders förmliche Kleidung. (Ihren Azubis würde Rox beibringen, genau auf diese Dinge zu achten.) Er war umsichtig, aber nicht ängstlich; das sagte sein Outfit aus.

Sie hatte sich am Flughafen erkundigt. Es war Geld geflossen. Sie bekam die Auskunft, dass Bao Deng, chinesischer Staatsbürger, als Ramp-Agent das Unglücksflugzeug in jener Nacht vor beinahe drei Jahren abgefertigt hatte. Ramp-Agents koordinierten alle Leistungen, die vor Abflug beziehungsweise zwischen Landung und Abflug an einem Verkehrsflugzeug erbracht werden mussten. Dazu gehörten die Frachtabfertigung, die Überwachung des Tankvorgangs, das Catering und das Beladen der Wassertanks an Bord sowie die Überprüfung des Boardings der Passagiere.

Nun hatte Rox Bao Deng vor sich, um genauere Informationen über die Fracht einzuholen.

»Ich möchte mit Ihnen über MH370 sprechen.«

»Alle wollen über MH370 sprechen. Fahren Sie mal mit dem Taxi zum Flughafen. Die Fahrer haben alle ihre Theorien. Für viele gehören die Touren zum Airport zur Stammstrecke. Die Jungs sind vollgestopft bis obenhin mit Verschwörungstheorien. Die Amerikaner haben unser Flugzeug, behaupten sie.«

Er sprach passables Englisch, allerdings mit starkem Akzent. Rox trug ein Mikrofon unter dem Shirt. Später würde sie mit Saul die Aufzeichnung dieses Gesprächs analysieren. Vermutlich würde Stella sich dazwischendrängen.

»Und Sie? Was denken Sie?«

»Ich denke, dass die Maschine am Grund des Ozeans liegt. Vielleicht wird man sie in 50, 60 Jahren durch Zufall finden. Wenn dann noch was von ihr übrig ist.« Er bestellte eine Cola.

»Wie ist sie dort hingeraten?«

»Diese Autopiloten, das sage ich Ihnen, sind die Pest. So eine 777 fliegt ihren Kurs, wenn Sie den einmal eingegeben haben. Nehmen wir an, die Piloten waren ohnmächtig. So was kam schon vor. Eine griechische Maschine. ›Helios‹ hieß die Company. Vor ein paar Jahren ging der Unfall durch alle Medien. Es gab ein Problem mit Druckabfall in der Kabine. Einer der Wartungsingenieure hatte einen Fehler gemacht, so kam es zu dem Druckabfall. Die Sauerstoffmasken liefern nur begrenzt Sauerstoff. Ungefähr für 15 Minuten. Danach gehen die Passagiere hops.« Er zuckte die Achseln. »Traurig, aber wahr. Vor der Fliegerei habe ich Respekt. Ich bin jedes Mal, wenn ich eine Maschine abgefertigt habe, heilfroh, dass ich am Boden bleiben darf.«

»An jenem 7.3. ...«, begann Rox.

»Der allmählich in den 8.3. überging!«

»Richtig. Wie war das?«

»Sie meinen, was ich gemacht habe? Das Übliche. Es gab einfach keine Hinweise auf irgendwas Ungewöhnliches. Ich habe alles zu Protokoll gegeben. Meine Papiere waren in Ordnung.« Schweiß bildete sich auf seiner Oberlippe. Er zupfte an den Bügelfalten seiner Hose. Als der Kellner seine Cola brachte, stürzte er das halbe Glas in einem Zug hinunter.

Sie waren am entscheidenden Punkt des Gesprächs.

»Ich möchte mehr über die Fracht wissen.«

»Lesen Sie den Untersuchungsbericht. Der ist 586 Seiten stark. Da findet sich auf jede Frage eine Antwort.«

»Die Mangostane zum Beispiel. Sind Sie sicher, dass Sie Obst verladen haben?«

»Na, wenn Sie meinen, ob ich die Kisten geöffnet habe – nein! Die Dinger waren verschweißt. Wir achten sehr genau darauf, dass die Verpackung einwandfrei ist, nicht dass irgendwo was reißt und die Früchte durch den Frachtraum kullern.«

»Könnte etwas anderes in den Kisten gewesen sein?«

Bao trank die Cola aus.

»Kaum anzunehmen.«

Rox schob ihre Sonnenbrille auf die Stirn. Sie sah Bao unverwandt an. Es irritierte ihn.

»Na, also wissen Sie, natürlich kann was anderes drin sein, wenn man seine Fantasie anstrengt, da kann alles Mögliche drin sein. Ich habe sogar eine ›Notice to Captain‹ durchgegeben. Abgekürzt NOTOC. Wir müssen die Crew benachrichtigen, wenn etwas potenziell Gefährliches geladen wird. Mangostane ist nicht gefährlich, aber verderblich. Deshalb habe ich eine Meldung ans Cockpit geschickt und genau angegeben, an welchen Plätzen im Frachtraum die Kisten verstaut waren.«

»Es waren außerdem Li-Ion-Batterien an Bord.«

»Typische Cargo. Was glauben Sie, wie viele Tonnen davon in die Welt rausgeschickt werden? Die Batterien kamen von Motorola Solution Penang und gingen an Motorola China. Von den gut zwei Tonnen waren allerdings nur 221 Kilo tatsächlich Batterien. Der Rest des Gewichts geht auf Verpackung und Ladegeräte. Und es war alles vorschriftsmäßig verpackt.«

»Gut 2,4 Tonnen Batterien inkl. Zusatzgerät. Gut 4,5 Tonnen Mangostane. Gibt zusammen knapp sieben Tonnen.«

»Ich sage Ihnen, diese Batterien sind nicht wirklich gefährlich. Deswegen habe ich keine NOTOC rausgegeben, was die Li-Ion-Dinger betrifft.« Bao wirkte nun ruhiger, als habe er das Gespräch in vertraute Gewässer gelenkt.

»Sie sind hoch entzündlich«, warf Rox ein.

»Das schon, aber falls sie sich entzünden, entsteht Rauch, und die Sensoren im Frachtraum senden sofort eine Meldung ans Cockpit. Da kam nichts. Außerdem hätte die Maschine gar nicht so lange in der Luft bleiben können, wenn ein Brand, selbst nur ein Schwelbrand, ausgebrochen wäre. Nehmen wir Unglücke wie Swissair 111. 1998 war das. Zwischen der Meldung eines Brandes an Bord und dem Absturz lagen nur 21 Minuten. 21! Und unsere MH370 ist stundenlang weitergeflogen!«

»Sie sind ziemlich gut informiert!«

»Wir am Airport können doch gar nicht anders. Weltweit suchen Experten nach Gründen, warum die Boeing verloren gegangen ist. Und wir Mitarbeiter genauso! Wir sind besessen von dem Gedanken, dass unter unseren Augen ein Fehler passiert sein könnte. Obwohl sich bis heute nicht herausgestellt hat, dass einer von uns etwas falsch gemacht hätte.«

Rox wartete eine Weile, bis sie ihre nächste Frage abschoss.

»Wann haben Sie die Frachtpapiere bekommen?«

Bao wurde sichtlich blasser.

»Alles ging seinen gewohnten Gang. Ich habe im Operations Office meine Papiere ausgedruckt.«

»Aber da stimmte etwas nicht.«

»Doch. Ich …«

»Es muss nichts bedeuten.«

»Nein. Muss es nicht.«

»Aber es nagt an Ihnen?« Rox beugte sich vor.

Bao rieb sich die Stirn. »Im Office war ein Typ. Ein grauhaariger. Großer. Europäer oder Amerikaner. Ich hatte ihn nie zuvor gesehen. Im Operations Office arbeiten nur Asiaten. Wohingegen er offenbar eine ID hatte, die ihn reinließ. Er ging, als ich gerade kam. Kurz darauf holte ich mir aus dem Rechner die Passagierliste und die Frachtpapiere, eine gute Stunde, bevor MH370 startete. In dem Moment wurde der Bildschirm schwarz.«

»Stromausfall kann es nicht gewesen sein.«

»Natürlich nicht. Das System hat sich heruntergefahren und ist dann von Neuem gestartet.«

»Danach haben Sie die Frachtliste ausgedruckt.«

Rox lehnte sich zurück. Alles an Baos Körpersprache sagte ihr, dass er über diesen merkwürdigen Zwischenfall seit beinahe drei Jahren unaufhörlich nachdachte.

»Sie nehmen an, er hat die Frachtliste verändert. Etwas umdeklariert.«

»Auf alle Fälle hatte er da nichts verloren.« Bao spielte mit dem Strohhalm seiner Cola. Ein paar Tropfen braune Flüssigkeit tropften auf seine Hose.

»Ansonsten war die Frachtliste korrekt? Ich meine, als die Behörden endlich die Liste veröffentlichten? Handelte es sich um Ihre Liste?«

»Ja.« Leise fügte er hinzu: »Aber die Passagierliste war nicht exakt.«

»Was war damit?«

»Wissen Sie, die Passagiere meinen immer, alles läuft 100-prozentig akkurat ab. Aber Passagierlisten sind ziemlich oft nicht auf dem genauen Stand. Zuerst einmal kommen die Buchungsinformationen von verschiedenen Computersystemen und Fluggesellschaften. Da ist manchmal nicht alles kompatibel. Dann gibt es Leute, die in letzter Minute stornieren oder umbuchen. Unternehmen buchen oft ein paar Sitze auf gut Glück, ziehen dann kurz vor Abflug zurück. Sie haben Sonderkonditionen und nutzen die aus. Verständlich. Außerdem kommt es vor, dass ausländische Namen falsch geschrieben werden, oder man nimmt den Vornamen für den Familiennamen und umgekehrt.«

»Im Fall von MH370 …«

»Ist es korrekt, dass vier Passagiere, die Tickets für den Flug nach Peking besaßen, nicht eincheckten. Sie kamen nicht zum Flughafen.«

Rox spürte, wie ihr Gesicht heiß wurde. (Ihre Azubis würde sie an dieser Stelle warnen: Emotionen zurück zu stellen war besser, als sich mitreißen zu lassen. Auch wenn man meinte, an einem entscheidenden Punkt zu stehen.) »Laut Presseinformationen sollen *fünf* Passagiere, deren Gepäck bereits verladen war, kurz vor dem Boarding von dem Flug zurückgetreten sein.«

Bao schüttelte den Kopf. »Das stimmt nicht. Die Koffer hätten vor dem Start ausgeladen werden müssen. Da wurde nichts aus dem Frachtraum geholt. Das wüsste ich.«

»24 Stunden nach dem Verschwinden der Boeing wurde genau dies von den malaysischen Behörden verlautbart.«

»Vergessen Sie es. Es stimmt nicht. Dafür lege ich beide Hände ins Feuer!«

RESTAURANT FOGO, KUALA LUMPUR

9.2.2017

»Die vier Unbekannten sind der Schlüssel.« Rox stocherte in ihren Nudeln herum.

»Wie finden wir die?« Stella.

Rox verdrehte die Augen. »Fletcher und ich finden diese Passagiere. Nicht Sie.«

»Es ist mein Fall.«

»Ist es nicht.«

Saul ging dazwischen: »Wir halten Sie natürlich auf dem Laufenden, Stella. Deswegen hat Roxane ja gerade berichtet. Der Ramp-Agent war eine gute Quelle.«

»Er schickt die Namen ans Hotel«, bequemte sich Rox zu einer ausführlicheren Auskunft.

»Hat er die Liste noch?«

»Passagierlisten bleiben im System gespeichert. Mindestens ein halbes Jahr, aber Bao sagte, dass diese Liste innerhalb von 24 Stunden aus dem normalen Operator-System gelöscht wurde. Es wäre nun allerdings mühsam, aus den über 200 Namen die vier herauszufinden, die nicht zustiegen. Mit Baos Hilfe geht es schneller.«

»Konnte er die Liste einfach behalten?«

»Als er am 8. März mittags wieder zum Dienst antrat, ging bereits durch alle Medien, dass die Maschine verschollen war. Er rief die Liste auf und druckte sie aus.«

»Warum?« Stella nahm einen Löffel Reis und betrachtete ihn, als wüsste sie nicht, was sie vor sich hatte.

»Er war für die Abfertigung dieses Fluges verantwortlich. MH370 war *sein* Flug, wenn man so will«, erklärte Rox widerwillig. »Irgendetwas hat ihn dazu getrieben, die Informationen noch einmal durchzugehen. Einschließlich der Frachtliste. Einen Tag später stellte er fest, dass keine der Aufstellungen mehr im System abrufbar war. Die Behörden wollten sie wohl löschen, um damit das Problem und die Zuständigen unsichtbar zu machen.«

Saul betrachtete seine Partnerin nachdenklich. Man konnte den Malaysiern natürlich vorwerfen, in den ersten Stunden nach dem Verschwinden der 777 den Kopf in den Sand gesteckt und mit dem Finger auf andere »Verantwortliche« gedeutet zu haben. Doch Rox war vor dieser Methode auch nicht gefeit. Sie konnte über sehr lange Zeit Dinge ignorieren, die ihr nicht in den Kram passten, und ebenso lange andere für eine Misere verantwortlich machen, für die diese Leute nicht haftbar zu machen waren.

»Diesen Ramp-Agent trifft keine Schuld!« Stella legte ihre Stäbchen weg. »Er hat alles richtig gemacht, denke ich.«

»Woher wollen Sie das wissen?«, blaffte Rox. »Das ist seine Darstellung der Dinge. Dieser grauhaarige Europäer oder Amerikaner etwa, den er im Operations Office gesehen haben will, kann eine Erfindung sein. Menschen stricken sich ihre Geschichten. Schon mal gehört?«

Stella schluckte. Sie würde sich Rox' ruppige Behandlung nicht mehr lang gefallen lassen, das konnte Saul an ihrem Mienenspiel sehen. Die steile Falte über ihrer Nase sprach Bände.

»Najibs Drohnentheorie bekommt neue Nahrung«, stellte Rox jetzt fest. »Mangostane und Batterien. Beides könnte umdeklariert worden sein.«

»Die Sache mit der Fracht ist von vorne bis hinten durchgecheckt worden«, gab Saul zu bedenken.

»Ohne Resultat.«

»Klar. Das Zeug liegt jetzt am Grund des Meeres.«

Stella starrte ihn wütend an. Er erschrak, als ihm bewusst wurde, was er da gerade von sich gegeben hatte.

»Haben Sie die Möglichkeit in Betracht gezogen, dass die Maschine irgendwo zwischengelandet sein könnte, wo die Fracht, irgendwas Merkwürdiges, von dem wir nichts wissen, ausgeladen wurde?«

»Eine Boeing 777 landet nicht mal einfach irgendwo so!« Rox.

»Nein. Aber eine Boeing 777 ändert auch mal nicht einfach so ihren Kurs«, warf Stella trocken ein. »MH370 hat die Transponder ausgeschaltet, das ACARS deaktiviert und ist umgekehrt. Es gibt Blogger, die annehmen, der Captain hätte eine Landebahn auf der Insel Pulau Langkawi angesteuert.«

Am Nachbartisch, einer Runde aus mehreren Büroangestellten in dunklen Anzügen, wurde es plötzlich still.

Rox sagte leise: »Behaupten kann man immer alles Mögliche. Es gibt zum Beispiel die Theorie, ein technisches Problem an Bord hätte die Piloten dazu gebracht, zunächst alle Systeme abzuschalten, um sie nach und nach wieder in

Betrieb zu nehmen und so dem Defekt auf die Spur zu kommen. Dazu passt die Landebahn in Pulau Langkawi. Captain Zaharie Ahmad Sha kannte sie, aber MH370 ist dort nicht gelandet, sondern über die Westinsel Malaysias geflogen und hinaus auf die Straße von Malakka, was auf dem Militärradar zu sehen war, und zwar zu einer Zeit, die zu der Flugroute, die die Maschine genommen hat, passt. Da war keine Zeit, um zwischenzulanden.«

»Das Militär hat garantiert schon öfter gelogen. Vielleicht treffen die Zeitangaben nicht zu!« Stella schob ihren Teller weg.

»Zu Ihrer Theorie passt außerdem etwas anderes nicht«, wandte Saul ein. »Das ACARS kann man nicht so leicht abschalten. Man muss in die Elektronik, ins System. Das passiert nicht im Cockpit. Nicht während des Fluges. Man braucht Spezialkenntnisse dazu.« Saul rekapitulierte, was er über ACARS gelesen hatte. Während der Transponder, der die Flugnummer und Flugroute sowie das Ziel eines Verkehrsflugzeugs an den Boden übermittelte, von den Piloten mit einem Handgriff ausgeschaltet werden konnte, verhielt es sich mit ACARS anders. Seine Daten wurden automatisiert von den Triebwerken gesendet. Übermittelt wurden sogenannte Statusmeldungen zwischen Flugzeug und Boden per Satellit. Dabei handelte es sich nicht um Positionsdaten, sondern um technische Daten wie Treibstoffstand und Informationsstatistiken zur Funktionsweise der einzelnen Elemente eines Flugzeugs, die direkt an die Hersteller geleitet wurden. Rolls-Royce beispielsweise erhielt im Abstand von 30 Minuten Daten zur Funktion der Triebwerke. Wenn irgendwelche technischen Dinge an Bord nicht so liefen wie nötig, erfuhren mit einiger Wahrscheinlichkeit die Ingenieure beim Triebwerkhersteller schneller davon, als die Piloten das Problem überhaupt bemerkten.

»Ist schon in Ordnung. Sie brauchen sich nicht zu verteidigen.«

Am Nachbartisch setzten die Gespräche wieder ein. Sie dröhnten Saul in den Ohren. Er rief nach dem Kellner, um die Rechnung zu bezahlen. »Lasst uns ins Hotel fahren. Vielleicht hat Bao die Namen schon geschickt.«

Als sie im Vorraum des Restaurants auf das Taxi warteten, sah Saul, wie einer der Männer, die am Nachbartisch getafelt hatten, ihnen folgte. Er winkte Saul zu sich.

»Entschuldigt mich einen Augenblick.« Saul trat zu dem Mann. »Ja, bitte?«

»Die Amerikaner haben unser Flugzeug.«

»Woher wissen Sie das?« Der Mann sprach Deutsch mit annehmbarem Akzent.

»Die wollen uns weismachen, dass Luftfahrtunglücke heutzutage auf technisches oder menschliches Versagen zurückgehen«, raunte der Mann. »Das stimmt nicht. Es geht immer darum, dass etwas vertuscht wird, verstehen Sie?«

»Warum haben Sie unser Gespräch belauscht?«

»Malaysia ist für die Amis strategisch wichtig. Da sind wir uns einig? Sie hassen China!«

Saul wollte sich schon abwenden, doch irgendetwas in den Augen des Mannes ließ ihn weiter zuhören.

»Sie meinen …«

»Technisches Versagen ist doch eine super Begründung! Das geht gegen das Unternehmen, das die Maschine gebaut hat. Nicht gegen einen Politiker. Oder einen Staat! Hören Sie, das glaubt kein Mensch: dass die Piloten keine Meldung gemacht hätten, wenn es an Bord gebrannt hätte oder irgendwo Rauch bemerkt worden wäre. Die hätten sofort einen Notruf abgesetzt.«

Saul sah aus den Augenwinkeln, wie das Taxi vorfuhr.

»Die Amis haben unser Flugzeug. Wahrscheinlich haben sie es mittlerweile in Einzelteile zerlegt, die nicht größer sind als Legosteine. Also. Ich muss wieder.«

Und die Passagiere?, wollte Saul fragen. Stattdessen sagte er:

»Kannten Sie jemanden an Bord von MH370?«

Der Blick des Mannes wurde feindselig.

»Das geht Sie nichts an.«

Also ja, dachte Saul, während er Rox und Stella zum Taxi folgte.

VORORT AMPANG, KUALA LUMPUR

9.2.2017

Shenmi ließ das Radio laufen. Sie hörte gern Radio, aber heute bildete das Gerät nur einen Klangteppich. Das Essen war längst fertig. Sie hatte die Suppe in die Mikrowelle gestellt; kein Problem, die wieder aufzuwärmen, wohingegen das vor zwei Stunden noch knusprige Hähnchen inzwischen ziemlich matschig aussah.

Sie versuchte, ihren Ärger zu unterdrücken. An seinem freien Tag besuchte ihr Bruder sie so gut wie jede Woche, meistens gegen sechs am Abend, damit sie zusammen essen und sich austauschen konnten. Ihre Kinder waren aus dem

Haus, die Tochter in Hongkong verheiratet und der Sohn in London, sie konnte stolz sein. Aber seit ihrer Scheidung lebte sie allein und litt an der selbst geschaffenen Einsamkeit. Weil sie nicht mehr arbeitete, machte ihr die Langeweile zu schaffen. Außerdem ging ihr der Gesprächsstoff aus und sie sehnte sich nach jemandem, der Neuigkeiten aus der großen Welt in ihr kleines Zuhause brachte. Bao arbeitete am Flughafen, das war *der* Umschlagplatz für Neues und anderes, für Gerüchte, lustige Vorkommnisse, für Dinge also, die sich in Shenmis Leben nicht zutrugen.

Sie sah auf die Uhr. Fast neun. Er war nie besonders pünktlich, aber mehr als zwei Stunden Verspätung leistete er sich nicht.

Ihr war flau im Magen. Der Appetit war ihr vergangen. Ihr Bruder war ihr letzter Angehöriger, der noch in der Nähe lebte. Kinder und Enkel waren ausgeflogen und Bao selbst hatte keine Familie. Er war Mitte 40, eigentlich war es für ihn nicht zu spät, sich eine Frau zu suchen, was ihn jedoch nicht zu interessieren schien. Sie selbst hatte definitiv die beste Zeit hinter sich, sie war zehn Jahre älter als ihr Bruder … Shenmi spielte am Radio herum, um sich von den Grübeleien abzulenken.

Kuala Lumpur war keine besonders kriminelle Stadt, sie fühlte sich nie unsicher. Manchmal wurden Touristen in üble Geschichten verstrickt, illegales Glücksspiel war noch das Harmloseste, aber als chinesische Frau bewegte sie sich sorglos durch die Straßen. Nur der Verkehr … es geschahen viele Unfälle, wer hinter einem Steuer saß, benahm sich rücksichtslos. Wenn Bao ein Taxi genommen hatte … Er wohnte nah am Flughafen, wichtig für ihn, normalerweise kombinierte er Schnellbahn und Bus, um zu ihr zu kommen. Hatte er ein Taxi genommen? Manche von denen fuhren wie die Verrückten …

Shenmi trat ans Fenster und blickte auf die beleuchteten Wohnblocks rundum. Eigentlich konnte man nicht ganz bei Trost sein, wenn man so lebte. Alle Menschen über- und untereinandergeschachtelt, hoch oben die einen, im Schatten tief unten die anderen. Manchmal kam ihr das Leben bizarr vor. Da stand sie in ihrem Hochhaus und starrte auf die anderen Hochhäuser, sie fühlte sich verlassen, sie konnte es ruhig zugeben, für ein Skypegespräch nach London mit Sohn und Enkeln war es zu früh, die waren alle noch bei der Arbeit oder in der Schule, und für Hongkong war es zu spät. Sie nahm ihr Telefon in die Hand und überlegte, ob es jemanden gäbe, den sie jetzt anrufen wollte. Aber ihr fiel niemand ein.

PARKROYAL, KUALA LUMPUR

9.2.2017

Rox saß über ihr Notebook gebeugt.

So fand Saul sie, als er ihr Zimmer betrat, seinen Notizblock in der Hand. »Rox …«

»Bevor du loslegst: Die Liste gibt vier Namen her. Unser Freund Bao Deng schwört Stein und Bein, dass nicht fünf, sondern vier Passagiere den Flug ausfallen ließen.«

»Da leben jetzt vier Menschen auf diesem Planeten, die dem Tod von der Schippe gesprungen sind, irgendwo, und denken jeden Tag daran, dass ihnen das Leben ein zweites Mal geschenkt wurde.«

»Sei nicht so pathetisch. Die malaysische Regierung hat sich übrigens auch hier in Widersprüche verstrickt. Zuerst hieß es, fünf Passagiere seien kurz vor dem Boarding weggeblieben und das Gepäck sei ausgeladen worden. Dann sollen plötzlich alle gebuchten Passagiere an Bord gewesen sein.«

»Das sind ja nicht die einzigen Ungereimtheiten.« Er setzte sich in einen Sessel. »Übrigens, Rox: Ich wollte dich bitten, ein wenig höflicher mit Stella umzugehen.«

»Du meinst Frau Simon.«

Saul verbot es sich, die Augen zu verdrehen.

»Sie ist unsere Auftraggeberin. Es ist ihr Geld. Wir sind Dienstleister.«

»Ich bin kein Dienstleister, ich werde bezahlt, um jemanden zu finden, und diesem Ziel ordne ich alles unter. Sie stört. Sie hätte nie mitfahren dürfen. Was tut sie hier in Malaysia? Jedenfalls nichts Nützliches.«

»Sie muss für sich einen Schlussstrich ziehen. Menschlich ist das nur allzu verständlich.«

»Dies hier ist keine Therapie.«

»Dem widerspreche ich ja nicht.« Er musste sich vorsichtig ausdrücken, damit sie nicht vollends dichtmachte. Sie hatte weder die Zeit noch die Chance gehabt, seinerzeit ihre eigenen traumatischen Erfahrungen zu einem Abschluss zu bringen. Die Leugnung ihrer persönlichen Not machte sie mitleidlos anderen gegenüber. »Aber deine Ruppigkeit hilft auch nicht weiter.«

»Es sind zwei englische und zwei chinesische Namen. Mit den Chinesen komme ich nicht weiter, aber der eine Passagier, Thomas Banton, lebt in Kuala Lumpur.«

»Perfekt. Den schnappen wir uns. Du traust diesem Bao?«

»Absolut.«

»Okay.« Saul akzeptierte das. Rox besaß gute Antennen für Ehrlichkeit.

»Was hast du herausgefunden?« Rox lehnte sich zurück.

Saul war der Spezialist für Finanzen. Er hatte sich dahintergeklemmt, nach Geldströmen zu suchen, die im Nachgang des Verschwindens von MH370 auffielen. Selbstverständlich war ihm bewusst, nicht der Erste zu sein, der nach etwaigem Lösegeld suchte und die Offshore-Konten der Firmen, die ein Interesse an Untersuchungsergebnissen zu dem Unglück haben konnten, unter die Lupe nahm. Doch Saul besaß exzellente Quellen, sodass er zuverlässige Informationen erhielt.

»Du weißt, es gab ein paar Torfköpfe, die kurz, nachdem MH370 verschwand, von einer missglückten Entführung ausgingen.«

»Die angeblich geheimgehalten worden war.«

»Was natürlich nicht zutrifft. Wenn die Maschine entführt worden wäre, um Lösegeld zu erpressen, hätten weder die Kidnapper noch die Piloten die Kommunikationswege gekappt.«

»Es gab angeblich eine Spur nach Somalia.«

»Humbug. Es ist kein Geld nach Somalia gegangen. Im ganzen Jahr 2014 nicht.« Saul spürte plötzliche Müdigkeit in seinem Kopf. Er verbot sich Alkohol, wenn er im Einsatz war, aber gerade jetzt fühlte er sich, als habe er mindestens drei Schnäpse getrunken. »Stattdessen bestätigt meine Quelle, was ohnehin längst durch die Medien ging: Die Allianz-Versicherung hat am 18. März 2014 100 Millionen Dollar ausgezahlt. Da war noch gar nicht klar, was mit der Maschine geschehen ist. Die Behörden verschleierten. Erst am 24. März gab Razak sein Statement ab.«

»Jemand hat Druck ausgeübt.« Rox klappte ihr Notebook zu. »Zehn Tage nach dem Unglück schon …«

Saul kannte den Fernblick, den sie aufsetzte, wenn sie sich in Erinnerungen verlor. Um ihre Aufmerksamkeit nicht zu verlieren, sagte er: »In der Luftfahrt ist es üblich, die Versicherungssumme an Airlines und Angehörige schnell auszuzahlen.«

Rox' Blick schärfte sich wieder.

»Druck!«, wiederholte sie.

»Schon vor dem Verschwinden von MH370 steckte Malaysia Airlines in finanziellen Schwierigkeiten. Konnte sich kaum behaupten zwischen den großen Golf-Carriern, die ihr die Langstreckenpassagiere streitig machten, und den Billigairlines. Malaysia Airlines hatte lange einen privilegierten Status als nationale Fluggesellschaft und arbeitete nach veralteten Strategien.«

»Du meinst, sie machte Verluste.«

»Sie war ein Dinosaurier. Sechs Monate nach MH370 wurde die Airline umgebaut und voll privatisiert.« Saul nickte, als würde er dieses Verfahren nachträglich für gut befinden.

»Überleg mal, Saul: Die Frachtliste wurde sehr lange nicht veröffentlicht. Dass sich über vier Tonnen Früchte an Bord befanden, wäre kein Geheimnis gewesen! Obst ist harmlos.«

»Wenn es Obst war.«

»Das würde Najibs Theorie in die Hände spielen.« Rox schob ihr Notebook in ihre Schultertasche. »Im Übrigen hat sich die Airline selbst bezichtigt, indem sie am Anfang alles auf den Captain geschoben hat. Damit hat sich die Fluggesellschaft ins eigene Knie geschossen! Sie hatten keine Anhaltspunkte oder Gründe, Zaharie Ahmad Sha zu verdächtigen.«

»Dass die Piloten durchleuchtet werden, auf Herz und Nieren, ist doch klar!«, entgegnete Saul. »Malaysia Airlines ist in die Knie gegangen. Als im Sommer MH17 über der Ukraine abgeschossen wurde, war das Unternehmen endgültig erledigt.«

»Ohnehin ein seltsamer Zufall. Zwei Unglücke so kurz nacheinander.«

Rox lachte bitter. »Ich habe sogar Thesen von Bloggern gelesen, die behaupten, MH17 sei eigentlich unsere MH370 gewesen.«

»Und ich habe Theorien gefunden, dass jemand die Airline wirtschaftlich kaltstellen wollte. Der Punkt ist, man kann allerhand Theorien zusammenfummeln, irgendwo fehlt immer das entscheidende Detail. Was die Wirklichkeit betrifft, leider auch. Kein Szenario, das Experten zurechtgezimmert haben, klingt wirklich schlüssig, weil mindestens *eine* Kleinigkeit dagegen spricht. Das gefällt mir nicht.«

»Mir gefällt einiges hier nicht.« Rox sah ihn an. »Bist du müde?«

Er zuckte die Achseln.

»Ich werde heute Abend nicht alt, das versichere ich dir.«

»Kommen wir zu den vier Passagieren zurück. Wenn kein Gepäck ausgeladen wurde, haben diese vier auch kein Gepäck aufgegeben.«

»Es sei denn, sie haben es vorher zurückgefordert.«

»Das ist unwahrscheinlich. Der Ramp-Agent hätte eine Meldung darüber bekommen und das Ausladen protokolliert und an den Kapitän gemeldet. Nehmen wir an, diese Leute sind gar nicht zum Flughafen gefahren, haben den Flug aber auch nicht storniert.«

»Das kann auf Reisende mit einem günstigen Ticket

zutreffen, die bei einer Stornierung sowieso auf den Kosten sitzen bleiben. Genauso gut kann man den Flug gleich verfallen lassen.«

»Selbst ein günstiges Ticket von Kuala Lumpur nach Peking stellt nicht gerade eine Summe dar, die man gern in den Wind schießt.«

»Ich muss unbedingt abgleichen, ob diese vier Männer etwas gemeinsam haben.«

»Es waren nur Männer?«

Rox nickte. »Ausschließlich. Ich nehme Kontakt zu Thomas Banton auf.«

PARKROYAL, KUALA LUMPUR

9.2.2017

Stella saß auf ihrem Bett, den Laptop vor sich.

Die Entenmuscheln passten nicht.

Ihr Handy kündigte den Eingang einer Textnachricht an. Sie sah nicht hin.

In den ersten Wochen nach dem Verschwinden des Flugzeugs hatte sich eine Gruppe von Angehörigen immer wieder getroffen und die neuesten Nachrichten ausgetauscht. Welche Behörde in welchem Land hatte was behauptet? Welche vorherige Erklärung war damit obsolet? Wo befand sich die Sollbruchstelle? Welche Motivation könnte hinter dieser und jener Lüge stecken?

Stella hatten diese Debatten bald ermüdet. Damals vermochte sie kaum mehr zu tun, als täglich zur Arbeit zu gehen und dort zu leisten, was erwartet wurde, um nicht ihren Job zu verlieren. Sie wollte unbedingt in China bleiben, bis Dean wieder auftauchte. China war ihr Traum mit Dean. Alles hinzuschmeißen und nach Deutschland zu flüchten, wäre ein Verrat an ihrem Freund gewesen.

So empfand sie es damals. Heute konnte sie darüber bloß den Kopf schütteln. Es war von Anfang an Irrsinn, daran zu glauben, dass Dean zurückkehrte. Sie starrte auf die Textbruchstücke, die sie gerade verfasst hatte. Rational hatte sie abgeschlossen; nun gut, beinahe. Emotional nicht. Sie verstand durchaus, was hier mit ihr passierte, welch falschen, wirren Hoffnungen sie sich hingab, wie viel ihrer Lebenszeit sie bereits mit purem Nonsens vertan hatte. Aber sie konnte den Gedanken nicht ertragen, dass der Verbleib eines mit 239 Menschen besetzten Verkehrsflugzeuges nie geklärt wurde. Bei dem Aufwand an Expertisen und Geld!

Sie wollte unbedingt wissen, wo das Wrack lag. Es wäre grauenvoll, die Wunde würde erneut aufreißen, sie würde sich winden vor Schmerzen. Doch damit begänne die Heilung. Sie könnte neu anfangen. Nach drei Jahren, die, wenn man es flapsig formulierte, eine Hängepartie waren. Mittlerweile beantwortete sie nur noch selten eine E-Mail von einem anderen Angehörigen, der wie sie im Unklaren festhing. Sie war das Hin und Her leid. Sie wollte endlich Sicherheit – ein aussagekräftiges Wrackteil, nicht nur eine Flügelklappe. Die Fotografie einer Unterwasserkamera, die einen Flugzeugrumpf am Grund des Ozeans zeigte. Einen

Whistleblower, der Dokumente beischaffte. Eine Erklärung von offizieller Seite. Der sie vermutlich nicht glauben würde.

Auf dem Bildschirm flimmerte ihre Liste.

Fakten der ersten Woche:

- *Flugzeug mit 239 Menschen an Bord spurlos verschwunden*
- *Zwei Passagiere boarden mit gestohlenen Dokumenten*
- *4 Passagiere sind nicht zugestiegen*
- *Berichte des Militärs, dass ein unbekanntes Flugzeug die westliche malaysische Halbinsel überflog*
- *Wie ist es möglich, dass ein Flugzeug 7 Stunden weiterfliegt, nachdem der Kontakt abbrach?*
- *Fehlerhafte Berichte über Trümmer. Es gibt keine Trümmer von MH370*
- *Nirgendwo ein Zeichen des Flugzeugs oder seiner Überbleibsel*

Tatsächlich hatten die Behörden die ersten Meldungen über Trümmerfelder wenige Stunden nach dem Verschwinden von MH370 dementiert. Stella fragte sich, was eigentlich die amerikanischen Militärsatelliten dort oben machten. Denn die veröffentlichen Bilder waren so grobkörnig, dass man ihnen jede Aussagekraft absprechen musste.

Erst ein Jahr nach dem Verschwinden der 777 war auf La Réunion ein Trümmerteil gefunden worden. Teil einer Tragfläche, die aller Wahrscheinlichkeit nach zu der verschwundenen Boeing gehörte. Stella rief die entsprechende Website auf. Am 29.7.2015 war der Flaperon aufgetaucht. Sie hatte sich auf Dutzenden Luftfahrtseiten im Internet herumgetrieben und wusste nun, dass Flaperons Teil des Steuerungsmechanismus' eines Jets waren und als Querruder dienten. Sie befanden sich an der Hinterkante der Tragfläche und waren, wenn man seinen Sitzplatz hinter den Flügeln hatte, nicht nur bei Start und Landung zu sehen, sondern während des ganzen Fluges, wenngleich sie bei hohen Geschwindigkeiten weniger weit aus der Tragfläche herausragten.

Stella klickte auf das Foto des Flaperons, das sie zuvor heruntergeladen hatte. Es war mit Entenmuscheln bewachsen, das hintere Ende sah zerfetzt aus, was laut Experten darauf schließen ließ, dass das Flugzeug notgewassert war. Also keine Explosion in der Luft, wie Monate später bei MH17. Allerdings gab es Fachleute, die den Bewuchs mit den Entenmuscheln für unglaubwürdig hielten. Nur bekam sie die einzelnen Argumente gerade nicht mehr zu fassen.

Sie fühlte den Stich im Herzen, atmete langsam und bewusst aus. Dann ein. Und aus. Noch drei Jahre nach der Katastrophe brachte sie die Vorstellung, was Dean in seinen letzten Lebensstunden hatte ertragen müssen, an den Rand dessen, was sie selbst aushielt. Hatte er all das Schreckliche in vollem Bewusstsein mitbekommen? Oder waren die Passagiere bewusstlos, vielleicht sogar bereits tot, nachdem – wie manche Fachleute behaupteten – die Sauerstoffzufuhr nicht mehr funktioniert hatte? Es gab tatsächlich Andeutungen, die Maschine wäre eine Weile sehr hoch geflogen, sodass Passagiere und Crew auf die Sauerstoffzufuhr durch Masken angewiesen waren. Die genügte für 15 bis 20 Minuten. Stella streckte den Rücken. Deans vermeintliche Todesangst – doch wie konnte Todesangst nur eine vermeintliche sein? – hatte sie in den ersten Wochen nach dem Unglück immer wieder durchlitten. Eine vorgestellte Agonie, Empfindungen, die ihre Einbildungskraft produzierte. Bis sie sich irgendwann verbot, sich das Schlimmste in allen Einzelheiten vorzustellen. Was nicht immer gut funktionierte. Als habe die Furcht sich selbstständig gemacht, um sie aus heiterem Himmel stets neu zu erinnern:

Dean ist tot. Oder auch nicht. Wie war sein Todeskampf?

Ihr Kopf rief stets wieder die gleichen Bilder herbei. Dean in Brace-For-Impact-Stellung zusammengekauert auf seinem Sitz, während draußen vor den Fenstern das Meer auf die Maschine zuraste. Keine friedliche, glatte Oberfläche, sondern aufgewühlte, schaumige Wasser, auf denen eine 777 zerschellen musste …

Sie drückte den leisen Aufschrei weg, der sich ihr bei diesen Fantasien entrang. Bloß ein Ächzen kam aus ihrem Hals. Ein Zeichen des Schmerzes, ein Signal, dass die Wunde zu frisch war und nicht zu heilen vermochte, solange sie, Stella, nicht wusste, was wirklich geschehen war. Sie hoffte nicht mehr, Dean lebend zu finden. Sie hoffte nur, er habe von seinem Ende nichts mitbekommen.

Da Réunion zu Frankreich gehörte, ein im Indischen Ozean liegendes Département outre mer, wurde der 2015 gefundene Flaperon nach Toulouse zur Untersuchung geflogen. Eine vermutlich auch bürokratisch komplexe Angelegenheit. Immerhin traute Stella den französischen Behörden mehr Transparenz zu als den malaysischen oder chinesischen, die sich nicht auf Wahrheit und Objektivität konzentrierten, sondern darauf, dass ihnen nicht in die Suppe gespuckt wurde.

Meeresforscher brachten vor, dass Réunion beziehungsweise die östliche afrikanische Küste genau der Ort wäre, wo Trümmerteile von MH370 angeschwemmt werden würden, wenn die Maschine an der angenommenen Stelle im Indischen Ozean abgestürzt wäre. Meeresströmungen wurden rückwärts gerechnet, Computersimulationen wirkten unbestechlich und überzeugend. Wobei Stella inzwischen den Überblick verloren hatte, wo diese angebliche Absturzstelle sein sollte. Das Suchgebiet war mehrmals verschoben worden. Teilweise stillschweigend, teilweise in Pressekonferenzen angekündigt.

Deshalb muss ich Sie voller Traurigkeit und Bedauern darüber informieren, dass, entsprechend dieser Daten, Flug MH370 im südlichen Indischen Ozean endete.

Sie schauderte. Die SMS der malaysischen Regierung hatte sie zutiefst schockiert. Sie war das Grausamste, was die Behörden ihr angetan hatten. Alle anderen Fehlinformationen und Verschleierungstaktiken nahmen sich demgegenüber harmlos aus.

Sie klickte ein bisschen im Internet herum. Das Verrückte an dem Fund des Flaperons im Sommer 2015 war, dass die Zuständigen sich zwar schnell einig waren, es handle sich um den Flaperon einer Boeing 777, aber niemand wollte bestätigen, dass er zu MH370 gehörte. Zu welcher Maschine denn sonst?, fragte sich Stella zum x-ten Mal. Eine zweite wurde nicht vermisst!

In Toulouse dauerte es bis zum 5. August 2015, bis endlich ein Statement abgegeben wurde. In Frankreich traten sich damals Vertreter unterschiedlicher Institutionen auf die Füße: Luftfahrtsicherheitsleute aus Australien, China, Malaysia und Frankreich, Vertreter von Malaysian Airlines und Boeing sowie Mitarbeiter der US-amerikanischen NTSB, der Untersuchungskommission für Luftfahrtunfälle. Doch bevor der stellvertretende Staatsanwalt aus Toulouse sprechen konnte, sah sich Najib Razak, der seinerzeitige malaysische Premierminister, zu einem Statement genötigt. Stella klickte die Seite an:

Ein internationales Expertenteam hat abschließend festgestellt, dass das auf Réunion gefundene Trümmerteil tatsächlich von

MH370 stammt. Wir haben nun physikalische Evidenz, dass, wie ich am 24. März letzten Jahres bekannt gemacht habe, Flug MH 370 tragischerweise im südlichen Indischen Ozean endete.

Die Presseerklärung des französischen Staatsanwaltes hingegen klang anders. Er sprach lediglich von einer sehr starken Vermutung, dass der Flaperon tatsächlich zu MH370 gehörte. Irgendwo zwischen »abschließend« und einer »sehr starken Vermutung« blieb Stella hängen.

Sie erinnerte sich, mit welcher Abscheu sie damals die entsprechenden Fernsehsendungen verfolgt hatte. Einerseits wollte sie nichts von entenmuschelbesetzten Tragflächenteilen hören. Sie hatte genug von der soften Attitüde des malaysischen Premierministers, wenngleich sie ihn tief drinnen bedauerte, dass er so eine Katastrophe handhaben musste, mit der letztlich niemand zufriedenstellend umgehen konnte. 239 tote Menschen waren 239 tote Menschen, und an ihnen hingen viele weitere hundert Familien, Freundeskreise, Arbeitskollegen, die sich mit der Tatsache abzufinden hatten, dass ihre Lieben nie mehr nach Hause kommen würden, Flaperons und Entenmuscheln hin oder her.

Laut Staatsanwaltschaft in Toulouse 2015 verfügte Malaysian Airlines über spezifische Hinweise, die das Wrackteil mit MH370 verbanden. Es wurde jedoch nicht gesagt, um welche Hinweise es sich handelte. Stella wartete auf so etwas wie eine Seriennummer als unbestechlichen Beweis. CNN stellte in einer von Hunderten überhitzten Sondersendungen zum Thema infrage, dass der Flaperon tatsächlich von MH370 stammte. Denn warum würden sonst die entscheidenden Belege nicht einfach mitgeliefert? Diverse Nachweise wurden in den Tagen danach angespült wie das Trümmerteil selbst. Die Malaysier erklärten, das Wartungssiegel sowie Typ und Farbe des Anstrichs wiesen zweifelsfrei auf eine Maschine von Malaysian Airlines hin. Nicht nur Stella war skeptisch: Diese nachgereichten Auskünfte hätte man gleich mitliefern können. Warum kamen sie mit Verspätung an die Öffentlichkeit? Die Behörden des südostasiatischen Landes meldeten sodann, es seien weitere Objekte von MH370 eingesammelt worden, Teile von Fenstern und Sitzkissen. Doch diese Dinge wurden nie in der Öffentlichkeit gezeigt, sodass – wie Stella – viele Angehörige annahmen, es wieder einmal mit gefakten Daten zu tun zu haben.

Monate später, ab Ende Februar 2016, wurden etliche Teile gefunden, die vermutlich zu MH370 gehörten: Die meisten davon sammelten Strandgänger an der Küste Mosambiks auf. Auf der Insel Rodrigues, die zu Mauritius gehörte, wurde ein Stück Kabinenwand aufgelesen. Auf der Hauptinsel Mauritius selbst fand man Teile der Außenwand, in Tansania wiederum einen Teil der Tragfläche, auch dieser hinten zerfetzt.

Stella nahm ihr Mobiltelefon in die Hand. Ihre Kraft war aufgebraucht. Sie wollte gern glauben, dass die Maschine wirklich im südlichen Indischen Ozean abgestürzt war, dem drittgrößten Meer des Globus. Seine Fläche betrug, das hatte sie recherchiert, 74,9 Millionen Quadratkilometer und würde wohl eher durch Zufall irgendwann einmal mehr Evidenzen ausspucken. Oder eben niemals. Sie sehnte sich bloß danach, um die Geschichte vor dem Absturz zu wissen. Erst wenn sie den Grund für die Katastrophe kannte, würde sie mit Dean abschließen und neu anfangen können.

Die Behörden hatten von Anfang an den Sinn für Dringlichkeit vermissen lassen. Warum wurde nicht mehr getan, um das Rätsel um MH370 zu lösen? Privatleute mussten Strände abgehen, damit überhaupt Überbleibsel aufgespürt wurden! Stella hatte sich mit einem dieser Typen näher beschäftigt; einem Schatzsucher, der seit Jahren hinter der vermissten Maschine her war. Dem es nicht auf das Geld ankam, der vielmehr proklamierte, den Verschollenen und ihren Familien all sein Engagement schuldig zu sein. Längst hatte sie seinen Namen gegoogelt und seine Mailadresse aus dem Netz gesaugt. Riley Henderson. Er hatte auf Madagaskar Trümmer entdeckt, die Teile eines Flugzeugs sein könnten. Und Gepäckstücke. Die Fotos hatte Stella letztes Jahr heruntergeladen, Deans Koffer aber nicht darunter gefunden. Im Nachhinein war sie erleichtert. Weil es vielleicht doch bedeutete, dass die verdreckten Taschen auf den Bildern anderen Ursprungs waren. Was wiederum heißen könnte, dass die Maschine nicht abgestürzt war. Wieder so ein dünner Hoffnungsfaden.

Sie öffnete ihr Mailprogramm. Es konnte nicht schaden, mit dem Mann Kontakt aufzunehmen. Tesnik und Fletcher brauchen das nicht zu wissen, dachte sie, als sie eine kurze Mail an Henderson tippte. Fraglich, ob er antworten würde. Immerhin war seit dem Auffinden der Sachen auf Madagaskar ein Jahr vergangen, und Henderson konnte längst mit anderen Projekten befasst sein. Sie fuhr den Laptop herunter.

Endlich klickte sie auf die Message, die vorhin hereingekommen war. Von Leo.

Wie geht es dir?

Sie wünschte, er wäre hier und sie müsste das nicht allein durchstehen. Vielleicht sollte sie abreisen. Sollte die Detektive allein weiterarbeiten lassen.

Ich weiß nicht, schrieb sie zurück. Ihr Daumen schwebte über dem Sende-Button.

Wie konnte es ihr gehen? Hier kam alles wieder hoch. Und gleichzeitig erschien es ihr ungehörig, Dean aufzugeben, ohne wirklich alles versucht zu haben.

Sie klickte auf Senden.

Sekunden später kam Leos Antwort.

Ich liebe dich.

Er wollte sie. Sie ihn auch. Aber sie wollte ihn, weil sie einen anderen nicht mehr haben konnte.

Sie ließ das Handy auf ihr Kopfkissen fallen.

PARKROYAL, KUALA LUMPUR

9.2.2017

Er besaß ein Händchen für Passwörter. Wobei die meisten Internetnutzer sich nichts Besonderes einfallen ließen. Außerdem vertrauten sie den handelsüblichen Firewalls, wenn sie sie überhaupt aktiviert hatten, und benutzten ungesichertes WLAN. Er produzierte ein Protokoll nach dem anderen. Stella Simons Aktivitäten lagen vor ihm wie ein Bildband. Er las ihre Mails und machte sich darüber hinaus über ihr Handy her. Wobei sie das öfter ausschaltete. Doch er kam voran.

Mit den Detektiven war es schwieriger, seine Versuche prallten bisher an der Wagenburg ab, die die beiden um ihre Laptops gezogen hatten. Aber er käme schon noch durch. Bislang hatte ihn keine digitale Festungsmauer lange foppen können. Jetzt war es erst einmal Zeit, Bericht zu erstatten. Er griff zum Handy.

BUKIT BINTANG, KUALA LUMPUR

10.2.2017

Er mochte die Gegend nicht. Manchmal allerdings musste sie sein. Es ging ihm nicht unbedingt ums Geld, aber zum Rausschmeißen hatte er es auch nicht. Mit der Frau daheim und der Mutter und den drei Töchtern. In Bukit Bintang kostete der Sex kaum die Hälfte im Vergleich zu den Ecken, wo die Touristen ihr Glück suchten. Er lachte leise, während er die Treppen hinter dem »Lotus« hinabstieg. Die Mädchen wurden immer hübscher. Und sie benahmen sich freundlich. Das mochte er hier. In manchen Etablissements hatte er sich beinahe entschuldigen müssen, dass er eine Dienstleistung kaufte. Das hatte ihm natürlich überhaupt nicht gefallen. Da nahm er die aufgeplatzten Mülltüten und den Gestank in diesem Hinterhof gern in Kauf.

Die schwächliche Laterne, die über dem Treppenabsatz baumelte, flackerte und erlosch. Wie festgefroren stand er im Finstern. War er tatsächlich der letzte Kunde gewesen? Er hielt sich am Geländer fest und tastete mit den Zehenspitzen nach der nächsten Stufe. Im Dunkeln fühlte er sich wirklich unsicher, und es war stockfinster hier. Die wohlige Zufriedenheit, die ihn eben noch umhüllt hatte, flaute ab.

Manchmal kam ihm in den Sinn, wie er dächte, wenn seine Töchter sich verkaufen müssten. Aber das schob er weg. Seine Töchter bekamen eine Schulbildung, sie würden studieren, zumindest die Älteste, die war die Klügste. Außerdem würde er alle drei anständig verheiraten.

Die letzte Stufe, endlich. Er tastete nach seinem Handy. Im Schein des Displays würde er wenigstens sehen, wo er hintrat. Ein Windstoß fegte um die Häuser.

Es war spät geworden; schon nach zwei! Am besten suchte er sich ein Taxi. Dafür würde sein Budget gerade so reichen. Er streckte das Handy von sich weg und orientierte sich in dem schwachen Lichtschein. Im Haus hinter ihm begann ein hektischer Wortwechsel. Eine Frau, ein Mann. Etwas krachte gegen die Wand und ging zu Bruch. Er sollte machen, dass er aus diesem Hinterhof rauskam. Der Schein des Handys verlosch. Auch das noch. Warum achtete er bloß nie darauf, dass der Akku voll geladen war, wenn er zu seinen Unternehmungen aufbrach!

Schritt für Schritt tastete er sich Richtung Straße. Der Streit nebenan schien zu eskalieren. Die Frau begann zu kreischen. Hysterische Weiber. Das Geschrei im Finstern machte ihn total nervös. Er stolperte. Verflucht! Ein leiser, empörter Laut rang sich aus seinem Hals. Vor ihm auf dem Asphalt lag etwas. Ein Müllsack vielleicht, davon gab es in der ganzen Stadt viel zu viele.

Er stieß mit dem Fuß nach. Zu schwer für einen Müllsack. Er kramte die Zigaretten aus der Gesäßtasche. In der Schachtel steckte sein Feuerzeug. Es klickte. Er bückte sich.

Shit!

Er prallte zurück. Das konnte nicht sein. Unmöglich.

Vor ihm lag ein Mann im eigenen Blut. Ein ordentlich gekleideter Mann, dessen Hemd wahrscheinlich vor nicht allzu langer Zeit noch blütenweiß gewesen war. Denn die Blutlache um ihn glänzte feucht. Himmel!

Er ließ das Feuerzeug fallen und rannte.

PARKROYAL, KUALA LUMPUR

10.2.2017

Saul hatte ein paar Rechercheaufgaben erledigt und war zur Abwechslung in den Fitnessraum des »Parkroyal« gegangen. Manchmal kamen ihm Zweifel. Ob er richtig mit Rox umging. Ob sie hier nicht ihre Zeit verschwendeten. Es war nicht so, dass er den Auftrag, den Stella Simon ihnen erteilt hatte, für von vornherein zum Scheitern verurteilt betrachtete. Er hatte schon in Dutzenden vermeintlich hoffnungslosen Fällen schlussendlich doch das eine oder andere Mosaikstück aufgelesen. Aber Rox wirkte unausgeglichen. War sie besonders kalt, besonders fokussiert, bedeutete dies meist, das sie zurückgeworfen war in ihr eigenes Trauma. Dabei stand er stets hilflos daneben. Musste an sich halten, um sich nicht die Schuld zu geben. Er hatte Verantwortung gehabt für die äußeren Umstände im Zeugenschutz, das stimmte, und dabei, zumindest aus damaliger Sicht, sein Bestes gegeben. Rox war ein schwieriger Mensch, weil jeder, der diese Dinge erlebt hätte, zu einem schwierigen Menschen geworden wäre. Eine Zeit lang war Rox selbst verdächtig gewesen, Routine, das lief einfach so in der Mordkommission. Man suchte immer im engsten Umfeld. Rox war von der Polizei und der Presse zerfleddert worden, bis sie alle nach und nach das Interesse verloren.

Auf dem Laufband joggte er die Zweifel, ob er wirklich alles getan hatte, was möglich gewesen wäre, weg. Schweiß, rasender Herzschlag, Pulsuhr am Anschlag. Dafür tat er jetzt alles für sie. Er stand quasi 24 Stunden am Tag, sieben

Tage die Woche an ihrer Seite. Man hatte ihre Wege verschleiert, ihren Namen geändert. Niemand wusste, wer Rox Tesnik wirklich war. Zudem hatten Rox' Zeugenaussagen nicht dazu geführt, dass ein Täter gefasst worden war. Saul konnte nur hoffen, dass der Knabe sich in Sicherheit wähnte.

Sein Handy klingelte. Ohne seinen Lauf zu verlangsamen, nahm Saul den Anruf an.

»This is Saul Fletcher speaking?«

Es knisterte in der Leitung.

»Ich bin Sedat.« Eine männliche Stimme, verzerrt durch atmosphärisches Knacken und Knistern in der Leitung.

Saul wartete.

»Sind Sie noch dran?«, fragte der Anrufer.

Mit der freien Hand stellte Saul das Laufband langsamer. »Selbstverständlich.«

»Sie haben Kontakt aufgenommen. Wegen Kudahuvadhoo. Malediven.«

Seine englische Aussprache war lausig.

»Verstehe.« Saul trabte nun gemächlich über das Laufband, hörte seinen sich langsam beruhigenden Atem im Handy.

»Ein paar Fischer haben das Flugzeug gesehen.«

»Welches Flugzeug?«

»Das verschollene Flugzeug, Sir.«

»Kudahuvadhoo« war ein Stichwort, das Saul elektrisierte. Vor Tagen schon hatte er Kontakt nach Malé geknüpft. Die Insel Kudahuvadhoo, einen Kilometer lang und um einiges weniger breit, lag im Süden des maledivischen Archipels. Kein Touristenort. Dort lebten ausschließlich Fischer und – wenn es hoch kam – schaute der eine oder andere Abenteurer, der sich von Südseefilmen hatte inspirieren lassen, für einen Tag vorbei.

»Die Fischer können sich genau erinnern. Es war am 8. März vor drei Jahren.« Es knackte so laut in der Leitung, dass Saul das Mobiltelefon ein Stück von seinem Ohr wegdrehen musste. »… frühen Morgenstunden, kurz nach sechs Uhr.«

Saul besaß nicht Rox' exzellentes Gedächtnis, aber er recherchierte viel und sortierte seine Resultate in Datenbanken. Er würde später mithilfe eines selbst geschriebenen Scripts die Ergebnisse durchtesten.

»Eine Reporterin hat damals behauptet, sie hätten eine Propellermaschine gesehen. Aber es war ein Düsenjet, Sir.«

»Wie tief flog es?«

»Schwer zu sagen. 1000 Meter?«

Sehr tief für einen Jet.

»Der nächste Flugplatz ist über 100 Kilometer von unserer Küste entfernt. Die Fischer sagen, es sei höllisch laut gewesen.«

»Verstehe.« Saul stoppte das Laufband. Griff nach einem Handtuch und rieb sich den Schweiß von der Stirn. »Hören Sie, Sedat, könnte ich die Fischer persönlich treffen?«

Der Mann zögerte.

»Ich weiß nicht.«

»Ich muss wissen, ob sie glaubwürdig sind. Ob ich mich auf ihre Aussage verlassen kann.«

»Dutzende Reporter haben sich damals für diese Männer interessiert, aber dann wurden sie für dumm verkauft. Man hat ihnen unterstellt, eine Propellermaschine nicht von einer Boeing unterscheiden zu können. Es sind einfache Leute, aber keine Dummköpfe.«

»Das versteht sich von selbst.«

»Wenn Sie auf die Malediven kommen, bringe ich Sie hin.« Der Mann legte auf.

PARKROYAL, KUALA LUMPUR

10.2.2017

Stella lag auf dem Bett, den Laptop neben sich. Sie surfte im Netz. Konnte es nicht lassen, mit dem Suchbegriff »MH370« die Tiefen des Internets abzugrasen, obwohl sie genau dies Tausende von Malen ergebnislos getan hatte. Kann es sein, dass ich jemand bin, der ich nie werden wollte?, fragte sie sich, während der Rechner zu rauschen begann. Das Gerät wurde langsam heiß, kein Wunder, das hoteleigene WLAN arbeitete mal wieder ziemlich verschlafen. Es dauerte Minuten, bis sich die Seiten aufbauten.

Sie war nicht mehr Deans Geliebte. Sie war die Managerin seiner letzten Stunden. Die Verwalterin der Erinnerung an ihn, eine Aufgabe, die sie zunächst mit Energie und Eifersucht übernommen hatte, aber zunehmend widerwillig erfüllte, wie sie staunend feststellte. In den ersten Wochen und Monaten nach dem Verschwinden der Boeing hatte sie darauf bestanden, diejenige zu sein, die die Fäden in der Hand hielt und die Erinnerungspflege sowie das Sammeln und Auswerten aller erhältlichen Informationen kontrollierte. Deans Schwester Holly war da nicht zum Zug gekommen, die saß mit drei Kindern in England, während Stella in China lebte. In der Stadt, in der MH370 nie ankam. In der Stadt, in der Dean sich ein Leben aufgebaut hatte. An dem sie beide weiterbauen wollten.

Es klopfte an der Tür. Sie rappelte sich auf, lugte durch den Türspion. Saul.

Sie öffnete.

»Hallo, Stella.«

»Hi.«

»Rox und ich treffen uns in dem französischen Bistro gegenüber vom Hotel, um eine Kleinigkeit zu essen. Möchten Sie nicht dazustoßen?«

Er fragte immer ausgesucht höflich.

»Gern. Warten Sie, ich schalte nur den Laptop aus.«

Saul folgte ihr ein paar Schritte ins Zimmer; die Tür ließ er offen.

»Das Internet läuft schrecklich langsam«, beschwerte sich Stella.

»Wahrscheinlich sind zu viele Nutzer gleichzeitig am Surfen.«

»Ja, nehme ich auch an.« Stella fuhr den Rechner herunter, griff nach ihrer Handtasche. »Gibt es was Neues?«

»Kann man so sagen.« Saul hielt ihr die Tür auf.

Stella trat auf den Flur, sah ihn an.

»Was?«

Sie hatte Mühe, mit Saul Schritt zu halten. Der stürmte zu den Aufzügen.

»Nicht hier, Stella, wenn es Ihnen recht ist.«

Sie starrte ihn an. Konnte es möglich sein, dass sie beobachtet wurden? Abgehört? Sie wollte fragen, verkniff es sich jedoch. Zum ersten Mal, seit sie in Malaysia waren, stellte Stella sich die Frage, ob jemand von ihren Nachforschungen wusste. Wer das sein könnte. Was es bedeutete.

Die Fahrstuhltüren öffneten sich. Ein Mann mit Nickelbrille, Europäer oder Amerikaner, machte ihnen Platz.

»Hello«, sagte Saul.

Der Mann nickte nur.

In der Lobby wartete Rox, lässig am Rezeptionstresen lehnend, die Hände in den Taschen. In ihrem Ausschnitt steckte eine Sonnenbrille. Sie nickte ihnen kurz zu, um sofort auf den Hotelausgang zuzueilen.

Sie benimmt sich so abweisend! Liegt es daran, dass sie Angst hat, ich könnte gar nicht die sein, als die ich mich ausgebe?, dachte Stella erschrocken. Sie musste achtgeben, nicht verrückt zu werden! Eben noch hatte sie geglaubt, dass man sie observieren könnte.

»Puh, frische Luft! Diese Klimaanlagen kotzen mich an!« Rox ließ die Schultern kreisen. »Da drüben, im ›Chez François‹, wäre das in Ordnung?«

Sie überquerten die Straße, gehetzt von Pkws, die aufs Gas stiegen, sobald sie Fußgänger auf der Fahrbahn sahen.

»Die wilde Jagd«, seufzte Saul.

Sie setzten sich vor das Lokal. Auf der gegenüberliegenden Seite ging der Mann mit der Nickelbrille langsam an den Geschäften entlang.

»Ein Café au Lait wäre jetzt genau das Richtige. Und eine Brioche. Bestellst du, Partner?« Rox rekelte sich in ihrem Stuhl.

»Für Sie, Stella?«

»Dasselbe, danke.«

»Gut.« Saul betrat das Bistro.

»Frau Tesnik«, begann Stella. Sie musste es einfach loswerden. »Gibt es Anhaltspunkte, dass sich jemand für unsere Nachforschungen interessiert?«

»Hier? In Kuala Lumpur? Wer sollte das sein?«

»Vielleicht die malaysischen Behörden. Malaysia ist keine westliche Demokratie …«

Rox schnaubte. »Westliche Demokratie? Wenn ich das schon höre.«

»Wenn etwas unterschlagen, verheimlicht wurde und noch wird, was mit dem Flugzeug zu tun hat, besteht doch ein gewisses Interesse, dass niemand dahinterkommt, oder?« Stella würde nicht klein beigeben. Sie hatte genug davon, von Rox wie ein dummes Kind abgefertigt zu werden.

»Könnte möglich sein.«

»Wissen Sie etwas darüber? Wie können wir uns schützen?«

»Das überlassen Sie wirklich uns, Frau Simon.« Rox löste mit einer eleganten Bewegung die Sonnenbrille vom Shirt und setzte sie auf.

»Weshalb wollen Sie mir dazu nichts sagen? Ich bezahle Sie immerhin.«

»Guter Punkt. Hören Sie, Fletcher und ich sind seit Jahren im Geschäft und mit allen Wassern gewaschen. Es ist natürlich üblich, dass die Gegenseite spitzkriegt, in welcher Angelegenheit wir ermitteln. Dass sie uns beobachtet und auszuhorchen versucht. Wir können damit umgehen. Echte Informationen unter dem Deckel halten und falsche rauslassen, wenn nötig. Für Sie besteht in dieser Angelegenheit wirklich kein Grund zur Sorge.«

»Dies ist kein gewöhnlicher Fall. Gegen wen arbeiten wir eigentlich?«

»Gegen die Airline? Gegen die malaysische Regierung? Unprofessionelle Lotsen? Das Militär? Bislang wissen wir das nicht.«

Diese kurze Liste möglicher Feinde beruhigte Stella nicht gerade. Bevor sie etwas entgegnen konnte, kam Saul mit einem Tablett, auf dem drei typisch französische Bols mit Kaffee standen und drei Teller mit Hefekuchen.

»Café au Lait für alle«, sagte er übertrieben fröhlich. »Und frische Brioches.«

»Habe ich nicht gerade gefrühstückt?«, grinste Rox. »Danke, Fletcher.«

Saul setzte sich. »Wir haben einiges zu besprechen. Auch mit Ihnen, Stella. Ich habe vorhin einen Anruf von den Malediven erhalten. Sie haben sicher damals mitbekommen, dass Fischer auf der Insel Kudahuvadhoo am 8. März 2014 MH370 gesehen haben wollen. Im Tiefflug, Flugrichtung Süden. Zu tief, um den nächstgelegenen Flugplatz Kaadedhdhoo anzusteuern, der gute 100 Kilometer entfernt liegt, und dessen Landebahn mit 1220 Metern für unsere 777 ohnehin zu kurz ist. Deren minimale Landestrecke liegt bei 1550 Metern.«

Kalte Hand im Nacken, trotz der Hitze. Frösteln. Stella griff nach dem Bol mit dem heißen Kaffee und umschloss ihn mit kalten Fingern.

»Davon habe ich seinerzeit gelesen«, sagte sie schnell. Nur jetzt keine Panikattacke. Seit ihrer Ankunft in Kuala Lumpur waren ihr die Abstürze in die schwarze Angst erspart geblieben. »Aber eine französische Zeitung klärte später auf, dass es sich um eine Propellermaschine der Maldivian handelte. Die Flugzeuge hätten den gleichen Anstrich.«

»Stimmt eben nicht.« Rox. Selbstzufrieden. »Maldivian lackiert die Maschinen auch in Rot und Blau, trotzdem unterscheidet sich der Anstrich von Malaysian Airlines.«

»Ich habe sofort Kontakt zu ›Le Monde‹ aufgenommen«, erläuterte Saul. »Die damalige Reporterin ist mittlerweile in Ruhestand. Sie sagt, sie habe die ursprüngliche Meldung überprüft und von einem Mitarbeiter der Flugsicherung in Malé die Information bekommen, dass es sich um einen Inlandsflug der Maldivian gehandelt habe. Daraus schloss sie, dass das Flugzeug eine Propellermaschine gewesen sein musste.«

»Sie ging davon aus, dass die Fischer nicht lesen können. Typisch intellektuelle Wuchtbrumme!« Rox.

»Stimme zu, Tesnik. Der Informant hat überdies seine Identität verschleiert. Niemand konnte auf meine Nachfragen mit dem Namen etwas anfangen, den er angegeben hat.«

»Und die Fischer?«, fragte Stella.

»Die Fischer wissen durchaus einen Düsenjet von einer Propellermaschine zu unterscheiden. Ich habe in Malé angerufen und die Flugpläne vom März 2014 abgefragt. Zur fraglichen Zeit gab es keinen Flug der Maldivian, der über Kudahuvadhoo geführt hätte.«

»Aber in dem Artikel war sogar eine Flugnummer angegeben!«, rief Stella aufgeregt. Sie wollte nicht, dass die Fischer die Maschine gesehen hatten. In niedriger Höhe. Weil es bedeutete, dass sie wahrscheinlich ins Meer gestürzt war. Aus Mangel an Treibstoff oder weil kein geeigneter Flughafen zu erreichen war. »Also waren sie die Letzten, die MH370 gesehen haben?« Stella hielt immer noch den Bol umklammert.

»Zu vermuten.« Saul brach ein Stück von seiner Brioche ab. »Der Punkt ist, dass jemand ganz gezielt eine Falschinformation gab. Mit einer gefälschten Flugnummer.«

Sie schwiegen alle drei eine Weile.

»Das klingt nicht gut«, sagte Rox dann.

»Ich möchte die Fischer treffen und nach der Person suchen, die die Fake-Info an ›Le Monde‹ weiterreichte.« Saul legte das Kuchenstück auf seinen Teller zurück. »Dazu möchte ich ausdrücklich Ihre Zustimmung, Stella. Der zusätzliche Aufwand wird sich auf unser Budget niederschlagen.«

»Budget?« Stella lachte schrill. »Wissen Sie, was mir das Budget ist? Vollkommen egal! Ich scheiße auf das Geld.« Sie musste an sich halten. Durchatmen. Gleich würde sie hyperventilieren. Schon sah sie, wie Rox und Saul einen Blick wechselten. Es wäre das Schlimmste, wenn sie ihr hier, an einer Straße in Kuala Lumpur, eine Plastiktüte über die Nase ziehen mussten, damit sie vor lauter Keuchen nicht umkippte. Das war ihr nur einmal passiert. Nach der Presseerklärung von Najib Razak am 24.3.2014.

Dies ist ein entlegenes Gebiet, weit von jedem möglichen Landeplatz entfernt. Deshalb muss ich Sie voller Traurigkeit und Bedauern darüber informieren, dass, entsprechend diesen Daten, Flug MH370 im südlichen Indischen Ozean endete.

Ihre Lider flatterten. Sie fühlte, wie Schwärze heranglitt. Sie hatte gehechelt, um Luft gerungen, war zu Boden gestürzt, hatte eine Platzwunde über dem linken Auge davongetragen, und sie war traurig darüber, dass keine Narbe geblieben war. Als hätte die Verletzung etwas Bleibendes sein können. Etwas, das sie mit Dean verband.

»Stella!« Rox hatte sich über sie gebeugt, packte ihre Schultern. »Reißen Sie sich zusammen, verdammt!«

Stella blinzelte.

»Hören Sie zu: Niemand weiß, ob es die Maschine war. Sie mag aufs Meer hinausgeflogen sein und notgewassert oder abgestürzt sein, aber wir leben von Fakten, nicht von der Fantasie vom Schlimmsten. Haben Sie das verstanden?«

Stella nickte.

»Fletcher fliegt auf die Malediven, findet den Kontaktmann zu ›Le Monde‹. Eventuell kommen wir so an Hintergründe heran.«

»Okay.«

Rox ließ Stella los. »Trinken Sie Ihren Kaffee. Und essen Sie was.« Das klang schroff, wenngleich freundlicher als alles, was Stella bisher aus dem Mund der Detektivin gehört hatte. »Und tun Sie uns einen Gefallen: Reden Sie mit niemandem über Fletchers Reise. Auch nicht mit Ihrem Freund zu Hause. Schreiben Sie nichts davon in Mails oder SMS. In Ordnung?«

Stella leckte sich über die Lippen, während sie wieder nickte, als könne sie gar nichts anderes mehr tun. Sie biss in die Brioche. Sie schmeckte süß und buttrig.

»In Ordnung. Wann werden Sie abfliegen?«

»Morgen.«

PARKROYAL, KUALA LUMPUR

10.2.2017

Er musste noch vorsichtiger sein. Nun kroch er seit zwei Tagen um die Firewalls in dem Laptop herum, den Tesnik und Fletcher benutzten, um im Internet zu surfen. Sie waren zu gut abgesichert. Wenn er auch nur die kleinste Spur hinterließe, könnten sie ihm auf die Schliche kommen. Weil er mit den beiden nicht weiterkam, konzentrierte er sich auf Simons Rechner. Aber die kleinen Programme, die er ihr aufgespielt hatte, verlangsamten in Kombination mit dem lahmen Hotel-WLAN ihre Surfaktivitäten, sodass sie kaum für ihn interessante Informationen hervorbrachte. Doch der Mailwechsel mit diesem Strandgutsammler war natürlich ein wichtiger Punkt. Er würde vorgehen, wie es ihm nahegelegt worden war: Warte ab, was Henderson vorschlägt. Dann fahre dazwischen.

Also musste er nichts weiter tun, als aufmerksam immer wieder Simons Mails checken. Dann würde er sehen.

HOTEL SAIGON, KUALA LUMPUR

10.2.2017

Rox hatte all ihren Charme spielen lassen. Sie sei Journalistin und schreibe eine Story über Westler in Kuala Lumpur. Über seine Firma sei sie auf ihn gestoßen. Die Namen passender Kontaktleute hatten sie und Saul recherchiert. Sie hatten beinahe den ganzen Tag dafür gebraucht. Thomas Banton hatte tatsächlich einem Treffen zugestimmt.

»Er hat sich geziert«, sagte sie zu Saul, als sie in der Lobby auf das Taxi warteten.

»Kein Wunder.«

Saul würde mit nach Chinatown fahren und in der Nähe des Treffpunkts warten. Zuvor hatte er Erkundigungen über das Hotel »Saigon« eingezogen. Nahe der Petaling Street galt es als eines der teureren Häuser, beliebt bei Amerikanern und Europäern. Er hatte nichts gegen eine gute Bar einzuwenden.

Auf der Fahrt baten sie den Taxifahrer, an einer Reiseagentur anzuhalten. Während Rox wartete, buchte Saul einen Flug nach Malé für den folgenden Abend.

Im »Saigon« setzte Rox sich in die Lobby. Sie griff nach einer englischen Ausgabe von »Vanity Fair«. Noch nie hatte sie begriffen, dass Frauen Geld ausgaben, um auf Hochglanzpapier die mageren Schultern hässlicher Bohnenstangen präsentiert zu bekommen. Selbst wenn diese Schultern zu teuer bezahlten Supermodels gehörten. Sie legte die Zeitung beiseite und bestellte einen Espresso.

»Excuse me?« Ein Mann baute sich vor ihr auf. Anzug, Krawatte. Einer, der sichtlich einen langen Tag gehabt hatte.

»Thomas Banton?«, fragte Rox und setzte ein strahlendes Lächeln auf. Es fühlte sich ein wenig ungewohnt an. Saul würde dazu sagen, sie lächelte zu selten.

»Und Sie sind Frau Tesnik?«

»Roxane Tesnik. Bitte, setzen Sie sich.« Sie redete so herzlich mit ihm, als könne sie sich nichts Schöneres vorstellen, als mit ihm einen Kaffee zu trinken. Im Prinzip ist es auch so, dachte sie. Neben dem Ramp-Agent ist dieser Banton das einzige lebende Bindeglied zu MH370.

Der Espresso kam. Banton bestellte ein Tonic.

»Worum geht es?« Er versuchte es mit einem geschäftsmäßigen Ton.

»Erinnern Sie sich, was Sie am 7. und 8. März 2014 gemacht haben?«

Er zuckte zusammen. »Das …«

»Am 7. März packten Sie Ihren Koffer, um zu einer Reise nach Peking aufzubrechen. Richtig?«

Er starrte Rox nur an. Zornig und zugleich gleichgültig.

»Aber Sie fuhren nicht zum Flughafen.«

»Ich dachte …«

»Verzeihen Sie.« Rox entnahm ihrem Portemonnaie eine Visitenkarte. »Ich bin Detektivin und arbeite an dem Fall MH370.«

Er lachte bitter. »Gibt es immer noch Leute, die meinen,

irgendwas finden zu können?« Er warf die Karte auf das Tischchen. »Meine Güte!«

»Glauben Sie das nicht?«

»Ich bitte Sie! Das ist doch keine Sache des Glaubens.«

Der Kellner brachte sein Tonic. Er nahm einen großen Schluck. Das Eis klirrte, als er das Glas abstellte.

»Tatsache ist, dass Sie ein Ticket hatten und es nicht benutzten. Wann haben Sie entschieden, den Flug nicht anzutreten, und warum?«

Er sah sich um. Unauffällig, wie er wohl meinte. Aber Rox entdeckte die Anzeichen von Panik in seinem Gesicht, als er den Blick durch die Lobby schweifen ließ, ohne den Kopf zu wenden. Sein Gesicht war blass. Schweiß glänzte auf seiner Stirn.

»Das Taxi war schon bestellt.«

»Also?«

»Verstehen Sie … ich war krank an dem Tag. Meine Frau bat mich, nicht zu reisen. Gegen Spätnachmittag bekam ich Fieber. Also …«

Rox seufzte laut. Ein wenig Theatralik konnte nicht schaden. »Das tut mir leid für Sie. Sie arbeiten als IT-Techniker bei Panucci & Caffle.«

»Ich bin Chief-Architect.«

»Also ein brillanter Kopf, auf den eine Firma wie Panucci & Caffle nicht verzichten kann.«

Er nahm einen Schluck Tonic. »Es ging mir nicht gut an dem Tag. Ich sollte nach Peking. Ein Großteil unserer Produktion befindet sich in China.«

»Panucci & Caffle entwickelt Prozessoren und Steuerungsprogramme für hochwertige Technologien. Auch Verteidigungstechnologien. Man könnte sagen: Equipment für die Kriegsführung der heutigen Zeit.«

»Über meine Arbeit …«

»Haben Sie eine Geheimhaltungsübereinkunft unterzeichnet. Schön für Sie.«

Banton sah sich erneut um. Auffälliger jetzt. »Wie kommen Sie dazu, sich als Journalistin auszugeben?«

»Sie dürften gar nicht mit mir sprechen, das ist mir klar. Aber Sie sind dem Tod von der Schippe gesprungen, indem Sie den Flug nach Peking haben sausen lassen. Finden Sie nicht, dass Sie als Überlebender eine Verpflichtung gegenüber …«

»Hören Sie schon auf! So ein salbungsvolles Gequatsche!« Er biss sich auf die Lippen.

»Ja?«

»Ich lebe und ich gedenke weiterzuleben.«

»Dann sollten Sie unser Gespräch beenden.«

PARKROYAL, KUALA LUMPUR

11.2.2017

Vor dem Frühstück checkte Stella die Mails auf ihrem Handy. Riley hatte auf ihre Anfrage geantwortet.

Liebe Stella,

freut mich, Sie auf diesem Weg virtuell zu treffen. Da

ich gerade in Kuala Lumpur bin, könnten wir uns persönlich kennenlernen, wenn Sie möchten. Rufen Sie mich an.
Riley

Stella spürte ihr Herz hämmern. Riley in Malaysia? Sie scrollte auf dem Bildschirm nach unten. Mit zitternden Fingern wählte sie die unter seinem Namen angegebene Handynummer.

»Henderson?«

Stella räusperte sich.

»Ich bin Stella Simon. Wir hatten gemailt.«

»Aber natürlich. Wie geht es Ihnen?«

»Ich würde Sie gern treffen.«

»Ich bin noch in Kuala Lumpur, heute Abend fliege ich ab.«

»Also ginge es nur heute.«

»Kein Problem. Halten Sie die Hitze auch kaum aus? In dem Fall schlage ich als Treffpunkt die ›Sunway Lagoon‹ vor. Das ist ein Vergnügungspark. Liegt in Bandar Sunway. Nehmen Sie ein Taxi. Die Fahrer kennen den Park.«

»In Ordnung. Wann?«

»Gegen zwölf? Wir könnten etwas essen und reden. Warten wir aufeinander beim Beachvolleyballfeld. Danach muss ich zum Flughafen.«

Die Verabredung war schneller getroffen, als Stella zu hoffen gewagt hätte. Jetzt musste sie nur noch Rox und Saul davon überzeugen, dass sie sich mit Riley Henderson treffen wollte.

Oder sie sagte besser nichts.

PARKROYAL, KUALA LUMPUR

11.2.2017

»Sieh an«, murmelte er.

Sein Rechner protokollierte. Er musste nur mitlesen.

Sie wollte sich also mit Riley treffen.

Im Allgemeinen interessierte ihn die Hintergrundgeschichte zu seinen Aufträgen nicht besonders. Aber diese MH370-Sache war natürlich mehr als mysteriös. Auch er war Vielflieger! Niemand konnte sich dem Grauen entziehen: Ein Jet von über 220 Tonnen verschwand. Irgendwo musste die Boeing abgeblieben sein. Und es gab nur zwei Arten, wie so ein Vogel herunterkam. Kontrolliert auf einer Landebahn oder … In der Neugier der Öffentlichkeit lag auch eine gewisse Sensationsgier, das brauchte niemand zu bestreiten.

Jetzt saß *er* an dieser Sache. Ein kleiner Zusatzverdienst war vermutlich drin, wenn er dem einen oder anderen Kontaktmann bei der Presse einen Hinweis gab. Dabei musste er umsichtig vorgehen. Sie waren nicht so dumm, ihn einfach machen zu lassen. Garantiert saß da ein anderer und kümmerte sich um die Log-Dateien und andere Feinheiten auf seinem Rechner.

Allerdings gehörte er zur obersten Garde, daher würden sie sich schwertun, ihm etwas nachzuweisen. Zudem besaß er ein glänzendes Gedächtnis, er konnte Fakten lange behalten, gut sortiert, als lägen sie in seinem Gehirn in Schubladen, die er nur aufzuziehen brauchte. Insofern war er eine exquisite Quelle für die Medien und verstand es, hart zu verhandeln. Obwohl er es finanziell nicht nötig hatte. Er verdiente ausgezeichnet mit seinen Kenntnissen. An zukünftigen Aufträgen würde es nicht mangeln. Aber er musste sich vorsehen, jeden Schritt mehrmals absichern, Hintertüren offenhalten.

Seit 2014 verfügte er über einen guten Draht zu einem CNN-Reporter. Die Amerikaner waren bereit, eine immense Stange Geld zu bezahlen, wenn man ihnen die richtigen Tipps weiterreichte.

Er lehnte sich zurück. Noch war es zu früh. Doch dass sie sich ausgerechnet mit Riley Henderson treffen wollte … der alte Indiana Jones in seinen Bermudas hatte die beste Zeit hinter sich. Sie waren einst gemeinsam aktiv gewesen. In den alten Zeiten, als er sich für Ökologie interessiert hatte. Das war lange her und ihm aus heutiger Sicht fast ein bisschen peinlich. Er wusste, dass Riley die Entenmuscheln an den Trümmerteilen nicht passten, die sie aus dem Ozean gefischt hatten, mit der Begründung, Entenmuscheln wüchsen nur auf Elementen, die komplett mit Wasser bedeckt waren. In einem Treibtank war festgestellt worden, dass so ein Tragflächenteil auf dem Meerwasser trieb. Ergo stimmte etwas nicht mit den Entenmuscheln. Er war kein Experte, hatte sich jedoch ein wenig schlaugemacht und zweifelte selbst an den offiziellen Untersuchungsergebnissen. Immerhin hatte er in der Vergangenheit selbst an einigen sogenannten »offiziellen« Resultaten mitgewirkt. Zudem war nie irgendein Teil aus dem Inneren der Kabine gefunden worden. Ziemlich unwahrscheinlich, wenn das Flugzeug beim Aufprall auf dem Meer zerschellt war. So eine Unfallstelle flutete das Meer mit Kissen, Plastikteilen aus den Bordküchen, Resten von den Sitzen, Gepäckstücken, Kram aller Art. Irgendwo wäre mittlerweile etwas an Land gespült worden. Auf diesem Planeten wurde es allmählich eng.

Er war vor einem Monat auf einer Konferenz in Riad gewesen. Dort trafen sich die Besten seiner Zunft einmal im Jahr und tauschten sich aus. Das Meeting verlief im Verborgenen. Nur Insider wurden eingeladen, es gab diverse Überprüfungen. Man war unter sich. Er hatte ein Referat gehört von einem jungen Mann, der eine App entwickelt hatte, mit der man die Steuerungssysteme einer Boeing übernehmen konnte. Während des Fluges. Sie war weitsichtig gebaut, um es dem Piloten zu verunmöglichen, die Bordelektronik komplett auszuschalten, sodass er das Flugzeug auch nicht manuell wieder übernehmen konnte. Die Welt befand sich in einem Krieg. Die Bürger bekamen wenig davon mit. Geländegewinne verliefen über Server. Es ging um den Zugang zu Kapital, Grundbesitz und Daten. Um die Möglichkeit, bestimmte Unternehmen den eigenen Firmen einzuverleiben. Um das Auspressen dessen, was noch Saft gab.

Er war – wie Riley Henderson übrigens – einst einer von denen gewesen, die dagegen opponiert hatten. Das war lange her. In einem Leben, in dem er finanziell auf keinen grünen Zweig gekommen war. Irgendwann hatte er sich umorientieren müssen.

Nun gut, sie würde also Riley treffen. Es wäre vielleicht besser, sie träfe ihn nicht. Für Entscheidungen auf diesem Sicherheitslevel musste er nicht Rücksprache halten. Die Verunsicherung der Beteiligten bedeutete immer einen Gewinn für die Gegenseite.

Er beugte sich über seine Tastatur und gab ein paar Befehle ein.

PARKROYAL, KUALA LUMPUR

11.2.2017

Als Stella den Frühstücksraum betrat, hatte sie sich bereits eine Geschichte zurechtgelegt, mit der sie Tesnik und Fletcher von ihrem bevorstehenden Alleingang überzeugen wollte. Entschlossen schritt sie auf ihren gemeinsamen Tisch zu. Rox lauschte gerade mit dem Handy am Ohr einer offenbar langatmigen Erklärung. Stella mochte sich täuschen, doch sie sah im Gesicht der Detektivin so etwas wie Überraschung. Oder – Schreck?

»Natürlich. Wir treffen uns mit Ihnen. In zwei Stunden? Wo wohnen Sie?«

Aus dem Handy krächzte eine Antwort. Die Hysterie fiel selbst Stella auf.

»Setzen Sie sich«, raunte Saul ihr zu. »Es gibt neue Entwicklungen.«

Auch er wirkte besorgt.

»Ich …« – Stella griff nach der Kaffeekanne – »… hatte überlegt, ob ich der Hitze nicht einmal entfliehen könnte.« Was für eine bescheuerte Ausrede, dachte sie, hier ist alles klimatisiert. Oft genug trug sie in geschlossenen Räumen einen Sweater.

»Sie brauchen sich bei uns nicht abzumelden.« Saul lächelte.

In Saul Fletchers Gegenwart fühlte sich Stella entspannt. Ihm fehlte die aggressive Kaltschnäuzigkeit seiner Partnerin. Stella traute ihm mehr Einfühlsamkeit zu. Wenn sie ehrlich zu sich war, fürchtete sie sich ein wenig vor Rox. Vor ihrer mürrischen Art und der Düsternis, die sie umgab. Was vielleicht an ihren dunklen Klamotten lag. Trotz der Hitze trug sie immer langärmelige schwarze Shirts und meistens einen Blazer drüber. Bevor Rox das Gespräch beendete, sagte Stella:

»Ich wollte mir den Wasserpark ›Sunway Lagoon‹ ansehen.«

»Gute Idee. Dazu hätte ich auch Lust, nur fürchte ich, dass Rox und ich heute nicht dazukommen. Zumal ich spät am Abend auf die Malediven fliege.« Er beugte sich vor. »Einem unserer Gesprächspartner ist etwas zugestoßen.«

»Was?« Stella verschüttete Kaffee. Sofort eilte eine Kellnerin herbei, um die Lache wegzuwischen und eine neue Kanne abzustellen.

»Sie erinnern sich an den Ramp-Agent?«

»Der MH370 abgefertigt hat?« Die Flugnummer, diese vermaledeite, schreckliche Flugnummer, ging Stella unerwartet leicht über die Lippen. Wo sie sich doch sonst immer gescheut hatte, sie auszusprechen.

»Eben der. Er hatte anscheinend einen Unfall.«

»Einen …«

Saul legte den Zeigefinger auf die Lippen. Rox hatte die Hand gehoben, auf ihrem Gesicht verfestigte sich ein konzentrierter Ausdruck, der in Gereiztheit überging. Sie sagte ein paar Sätze in einer Sprache, die Stella nicht verstand.

»Kann sie Malaysisch?«

»Chinesisch.«

»Tatsächlich?«

»Aber ja.«

Verblüfft musste Stella sich eingestehen, dass sie dergleichen der ruppigen Roxane Tesnik nie zugetraut hätte. Gebannt beobachteten sie und Saul, wie Rox, jetzt wieder auf Englisch, sich verabschiedete und das Handy weglegte.

»Bao ist tot«, sagte Rox. »Verdammte Axt.«

SUNWAY LAGOON, KUALA LUMPUR

11.2.2017

»Work hard, dream big!«

Eine Plakette mit diesen Worten baumelte am Rückspiegel des Taxis. Aus dem Radio plärrte Popmusik. Der Verkehr stand mehr, als dass er sich bewegte.

Hart habe ich immer gearbeitet, dachte Stella. Aber groß geträumt? Wohl kaum. Der Spruch klang wie einer, den Dean geliebt hätte. Er hätte sie angestupst, auf die Plakette gedeutet und gesagt: »Na, heute schon groß geträumt?«

Beim Gedanken an Dean schoss Panik heran. Die Attacken hatten etwa drei Monate nach dem Verschwinden von MH370 begonnen. Ihre bis dato entschlossene Funktionsfähigkeit löste sich in nichts auf. Sie brauchte Tabletten, um die Panikanfälle zu überstehen. In einem Taxi in Peking fing es an. Herzrasen, unermesslicher Durst, Bauchkrämpfe, das Gefühl, in die Tiefe zu stürzen.

Nicht jetzt! Sie setzte sich gerade hin, sah aus dem Fenster, atmete ein und zählte, atmete aus und zählte, wie sie es gelernt hatte. Langsam beruhigte sich ihr Herzschlag.

Wenn sie Klarheit über Deans Tod hätte, wäre Gelegenheit, Abschied zu nehmen von der Stella, die sie mit Dean gewesen war und die sie nun nicht mehr sein würde. Nie mehr. In den vergangenen drei Jahren war sie festgesessen, unfähig auszubrechen, um sich Neuem zuzuwenden. Wie auch! Dean war ihr großer Traum gewesen: ihr gemeinsames Leben in China, die Heirat, das Gründen einer Familie. Diese Punkte standen auf der Liste, die nun nicht abgearbeitet werden würde. Stattdessen traf sie sich in einer Stunde mit einem Mann, der Trümmerteile jenes Flugzeugs gefunden hatte, in dem Dean gestorben war. Vermutlich.

Dean hatte so viele Pläne gehabt! Waren die mit ihm im Ozean sang- und klanglos untergegangen? Oder übertrugen sie sich auf geheimnisvolle Weise vielleicht auf sie, Stella, auf die Frau, die Dean geliebt hatte? Mit Dean zusammen hatte sie sich das erste Mal in ihrem Leben vollständig gefühlt. Er war der erste Mensch, der nicht an ihr herumgekrittelt, sie gemaßregelt hatte. Einer, der wie sie gern arbeitete, sich etwas erschuf, Freude an Anstrengung und Erfolg hatte. Einer, der die Welt mit Humor betrachtete. Der an Ludwig mit dem Seitenscheitel, hätte er ihn kennengelernt, kein gutes Haar gelassen hätte, aber zugleich über ihn gelacht hätte. Nun war Dean ein ungelebtes Leben gestorben. Aus. Vorbei. Und sie selbst? Sie war nicht mehr die gelöste, fröhliche Stella, die es gewagt hatte, aus Deutschland auszubrechen und sich dem gänzlich fremden China zu stellen. Sie mutierte zurück zu der, die einknickte, wenn der Spott sie traf. Die sich dem Urteil von Menschen beugte, mit denen sie in alten Mustern gefangen war.

Verdammt, sie sollte sich lieber auf das Treffen mit Riley Henderson einstellen. Während der Fahrer auf eine Schnellstraße auffuhr und sie endlich schneller als im Schritttempo über den Asphalt rollten, griff sie nach ihrem Handy und rief einen Artikel aus dem Internet auf. Riley Hendersons Konterfei war abgebildet, mit einem weißen, länglichen Gegenstand unter dem Arm. Ein Tragflächenteil von MH370. Die kalte Hand griff nach ihrem Nacken. Sie prägte sich die sonnengegerbte Haut und die tief eingegrabenen Linien in Hendersons Gesicht ein. Er sah aus wie einer, der sich am liebsten im Freien aufhielt, unter tropischer Sonne. Eine Sportskanone.

»Möchten Sie zum Haupteingang, Madam?«, fragte der Fahrer.

»Ich ... weiß nicht.«

»Viele Touristen interessieren sich mehr für den Surfstrand. Das haben wir hier in Kuala Lumpur. Den besten künstlichen Surfstrand der Welt.«

»Ich bin beim Beachvolleyball-Feld verabredet.«

»Dann also der Eingang beim Surfstrand.« Der Fahrer setzte den Blinker. »Hier sind wir schon.«

Stella reichte ihm ein paar Scheine und kletterte aus dem durchgesessenen Sitz. Die Sonne blendete, sie setzte die Brille auf. Trauben von Kindern und Jugendlichen tummelten sich vor dem Eingang, etliche mit Surfbrettern oder anderer Strandausrüstung. Stella kaufte ein Ticket und ließ sich mit einer bunt gekleideten malaysischen Familie in den Vergnügungspark treiben.

Die Geschäftigkeit, die Geräuschkulisse und das schier überbordende Angebot an Hinweisen auf Attraktionen überforderten sie. Ein junger Mann in Jeans und Shirt reichte ihr einen Übersichtsplan. Sie fragte ihn nach dem Beachvolleyball-Feld. Er setzte zu einer Erklärung an, die sie aufgrund seines dürftigen Englisch nicht verstand, deshalb folgte sie einfach der Richtung seines ausgestreckten Arms. Ein Kind griff nach ihrer Hand, rief irgendwas, bis es erschreckt feststellte, dass es die falsche Hand erwischt hatte, und zu seiner Mutter rannte. Die Frau lachte Stella freundlich an. Sie lächelte zurück.

50 Menschen an Bord von MH370 waren Malaysier gewesen. Stella fragte sich, wie viele Leute in dieser Stadt, diesem Vergnügungspark wohl jemanden kannten, der einen Freund oder Verwandten verloren hatte. Ein verschollenes Flugzeug zog weite Kreise.

Eine Weile ließ sie sich über die Pfade treiben. Jemand lud sie ein, sich afrikanische Pythons anzusehen. Ein anderer Junge schrie unablässig etwas von »Attractions« und »Horrorwood Studios«. Stella machte einen Bogen um ihn. Ihre eigene Apokalypse war dramatisch genug.

Viertel vor zwölf. Sie betrachtete den Übersichtsplan. Orientierung war nie ihre Stärke gewesen. Ein Mädchen sprach sie an. Es trug ein T-Shirt mit der Aufschrift »Sunway Lagoon«.

»What are you looking for, Madam?«

»Beach Volleyball?«

»Die Promenade entlang, Madam, gleich hier. In drei Minuten sind Sie da. Sehen Sie das Segeltuchdach?«

»Danke!« Stella folgte dem Weg. Das geschwungene weiße Dach versprach Schatten. Kein Wunder, dass in diesen Breiten ein vornehmlich auf Wasserattraktionen gegründeter Vergnügungspark den ganzen Tag lang Besucher anzog. In Deutschland könnte man Wasserrutschen, Riesenwellenmaschinen und einen künstlichen Surfstrand vergessen.

Jetzt hörte sie das BAFFBAFF eines Ballspiels. Sechs Mädchen hüpften im Sand auf und ab und pfefferten den Ball über ein Volleyballnetz. Sie trugen Sporthosen, Langarmshirts und um den Kopf bunte Tücher. Auch die anderen Spielfelder waren besetzt. An den Rändern tummelten sich große und kleine Gruppen von Schlachtenbummlern, die die Spieler lautstark anfeuerten. Aus Lautsprechern dröhnte die unvermeidliche Popmusik. Stella geriet in Zweifel, ob sie Henderson in diesem Durcheinander finden würde. Wieder der Blick auf die Uhr. Warum war sie nervös? Diese dumme Hoffnung, die Begegnung mit dem Schatzsucher könnte den entscheidenden Hinweis geben, ließ ihr Herz schneller schlagen.

Am besten, sie ging zu einem der Bistrots unter dem Segel und suchte sich einen ruhigen Platz. Von dort würde sie Henderson anrufen. Kaum saß sie an einem Tischchen, wuchs eine Kellnerin neben ihr aus dem Boden.

»Madam?«

»Eine Cola bitte.« Stella nahm ihr Handy aus der Tasche. Schon kurz nach zwölf. Henderson hatte nicht viel Zeit, wenn er heute Abend abreiste. Und ihr brannten so viele Fragen unter den Nägeln! Ob sie sich verpasst hatten? Sie wählte seine Nummer. Es läutete hin. Niemand hob ab.

Stella legte das Handy vor sich auf den Tisch. Die Kellnerin brachte die Cola. Durstig trank Stella das halbe Glas auf einmal aus. Sie vergaß bisweilen, dass sie sich in den Tropen befand. Dass die Hitze nicht nur eine wie nebenbei eintrudelnde Sinneswahrnehmung war, sondern ihrem Körper einiges abverlangte. Das Sonnenlicht wurde plötzlich milchig, die Hitze schien immer drückender. Stella wischte sich den Schweiß von der Stirn. Wo steckte Riley?

STADTTEIL AMPANG, KUALA LUMPUR

11.2.2017

Das Taxi steckte im Stop-and-go-Verkehr fest. Dunst verschleierte den eben noch blauen Himmel.

»Wo wollte sie hin?«, fragte Rox.

»In die ›Sunway Lagoon‹. Einen Vergnügungspark.«

»Saul, willst du mich verkackeiern?«

»Sie hat nichts zu tun hier, die Hitze macht ihr zu schaffen, ihr ist langweilig.«

Rox schwieg eine Weile. Starrte aus der mit einem Sprung verzierten Windschutzscheibe auf das Verkehrschaos vor ihnen.

»Das glaube ich nicht«, sagte sie dann. »Sie trifft sich mit jemandem.«

»Um Himmels willen, mit wem? Sie kennt hier niemanden.«

»Ich wäre mir da nicht so sicher.«

»Wir haben sie überprüft.«

Rox unterdrückte ein Seufzen. Saul checkte alle ihre Klienten auf Herz und Nieren durch, bevor diese Person auch nur einen Fuß in ihre Agentur in München setzte. Stella Simon war ein unbeschriebenes Blatt.

»Bisher hat sie sich im Hotel verkrochen und nicht mal den Sprung in den Pool gewagt, und jetzt stürzt sie sich in einen Vergnügungspark voller Menschen?« Rox musste sich nicht zu ihrem Partner umdrehen, um zu bemerken, dass der Gedanke bei ihm angekommen war.

»Nur weil es unwahrscheinlich ist, heißt das nicht, dass es nicht geschieht. Es gibt Leute, die zweimal im Leben vom Blitz getroffen werden.«

Der Fahrer bog ab und setzte zu ein paar riskanten Überholmanövern an. Rox beschloss, lieber nicht hinzusehen. Sauls Kritik an ihrer Ruppigkeit Stella gegenüber steckte ihr noch in den Knochen. Sie nahm sich die Dinge mehr zu Herzen, als sie zeigte. Schwäche stand Raubtieren nicht, und sie sah sich selbst als Raubkatze, als einen klugen, einsamen Panther, der genau wusste, wann es zuzuschlagen galt. Wer Schwäche zeigte, würde ohne Zweifel schnell selbst zur Beute. Sie wusste das besser als jeder andere.

Im Taxi war es kühl, der Fahrer musste die Klimaanlage auf maximal 15 Grad eingestellt haben. Rox fröstelte, war dankbar für die langen Ärmel und den Blazer.

»Ist es noch weit?«, fragte sie ihn.

Er zuckte die Achseln. »Kilometers not. But time you not know.«

Die Straßen schienen jetzt nicht mehr ganz so voll wie zuvor. Es ging zügig voran. Rechts und links wehten Palmen im Wind. Verdorrtes Gras zierte den Mittelstreifen. Sie drangen in einen Vorort aus Wohnanlagen vor, die sich ins Unendliche fortzusetzen schienen.

»Meine Güte«, ließ sich Saul von hinten vernehmen.

»In so was habt ihr mich gesteckt.«

Er schwieg, was sie nur höflich fand. Es war nicht seine Schuld, sie sollte endlich damit aufhören, ihm Dinge anzulasten, für die er keine Verantwortung trug. Andere waren der Ansicht gewesen, dass die anonymen Wohnsilos ihr extra Schutz versprachen.

Rox gab sich ihren Grübeleien hin. Warum begegnete sie Stella mit so viel Argwohn? Konnte ihr gegenüber keine Toleranz aufbringen? Weil sie Stella helfen sollte, mit ihrem Verlust zurechtzukommen, wo ihr doch auch niemand geholfen hatte? Wenn Rox ehrlich war …

»Madam! Sir!«

Das Taxi hielt.

Rox zahlte. Sie stiegen aus. Windstöße fuhren durch die Straße, wie in einem Kanal verstärkt zwischen den endlosen Reihen der Wohnblocks.

»Geradezu sowjetisch«, bemerkte Saul.

»Es ist ungeheuerlich.« Rox hielt Ausschau nach Hinweisen, wo sie Shenmi Deng finden würden. Die Adresse hatte sie sich mitsamt Hausnummer, Eingang, Stockwerk und Wohnungsnummer gemerkt. »Lass uns hier entlanggehen.«

Saul lief neben ihr her. Ganz lässig in seinen Chinos und dem Kakihemd. Sie betraten den nächstgelegenen Wohnblock und fuhren mit dem Lift in den 14. Stock. Der Korridor vor ihnen war blitzsauber. Vor einigen Wohnungstüren standen die Schuhe der Bewohner, meist nur Flipflops oder billige chinesische Sportschuhe. Es roch nach Putzmittel. Auf ihr Klingeln an Tür Nummer 1403 öffnete eine kleine chinesische Frau, deren schwarze Augen rot verquollen durch eine verschmierte Brille blitzten.

»Bitte, bitte«, flüsterte sie. Trat beiseite. Rox und Saul schlüpften aus den Schuhen und betraten eine winzige Diele. Die Tür zum Wohnzimmer war ausgehängt, um mehr Platz zu schaffen.

»Es tut uns wirklich sehr, sehr leid«, sagte Saul, während er die Hand der Frau ergriff. »Sie sind Baos Schwester?«

»Shenmi Deng«, stellte sie sich vor, in einem fast altertümlichen Englisch fuhr sie fort: »Ich habe Ihre Telefonnummer in dem kleinen Skizzenblock gefunden, den er immer bei sich trug. Er zeichnete so gern, verstehen Sie? So nutzte er die kleinen Pausen, wenn er auf der Arbeit ein paar Minuten für sich hatte, zeichnete Flugzeuge, Gepäckstücke, die Flughafengebäude und seine Kollegen.« Sie ging voraus zu einem schmalen Schreibtisch, hielt einen Block hoch. »Das Handy habe ich nicht. Die Polizei sagt, er hätte keines bei sich gehabt, wie kann das sein?«

Rox wechselte einen kurzen Blick mit Saul.

»Ich dachte, ich rufe diese Nummer einmal an. Sie stand auf der letzten Zeichnung, die er begonnen hat, da muss er einen Marktstand skizziert haben, vielleicht, als er auf ein Taxi gewartet hat?« Shenmi Deng schien darüber zu rätseln.

»Er hat mir am Telefon gesagt, dass er sich mit einer Europäerin getroffen hat.« Die rotgeweinten Augen verengten sich, als die Chinesin Rox' Strümpfe ansah. »Das waren Sie?«

Rox wusste um die Angewohnheit der Asiaten, nicht in die Augen des Gegenübers zu blicken, was nach den geltenden Höflichkeitsnormen ein Fauxpas gewesen wäre, daher fühlte sie sich nicht irritiert, obwohl sie das spontane Bedürfnis spürte, mit den Zehen zu wackeln.

»Das war ich.«

»Sie wollten mit ihm über unser Flugzeug sprechen, nicht wahr?«

Unser Flugzeug. Rox warf Saul erneut einen Blick zu.

»Er hat so daran gelitten. Am Anfang hat er sich noch breitschlagen lassen, mit Journalisten zu reden. Später nicht mehr. Er mochte sie nicht. Verzeihung, bitte setzen Sie sich, ich habe Tee aufgegossen.«

Sie nahmen auf schmalen Holzstühlen an einem wackeligen Tischchen Platz, das bereits mit Tellern und filigranen Tassen gedeckt war. Aus einer winzigen Küchennische brachte Shenmi eine Teekanne und Süßigkeiten. Als sie den Tee eingießen wollte, zitterten ihre Hände. Trotzdem verschüttete sie nicht einen Tropfen.

»Bitte nehmen Sie doch.« Sie hielt die Schale mit den Süßigkeiten hoch. »Es wird gleich regnen. So eine unerträgliche Hitze heute!«

Rox nippte an ihrem Tee. »Wunderbar. Earl Grey?«

»Ich dachte, Sie kämen aus England. Aber Sie sind nicht aus England, wie?«

»Aus Deutschland.«

»Oh.« Shenmi kicherte verlegen.

»Sagen Sie, Madam«, fing Saul an, »hat Bao denn jemals mit Ihnen über MH370 gesprochen?«

»Jemals? Wir sprachen quasi dauernd darüber.« Sie leckte sich über die Lippen. »Er machte sich Vorwürfe. Eine Zeit lang hieß es ja, die Fracht sei nicht in Ordnung gewesen, und seine Vorgesetzten haben ihn gegrillt, weil sie wissen wollten, ob er von jemandem bestochen worden sei. Aber mein Bruder ist – war – ein ehrlicher Mann und hat seinen Job geliebt. Er wäre niemals auf die Idee gekommen, seine Anstellung zu riskieren wegen einer dummen Bestechung. Nein, das hätte er nicht gemacht.«

»Hat man ihm das tatsächlich unterstellt?« Saul.

Rox biss sich auf die Lippen. Die malaysischen Behörden hatten lange die Frachtliste nicht publizieren wollen. Ein Hinweis darauf, dass sie selber einer heißen Spur gefolgt waren?

»Nun, sagen wir, ein paar Wochen lang, dann verloren die Chefs das Interesse. Bao ist gewissenhaft. Ich muss das wissen, ich bin seine Schwester! Und jetzt musste er so elend sterben. Vier Messerstiche, jeder einzelne wäre tödlich gewesen. So viel Blut hat er in kürzester Zeit verloren.«

»Sie waren vorgestern mit Ihrem Bruder verabredet?«

»Ja, ich habe gewartet. Um Mitternacht habe ich die Polizei angerufen. Ich war nervös. Weil er nie so viel zu spät kam. Er besuchte mich immer, wenn er freihatte. Im Hinterhof eines Bordells, sagen sie, wäre er gefunden worden. Man kann mir unterstellen, dass ich eine alte Frau bin, die nicht durchblickt, aber dass Bao …«

»Ihr Bruder war nicht verheiratet?«

»Nein, nein, er hatte auch keine Freundin, und wenn ich das jetzt sage, meine ich es nur liebevoll, ich werde doch sein Andenken nicht beschmutzen: Ich glaube, er mochte

Männer. Er traf sich nicht regelmäßig mit einem bestimmten Mann oder so, ich habe einfach den Eindruck, dass Männer ihn interessierten. Sie verstehen, was ich meine?«

Saul und Rox nickten unisono.

»Diese Stadt zählt knappe zwei Millionen Einwanderer, ohne die Region drumrum. Verstehen Sie, es ist verrückt, man trifft immerzu auf Menschen, die jemanden kennen, der auf dem Flug war. Zum Beispiel meine Friseurin.« Sie tastete über ihre Frisur. »Ihre Tochter war Flugbegleiterin und verschwand. Eine von 239. Sie hatte vier Schwestern und eine kleine Tochter, die kann sich gar nicht an die Mutter erinnern.«

»Sie sagen, in den Wochen nach dem Unglück haben sich unterschiedliche Menschen mit Bao unterhalten wollen. Seine Vorgesetzten und Journalisten. Gab es andere?«

Shenmi überlegte, den Zeigefinger an die Wange gelegt. »Nein, er hat nichts gesagt.«

»Und er hat über all das mit Ihnen geredet?«

»Jedes Mal, wenn wir zusammensaßen. Ich habe für ihn gekocht, und dann sprudelte es schon aus ihm raus. Die neuesten Gerüchte und so weiter. Wobei es im letzten Jahr weniger geworden ist. Die Teams waren ja immer noch da draußen auf dem Meer, bloß gab es nicht viel zu entdecken. Niemand weiß etwas.« Sie senkte die Stimme. »Ich sage Ihnen: Es gibt jemanden, der ganz genau weiß, wo dieses Flugzeug steckt. Aber der hält hinter dem Berg. Sonst …« Sie machte eine abrupte Bewegung mit der flachen Hand vor ihrer Kehle.

»Die offizielle Suche ist am 17. Januar eingestellt worden.«

»Ein Skandal. Die lassen jetzt das Gras drüberwachsen. Über die vielen Leichen. Versteht man das? Schauen Sie nur, wie grau es draußen geworden ist. Es wird bald regnen.«

»Was war die Meinung Ihres Bruders dazu?«, fragte Rox.

»Er fand es schändlich. Er sagte, wir hätten die Pflicht, alles zu tun. Irgendeiner muss doch für diese verschollenen Menschen sprechen. Wir kann man denn leben, wenn man nicht weiß, wo sie sind?«

»Bevor ich mich bei Ihrem Bruder meldete«, fuhr Rox fort, »gab es da noch andere Interessenten, die ihn sprechen wollten? In letzter Zeit, meine ich?«

»Nein, in letzter Zeit nicht. Nur privat haben immer wieder Menschen gefragt. Meine Tochter lebt in Hongkong. Seit dem Unglück mit unserem Flugzeug ist sie nur einmal hier gewesen mit den Kindern. Denn sie hat Angst, ein Flugzeug zu besteigen. Wer kann es ihr verübeln? Mir ist die Reise zu beschwerlich, zudem würde ich mich ebenso fürchten, glauben Sie mir, wenn es einmal geschehen kann, kann es wieder geschehen, oder nicht? Aber sie wollen, dass wir diese eine Sache vergessen. Nicht mehr darüber sprechen.«

Es klingelte an der Wohnungstür.

»Bitte entschuldigen Sie.« Shenmi stand auf. Saul blickte ihr nach. Sie öffnete die Wohnungstür. Trat auf den Flur. Sah nach rechts und links. Er wollte gerade aufstehen, als die Chinesin zurückkam.

»Da war niemand. Die Kinder machen ab und zu solche Späße! Noch Tee?« Sie griff nach der Kanne. »Meine Tochter hat Bao, ihrem Onkel, Löcher in den Bauch gefragt. Bao konnte immer nur erklären, dass Fliegen die sicherste Art zu reisen sei. Alles würde mindestens drei-, viermal überprüft. Die Passagiere, die Fracht, die Piloten, die ganze Technik. Und dann geschieht es trotzdem. Das Undenkbare.«

Der Tee plätscherte in die Tassen.

»Bao glaubte, dass die Maschine per Autopilot weiterflog und abstürzte, als der Treibstoff aufgebraucht war. Glauben Sie das auch?«, fragte Saul.

Sie stellte die Kanne ab.

»Ich verstehe nichts davon. Ich weiß nichts von Autopiloten und Frachtpapieren. Ich glaube, dass die Amerikaner unser Flugzeug haben. Die Amerikaner nehmen sich, was sie wollen.«

»Tatsächlich?« Rox.

»Ich halte nicht viel von denen«, zischte Shenmi verächtlich.

Saul erinnerte sich an den Mann im Restaurant Fogo vor zwei Tagen. Der ihr Gespräch belauscht hatte. Die Amerikaner haben unser Flugzeug. Und laut Bao schienen sich sämtliche Taxifahrer Kuala Lumpurs auf diese Erklärung eingeschossen zu haben. Er hatte die Aufzeichnung von Rox' Gespräch mit dem Ramp-Agent viele Male abgehört. Jetzt vertrat Shenmi dieselbe Meinung!

»Und unser Premierminister hat nichts anderes zu tun, als einen Monat nach dem Unglück verlautbaren zu lassen, dass man möglicherweise nie herausfinden werde, was wirklich passiert ist. Ein Tag der nationalen Schande, wenn Sie mich fragen.«

»Wir möchten Sie nicht länger aufhalten.« Rox schob ihren Stuhl zurück.

»Aber so bleiben Sie doch …« Shenmi wirkte erschreckt.

Sie wird jetzt wieder in den Abgrund stürzen, aus dem sie aufgrund unseres Besuchs kurz herausgekrochen ist, dachte Rox. Da kann ihr keiner helfen. Jeder robbt durch seinen eigenen Dreck.

Sie verließen die winzige Wohnung, schlüpften in ihre Schuhe. Fuhren mit dem Lift nach unten.

»Schrecklich für sie, was?«, fragte Saul, als sie auf der Straße standen.

Die Luft war nun furchtbar drückend. Ein Windstoß wirbelte verdreckte Plastiktüten hoch.

Rox antwortete nicht gleich. Sie hatte ein seltsames Gefühl. Drehte sich unauffällig um. Ihr Blick glitt über die Fenster von Shenmis Wohnblock. Irgendwo blitzte ein Sonnenstrahl auf, der sich durch die Wolken gestohlen hatte. An einem Fenster nur.

»Was suchst du?«

»Jemand beobachtet uns.«

Er könnte hier sein.

Saul berührte Rox' Arm. Er traute ihren Instinkten, wusste jedoch, dass ihr Alarmsystem eher zu früh als zu spät anschlug.

»Warum sollten Kinder an der Wohnungstür klingeln? Würde man die nicht kichern hören? Oder wegrennen?«, fügte sie hinzu.

Saul stellte sich trappelnde Kinderfüße vor.

»Wahrscheinlich«, murmelte er.

»Sie sollte dort nicht allein bleiben.« Fortwährend scannten Rox' Augen den Wohnblock. Sie suchte nach einem Menschen mit einer Kamera.

»Shenmi weiß nichts.«

»Bao wusste auch nichts. Trotzdem hat er mit mir geredet. Das war sein Todesurteil.«

»Muss nicht unbedingt sein. Der Ort, wo sie seine Leiche gefunden haben, gehört zu den düstersten der Stadt. Ich habe mich erkundigt. Selbst wenn seine Schwester meint, er sei schwul, kann er sich dort herumgetrieben haben. In solchen Dingen ist die gesetzte Dame dort oben sicher nicht auf der Höhe der Zeit.« Saul sah auf die Uhr.

Neben ihnen hielt ein Taxi. Eine Frau stieg aus. Businesskostüm, hohe Absätze.

»Stop!«, rief Saul und winkte dem Fahrer, der bereits wieder Gas gab. Bremsen quietschten. Ein Mann kam aus dem

Wohnblock. Er sah zu Rox und Saul herüber. Er trug einen grauen Anzug und eine Brille. Da begann der Regen. Ein Vorhang aus Wasser ging über sie nieder.

Er könnte es sein. Er könnte es sein.

»Nun mach schon!« Saul, Haar und Hemd bereits durchnässt, schob Rox in das Taxi. »Zum ›Parkroyal‹!«

»Fuck!«, sagte Rox.

***

Es klingt, als wenn eine Bierflasche platzt. Ich lege die Tomaten in die Spüle und drehe das Wasser auf, gucke raus auf die Straße. Da ist nichts. Nur der SUV, der dort nicht hingehört.

Dann platzt wieder eine Bierflasche. Und irgendein Schalter in meinem Kopf legt sich um. Auch darüber konnten sie sich später nicht einkriegen. Sie fragten immer und immer wieder: Wie haben Sie bemerkt, dass etwas nicht stimmte? Es ist die Stille im Haus, es ist die Tatsache, dass mir niemand antwortet. Wo normalerweise in unserem Haus immer eine Geräuschkulisse herrscht, die einen ganz verrückt machen kann. Ich drehe das Wasser ab, sehe mich um. Da steht das Geschirr auf dem Tablett, mitsamt dem Besteck, bereit, auf die Terrasse getragen zu werden. Das Salatdressing, das nur auf meine Tomaten wartet. Weingläser. Eine Flasche Mineralwasser, frisch aus dem Kühlschrank, angelaufen, wunderbar kühl, sodass ich Durst bekomme.

Ich wische mir die nassen Hände am Rock ab und gehe über den Flur ins Wohnzimmer.

Maman und Lucie liegen auf dem Boden. Beide sind gefesselt, ein Klebeband verschließt ihnen die Münder. Blut sickert aus Mamans Kopf auf den Holzboden. Sie liegt ganz still da, die Augen geschlossen. Das Blut um sie herum wird immer mehr. Lucie liegt neben ihr, sie atmet noch, ich sehe, wie das Klebeband sich über ihren Lippen wölbt und ein bisschen flattert, als wenn sie dagegen ankämpft. Plötzlich schießt Blut aus ihrer Nase. Sie giert nach Atem, vergeblich. Paps sitzt gleich neben der Tür auf einem Stuhl, seine Hände sind an die Lehne gefesselt, auch sein Mund ist verklebt. Sein Blick fällt auf mich, als ich da in den Raum trete wie ein unartiges Kind, das sich in ein Zimmer geschlichen hat, wo es nicht hingehört. Vor ihm steht ein Mann, durchschnittlich groß, er trägt schwarze Hosen, ein langärmeliges schwarzes Shirt und eine schwarze Maske über Kopf und Gesicht. In seiner Hand hält er eine Pistole, die er nun auf mich richtet, und Paps gibt einen Laut von sich, der schaurig klingt, von dem ich immer und immer wieder nachts aus dem Schlaf schrecken werde, weil er mich in meinen Träumen über Jahre verfolgt.

Von draußen dröhnt Donner herein. Das Gewitter ist plötzlich ganz nah. Der Mann zeigt mit der Waffe auf Paps und drückt ab. Blut spritzt in alle Richtungen. Paps kippt mitsamt dem Stuhl zu Boden. Ich drehe mich um und renne. Ich laufe durch den Korridor, vorne zur Tür raus, schlage einen Haken, ich will überleben, das, was ich gesehen habe, scheint mir wie eine Filmszene, ein Setting, das mir Angst machen soll, das sich aber nachher in Wohlgefallen auflösen wird. Wenn ich nur schnell genug renne. Ich jage durch den Garten, springe über die mickrige Hecke zu den Nachbarn rüber.

Harald, der Nachbar, öffnet gerade die Haustür. Er trägt Joggingsachen. Ich schreie: »Lass mich rein! Lass mich rein!« Er will etwas sagen, ich dränge mich an ihm vorbei, zerre ihn ins Haus. Ramme die Tür ins Schloss. Er starrt mich fassungslos an, und ich weiß mittlerweile, was ihn so entsetzt hat: Mein Shirt ist über und über voll Blut. Dem Blut meines Vaters.

***

SUNWAY LAGOON, KUALA LUMPUR

11.2.2017

Stella durchstreifte das riesige Wasserareal der »Sunway Lagoon«. Surfstrand, künstlicher Vulkan, schwimmende Restaurants. Der Tretbootverleih wirkte beinahe verloren in seiner Bescheidenheit. Vor einer halben Stunde hatte sie eine SMS von Riley Henderson bekommen:

Entschuldigen Sie, Stella, ich wurde unerwartet auf einen früheren Flug umgebucht. Wird nichts mit unserem Treffen. Ich schicke Ihnen noch eine Mail mit interessanten Daten. Alles Gute!
Riley

Stella fühlte sich betrogen. Ihre Hoffnungen, wenngleich befleckt von der gleichzeitigen Erwartung, dass ohnehin nichts zu hoffen war, lösten sich in Nichts auf. Wie immer spürte sie den emotionalen Schlag als körperliche Schwäche. Ihr zitterten die Knie, und deshalb zwang sie sich, zu gehen, sich zu bewegen, Eindrücke in sich aufzusaugen, für Ablenkung zu sorgen. Sie merkte, wie ihr Atem sich beschleunigte.

Bitte keine Panikattacke!

Sie hatte Durst und schob ihn auf die Hitze. An einem Eisstand blieb sie stehen, kaufte ein »Magnum«. Vom Surfstrand her hörte sie das Rauschen der künstlichen Wellen, das Lachen und Rufen der Menschen, die sich in diesem menschengemachten Paradies inmitten der Stadt einen entspannten Tag machten. Ihr Magen knurrte, zugleich war ihr übel.

Es hatte keinen Zweck. Sie musste es endlich einsehen. Für andere ging das Leben weiter, sie sahen MH370 nicht mehr als das Wichtigste an. Wurde Zeit, dass sie auch soweit kam. Die Wunde akzeptieren und damit leben. Sie beschloss, Rileys Mail nicht sofort zu lesen. Sie hatte Angst vor dem, was er ihr geschickt hatte. Vielleicht etwas Neues? Etwas Unbekanntes? Etwas, was ihr erneut Furcht in die Knochen jagte?

Sie schleckte das Eis und spürte, wie sich ihr Magen beruhigte. Die Süße verhalf ihr zu neuer Energie. Sie ließ sich auf einer Bank nieder. Heute Abend würde Saul nach Malé fliegen. Er musste etwas finden! Die Fischer sprechen, die MH370 gesehen hatten! Wenigstens das.

RESTAURANT VIENTIANE, KUALA LUMPUR

11.2.2017

Rox und Saul hatten sich wie verabredet einen Platz im hinteren Teil des »Vientiane« gesucht. Das Restaurant lag ein paar Kilometer vom »Parkroyal« entfernt in einer hektischen, lauten Gegend, deren sprühende Vitalität zu keiner Tageszeit abzuflauen schien. Auf den Straßen wuselten Menschen, Händler, Büroleute, Jugendliche, Moped- und Fahrradfahrer. Es wurde gehupt, gelacht, geschimpft, gehandelt, geküsst. Auch im »Vientiane« brummte und summte es. Laotische Küche zu günstigen Preisen, damit warb das Lokal, und Familien mit kleinen Kindern genauso wie Studenten und Grüppchen von Frauen und Männern schienen sich hier am Nachmittag ganz in ihrem Element zu fühlen. Der Lärmpegel war beeindruckend. Unaufgefordert stellte ihnen die Bedienung eine Karaffe mit Zitronenwasser hin.

»Banton brennt«, sagte Rox.

»Hm«, machte Saul.

Sie schwiegen. Ein vertrautes Schweigen. Eines von Menschen, die ahnten, was hinter der Stirn des anderen vorging. Die kein Geplapper brauchten, um Nähe zu spüren.

»Garantiert hat er bisher mit niemandem darüber geredet«, sagte Rox schließlich. »Und er hat den Flug nicht aus Krankheitsgründen verfallen lassen.«

Rox wusste, was es bedeutete, über Jahre hinweg vom Schlimmsten zu schweigen. Irgendwann hatte man das Gefühl, dass von einem selbst nur noch eine dünne Haut übrig war.

»Banton hat nicht mal seiner Frau gegenüber ausgepackt, das schwöre ich.« Rox.

»Da kommt er.« Saul wies unauffällig mit dem Kinn zum Fenster.

Durch die schmutzverschmierte Scheibe sahen sie Banton auf das Lokal zueilen. Heute trug er Jeans und ein kurzärmeliges Hemd. Sneakers. Eine Sonnenbrille.

Ein Mopedfahrer raste knapp neben ihm vorbei. Er zuckte zusammen.

»Denn man tau!«, murmelte Rox.

Banton betrat das »Vientiane«. Ließ den Blick schweifen. Nahm die Brille ab. Nur Sekunden später hatte er Rox und Saul entdeckt.

»Danke, dass Sie gekommen sind.«

»Ist es wahr?«

»Was?«

»Dass der Ramp-Agent tot ist?«

»Wir erzählen keine Lügen.« Rox.

»Es sei denn, Sie geben sich als Journalistin aus.«

»Sollen wir bestellen?« Saul griff nach der in Plastik eingeschweißten Karte, die die Gerichte mit bunten Fotos präsentierte.

»Die Fischsuppe ist gut hier.« Banton.

»Ist das Ihr Stammlokal?«

Banton erwiderte nichts.

»Dann Fischsuppe für alle. Gegrilltes Hähnchen als Hauptgang?«, schlug Saul vor.

Sie gaben die Bestellung auf. Saul goss Wasser in die Gläser.

»Manchmal unterhält man sich eben einfach.« Er stellte die Karaffe ab. »Und dabei klingt manches durch. Habe ich recht?«

Banton lachte bitter auf.

»Damit es Ihnen leichter fällt, spreche ich ein wenig darüber, was Schattenbanken sind. Wäre Ihnen das unangenehm?«

Banton zuckte die Achseln.

»Die Kollegin Tesnik und ich hatten heute ein paar Stunden Zeit für Recherche. Bislang haben wir uns vor allem mit Panucci & Caffle befasst und wissen, dass die Firma, für die Sie als einer der führenden und besten Köpfe arbeiten, sensible Produkte herstellt. ›Electronic Warfare‹ wäre der passende Ausdruck. Prozessoren und Dienstprogramme unterschiedlicher Art, die in einem Krieg als Waffen oder Teile von Waffen einzusetzen sind. Etwa von Drohnen.«

Die Kellnerin brachte die Suppe. Banton griff nach seinem Löffel.

»Wenn wir aber einmal nur dem Namen Caffle nachspüren, kommen wir drauf, dass die Caffle Group, gegründet von Norman Caffle im Jahr 2010, ein höchst interessanter Finanzinvestor ist. Sagen wir, die Caffle Group ist ein Unternehmen, das sich offiziell zwar nicht Bank nennt, nichtsdestotrotz Kredite vergibt und Geld kassiert. Insbesondere in China ist dies zurzeit ein lukratives Geschäft, da China kaum Regulierungen für solche Transaktionen kennt.« Saul probierte von der Suppe. »Tatsächlich sehr lecker. Wir sprechen also von diskret operierenden Finanzinvestoren. Investieren kann man in viel, nicht wahr, Thomas? Ich denke da vor allem an die Pläne für eine chinesische Megastadt in Malaysia, ›Forest City‹ heißt das Projekt. Oder den Immobilienboom in China. Die Leute erwerben Wohnungen wie die Verrückten, und es sieht nicht so aus, als würden sie nächstens aus dem Kaufrausch aufwachen.«

Banton starrte auf seinen Löffel.

»Der Gewinn, den die Caffle Group scheffelt, ist ein gut gehütetes Geheimnis, aber wir sind uns sicher einig, dass in diesem Geschäft Milliarden umgesetzt werden. Wie also kamen Norman Caffle und Carlo Panucci zusammen? Man braucht dafür nicht viel Fantasie. Panucci produziert Elemente für Luftfahrtelektronik und Missiles, Drohnen und alle Arten von Kommandosystemen. Damit ist eine Menge Profit zu machen, wenn man erst einmal *das* Unternehmen ist, das vom Verteidigungsetat einer der größten Volkswirtschaften der Welt profitiert. So entstand Panucci & Caffle. Mit einer Schattenbank im Hintergrund, der Caffle Group, die ehemalige US-Verteidigungsminister und britische Premierminister als Ehrenvorsitzende und Unternehmensberater hält.«

Banton, der kaum Suppe gegessen hatte, wurde blass.

»Ich glaube, an dieser Stelle können Sie übernehmen, Thomas.« Saul machte sich über seine Suppe her.

Rox blickte gespannt auf den Amerikaner. Er war in eine Falle getappt. Indem Saul ihm einiges an Insiderwissen um die Ohren geschleudert hatte, würde er nun kaum einen schnellen Abgang wagen. Im Lokal herrschte ein Treiben wie auf dem Oktoberfest. Belauscht konnten sie nicht werden.

»Carlo Panucci«, begann Banton, »ist ein Emporkömmling, der nicht damit zufrieden war, Prozessoren für Personal Computers zu bauen. Ihm schwebte etwas Großes vor, und so kam er mit Norman Caffle zusammen. Caffle besaß in der Politik bereits die richtigen Kontakte. Der Absatzmarkt war da, es fehlten die Produkte. Deshalb sammelte Panucci in Rekordzeit Leute um sich, die eine Ahnung vom Programmieren hatten. Menschen, für die eine Software nicht einfach ein elektronisches Muster ist, das den Rechner laufen lässt, sondern ein Instrument, um die Welt zu beherrschen.« Er schob seinen Teller weg. »Panucci ist Italiener in dritter Generation. Die heiraten nach wie vor untereinander, um das Blut ›rein zu halten‹. Das ist in Amerika unter bestimmten Einwanderergruppen durchaus üblich. Primär geht es natürlich darum, das Vermögen in einer überschaubaren Gruppe zu konzentrieren. Bevor Panucci sich mit Caffle zusammentat, bestand für ihn das Problem außerdem darin, dass die Asiaten ihm das Wasser abgruben. China hat helle Köpfe und wenig Skrupel. Insofern besaßen Carlo Panucci und Norman Caffle ein gutes Verkaufsargument: Wenn wir es nicht machen, machen es die Chinesen. Das war ihr Faustpfand. Hat funktioniert. Sie sind quasi die Einzigen, die Militärelektronik in diesem Stil bauen. Höchste militärische Geheimhaltungsstufe.«

»Mit den Israelis als treuen Kunden.«

Banton starrte Rox an. Er wartete, bis die Kellnerin die Suppenteller weggetragen hatte, dann antwortete er: »Die Israelis verkaufen Waffentechnik an China. Das ist bekannt. Aber garantiert verticken sie nicht unsere Prozessoren. Die Chinesen könnten auf die Idee kommen und ein Geschäft mit dem Iran machen. Zu gefährlich. So clever sind die Israelis.«

Rox sah den Schweißfilm auf Bantons Stirn. Er tat ihr leid. Er steckte fest. Aus der Nummer würde er nicht mehr rauskommen. Sein Gewissen würde ihn aushöhlen. Bis nur noch eine dünne Haut blieb.

»Kommen wir zum 7. März vor drei Jahren. Sie waren nicht krank.«

»Wir waren acht Leute. Kollegen. Gebucht auf MH370 nach Peking.«

»Die Medien sprachen von 20 Angestellten Ihrer Firma.«

»20 Angestellte, aber acht Ingenieure.«

»Sie gehörten dazu.«

»Exakt.«

»Vier dieser Ingenieure gingen nicht an Bord.«

»Ich saß schon im Taxi, als ich einen Anruf bekam. Ich sollte keinesfalls fliegen. ›Gehen Sie nicht an Bord des Flugzeugs!‹, sagte der Anrufer. Mehrmals.«

»Wer war der Anrufer?«

»Er meldete sich nicht mit Namen. Die Rufnummer war unterdrückt. Er sprach Englisch mit malaysischem Akzent.«

»Und Sie unterwarfen sich dem?«

»Es war ziemlich unheimlich, verstehen Sie? Wir hatten wichtige Termine in Peking, hatten wochenlang darauf hingearbeitet. Und mit einem Mal …« Er verstummte.

»Der Anrufer hätte wer weiß wer sein können.«

»Ich wählte Ron Lassers Nummer. Mein damals engster

Kollege. Auch auf den Flug gebucht. Er sagte, er hätte denselben Anruf bekommen.«

»Wenn Ihre Firma Sie nicht an Bord des Flugzeugs wollte, warum rief nicht ein Angestellter an, zum Beispiel eine Sekretärin, und beorderte Sie im Auftrag eines Vorgesetzten zurück? Dem hätten Sie doch Folge leisten müssen.«

»Ich weiß es nicht. Ron bekam bald kalte Füße.«

»Wegen des gespenstischen Anrufs oder wegen der Sache, an der Sie arbeiteten?«

»Wegen beidem. Sie haben von den Patenten gehört?«

»Es sollen vier Ingenieure von Panucci & Caffle an Bord gewesen sein, von denen jeder 20 Prozent Anteile an bestimmten Patenten hatte. 20 Prozent blieben für das Unternehmen selbst«, erläuterte Saul. »Damit fielen nach dem Verschwinden der Maschine die anderen 80 Prozent ebenfalls an Panucci & Caffle.«

»Warum halten Sie keine Patente, Mr. Banton?« Rox. »Liegt es daran, dass Sie nicht geschäftstüchtig sind?«

»Unsinn. Ich halte Anteile an Patenten, da geht es um Produkte, bei denen ich selbst mitgewirkt habe. Bei den Kollegen, die mit MH370 verschwanden, ging es um andere Patente.«

»Nur damit ich das richtig verstehe: Die vier Ingenieure, die an Bord gingen und offensichtlich keinen Anruf erhielten, zurückzubleiben, waren genau die Männer, die jeweils 20 Prozent an einem neu anzumeldenden Patent hielten.«

Das gegrillte Hähnchen kam. Banton starrte auf die mit Ananas und Salatblättern dekorierte Platte. Nickte.

»Puh«, machte Rox leise und hoffte, der kleine Laut ginge im Tumult des Lokals unter.

»Da waren noch zwei chinesische Ingenieure, mit denen wir zu dem Termin in Peking fliegen sollten. Sie waren erst am Tag vorher in Kuala Lumpur eingetroffen. Ich kenne sie nicht. Die gingen jedenfalls auch nicht an Bord. Ron fand das später heraus. Die beiden leben in China.«

»Wo ist dieser Ron Lasser jetzt?«

»Er hat sich mit einer Riesenabfindung vor zwei Jahren ausgeklinkt. Burn-out und Depressionen. Ich hörte, er hätte in Wales einen Bauernhof gekauft.« Banton riss den Schenkel von seinem Hähnchen und starrte angewidert darauf. »Ich war so gut wie tot. Ich kann nicht aufhören, darüber nachzugrübeln, wer mir das Leben gerettet hat.«

»Hat irgendwer in der Firma Sie jemals darauf angesprochen?«

»Nein. Ich fragte natürlich herum, aber daraufhin wurde mir ein Maulkorb angelegt. Sanna, meine Frau, hatte einen kleinen Unfall auf dem Weg zur Schule, wo sie unseren Sohn abholen wollte. Ein SUV drängte ihr Taxi ab. Es krachte gegen die Leitplanke. Ihr ist nichts weiter passiert. Aber ich habe verstanden.«

PARKROYAL, KUALA LUMPUR

11.2.2017

Stella kletterte aus dem Taxi. An der Rezeption stand eine Gruppe Engländer, die gerade eincheckten, und sie musste warten, ehe sie ihre Schlüsselkarte bekam.

»Sagen Sie, sind Mr. Fletcher und Mrs. Tesnik im Haus?«

»Nein, tut mir leid. Sie sind vor gut zwei Stunden mit dem Taxi weggefahren.«

»Wissen Sie, wohin?«

»Leider nein, Madam.«

Ärgerlich, dachte Stella. Sie hätte sich gern von Saul verabschiedet. Wahrscheinlich war er inzwischen zum Flughafen aufgebrochen. Sie ging zu den Fahrstühlen. Ein Amerikaner kreuzte ihren Weg. Er trug Sakko und weißes Hemd. Am Jackett steckte ein Abzeichen, dessen Farben sie an das Bundesverdienstkreuz denken ließen. Er grüßte mit einem Kopfnicken.

Stella drückte auf den Liftknopf und wartete. Als die Türen sich mit einem PLING öffneten, sah sie sich um. Der Amerikaner blickte zu ihr herüber.

In ihrem Zimmer wusch sie sich die Hände, warf das verschwitzte Shirt auf das Bett. Ihr Handy meldete eine Textnachricht. Sie sah nach. Leo. Unwillkürlich glitt ein Lächeln über ihr Gesicht.

Wie geht es dir? Früher Vormittag in Deutschland. Überfrierende Nässe. Fad.

Leo

Während sie ein frisches Shirt anzog und ihren Laptop startete, ging ihr durch den Kopf, wie sie Leo kennengelernt hatte. Gina, eine Arbeitskollegin, hatte sie zum Bowling mitgenommen. Schließlich müsste sie mal was anderes sehen. Behauptete Gina. Und sie hatte recht. Im ersten Jahr nach MH370 hatte Stella unwirsch reagiert, wenn jemand sie einlud, zum Essen ausführen wollte oder zu einem Spaziergang aufforderte. Wie konnte sie Spaß haben, wo Dean sich längst nicht mehr amüsierte? Es brauchte einige Zeit, bis sie Dankbarkeit für solche Ablenkungsversuche aufbrachte. Jedenfalls hatte Ginas Bowlingabend Leo hervorgezaubert, der mit seinen Freunden auf der Nebenbahn aktiv war. Er habe sich Hals über Kopf in sie verliebt, gestand er ihr später. Habe schnell gespürt, dass etwas mit ihr nicht stimmte. Bis nach Mitternacht hatten sie ein paar Abende später in einem Irish Pub gesessen und geredet. Über MH370. Worüber sonst. Stellas Leben bestand aus dieser Flugnummer.

Die Geschichte hatte Leo erschüttert. Er versprach, ihr Zeit zu lassen. Inzwischen hielt sie ihn beinahe ein Jahr hin. Die Zeit flog vorbei. Drei Jahre war es nun fast her, dass sie sich von Dean verabschiedet hatte, nicht ahnend, dass sie ihn niemals wiedersehen würde.

Erst hier in Kuala Lumpur spürte sie, wie sehr sie sich von Dean bereits entfernt hatte. Trotz der Hoffnung, die sie nach wie vor erfüllte. Der Hoffnung, wenigstens herauszufinden, was geschehen war. Vielleicht könnte sie sich dann auf Leo einlassen. Im Lauf der Zeit.

Die Windows-Oberfläche hatte sich vor ihr aufgebaut. Sie loggte sich in das Hotelnetz ein, um ihre Mails abzurufen.

»Meine Güte, das dauert«, murrte sie vor sich hin, während der Browser quälend langsam die Webseite ihres E-Mail-Providers aufrief.

PANUCCI & CAFFLE, DEPARTMENT FÜR TECHNISCHE ENTWICKLUNG, KUALA LUMPUR

11.2.2017

Er konnte nicht anders, als auf das Erreichte stolz zu sein. Von seinem Fenster aus blickte er auf die Petronas-Towers. Malaysia at its best, dachte er. Er mochte das Land. Für einen wie ihn boten sich alle Freiheiten. Ökonomisch und privat. Er verdiente besser als je in seinem Leben und würde in der Lage sein, in spätestens zehn Jahren den Lebensabend zu genießen, den er sich wünschte. Ein Boot irgendwo, ein gut gefülltes Bankkonto, eine junge Frau, eine kleine Nebentätigkeit als Berater. So ganz ohne Nervenkitzel käme er bestimmt nicht aus. Davon allerdings hatte er dieser Tage mehr als genug. Deswegen hatte er Eric Kober in einen der abhörsicheren Räume im 14. Stock gebeten.

Dyson ließ sein Handy im Büro und fuhr mit dem Lift zwei Etagen nach unten. Er traf Kober vor der Tür ohne Nummer. Sie nickten einander zu. Dyson schloss auf, ließ Kober zuerst eintreten. Ein paar Tische, ein paar Stühle. Notizpapier. Als Gedächtnisstütze, falls jemand die brauchte. Dyson konnte sich nicht erinnern, dass jemals jemand etwas aufgeschrieben hätte.

»Eric«, begann er. »Diese Detektive aus Deutschland stecken ihre Nasen ein bisschen zu tief in unsere Angelegenheiten. Das könnte uns noch teuer zustehen kommen, was meinen Sie?«

Normalerweise wäre einer wie Kober längst an eine neue Station irgendwo im boomenden Asien geschickt worden. Aber der vierschrötige Mann mit dem überschießenden Bartwuchs, der sich zweimal am Tag rasieren musste, um halbwegs manierlich rüberzukommen, hatte jenes schicksalhafte Meeting geleitet. Er hatte vier Leute in den Tod geschickt und vier davor bewahrt. Einer, der wahrhaft Gott gespielt hatte. Der eine Menge wusste. Und sich vorsichtig verhielt. Von Kobers Innenleben ahnte Dyson kaum etwas. Anders verhielt sich das bei Toselli. Den zwickte öfter das Gewissen. Gut, dass sie ihn zurück nach Houston geholt hatten. Er wäre hier nur im Weg.

Kober zuckte die Schultern. Ein wenig Schweiß glänzte auf seiner Stirn. Das war in einem tropischen Land nichts Besonderes, trotz der Klimaanlagen.

»Banton plaudert«, insistierte Dyson.

»Er weiß nicht viel. Außerdem haben wir ihm schon einmal eine Lektion erteilt. Er wird nicht reden.«

»Er hat sich mit diesen Detektiven getroffen.«

»Sie meinen, wir sollten ihn aus dem Verkehr ziehen?«

»Banton, Lasser, Li, Chang. Wie gut haben sie die Chinesen im Griff?«

»Robert, in China heißen ein paar Millionen Menschen Li oder Chang. Li ist mittlerweile in Hongkong, Chang in Shenyang. Außerdem sind sie Leute, die nicht reden.«

»Das nehmen wir an. Im Grunde wissen wir es nicht. Wir leben und arbeiten mit ihnen, aber wir wissen nichts über sie.«

Kober zuckte die Schultern. »Das nennt man Kultur. Aber Geld tut, was es tun soll. Sie verstehen?«

Dyson drehte sich zum Fenster. Die Petronas-Towers. Der Kuala-Lumpur-Tower. Der Telekom Tower. Drei

Gebäude, so hoch und ambitioniert wie das Selbstbewusstsein dieser brummenden Stadt. Manchen mochten die Aussichten auf Gewinn und Wohlstand zu Kopf steigen.

»Wir können kein Risiko eingehen, Eric. Sind die Kontakte gut genug verwischt?«

»Ich kenne nicht mal ihre Namen, Sir.« Kober konnte steif sein und sich leicht gekränkt fühlen. Was Dyson ziemlich auf den Geist ging. Wäre der Mann ihm sympathischer gewesen, hätte er vermutlich gerade jetzt die Frage gestellt, ob er glaubte, dass das Scheitern der Operation den Initiatoren von Anfang an klar vor Augen gestanden hatte. Seinerzeit war von einem Risiko die Rede gewesen …

»Wenn Banton an die Presse geht«, sagte Dyson halblaut, »haben wir ein Problem.«

»Mehr Geld?«

»Manche Leute sind nicht käuflich. Oder nur für eine gewisse Zeit.«

»Entschuldigen Sie, wenn ich widerspreche, Sir. Käuflich ist absolut jeder. Es kommt auf die Summe an.«

Dyson überschlug, wie viel er zur Verfügung hatte, bevor er sich von oben absichern musste.

»Okay. Machen Sie ihm die Situation klar.«

»Ja, Sir.« Kober ging zur Tür.

»Und haben Sie ein Auge auf Lasser. Informieren Sie jemanden bei den Briten.«

»In Ordnung. Sir.« Damit verließ Kober den Raum.

Mit seinem »Sir« ging er Dyson wirklich gewaltig auf die Nerven.

KUALA LUMPUR INTERNATIONAL AIRPORT

11.2.2017, abends

Unter normalen Umständen würde Rox nicht mit zum Flughafen fahren, um Saul zu verabschieden. Aber Kuala Lumpur war kein normaler Airport. Es war der Flughafen, der eine nicht ganz voll besetzte Maschine in die Nacht geschickt hatte, die niemals mehr gesehen wurde. Außer möglicherweise von ein paar Fischern auf den Malediven, zu denen Saul nun aufbrach.

»Sieh zu, dass du diesen Lasser in Wales auftreibst. Wenn er allerdings aus Angst auf Depressionen gemacht hat, spricht er wahrscheinlich mit niemandem, der von MH370 anfängt«, sagte Saul, als er mit seinem Boarding Pass vom Air-Asia-Schalter zurückkam zu Rox, die unter der Anzeigetafel mit den Abflugzeiten auf ihn wartete.

»Ich kümmere mich drum. Wir haben Susan in Großbritannien. Sie ist gut.«

»Sei vorsichtig. Diese Sache mit Bao …«

»Flieg vorsichtig. Und komm zurück!«

Sie sahen einander an. Es war einmal geschehen. Es könnte wieder passieren.

Saul berührte ihre Wange, bevor er seinen Rucksack nahm und sich zum Transferbereich aufmachte.

CAFÉ FRANÇOIS, KUALA LUMPUR

11.2.2017

Stella saß im Café »François«, einen Apérol neben sich. Die Nacht hatte Kuala Lumpur eingehüllt, glitzernde Atemlosigkeit pulsierte. Ein Chaos aus Aktivität und fiebriger Erwartung. Im »François« trafen sich um diese Zeit vor allem junge Leute, um sich in Grüppchen auf den Abend einzustimmen.

Stella war dem Hotel entflohen, dem Trübsinn, der sie in ihrem Zimmer gefangen hielt, und der Einsamkeit, jetzt, da sie wusste, dass Saul auf dem Weg nach Malé sein musste. Zerstreuung bei Rox Tesnik zu suchen, kam nicht infrage. Außerdem war da das vermaledeit langsame Internet. Stella rief die Mail, die Riley in seiner SMS erwähnt hatte, auf ihrem Handy auf. Hier im Café lief das Wifi deutlich flotter.

Liebe Stella, anbei noch ein paar Infos, die Sie sicher interessieren. Schade, dass es mit dem Treffen nicht klappt. R.

Sie klickte sich durch die Anhänge. Lauter pdf-Dokumente. *Inmarsat. Satellitenbilder. Entenmuscheln.* Stella nippte an ihrem Drink. Sie sollte sich entspannen, einfach in diese Samstagnacht hineinrutschen, wie sie es am Anfang ihrer Beziehung mit Dean gemacht hatte. Wenn sie für eine Woche nach China gekommen war. Bevor sie ihren Alltag in Peking fortsetzte. Ein paar wenige Wochen mit Dean. Dann: allein.

Sie waren in Hotelbars gesessen und in kleinen Garküchen, in Restaurants und in Bistrots. Hatten die Megastadt genossen, weil sie für ein verliebtes Paar alles bot: Zerstreuung, Anonymität. Den Reiz des Unbekannten, des Neuen. Wie Kuala Lumpur jetzt, dachte Stella erstaunt. Plötzlich gefiel es ihr, zwischen den Jugendlichen zu sitzen und Apérol zu schlürfen. Allein. Sicher, der Gedanke, Dean sollte bei ihr sein, rotierte immer in ihrem Hinterkopf. Irgendwo würde der Stachel bleiben, aber gerade jetzt spürte sie: Es tat nicht mehr so weh.

Durfte das sein?

Und was war mit Leo? Das Smartphone in der Hand war sie versucht, ihm eine Nachricht zu schreiben. Aber ihr fiel nichts ein. *Ich vermisse dich. Ich liebe dich. Du fehlst mir.* Was bedeuteten all diese Worte eigentlich? Stella seufzte. Sie bedeuteten vor allem eines: eine Illusion. Die Vorstellung, allein sei man unglücklicher als zu zweit. Was nicht unbedingt stimmte. Eventuell gewöhnte man sich an das Alleinsein, kam damit zurecht. Richtete sich darin ein wie in einer Wohnung, die nicht in jeder Hinsicht den Wunschvorstellungen entsprach. Man akzeptierte die Fehler, weil man sich nichts Besseres leisten konnte. Man arrangierte sich. Darin lag das kleine private Glück verborgen.

Für Momente irrlichterte der Gedanke durch ihren Kopf, dass sie hier und jetzt aufgeben konnte. Die Dinge im Ungewissen lassen, an jenem Ort, wo sie sich anscheinend eingerichtet hatten. Sie könnte heimreisen. Oder in Malaysia Urlaub machen.

Andererseits waren da die Leute, die Geld gespendet hatten. Das Fundraising, das Leo organisiert hatte, lud ihr Verantwortung auf. Niemand hatte ihr eine Finanzspritze gegeben, damit sie Ferien machte.

Leo.

Stella biss sich auf die Lippen. Dies hier, Kuala Lumpur zusammen mit Tesnik und Fletcher, würde das Letzte sein, was sie auf die Beine stellte, um herauszufinden, was mit Dean und den 238 anderen Seelen an Bord von MH370 geschehen war. Was auch immer dabei herauskam: Sie würde es dabei belassen.

Stella klickte auf das Dokument mit dem Titel *Satellitenbilder*.

Nur eine Ansammlung von Links und darunter der Satz: »Die Satellitenbilder, die die Chinesen an die Öffentlichkeit gegeben haben, wurden in ihrer Qualität eindeutig verschlechtert.«

Stella studierte die verschiedenen Websites. Riley Henderson bezog sich vorwiegend auf Verschwörungstheoretiker, die hinter allem und jedem Vertuschung vermuteten.

Tue ich das nicht selbst genauso?, dachte Stella.

Dennoch blieb es dabei: Präzisere Aufnahmen wurden von keiner Seite freigegeben. Die Amerikaner besaßen Satellitenbilder, auf denen sich aus dem Weltall aufgenommene Autonummern messerscharf abbildeten. Anscheinend wurden welche davon den Malaysiern zur Verfügung gestellt; im Gegenzug mussten die Behörden in Kuala Lumpur zusichern, diese nicht zu veröffentlichen. Niemand wollte sich in die Karten sehen lassen. Sollten Militärs auf Satellitenfotos Fischernetze nicht von Trümmerteilen unterscheiden können? Niemand vermochte das zu glauben. Angewidert schloss Stella die Websites. Das Dokument *Inmarsat* wirkte auf den ersten Blick vielversprechender. Ein Fließtext, den Riley Henderson anscheinend selbst verfasst hatte. Unbeholfene Formulierungen, teilweise nur Stichpunkte.

Stella wusste längst von dem Satelliten mit dem Kürzel 3 F1, der vom britischen Kommunikationsdienstleister Inmarsat betrieben wurde. 3 F1 befand sich am Tag des Verschwindens von MH370 35.793 Kilometer über dem Indischen Ozean. Er leitete dort Telefonsignale weiter und ermöglichte Fluggesellschaften, mit ihren Maschinen in Kontakt zu bleiben, da über Ozeanen kein Radar existierte. Am 8.3.2014 kontaktierte er sieben Mal automatisch das Satellitengerät von MH370. Die Kontaktaufnahmen, sogenannte »Handshakes«, fanden allesamt statt, nachdem die Maschine um 2.22 Uhr vom Militärradar verschwunden war. Der erste Kontakt erfolgte nur drei Minuten später. Alle 60 Minuten stupste der Satellit das Flugzeug an: »Bist du noch da?« Und das Satellitengerät im Flugzeug antwortete: »Ich bin noch da.« Sechs weitere Male gelang das. Zuletzt um 8.19 Uhr. An Bord einer Boeing 777 befand sich das Inmarsat Aero Classical Terminal hinter dem Flügel über Tür 3. Das Satellitengerät konnte vom Cockpit aus nicht ausgeschaltet werden wie der Transponder. Nur durch ein Hoch- oder Herunterfahren des Bordcomputers wurde es für kurze Zeit deaktiviert, um sich dann wieder automatisch beim Satelliten anzumelden.

Die Maschine flog also sieben Stunden lang weiter, was bedeutete, dass sie nahezu jeden Punkt im Indischen Ozean erreicht haben konnte. Die entsprechenden Daten standen bereits 24 Stunden nach dem Verschwinden des Jets zur Verfügung, also am 9. März, wurden aber offenbar tagelang zwischen amerikanischen und malaysischen Stellen hin und her gereicht. Bis zum 14. März stritt die Regierung in Kuala Lumpur noch ab, dass die Maschine überhaupt weitergeflogen war. Riley schrieb:

Der erste und der letzte Handshake gingen von der Maschine aus, nicht vom Satelliten. Das weist darauf hin, dass die Maschine nach einem Reboot der elektronischen Systeme sich wieder »anmeldete«. Beim letzten Handshake wahrscheinlich, weil das Kerosin verbraucht war und dadurch kurzfristig die Elektrik ausfiel, bis das Notsystem RAT genug Energie produzierte, damit die Satelliteneinheit sich wieder anmelden konnte.

Stella ließ frustriert das Handy sinken. Dies war alles nicht neu. Die Presse hatte die Inmarsat-Daten durchgekaut. Die Sache mit den zwei Flugkorridoren, die die »Pings« nahelegten, war ebenfalls bis zum Exzess diskutiert worden. Einen nördlichen, der bis nach Kasachstan reichen würde, was diverse Verschwörungstheoretiker nahelegten. In dem Fall allerdings wäre MH370 ein gutes Stück über Land und damit über unzählige Radarstationen geflogen. Riley hatte ein »unwahrscheinlich« in Klammern hinter diese Möglichkeit gesetzt. Auch die Behörden konzentrierten sich auf den südlichen Korridor: Doch der gab nichts weiter her als die Oberfläche eines riesigen Ozeans westlich von Australien.

Stella trank ihren Apérol aus und orderte einen neuen. Es kam ja nicht darauf an. Sie musste nur über die Straße, um zum Hotel zu kommen. Niemand wartete dort auf sie. Saul Fletcher befand sich längst in der Luft. Würde er ankommen?

Stella fröstelte. Vor MH370 hätte sie sich niemals so eine Frage gestellt. Selbst ein hartgesottener Schwarzseher hätte es vor dem 8. März 2014 nicht für möglich gehalten, dass ein Flugzeug einfach verschwand.

Wären die Handshake-Daten früher ernst genommen worden, hätte man vielleicht Flugzeuge in das entsprechende Suchgebiet schicken können. Womöglich waren die Passagiere da noch am Leben. Wenn man sehr positiv dachte.

Das Problem bestand nur darin, dass es kein klar umrissenes Suchgebiet gab. Stella rief sich ins Gedächtnis, was sie über Satelliten und »Handshakes« mittlerweile gelernt hatte. Zwar berechneten Mathematiker, dass die Maschine kurz nach dem letzten »Handshake« abgestürzt sein musste: kurz nach 8.19 Uhr am Morgen des 8. März. Aber wo genau sich MH370 zu diesem Zeitpunkt befand, war eine riesige Unbekannte, da die Satellitendaten keine exakten Koordinaten lieferten. Die Mathematiker rechneten die Entfernung zwischen Satellit und Flugzeug bei jeder der sieben Kontaktaufnahmen aus. Für jeden Kontakt zeichneten sie wie mit einem Zirkel einen Ring auf eine Karte des Indischen Ozeans. Sieben Kontakte, sieben Ringe. Das Flugzeug musste diese Ringe zu den jeweiligen Zeitpunkten geschnitten haben. Da sie wussten, wie sich der Satellit im All bewegt hatte, konnten sie zusätzlich etwas herausfinden: Das Flugzeug musste nach Süden geflogen sein.

Man ließ einen Computer Milliarden möglicher Flugrouten berechnen und formulierte eine Hypothese: Nachdem das Flugzeug vom Militärradar verschwand, flog es eine Linkskurve, dann geradewegs nach Süden, bis ihm nördlich der Antarktis das Kerosin ausging und es ins Wasser stürzte. In einem Gebiet, das zu den am wenigsten erforschten der Weltmeere gehörte. Die See dort war wild und bis zu 6.000 Meter tief. Der perfekte Ort, um Beweise zu vernichten, ergänzten die Verschwörungstheoretiker.

Die Kellnerin brachte den Aperol.

Stella las den Rest des Textes. Ganz am Schluss stand:

Denke quer. Wer wachsen will, muss sich von Vertrautem entfernen. Auch die Inmarsatdaten könnten gehackt worden sein. Die Mathematiker haben mit den Daten gearbeitet, die ihnen gegeben wurden. Wer hat eigentlich die Daten aus dem großen Rechner gesaugt? Achtung: Alle Arten von Daten können gehackt und damit manipuliert werden. Hacker haben eine App entwickelt, mit der ein Jet umgelenkt werden kann. Riad! Das Abschalten der Kommunikation und die Kurswechsel zeigen, dass es sich um absichtsvolle Handlungen von jemandem im Flugzeug handelte.

Stella fühlte sich wie benommen. Jemand im Flugzeug. Wer? Man konnte alles infrage stellen. Wenn Militärs die Qualität von Satellitenbildern verschlechtern konnten, war es auch möglich, dass die Qualität von Daten verändert wurde. Seltsamerweise hatte sie in der Presse jedoch nie von dieser Option gelesen. Hatte von keinem Journalisten gehört, der die Objektivität der Satdaten bezweifelt hätte. Wer waren die Hacker, die eine Verkehrsflugzeug-Kidnapping-App gebastelt hatten? Und worauf bezog sich der Vermerk *Riad*? Der ganze Text kam Stella vor, als wäre er in aller Eile zusammengeschustert worden.

Lustlos klickte sie auf das letzte Dokument. *Entenmuscheln*. Es enthielt nur einen Satz:

Inkonsistenzen! Kontaktiere Jonah Callaghan.

Es folgte eine Telefonnummer, die mit +61 begann.

Beinahe hätte Stella laut losgelacht! In dem überfüllten Café wäre es nicht einmal aufgefallen. Die Cliquen um sie herum machten alle einen Heidenradau. Es wurde gekichert, gealbert, angestoßen, Gläser klirrten, Besteck klapperte.

Inkonsistenzen. Diese ganze Geschichte war eine einzige Inkonsistenz. Nichts stimmte überein! Stella rief die Notizbuch-App auf, überlegte es sich dann aber anders. Sie kramte einen Kugelschreiber aus ihrer Handtasche und kritzelte auf eine feuchte Papierserviette:

- *Kommunikationswege wurden willentlich ausgeschaltet.*
- *Kein Brand! Maschine flog noch 7 Stunden.*

- *Keine Entführung, da keine Forderungen.*
- *Kein Mitnahmesuizid, dieser wäre früher erfolgt.*
- *Notwasserung? Warum keine Trümmerteile?*
- *Entführ-App. Cyberhacking?*
- *Satellitendaten gefakt?*

Sie starrte eine Weile auf die sechs Punkte, bevor sie die Serviette in kleine Fetzchen zerriss und in ihrem halb vollen Glas versenkte. Wenn nun alles ganz anders war, als sie bisher angenommen hatte ... Sie wagte zunächst nicht, den Gedanken bis zu seinem Endpunkt zu verfolgen. Denn dann wäre nur eine Option noch gültig. Ein Szenario, das alles Denkbare in den Schatten stellte ...

Stella googelte die Telefonvorwahl. Australien. Ein klein wenig weiter in der Zeit als Malaysia. Sie machte einen Screenshot vom letzten Absatz in Rileys Dokument, schaltete ihr Handy aus und bat die Bedienung um die Rechnung.

PARKROYAL, KUALA LUMPUR

11.2.2017

Sie wurde vorsichtiger. Was bedeutet, dass er seine Strategie umstellen musste.

Sie schien entschlossen, ihren WLAN-Zugang aus dem

Hotel nicht mehr zu benutzen. Und ihren Laptop nicht mehr einzuschalten. Das machte es schwieriger. Aber natürlich nicht unmöglich. Dennoch sollte er seine Auftraggeber informieren. Vermutlich wurde Simon allmählich hysterisch. Er hatte ihren Facebook-Account gecheckt. Vor ein paar Wochen hatte sie sich hinreißen lassen, mit einer Freundin über ihren Tablettenkonsum zu chatten. Antidepressiva. Tranquilizer. Mittel gegen Schwindel und Benommenheit.

Dass sie nervlich angeknackst war, eröffnete weitere Handlungsoptionen. Er hatte selbst erlebt, wie Menschen in Panik abdriften konnten. Es brauchte nur den nötigen Trigger.

PANUCCI & CAFFLE, DEPARTMENT FÜR TECHNISCHE ENTWICKLUNG, KUALA LUMPUR

11.2.2017

Robert Dyson erhielt den Anruf auf seinem abhörsicheren Handy.

»Was?«, fragte er ungläubig. Er hatte für den Abend in einer Bar einen Nebenraum reserviert. Für ein paar von den guten Mitarbeitern, die sich seiner Ansicht nach einmal etwas gönnen sollten. Mitarbeiterpflege. Schließlich bedeutete es ein Privileg, für Panucci & Caffle zu arbeiten. Er war an diesem Sonntag eigentlich nur in die Firma gekommen, um nach dem Fortgang einiger Aktivitäten zu sehen, die er demnächst mit Vertretern seiner wichtigsten Auftraggeber zu besprechen hatte.

»Ich sagte, Fletcher ist auf den Malediven.«

»Hätte man ihn nicht hindern können?«

»Ohne Aufmerksamkeit zu erregen? Sicher nicht.« Die Stimme des Mannes am anderen Ende klang verächtlich. Ein Tonfall, der Dysons Missfallen erregte.

»Bieten Sie den Leuten in Malé Geld.«

»Ist schon geschehen.«

»In Ordnung.« Dyson legte auf. Fehlte noch, dass die Knaben vom Verteidigungsministerium irgendetwas mitbekamen. Allerdings musste er da wenig fürchten. Zwar glaubte man immer, die Typen aus dem Pentagon hätten ihre Ohren überall, aber letztlich interessierten sie sich nur für ihren eigenen Kram.

Was konnte schon passieren! Alles, was man hätte finden können, war längst seinen Weg gegangen.

KUALA LUMPUR

11.2.2017

Er wälzte sich hin und her. Das Laken klebte an seinem verschwitzten Körper.

»Thomas?« Sannas verschlafene Stimme. »Kannst du nicht schlafen?«

»Hm.«

Sie kroch zu ihm herüber. Ihr vom Schlaf warmer Arm legte sich auf seine Brust. Normalerweise liebte er ihre Berührungen. Jetzt schnürte ihm die Umarmung die Luft ab.

»Ist was los auf der Arbeit?«

Sanna wusste nur, dass er am späten Abend des 7.3.2014 einen Anruf bekommen hatte und aufgefordert worden war, nicht zu fliegen. Also war er nach Hause zurückgekehrt. Natürlich war sie erschüttert gewesen, als sie am nächsten Tag in den Nachrichten von MH370 hörten – sie hätte ihn verloren, wenn er an Bord der Maschine gegangen war. Doch er hatte ihr nicht anvertraut, dass der Anruf äußerst mysteriös gewesen war, sondern behauptet, man habe ihn wegen eines wichtigen Termins am nächsten Tag nicht reisen lassen wollen.

Seit fast drei Jahren versuchte er, sich vorzustellen, wer hinter allem steckte. In der Firma hatte er recherchiert. Sehr behutsam. Selbst das war zu viel gewesen. Sannas Unfall war eine eindeutige Warnung. Und nun hatte er fast drei Jahre später doch geredet. Obwohl er es nicht wollte.

Weil es nicht funktionierte. So etwas konnte man nicht unter dem Deckel halten. Allerdings sah er die Gefahr vor

Augen: Er war nicht an Bord eines Flugzeugs gestorben, aber vielleicht hielten die Hintermänner schon das Beil bereit, mit dem sie ihn einen Kopf kürzer machen würden. Nach dieser Sache mit MH370 war alles möglich.

Er hatte im Internet gesurft. Natürlich! Alle machten das. Ganz Malaysia hatte in den ersten Wochen das Flugzeug gesucht. Clevere Internauten hatten Satellitenbilder ins Netz gestellt, um der Schwarmintelligenz zu ermöglichen, den Ozean nach Trümmerteilen abzusuchen. Zwei Wochen nach einem Absturz jedoch wäre ein Trümmerfeld von einem zerfetzten Verkehrsflugzeug längst verteilt. Seltsam nur, dass bis auf maximal 20 Teile, einige von ihnen dubiosen Ursprungs, nichts angeschwemmt worden war. Thomas erinnerte sich an die Sache mit dem unter griechischer Flagge fahrenden Frachtschiff »Ever Laurel«, dem in schwerem Sturm im Nordpazifik drei Container über Bord gingen. Die ersten der darin geladenen Gummienten schwemmte das Meer etwa acht Monate später an Land. Treibgut im Meer wurde von Meeresströmungen und vom Wind beeinflusst. Daher waren die Simulationen, die die Drift etwaiger Trümmer von MH370 berechneten, keine sicheren Angaben. Irgendwann spuckte das Meer einfach etwas aus. Er stöhnte leise.

»Was ist?«

»Quietschenten«, murmelte er. »Was für ein Irrsinn.«

»Quietsch- was?« Sanna hob den Kopf. »Thomas, was ist los mit dir?«

»Ich habe was Blödes geträumt.«

Sie kicherte leise.

Als sie wieder eingeschlafen war, er ihre tiefen Atemzüge hörte, stand er auf und tappte in die Küche.

Er hatte einen Sohn. Er stand nicht nur für sich.

Jetzt strömte ihm der Schweiß aus jeder Pore. Er nahm

eine Flasche Mineralwasser aus dem Kühlschrank. Trank durstig. Verdammt. Er hätte sich nicht hinreißen lassen sollen, mit diesen Detektiven zu sprechen. Doch seltsamerweise hatte ihn die Unterhaltung im »Vientiane« erleichtert. Tatsächlich sah er jetzt klarer.

Er musste Sanna und das Kind wegschicken. Ihre Eltern lebten in Boston. Täglich gingen Flüge.

Er selbst würde den Kampf aufnehmen. Entschlossen trank er die Flasche leer.

MALEDIVEN

12.2.2017

Saul hatte nach seiner Ankunft auf den Malediven in Malé übernachtet und am nächsten Morgen einen Inlandsflug nach Kaadedhdhoo genommen. Von dort brachte ihn ein Kontaktmann auf die Insel Kudahuvadhoo.

Das Boot schipperte durch eine paradiesische Landschaft aus türkisblauem Wasser und weißen Stränden, ein Anblick, der Saul nach den Tagen in einer Millionenstadt unwirklich vorkam. Die Sonne brannte, der Fahrtwind kühlte angenehm sein Gesicht.

»Genießen Sie den Anblick! Solange es uns noch gibt!« Der Mann zog sein Basecap tiefer in die Stirn.

»Sie meinen …«

»Der Wasserspiegel steigt. Bald wird es gefährlich hier.«

»Kennen Sie die Fischer persönlich?«

»Ich habe erst gestern mit ihnen gesprochen. Sie werden erwartet, Mister.«

»Haben sie Angst zu reden?«

»Warum sollten sie? Jeden Tag setzen sie sich dem Meer aus. Leben oder Tod sind nur zwei Seiten ein und derselben Medaille.«

Saul hätte diese Einstellung Fatalismus genannt, aber unter der sengenden Sonne und beim Anblick des blauen Wassers und des endlosen Himmels versagte er sich ein Urteil.

»Sie wissen, nach dem Tsunami 2004 hat man den Bewohnern hier unten über 3.000 zusätzliche Leute aufgedrückt. Von Inseln, die das Meer verschluckt hat. Es läuft nicht leicht für die Menschen in Kudahuvadhoo. Die sind schon glücklich, wenn sich mehrere Familien zusammen den Luxus eines Kühlschranks leisten können.«

»Kamen Leute her, die nachgefragt haben?«

»Am Anfang tauchten ein paar Reporter auf. Das war zu der Zeit, als die Behörden den Mund noch voll nahmen und behaupteten, die ersten Trümmer in ein paar Tagen zu sichten.« Der Kontaktmann verzog höhnisch das Gesicht, wodurch sein wettergegerbtes Gesicht in tausend kleine Fältchen zersprang.

»Ich brauche Kontakt zur Flugsicherung in Malé.«

»Ist hergestellt.« Ohne die Hand von der Pinne des Außenbordmotors zu nehmen, reichte der Mann Saul einen Zettel. »Er heißt Djamal. Gerissener Typ. Er hat den Preis ziemlich hochgetrieben.«

Saul steckte den Zettel ein.

MAI TAI BAR,
BUKIT BINTANG, KUALA LUMPUR

12.2.2017

Stella hatte das Handy in einem Store in Bukit Bintang gekauft. Kein Smartphone, nur ein Handy zum Telefonieren. Jeder zweite Laden in diesem Viertel bot günstige SIM-Karten und Prepaid-Telefone an. Ausländer deckten sich damit ein und schraubten so die Kosten für Telefonate in Malaysia und ins Ausland herunter. Es ging ganz leicht. Der Verkäufer wollte nicht einmal ihren Pass sehen. Sie hatte einen Fantasienamen angegeben.

Die »Mai Tai Bar« wirkte am frühen Nachmittag verschlafen und lustlos. An den Shishas und durchgesessenen Loungesofas zeigte sich aber deutlich, dass nachts in diesem Bezirk der nackte Bär im Kettenhemd tanzte. Eine Kellnerin hockte übermüdet an der Bar und chattete am Handy. Ein westliches Pärchen saß an einem anderen Tisch und studierte lustlos die Speisekarte.

Stella winkte der Kellnerin, die auf High Heels an ihren Tisch gewankt kam.

»Cappuccino, please.«

Die Frau stöckelte davon.

Als die Tasse auf ihrem Tisch stand, wählte Stella die australische Nummer.

»Callaghan?«

»Spreche ich mit Jonah Callaghan?«

»Der ist am Apparat.«

»Mein Name ist Stella. Ich habe Ihre Nummer von Riley Henderson.«

»Ach ja, Riley.« Der Mann schien nicht weiter überrascht.

»Sie kennen sich?«

»Natürlich, wir sind gut befreundet. Er hat mir eine Mail geschrieben, dass Sie sich bei mir melden würden.«

»Ich habe meinen Lebensgefährten an Bord von MH370 verloren.«

»Das tut mir sehr leid, Stella.« Die Stimme blieb neutral.

»Riley meinte, es könnte helfen, Sie zu kontaktieren. Sie kennen sich mit Entenmuscheln aus?«

Er lachte.

»Ich bin Pilot. Nicht Meeresforscher oder so.«

»Oh.«

Callaghan räusperte sich. »Na ja, Riley hat schon recht. Hat sich nicht damit abfinden können, dass die offizielle Seite so wenig tut, um das Wrack zu finden. Ich persönlich glaube, dass man an der falschen Stelle gesucht hat.«

Stella holte tief Luft. »Denken Sie, die Maschine ist abgestürzt? Oder könnte sie notgewassert sein?«

»Möglich ist alles.«

Er schwieg einen Moment. Stella beobachtete, wie das Pärchen sich endlich zu einer Bestellung durchrang und ungeduldig die Aufmerksamkeit der Kellnerin suchte.

»Stella, Riley und ich haben im Simulator eine Notwasserung versucht. Es spricht nichts dagegen, dass sie prinzipiell möglich ist. Die 777 ist ein wunderbares Flugzeug. Sie kann alles. Wenn der Pilot es kann, natürlich nur.«

»Sie haben die Boeing 777 geflogen?«

»Ja. Genau. Ich habe einen Simulator zu Hause. Ich bin fast 70, fliege seit 15 Jahren nicht mehr aktiv. Nur noch Kleinstflugzeuge wie Cessnas. Langweilig.« Er lachte leise.

Stella stellte sich einen gesetzten Herrn mit weißem Haar in Chinos und Polohemd vor.

»Es gab diese spektakuläre Notwasserung auf dem Hudson River in New York …«

»2009, richtig. Kollege Sullenberger hieß der Held dieser Aktion. Genannt Sully. Ein Meisterstück, was er da abgeliefert hat. Aber ein Ozean ist ein anderes Kaliber als ein Fluss.«

Stella schluckte. Sie hatte auf Youtube Dutzende Amateurfilme und Simulationen von Flugzeugabstürzen über dem Meer gesehen.

»Jedenfalls haben wir eine Notwasserung im Indischen Ozean simuliert. Eine kontrollierte Notwasserung funktioniert natürlich nicht bei starkem Wind und hohem Wellengang. Gehen wir davon aus, dass die Meeresoberfläche glatt und ruhig ist.«

»Wäre es möglich, dass die Maschine intakt bleibt? Dass die Passagiere rauskommen?«

»Bei der Notwasserung im Hudson funktionierte es. Alle Passagiere wurden gerettet. Die meisten hatten nur kleinere Blessuren. Die Piloten hatten die Maschine perfekt unter Kontrolle. Verstehen Sie, Stella, bei einer Notwasserung dürfen Sie nicht zu steil anfliegen. Ansonsten reißt die Strömung ab, das Flugzeug zerbricht, die Schäden sind gewaltig. Moderne Flugzeuge besitzen einen computergestützten Schutz, der sich aktiviert und dafür sorgt, dass die Nase nicht zu steil nach unten geht.«

»Es ist also alles maschinell …«

»Sullenberger ist ein Meister seines Fachs. Normalerweise reißen die Triebwerke beim Aufschlagen aufs Wasser unsymmetrisch ab. Dadurch wird der gesamte Rumpf aus der Bahn gerissen und zerbricht. Im Hudson ist das eine Triebwerk auch weggerissen, dennoch konnte der Pilot die

Maschine stabilisieren. Obwohl sie nicht in die Brüche ging, war sie ein Totalschaden, wie Sie sich denken können.«

»Und bei Ihrer Simulation?«

»Unter günstigen Umständen ist es möglich, auf dem Indischen Ozean eine 777 notzuwassern. Ganz klar. Entscheidend ist aber die Frage, wer danach zu Hilfe kommt, denn allzu lange wird selbst ein intakt gebliebenes Flugzeug nicht im Wasser treiben. Die meisten Passagiere könnten sich auf Rettungsflößen in Sicherheit bringen. Sie wissen, dass die Notrutschen als Flöße funktionieren, oder?« Er wartete Stellas Antwort nicht ab. »Andere retten sich wahrscheinlich auf die Tragflächen. Doch sehr bald wird das Flugzeug sich auf eine Seite neigen. Es läuft mit Wasser voll, die Gewichte verschieben sich. Auf dem Hudson River mitten in New York war nach vier Minuten Hilfe zur Stelle. In einer entlegenen Gegend auf dem Meer ist das nicht zu erwarten.«

»Sie glauben also, dass …«

»Der Flaperon, den sie gefunden haben, ist unten ausgefranst. Das weist unbedingt auf eine Landung auf dem Wasser hin. Auch das Höhenruderteil, das später auftauchte, sieht so aus.«

»Also können wir mit Sicherheit davon ausgehen, dass die Maschine notgewassert wurde?«

Die Kellnerin drehte die Musik lauter. Chinesischer Pop. Stella musste sich konzentrieren, um die Antwort zu verstehen.

»Mit Sicherheit können wir gar nichts sagen. Sollten die Flugschreiber eines Tages gefunden werden, lässt sich das Technische rekonstruieren. Bei Sullenbergers US-Airways-Flug im Jahr 2009 wurden die Triebwerke durch Vogelschlag so beschädigt, dass sie ausfielen. Die Notwasserung im Hudson wurde nötig, weil der Kapitän es nicht mehr zum nächsten Flughafen schaffte. Wir wissen aber nicht, was an Bord von

MH370 wirklich passiert ist.« Er senkte die Stimme. Durch die Musik hörte Stella ihn kaum noch. »Die Triebwerke scheinen jedenfalls nicht ausgefallen zu sein.«

»Mr. Callaghan …«

»Jonah.«

»Jonah, wenn die Trümmer so aussehen, wie Sie sie beschrieben haben, ist das Flugzeug im Wasser gelandet.«

Callaghan schwieg.

»Jonah?«

»Es ist schwer vorstellbar, dass es nicht im Wasser gelandet ist.«

»Sie sagten, nur einem ausgebildeten Piloten, der die Maschine unter Kontrolle hat, kann eine Notwasserung gelingen.«

»Worauf spielen Sie an?«

»Könnte MH370 vom Boden aus gesteuert worden sein?«

Stille.

»Jonah?«

»Es ist nicht unmöglich. Nichts ist unmöglich.« Wieder Schweigen. Dann: »Stella, wir wissen nicht, ob die Passagiere da überhaupt noch an Bord waren.«

»Woher …«

»Wir dürfen uns keine Denkschranken auferlegen.«

Stellas Gedanken rasten. Callaghan kannte sie nicht. Er sprach mit ihr, weil er Riley kannte, aber Riley kannte sie genauso wenig …

»Sie können die Passagiere doch nicht rausgeschmissen haben.«

»Manche Blogger behaupten, MH370 sei nie gestartet.«

»Das ist Unsinn.«

»Sehe ich auch so. Aber die Trümmerteile erzählen nur die offizielle Geschichte, verstehen Sie? Ich habe lediglich Fotos von dem Flaperon gesehen, nicht den Flaperon selbst. Ich habe gesehen, dass er von Entenmuscheln besiedelt war, aber die Meeresbiologen sagen, er hätte komplett unter Wasser treiben müssen, für längere Zeit, damit er rundum bewachsen ist. Angeblich haben Forscher ein vergleichbares Teil in einen Treibtank gelegt und festgestellt, dass eine Seite immer über dem Wasser treiben würde.«

»Das heißt …«

»Niemand weiß, was das heißt.« Callaghan sprach jetzt schneller. »Tatsächlich könnte das Teil irgendwo unter Wasser befestigt worden sein, damit es sich mit Entenmuscheln besiedelt.«

Stella brach der Schweiß aus.

»Sind die eine vertrauenswürdige Quelle? Die Forscher mit dem Treibtank?«

»Sind sie. Aber wem können Sie wirklich vertrauen, Stella? Wem?«

»Ich weiß es nicht.«

»Ich sage es Ihnen: niemandem. Menschen haben Fehler gemacht. Sobald Namen genannt werden, stürzen sich die Angehörigen und die Medien auf diese Leute. Also will man sie schützen. Sie verstehen?«

Stella schluckte.

»Ich weiß nur: Wenn die Maschine nicht mehr unter Kontrolle eines Piloten war, muss sie auf dem Meer zerschellt sein. Man hätte Trümmer finden müssen, die allerdings nach zwei, spätestens drei Wochen entweder versunken oder so verteilt wären, dass man kein Trümmerfeld mehr gesehen hätte.«

»Die Inmarsatdaten standen 24 Stunden nach dem Verschwinden der Maschine zur Verfügung.«

»Aber sie wurden unter Verschluss gehalten. Ein Jahr,

nachdem der Flaperon aufgetaucht ist, haben die malaysischen Behörden noch keine Schlüsse gezogen. Eine Pressekonferenz, auf der kritisch nachgefragt wurde, hat man geschlossen. Man könnte auch sagen: fluchtartig verlassen. Erwarten Sie nichts.«

Stella rieb sich die Stirn. »Man hat angeblich schon einen Tag nach dem Verschwinden von MH370 Trümmer im Südchinesischen Meer gesichtet. Die letztendlich keine waren. Was war das stattdessen? Ein Fischernetz?«

Callaghan lachte auf. »Beim Air France Flug 447, der 2009 über dem Atlantik abstürzte, tauchten nach wenigen Tagen die ersten Trümmer auf. Bei dem Swiss Air Flug 111 im Jahr 1998 zerbrach das Flugzeug in mehrere 1000 Teile. Trotzdem wurden 98 Prozent des Flugzeugkörpers gefunden.«

»Weil man die Absturzstelle kannte.«

»Wenn Ihnen diese Begründung gefällt …« Callaghan räusperte sich. »Ich bleibe dabei: Es kommt nur eine Notwasserung in Betracht. Bei einem Absturz hätte man Trümmer gefunden und sie voller Erleichterung der Welt präsentiert. Ein Absturz ist besser als ein spurloses Verschwinden. Man macht den Piloten verantwortlich. Der lebt nicht mehr. Dem tut es nicht mehr weh. Vielleicht rollen in der Airline ein paar Köpfe oder bei irgendeiner nationalen Luftfahrtbehörde. Schmerzt auch nicht besonders. Ich sage Ihnen: Hätte man Trümmer gefunden – die Öffentlichkeit wäre informiert worden. Ich wiederhole mich: Die Maschine ist von einem Piloten, der etwas davon versteht, notgewassert worden. Der Rumpf ist intakt geblieben und als Ganzes im Meer versunken. Eine andere Erklärung gibt es nicht.«

»Aber weshalb wurde die Kommunikation deaktiviert? Das ergibt doch keinen Sinn!«

»Korrekt. Wenn man von einem technischen Fehler, einem Defekt, einem Problem wie Vogelschlag ausgeht, gibt es keinen Sinn. Die ganzen Kommunikationswege wurden willentlich abgeschaltet.«

»Sie sagten vorhin, Sie glauben, man hätte an der falschen Stelle gesucht.«

»Ich habe Verbindungen zur ›Commonwealth Scientific and Industrial Research Organisation‹. Die Wissenschaftler haben Strömungsversuche mit einem Steuerruder von der Art gemacht, wie es die Triple Seven besitzt. Die Absturzstelle müsste weiter nördlich liegen, als bisher gesucht wurde. Das fragliche Gebiet umfasst allerdings immer noch 25.000 Quadratkilometer.«

»Und die Inmarsat-Daten?«

»Die sind mir ein bisschen zu abstrakt. Wenn Sie verstehen, was ich meine.«

»Wovon gehen Sie aus, Jonah?«

»Von nichts, Darl. Von nichts.«

Stella nahm das Klicken in der Leitung nur unbewusst wahr. Sie legte das Handy weg und trank ihren Kaffee. Er war eiskalt. Sie merkte es nicht.

PEMBROKESHIRE, WALES

12.2.2017

Wenn Ron Lasser nicht schlafen konnte, zog er sich in den »Airstream« zurück. Schaltete die Heizung an und schrieb. Der Wohnwagen von amerikanischen Ausmaßen war eine Spinnerei und passte nicht zu Wales, davon fing seine Frau immer wieder an. Aber er hatte sowieso nie geplant, damit über die engen, kurvigen Straßen zu navigieren. Er brauchte das silbern glänzende mobile Heim nur als Schreibstube in seinem Garten.

Seine Frau Lucy war Britin, sodass sie beide, nachdem er bei Panucci & Caffle aufgehört hatte, in Wales auf Tauchstation gehen konnten. Die Abfindung zusammen mit seinen Ersparnissen und Lucys Einkommen war mehr als ausreichend für das, was sie zum Leben brauchten. Sie hatten den alten Bauernhof in der Nähe von Tenby gekauft, lebten abseits der großen Wege. Er benutzte selten das Internet und sprach mit niemandem über seine Vergangenheit. Dass er eigentlich irgendwo am Grund des Ozeans liegen sollte. Oder längst von Tieren und der Kraft des Meeres zerrissen und aufgezehrt wäre. Stattdessen schaltete er jetzt die Beleuchtung im »Airstream« an und setzte sich an den Rechner.

Er schrieb Kochbücher, manchmal Drehbücher fürs Fernsehen, meistens für Kochshows. Seine Ideen skizzierte er zuerst handschriftlich in Notizbüchern und machte später ein Script daraus. Geld brauchte er mit dieser Arbeit nicht zu verdienen. Vielmehr liebte er es, sich mit positiven Dingen zu befassen. Essen war zweifellos etwas Positives. Essen mussten alle, und die meisten genossen es.

Als die Wunde noch frisch war, nach dem 8.3.2014, hatte er sich alle möglichen Informationen besorgt und versucht, sich eine Meinung zu bilden, was mit dem Flugzeug geschehen war. Aber jetzt nicht mehr. Er schaltete diesen Teil seines Lebens ab. Was nicht gut klappte, denn immerhin verdankte er dem seltsamen Anruf am späten Abend des 7. März vor drei Jahren sein Leben, das er jetzt so gemütlich in Wales verbrachte.

Lucy war zum Glück eine lebensbejahende und fröhliche Person, die nicht zum Lachen in den Keller ging. Sie nahm ihn, Ron, einfach, wie er war. Ein Amerikaner, der zu viel Geld verdient hatte, in Strukturen geraten war, die er nicht überblicken konnte, der zu genial war, als dass ihn sein Unternehmen gehen lassen wollte, und sie hatte das mit den Depressionen vorgeschlagen. Er war nicht depressiv, keinesfalls, aber er hatte mitgespielt und im Lauf der Zeit Gefallen daran gefunden, wie leicht diese Erkrankung zu faken war. Mehrere Ärzte hatten ihn unter die Lupe genommen. Im Job hatte er absichtlich Fehler gemacht, und die Gutachten der Psychiater zusammen mit dem einen oder anderen Lapsus hatten seine Vorgesetzten davon überzeugt, dass selbst ein so begnadeter Programmierer wie er unter den gegebenen Umständen nicht länger zu halten war.

Ron Lasser fuhr den Rechner hoch. Währenddessen blickte er aus dem Fenster des »Airstream«. Das Licht wurde diffuser, die pechschwarze Dunkelheit der walisischen Nacht wich einem Schimmer in Grau und Rosé. Eine langsame, zarte Dämmerung. So etwas hatte es in Malaysia nicht gegeben. Zugegeben, er hatte gern dort gelebt. Nun besaß er Land in Wales. Er konnte das Meer sehen, wenn es hell und klar wurde, und wenn es neblig blieb, ahnte er das Wasser zumindest. Mit Lucy machte er ausgedehnte Spaziergänge, und im Sommer waren die Strände rund um Tenby ein kleines Paradies. Der Wind über der keltischen See und die Beständigkeit des Wechsels von Ebbe und Flut beruhigten seine Seele im Lauf der Monate, und Ron begann, dankbar für sein Leben zu sein. Über Essen zu schreiben, machte ihm Spaß. Er hatte sogar angefangen, Pläne für einen Foodblog über walisische Küche zu skizzieren.

Erst einmal wandte er sich dem Computer zu und rief sein aktuelles Dokument auf. Er hatte sich eine Quizsendung ausgedacht, die mit der Flora und Fauna von Wales zusammenhing, und angefangen, ein Format dafür zu entwickeln. Normalerweise tauchte er im »Airstream« schnell in die Thematik ab. Nur heute nicht. Er beschloss, sich auf der Kochplatte einen Mokka zu brauen. Als er mit der dampfenden Tasse wieder am Schreibtisch saß, lag frühes mattes Licht über der Wiese. Im Haus drüben war alles dunkel, Lucy musste noch tief schlafen. Er lächelte. Dies alles hier war ein Geschenk.

Als er die Fußtritte im nassen Gras sah, setzte sein Herz ein paar Schläge aus. Brüsk stellte er die Tasse ab.

Er selbst kam immer von der Hintertür des Bauernhauses zum »Airstream«.

Wer war über die Wiese gegangen?

Er klappte den Laptop zu und starrte auf das Gras.

Fußspuren, eindeutig.

Ron Lasser schlüpfte in seinen dicken Wollpulli und trat hinaus in den Garten. Um diese Jahreszeit wirkte hier alles trist. Knorrige Obstbäume, struppige Büsche, alles in Braun und Grau. Gebilde der Natur, denen man die Lebendigkeit nicht ansah. Solche Überlegungen faszinierten ihn. Nur nicht jetzt.

Er schob die Hände in die Hosentaschen wie jemand, der einfach nur die frische Morgenluft atmen will. Seine Sinne waren aufs Äußerste gespannt. Die Hände in den Taschen zu Fäusten geballt, stand er da, blickte in Richtung des Meeres, das heute Morgen noch tief im Dunst verborgen lag, und lauschte. Augen waren auf ihn gerichtet. Er spürte solche Sachen.

Dann ging er los, direkt auf den mikroskopischen Trampelpfad zu, den ein Unbekannter in seinem Garten hinterlassen hatte. Er spazierte bis zum unteren Ende des Grundstücks, das an eine Weide grenzte. Kein Schaf war zu sehen. Nicht weit entfernt hörte er ein paar Krähen zanken. Er streckte sich, begann auf der Stelle zu laufen, jemand, der seinen Kreislauf in Schwung bringen wollte, würde das so machen. Schließlich wandte er sich um und joggte zum »Airstream« zurück. Die Fußabdrücke, das erkannte er im Vorbeilaufen, wiesen vom Haus zur Hecke hinter dem Wohnmobil.

Dort angekommen schloss er ihn ab und marschierte zum Haus hinüber.

Also war etwas im Busch.

Wenn sie Zoff wollten, konnten sie ihn haben.

KUDAHUVADHOO, MALEDIVEN

12.2.2017

»Mister Saul!« Abdul streckte beide Hände aus und umfasste Sauls. Er hatte kräftige Finger, die Haut fühlte sich an wie Schmirgelpapier.

»Guten Tag!« Saul war aus dem Boot auf den Anleger geklettert. Neben Abdul drängelten sich eine Reihe weiterer sonnengebräunter Männer in Shorts und Plastiksandalen. In ihren Augen blitzte Neugier.

Sein Kontaktmann lupfte kurz die Mütze. »Ich hole Sie in zwei Stunden ab!«

Die Zeit sollte reichen.

Abdul stellte seine Nachbarn und Verwandten vor. Sauls Gedächtnis arbeitete schnell, doch er fürchtete, bei der Fülle an Information nicht mitzukommen.

»Danke, dass Sie Zeit haben«, sagte er.

Die Fischer machten verdutzte Gesichter. Saul ging auf, dass er in ein kulturelles Fettnäpfchen getreten war. »Sich Zeit nehmen« schien hier am südlichen Rand eines Atolls im Indischen Ozean kein fester Begriff zu sein. Die Insel lag abseits der Touristenrouten und wurde nur einmal wöchentlich von einer Fähre aus Malé angesteuert. Wenn etwas in ausreichender Menge vorhanden war, dann Zeit.

Abdul führte ihn zu seiner Hütte, einem unter ein paar struppigen Palmen liegenden Verschlag. Seine Frau und seine Tochter wurden vorgestellt. Jemand brachte eiskalte Cola und Gläser. Essen wurde aufgefahren, gebratener Fisch und andere Köstlichkeiten, die Saul nicht definieren konnte.

Man setzte sich auf den Boden. Irgendwo plärrte ein Radio. Ein Kühlschrank summte. Abduls Frau häufte Essen auf Sauls Teller.

»Essen Sie, Mister Saul. Nehmen Sie sich mehr, Mister Saul.«

Abdul sprach ein passables Englisch. Seine Frau umschwänzelte Saul mit mehr Essen, Cola, Freundlichkeit, Lächeln. Die anderen Fischer in der Hütte sprachen gedämpft miteinander, blickten immer wieder neugierig lächelnd zu dem fremden Besucher.

»Wissen Sir, Mister Saul, es kamen ein paar Journalisten hierher und fragten uns aus. Später kamen mehr Männer. Keine Journalisten. Andere. Sie erklärten uns, dass wir kein Flugzeug gesehen hätten. Und wenn, dass es ein Propellerflugzeug gewesen wäre.« Er senkte die Stimme. »Es war kein Propellerflugzeug. Propeller klingen anders, nicht wahr? Jedenfalls haben wir nach einer Weile gesagt, okay, da war ein Propellerflugzeug. Und sie haben uns in Ruhe gelassen.«

»Was genau haben Sie gesehen?«

Abdul rief etwas in die Runde. Die Antworten überschlugen sich, alle wollten ihre Version der Geschichte abspulen. »Genau 23 von uns haben das Flugzeug gesehen. Wir sind gerade mit unserem Fang zurückgekommen und haben alles heimgebracht. Da kam die Maschine. Sie flog sehr tief«, fasste Abdul zusammen.

Bestätigendes Gemurmel von denen, die Englisch verstanden.

»Ich würde sagen, maximal 300 Meter über dem Boden.«

»Mehr!«, rief ein anderer. »1.000 Meter hatte sie schon noch an Höhe.«

»Schwer zu schätzen«, erklärte noch einer.

»Faris«, wandte Abdul sich an den Ersten, einen jungen Mann mit dichtem pechschwarzem Haar, dem ein Schneidezahn fehlte. »Erzähl du.«

»Es war kurz nach sechs«, setzte Faris an. »Der Lärm war ohrenbetäubend. Wahnsinn. Ich habe noch nie so einen Lärm gehört.«

Das spricht wirklich für ein Düsenflugzeug, dachte Saul. Und es wäre nicht das erste Mal, dass einheimische Augenzeugen den Weg zu einer Absturzstelle weisen.

»Wie gesagt, kurz nach sechs. Es wurde gerade hell. Wir haben alle hochgesehen. Unsere Frauen liefen aus den Hütten. Alle starrten zum Himmel, sahen dieses riesige Flugzeug. Es war unheimlich.«

Wieder gemeinschaftliches Nicken. Einige übersetzten. Gemurmel, mehrsprachig.

»Die Lackierung war blau, weiß, rot«, fuhr Faris fort.

Abdul nickte eifrig. »Genau. Das habe ich auch gesehen.«

»Wer kann sich noch an die Lackierung erinnern?«, fragte Saul.

Ein längerer Wortwechsel auf Dhivehi.

»Mister Saul«, erläuterte Abdul schließlich. »Von uns kann niemand lesen. Natürlich waren da Buchstaben. Westliche Buchstaben.«

»Verstehe. Hat jemand Fotos gemacht? Vielleicht mit einem Handy?«

Abdul übersetzte die Frage. Alle verneinten stumm.

Nur Erinnerungen, dachte Saul. Aber Fotos konnten genauso irreführend sein wie die Gedächtnisse von Menschen.

»In welche Richtung flog der Jet?«

Sofort zeigten etliche mit ausgestrecktem Arm auf die hintere Hüttenwand.

»Aufs Meer hinaus, Mister Saul. Nach Süden. Wir haben später im Fernsehen von der Maschine gehört. Und Bilder gesehen, wie diese Flugzeuge ausschauen. Es war so ein Flugzeug, Mister Saul. Es war genau so eines.«

»Dann kann es nur dieses eine gewesen sein, nicht wahr?«, sagte Saul mehr zu sich selbst als zu den Fischern. In der Ferne hörte er einen Muezzin zum Gebet rufen.

Abdul grinste spitzbübisch. »Da haben Sie recht, Mister Saul. Sie suchen ja nur eines, oder?«

Saul nickte abwesend. Diese Fischer mochten die Letzten gewesen sein, die das Flugzeug mit seinen 239 Menschen an Bord gesehen hatten. Danach war es spurlos verschwunden. Bis heute. Sollte es nur eine Höhe von weniger als einem Kilometer gehabt haben, musste es sich schon lang im Sinkflug befunden haben. Wie weit konnte es noch geflogen sein? Hatte es Diego Garcia erreicht, wie einige Verschwörungstheoretiker behaupteten, um auf der US-Basis versteckt zu werden? Das Atoll, der letzte Teil des britischen Territoriums im Indischen Ozeans, diente als Militärbasis. Allerlei unklare Geschichten rankten sich um das Gebiet, das zudem als Geheimdienststützpunkt diente. War die Maschine entführt worden, um gute 700 Kilometer südlich von Kudahuvadhoo zu landen? Sollte etwas ausgeladen werden? War dabei etwas schiefgegangen?

Saul bedankte sich für das Essen. Er wolle sich nur kurz die Beine vertreten. Abdul begleitete ihn schweigend. Langsam gingen sie durch das winzige Dorf zum Strand. Das Wasser glitzerte unter der sengenden Sonne. Der weiße Sand reflektierte das blendende Licht. Saul war heiß. Wenn die Passagiere noch am Leben gewesen waren, als sie dieses Paradies überflogen, was mochte in ihnen vorgegangen sein?

PEMBROKESHIRE, WALES

12.2.2017

Susan Lovegod fuhr mit dem Wagen bis Tenby, wo sie am malerischen Hafen parkte. Selbst im regnerischen Februarwetter vermochte sie sich dem Zauber der Gegend nicht zu entziehen. Sie stammte aus Cardiff, war aber bereits als Kind mit ihren Eltern nach London gezogen. Ihr gefiel es an vielen Orten der Welt, wobei ihr Favorit natürlich Schottland war, doch sie besaß noch ein paar Immobilien anderswo. Wer vor dem Crash vorgesorgt hatte, musste jetzt nicht leiden.

Rox hatte es dringend gemacht, daher war sie mit der ersten Maschine losgeflogen, hatte sich am Flughafen ein Auto gemietet und brach nun in Wanderschuhen und winddichter Jacke inklusive Rucksack auf zu Ron Lassers Bauernhaus. Susan Lovegod hatte eine längere Karriere beim MI6 und als Personenschützerin hinter sich, die sie fit gehalten hatte; danach war sie ins Immobiliengeschäft ein- und rechtzeitig wieder ausgestiegen. Mit satten Gewinnen. Im Grunde war sie ein Naturbursche. Eine lange Wanderung bekam ihr besser als entkoffeinierter Latte macchiato mit Sojamilch.

Susan kannte Rox aus der schlimmen Zeit. Rox vertraute ihr. Wer einmal das Leben eines anderen gerettet hatte … Susan schüttelte den Kopf. Nicht ganz klug, daraus Vertrauen abzuleiten, denn nicht jeder, der einen anderen rettete, würde das ein zweites Mal tun. Oder tat es aus lauteren Motiven. »Wir sind eben alle Menschen«, murmelte sie vor sich hin, während sie Tenby landeinwärts verließ. Sie hatte die Koordinaten des Bauernhauses auf dem iPhone. In einer guten halben Stunde wäre sie vor Ort.

Als es Spitz auf Knopf gestanden hatte, war es Susan gelungen, Rox eine Bleibe in Schottland zu besorgen. Sie hatte nie einen Grund gesehen, deswegen stolz auf sich zu sein. Jeder hätte das gemacht. Die deutschen Behörden hatten um Hilfe ersucht bei der britischen Polizei, sie hatte davon erfahren, auch sie hatte schließlich Freunde und Bekannte, und ihren Besitz für eine Weile zur Verfügung gestellt. Und ihr Know-how. Es kam ihr immer noch selbstverständlich vor. In ihrer Familie hätten alle so gehandelt. Anderen helfen zu dürfen, galt als Ehre, nicht als lästige Pflicht.

Sie schritt flott aus und erreichte den Weideweg schneller, als gedacht. Rasch orientierte sie sich, indem sie die Koordinaten überprüfte. Jetzt kam die Sonne raus und ließ die Regentropfen im Gras glitzern. Irgendwo blitzte etwas auf, und als sie ein paar Schritte ging, erkannte sie durch den Feldstecher einen »Airstream«-Wohnwagen. Sie war auf dem richtigen Weg.

Als sie nahe genug war, suchte sie sich zwischen zerzausten Haselnussbüschen einen geschützten Platz und beobachtete das Haus eine Weile. Eine Frau, wahrscheinlich Lucy Lasser, fuhr mit einem Kombi weg und kehrte eine Stunde später zurück, um eine beachtliche Menge Einkäufe ins Haus zu tragen. Ron war nicht zu sehen. Susan umrundete das Anwesen. Auf der Rückseite, nahe des »Airstreams«, zogen Spuren ihre Aufmerksamkeit auf sich.

Sie war nicht allein hier. Es gab noch einen anderen Interessenten. Einen, der es verstand, hinter sich aufzuräumen, jedoch nicht mit jemandem von ihrer Erfahrung gerechnet hatte.

Susan überschlug ihre Chancen. Wenn sie zu lange wartete, kam ihr ein anderer womöglich zuvor. Andererseits könnte sie Lasser in Gefahr bringen.

Sie entschied sich, eine kleine Show abzuziehen. Aus ihrem Versteck gekommen, schlenderte sie auf dem Pfad Richtung Bauernhaus weiter, zog schließlich eine zerfledderte Wanderkarte aus dem Rucksack, blätterte sie unbeholfen auf. Der Wind fuhr ihr dazwischen, riss die Karte aus ihrer Hand. Sie musste rennen, um das Papier zu erwischen. Mit dem Finger auf einer imaginären Linie studierte sie die Karte eine Weile, sah immer wieder hoch, guckte in alle Richtungen, drehte die Karte. Eine Frau mit einem Orientierungsproblem. Für ihren Zweck war es mehr als dienlich, die alten Klischees aus der Mottenkiste zu holen.

Schließlich klemmte sie die Karte umständlich unter ihren Arm und marschierte auf das Bauernhaus zu.

»Hallo?«, rief sie gegen den Wind. »Ist jemand zu Hause? Ich bin auf dem Weg nach Saundersfoot Bay. Ist das richtig hier?«

Nichts regte sich. Susan spürte dennoch die Anwesenheit mindestens eines Menschen, der sie nicht aus den Augen ließ. Sie schritt auf die Haustür zu und klingelte.

Ein Mann riss die Tür auf. Sie erkannte ihn als Ron Lasser, Rox hatte ein Bild geschickt, sie selbst recherchierte stets nach.

»Entschuldigen Sie, ich muss mich völlig verlaufen haben.« Sie hielt ihm die Karte hin. »Saundersfoot?«

Lasser starrte sie misstrauisch an, bevor er ihr die Karte wegnahm. »Da sind Sie ganz falsch.«

»Hören Sie, überreagieren Sie nicht bei dem, was ich Ihnen jetzt sage, Mr. Lasser. Sie werden observiert. Können wir das klären?«

Er hatte sich im Griff, deutete ein paarmal Richtung Wanderweg, dann auf die Karte und murmelte: »Woher weiß ich, dass Sie nicht …«

»Es geht um MH370. Es ist wichtig.«

Susan sah, wie es in Lasser arbeitete.

»In zwei Stunden. Auf der Fähre nach Caldey Island.«

»In Ordnung.« Sie entdeckte die Beule unter seiner Achsel. Er trug eine Waffe und wusste, dass sie sie gesehen hatte.

MALÉ, MALEDIVEN

12.2.2017

Djamal hatte sich in einer Sandwichbar im Fährterminal treffen wollen, wo die Schiffe von Malé nach Villingili an- und ablegten. Saul fühlte sich trotz des reichhaltigen Essens in Kudahuvadhoo längst wieder hungrig. Er bestellte ein Krabbensandwich. Um ihn herum der wuselige Tumult Südostasiens. Motorroller, Menschen, Autos, Schiffe, Rufen, Lachen, Kinder. Gerüche, die Appetit auf mehr Leckereien machten. Ein Wasserflugzeug flog in geringer Höhe über das Terminal. Saul nahm die Sonnenbrille ab. Die Hitze des Tages hatte ihn ausgedörrt. Unerwartet sehnte er sich nach einem grau verhangenen Tag in Mitteleuropa. Die sich von ihrem heimischen Wetter betrogen fühlenden Europäer dagegen schwärmten für die

Malediven als Urlaubsparadies. Er entdeckte sie überall, die jungen Leute mit den Rucksäcken, die sich von ihrem Smartphone zu günstigen Hostels navigieren ließen. Die Malediven bestanden aus nichts als Atollen und waren, wenn man den Schwarzsehern glauben durfte, längst dem Untergang geweiht. Der Anstieg des Meeresspiegels würde den flachen Inseln, Malé lag gerade mal einen Meter über N.N., den Garaus machen. Zudem bedrohten Taucher und Touristen das Paradies mit ihren Ansprüchen an Energie- und Wasserversorgung.

Mit seinem Sandwich und einer weiteren Cola – Saul fragte sich, ob er in der folgenden Nacht eine Chance auf Schlaf hätte – setzte er sich an einen Plastiktisch. Die Reste seiner Vorgänger, an denen sich bereits die Fliegen zu schaffen machten, wischte er mit seiner Serviette weg.

»Fletcher?«, fragte eine raue Stimme neben ihm. Ein schlanker Mann. Dünner Schnurrbart. Gebügeltes Hemd, weiße Baumwollhosen, schwarze Vans.

Saul hatte ihn nicht bemerkt. Die verdammte Sonne, dachte er.

»Djamal?«

»Eben der.«

»Darf ich Sie zu einem Sandwich einladen?«

»Klar. Wir sind zwei alte Kumpels, schon vergessen?« Am Telefon vorher hatte Djamal ein ziemliches Aufheben um die Absicherung ihres Gesprächs gemacht. Es sollte so aussehen, als träfen sich zwei langjährige Freunde.

Saul ging an die Theke und kam mit einem Brötchen und einer Cola für Djamal zurück. »Erzählen Sie.«

»Ein gutes Jahr nach der Sache mit dem Flugzeug, Ende Mai 2015, tauchte eine Reporterin aus Frankreich hier auf. Sie verschaffte sich Kontakt zur Flugsicherung. Wir sitzen auf Hulhulé, der Flughafeninsel, etwas abseits des Dammes.«

Saul nickte. Er hatte sich die Geografie der Inseln eingeprägt.

»Der Schichtleiter fragte, ob jemand von uns mit der Reporterin reden wollte. Sie interessierte sich für MH370. Ich dachte mir nichts dabei. Ich hatte nicht einmal eine Ahnung, dass Fischer weiter südlich den Jet gesehen haben wollten. Hätte das auch für verrückt gehalten. Eine Maschine ohne Flugplan, die dermaßen lang im Luftraum herumgeistert? Jemand hätte das Ding längst entdeckt haben müssen.«

»Über dem Meer?«, fragte Saul.

»Lange vorher natürlich. Jedenfalls traf ich mich mit der Reporterin. Wir unterhielten uns darüber, dass wir die Maschine nicht auf dem Schirm hatten, dass wir nichts über sie wussten und ich mir nicht vorstellen konnte, dass eine 777 stundenlang herumfliegt. Führerlos, wie sie dachte. Wie viele noch denken. Das gibt es nicht. Autopilot hin oder her. Da ist das Wetter, das ist unberechenbar, da sind andere Flugzeuge unterwegs. Am Himmel ist was los, wir arrangieren uns tagtäglich damit.« Djamal biss in sein Sandwich, spülte mit Cola nach. »Also. Ich hatte an dem Tag die späte Schicht. Als ich im Morgengrauen nach Hause fuhr, rief mich jemand auf meinem Handy an. Ich sollte die Journalistin noch einmal kontaktieren. Mir wurde ihr Hotel genannt und ihre Handynummer. Das schien mir eigenartig. Wer konnte wissen, dass ich mich mit ihr getroffen hatte? Nur mein Schichtleiter und ein paar Kollegen. Und warum sollte mir jemand auftragen, mich bei der Frau zu melden?« Er wischte sich den Mund ab. »Verstehen Sie, ich bekam die Muffen.«

»Hat der Anrufer seinen Namen gesagt?«

»Nein. Er klang wie ein junger Mann, nicht jugendlich, nicht alt. Jemand von hier.«

Saul nickte Djamal zu. »Und weiter? Weshalb sollten Sie die Journalistin noch einmal anrufen?«

»Der Typ gab mir eine Flugnummer. Irgendwas Zusammengeschustertes. Er würde mir außerdem eine Kopie des Flugplans vom 8.3.2014 geben. Des maledivischen Flugplans. Ich sollte sagen, die Maschine, die über Kudahuvadhoo flog, sei eine Propellermaschine von Maldivian gewesen. Das war gefakt, und ich wusste es. Aber ich habe es gemacht. Ich will meinen Job behalten und einfach mein Leben leben, verstehen Sie?« Er stopfte den Rest des Sandwiches in sich hinein.

»Die Reporterin hat Ihnen das abgekauft?«

»Klar. Ich kann sehr glaubwürdig rüberkommen.«

Saul schmunzelte.

»Nein, jetzt sage ich die Wahrheit!« Empört strich Djamal über seinen Schnurrbart. »Ich behauptete, im System die alten Flugpläne abgerufen zu haben. Als Laie blickt man nicht so durch, ich peppte meine Legende durch ein paar Fachvokabeln auf. Hat geklappt.«

Der Mann hatte für diese kleine Geschichte viel Geld bekommen. Saul nickte ihm zu. »Gut. Danke.«

Djamal erhob sich. »Ich hoffe, Sie melden sich nie wieder bei mir. Es ist lange her. Zu lange, verstehen Sie? Alles muss irgendwann ein Ende haben.«

Er ging davon. Saul wartete einen Augenblick, bis er die Verfolgung aufnahm.

PARKROYAL, KUALA LUMPUR

12.2.2017

Stella rang sich durch, schnappte sich ihr Badezeug und klopfte an Rox Tesniks Zimmertür. Die Detektivin riss die Tür auf, als hätte sie dahinter auf Besucher gelauert.

»Entschuldigen Sie. Störe ich?«

»Nein. Kommen Sie rein.«

»Vielleicht gehen wir an den Pool?«, schlug Stella vor.

Rox betrachtete sie ein paar Sekunden lang nachdenklich. »Ich hole meine Sachen.«

Über Belanglosigkeiten plaudernd gingen sie zum Lift und fuhren nach unten. Am Pool steuerte Rox einen der beliebten Teetische unter einem Sonnenschirm an. »Sie werden vorsichtig.«

»Wie geht es Saul?«

»Er hat inzwischen mit den Fischern gesprochen. Sie haben das Flugzeug gesehen. Er meint, sie sind durchaus imstande, einen Düsenjet von einer Propellermaschine zu unterscheiden.«

»Jemand hat sie zum Schweigen gebracht, indem er sie diffamiert hat.«

»Das ist eine übliche Methode.«

Rox' zur Schau gestellte Abgeklärtheit ging Stella auf die Nerven. Warum musste die Detektivin stets zeigen, dass sie nichts anderes, vor allem nichts Besseres erwartet hatte? Um ihre Überlegenheit zu demonstrieren?

»Ich habe Kontakt mit einem Strandgutsammler gehabt.«

»Mit Henderson?«

»Woher wissen Sie …«

»Ich weiß es nicht. Aber ich dachte mir, dass Ihr Ausflug zur ›Sunway Lagoon‹ nicht darauf abzielte, am Strand zu surfen.«

Bemüht, sich ihre Verärgerung nicht anmerken zu lassen, winkte Stella der Kellnerin. »Möchten Sie auch was trinken?«

»Cola ohne Eis.«

Stella bestellte.

»Ich habe Riley nicht getroffen. Er schrieb eine Nachricht, dass er überraschend auf einen früheren Flug umgebucht worden sei.«

»Wo wollte er hin?«

»Das habe ich ihn nicht gefragt.« Das war in Rox' Augen ein Minuspunkt, so viel war klar. »Die Maschine sollte erst am Abend gehen, er hätte also am Vormittag noch eine Stunde Zeit für mich gehabt. Jedenfalls mailte er mir ein paar Dokumente. Es ging unter anderem um die Inmarsatdaten. Kurz gesagt: Riley hält es für möglich, dass sie gefälscht wurden.«

Die Kellnerin brachte die Getränke. Als sie weg war, sagte Rox:

»Darüber habe ich auch schon nachgedacht.«

»Wer kann so etwas?«

»Ein Dienst auf alle Fälle.«

»Secret Service?«

»Natürlich. Es herrscht bereits Krieg, Stella.« Rox fuhr sich durch das rote Haar. Stella sah, dass sie schwitzte. Ihre unnahbare Fassade bröckelte. »Haben Sie schon mal daran gedacht, dass jemand Riley einen Streich gespielt hat? Jemand, der nicht wollte, dass Sie ihn treffen?«

Kalte Hand im Nacken.

»Woher …«

»Woher dieser Jemand von ihrer Verabredung wusste? Fletcher und ich sind außerordentlich vorsichtig. Wir benutzen für wichtige Mails nie das Hotel-WLAN. Telefonieren über eine abgesicherte Leitung. Unsere Privathandys liegen im Safe.«

»Ich …«

»Wahrscheinlich fühlen Sie sich gegängelt durch unsere ständigen Ermahnungen, sich zurückzuhalten, uns die Arbeit zu überlassen. Jemand pirscht um unsere Firewalls, Stella.« Rox schlüpfte aus dem Blazer. Sie trug wie immer ein langärmeliges Shirt. Unter den Achseln bildeten sich Schweißflecken. »Wir haben Anlass zu glauben, dass die Gegenseite uns engmaschig überwacht. Wir haben unsere Rechner gut geschützt, trotzdem müssen wir weiterhin vorsichtig sein.«

Die kalte Hand drückte zu. Stella holte tief Luft. Nicht hyperventilieren! Nicht! Die Angst vor der Angst brach sich Bahn. Ihr Kopf dröhnte. Der kleine, brutale Kampf. Von dem niemand ahnte. Den sie hinter einer Maske aus Umgänglichkeit verbarg. Vielleicht bemerkte jemand die Blässe, die sich in solchen Fällen einstellte. Oder die Schweißperlen am Haaransatz. Atmen, befahl sich Stella. Noch lebe ich.

»Nein, ich fühle mich nicht gegängelt«, widersprach sie endlich. »Ich würde nur gern etwas mehr Informationen von Ihnen bekommen.« Es ist immerhin *mein* Fall, wollte sie hinzufügen, verkniff es sich aber.

Rox beugte sich vor.

»Alle Arten von Daten können gehackt werden, es ist nur eine Frage des Schutzes und der Genialität von jenen, die diesen Schutz durchbrechen wollen. Wenn Sie in einen Mailaccount eindringen können, schaffen Sie es auch, einen Satelliten zu hacken.«

»Ich habe mit einem Piloten gesprochen. Jonah Callaghan.«

»Ach?«

»Er hält aufgrund des Aussehens der Trümmerteile eine Notwasserung für wahrscheinlich.«

»Etwas, das den Behörden nicht passt.« Rox beäugte ein offenkundig verliebtes Paar, das im Bademantel auf die Terrasse kam und zwei Liegestühle besetzte.

»Callaghan meint, ein Absturz sei den Zuständigen lieber.«

»Dafür brauchen Sie Beweise. Sie haben keine. Ehrlich gesagt, ich habe nicht viel davon gehalten, hierherzukommen. Meiner Ansicht nach war MH370 eine kalte Spur. Aber das scheint nicht so zu sein.«

»Sie haben also Erkenntnisse?«

Rox spielte mit dem Strohhalm in ihrer Cola.

»Es waren 20 Angestellte einer Softwarefirma an Bord. Panucci & Caffle. Verteidigungssoftware. Sie verstehen? Hochklassig. Von diesen 20 Angestellten arbeiteten acht als Ingenieure. Cracks, die Steuerungssysteme für Waffen unterschiedlicher Art programmieren. Vier gingen an Bord, vier nicht.«

Stella hatte davon gelesen. Hatte sich gewünscht, Dean wäre zurückgeblieben.

»Die Vier, die letztlich nicht an Bord gingen, erhielten im Taxi zum Flughafen einen Anruf. Jemand forderte sie auf, zurückzubleiben.«

Diesmal konnte Stella die Panik kaum niederkämpfen. Atme, verdammt!

»Eine Lösung wäre«, Rox senkte die Stimme zu einem Flüstern, »dass es um elektronische Kriegsführung geht. Irgendetwas war an Bord der Maschine, das sein Ziel nicht erreichen sollte.«

»Aber die Frachtliste …«

»Es muss sich nicht um Fracht handeln! Es kann auch das Know-how von bestimmten Leuten gemeint sein. Wissen über eine Software, Wissen über Strukturen, Wissen über andere. Sachverstand, der in den Köpfen von Menschen transportiert wird. Von hochintelligenten Zeitgenossen, die Dinge nicht aufschreiben müssen, sondern sie im Kopf speichern. Fletcher und ich haben mit einem der Ingenieure gesprochen. Die Prozessoren, die sie planen, unterliegen der höchsten militärischen Geheimhaltungsstufe. Banton, der Mann, mit dem wir uns trafen, hat nicht mehr herausgerückt. Er hat Angst. Seine Frau hatte einen Unfall, nachdem er über die Ereignisse in seiner Firma in Zusammenhang mit MH370 recherchierte. Daraufhin schloss er das Kapitel ab. Verständlich.«

»Dann werden wir nie erfahren …«

Rox sprach jetzt sehr schnell. Ihr Blick hing an dem verliebten Pärchen, das gerade turtelnd auf dem Weg in den Pool war. »Es gibt noch eine Quelle. Ein Mann, der aus dem Metier ausgestiegen ist. Wir haben eine Kontaktperson an ihm dran. Alles spricht dafür, dass das Verschwinden von MH370 mit elektronischen Waffensystemen zu tun hat. Dass Druck aufgebaut wird. Dass wir womöglich nah an der Lösung dran sind. Man beginnt, uns Steine in den Weg zu legen. Das sind alles keine einzelnen Ereignisse, die zufällig einander folgen, es handelt sich um eine konzertierte Aktion! Die Dinge greifen geplant ineinander.«

»Wer beobachtet uns?«

»Die Gegenseite. Vermutlich Panucci & Caffle. Wir wissen nicht, wer vom Unternehmen aus dahintersteckt, noch worum es genau geht. Aber diese Leute haben definitiv die Mittel, unsere Kommunikation zu überwachen und zu manipulieren. Dass jemand unseren Rechner zu infiltrieren versucht, ist der beste Hinweis, dass wir auf der richtigen Spur sind und denen gefährlich werden können! Seien Sie äußerst vorsichtig. Benutzen Sie das WLAN des Hotels nur für harmloses Surfen. Fragen Sie den Wetterbericht ab oder die Sehenswürdigkeiten Malaysias. Wenn Sie gar nicht mehr im Internet herumspazieren, werden die anderen nur misstrauisch.«

»Okay.« Stellas Gedanken rasten. »Ich habe noch eine Frage.«

»Raus damit!«

»Riley Henderson hält es für möglich, dass die Maschine gehackt wurde. Dass jemand vom Boden aus die Steuerung des Flugzeugs übernahm, die Eingreifmöglichkeiten der Piloten abschaltete und die Maschine schließlich im Meer abstürzen ließ.«

Rox kaute an ihrer Unterlippe. Das Pärchen veranstaltete ein Riesentamtam. Nassspritzen, Kreischen, Kichern. Das ganze Programm.

»In Rileys Mail stand ein Stichwort. ›Riad‹. Was könnte er gemeint haben?«

»Riad?«

»Im Zusammenhang mit Cyberhacking.«

»Ich kümmere mich drum.« Rox schob ihr leeres Glas weg. »Übrigens: Nehmen Sie Tabletten gegen Ihre Panikattacken?«

Perplex starrte Stella die Detektivin an. »Woher …«

»Die Symptome sind mir nicht ganz fremd. Nehmen Sie Medikamente?«

»Ich habe … ich habe früher welche genommen. Jetzt habe ich nur für den Notfall welche dabei. Für den Flug zum Beispiel.«

»Achten Sie darauf, dass niemand davon erfährt. Nehmen Sie nichts in der Öffentlichkeit ein. Schwachstellen dieser Art werden ausgenutzt.«

Stella wollte widersprechen. Die Panik ist keine Schwachstelle. Sie ist mein Leben nach MH370. Mein Leben ohne Dean. Mein Leben, in dem ich nicht mehr weiß, wohin ich gehöre.

Rox stand auf und griff nach ihrem Badezeug. »Ich werde mich jetzt umziehen und eine Runde schwimmen.«

PARKROYAL, KUALA LUMPUR

12.2.2017

Er hatte das Risiko bisher nicht eingehen wollen, aber da die Frau nun kaum noch das Internet benutzte und ihr Handy offenbar ausgeschaltet hatte, blieb ihm nichts anderes übrig. Nicht, dass es ihn sonderlich viel Mühe kostete, eine von den Schlüsselkarten, die er bei Hotelaufenthalten mitgehen ließ, umzuprogrammieren. Nachdem die Frauen am Pool saßen – er beobachtete sie ein paar Minuten von seinem Zimmer aus – wagte er sich einen Stock tiefer.

Stella Simons Zimmer war aufgeräumt. Sie war jemand, der Ordnung brauchte, um das Chaos namens *Leben* zu überstehen. Er steckte die Schlüsselkarte nicht in den Kontaktschlitz für die Beleuchtungskörper des Zimmers, das Licht vom Fenster genügte ihm. Er fand den Laptop, sah aber keinen Grund, ihn zu berühren, das Skript, das er brauchte, hatte er längst aufgespielt. Ein Handy war nicht zu finden. Mit der Generalkombination, die er dem Zimmermädchen in seinem Zimmer abgeluchst hatte, weil er angeblich seinen Code nicht mehr wusste, öffnete er den Safe. Nur ihr Pass lag darin. Das Handy hatte sie wahrscheinlich bei sich. Er durchsuchte das Nachtkästchen. Tempotaschentücher, sonst gähnende Leere. Dafür war das Bad umso interessanter. Im Halbdunkel fand er neben Lipgloss und Zahncreme eine Schachtel Opipramol.

Es knackte an der Tür. Er blieb leise stehen, die Tablettenpackung in der Hand, zog nur die Badtür zu.

Jemand betrat das Zimmer. Er glitt hinter die Tür. In Situationen wie dieser war er nicht besonders nervenstark. Die Schlüsselkarte wurde in den Schlitz geschoben, im Bad flammte Licht auf. Er zuckte zusammen. Sein Herz hämmerte, als er auf die Schritte lauschte, die an der Badezimmertür vorbeikamen und dann vom Teppichboden verschluckt wurden. Geblendet schloss er die Augen.

Die Schritte kamen zurück, er hörte das leise »Ratsch«, als die Schlüsselkarte entfernt wurde. Das Licht erlosch.

Er wartete, bis er die Tür ins Schloss fallen hörte, bevor er aus dem Bad schlich. Auf Stellas Bett lag nun ein Stapel frische Handtücher. Er lauschte auf den Flur, bevor er das Zimmer verließ.

Dass er die Packung mit dem Opipramol noch in der Hand hielt, bemerkte er erst, als er den Lift betrat. Er schob die Schachtel unter sein Hemd.

PEMBROKESHIRE, WALES

12.2.2017

Ron Lasser atmete tief durch. Unter ihm stampften die Dieselmotoren der Fähre. Die kalte Seeluft trieb ihm Tränen in die Augen.

»Wir haben wohl beide Erfahrung im Abschütteln von Verfolgern.« Susan Lovegod lehnte neben ihm an der Reling. Der Fahrtwind zerzauste ihr Haar.

»Was wollen Sie?«

Die Fähre hatte vor zehn Minuten den Hafen von Tenby verlassen. Ron war kurz nach Susan in letzter Sekunde an Bord gegangen. Lucy hatte er nach Dublin geschickt.

»Die Lebensgefährtin eines Mannes, der an Bord von MH370 umgekommen ist, hat alles wieder aufgerollt. Sie hat Gelder lockergemacht und Profis engagiert. Ich bin in deren Auftrag unterwegs.«

Ron schüttelte den Kopf. »Das nimmt nie ein Ende.«

»Kein Angehöriger kann sich damit abfinden, dass die offizielle Suche eingestellt wurde. Die Behörden haben die Betroffenen angelogen, im Unklaren gelassen und Katz und Maus mit ihnen gespielt. So was zahlt sich nie aus.«

»Was wollen Sie von mir?«

»Sie haben einen Anruf bekommen, nicht an Bord zu gehen.«

Ron Lasser hatte vor zehn Jahren zu rauchen aufgehört. Jetzt spürte er zum ersten Mal seit Langem Sehnsucht nach einer Zigarette.

»Das ist nicht wahr.«

»Sie lügen. Es ist wahr. Sie haben sich Depressionen zugelegt, um aus der Firma rauszukommen. Man ließ Sie nur ungern gehen. Panucci & Caffle wollte Ihr Fachwissen nicht verlieren. Programmierer gibt es viele, aber ganz oben ist die Luft dünn. Nicht wahr?«

Die Fähre nahm jetzt Kurs auf Caldey Island. Als sie aus dem Windschatten des Festlands fuhren, wurde der Seegang heftiger. Ron sah, wie Susans Hände sich fester um die Reling legten.

»Sie glauben, die wollten ihr Personal schützen?«

Susan wandte ihm ihr Gesicht zu. Sie sah gut aus. Eine Mittfünfzigerin, hervorragend in Schuss, die mit den großen Linien ihres Lebens zufrieden war. Was er von sich nicht sagen konnte.

»Würden Sie das nicht wollen?«

Ron lachte höhnisch auf. Er schloss den Reißverschluss seiner Regenjacke bis obenhin. Normalerweise liebte er die eisige Luft hier draußen. Aber gerade jetzt kamen ihm Erinnerungen an die feuchte Hitze Malaysias. An die Palmenkübel auf ihrem Balkon, die Lucy immer so geliebt hatte. An die tropischen Drinks an Samstagen. An das Gedränge in der Petaling Street, wo sie sich gern mit anderen ausländischen Paaren in einem Café getroffen hatten. Eine Vergangenheit, die er lange ausgeklammert hatte.

»Ron?«, meldete Susan Lovegod sich zu Wort. »Gibt es eine Chance, etwas über die Toten herauszufinden? Damit die Familien und Freunde einen Abschluss machen können? Damit die Wunden heilen können?«

Verflucht, Lucy hätte es genauso gemacht. An sein Verantwortungsgefühl appelliert. An seine Anständigkeit.

»Ich schätze nicht, dass es Hoffnung gibt, die 239 Leute an Bord lebend zu finden. Und die Leichen wird man auch nicht mehr bergen können. Das Meer ist unerbittlich.«

»Aber es wäre ein Trost, Klarheit über den Verbleib der Menschen zu haben.«

»2014«, Ron Lasser ließ den Blick über die aufgewühlte Keltische See schweifen, »gab es einen Knick in der Bilanz von Panucci & Caffle. Weil nämlich eine chinesische Firma, Hui Enterprises, die eigentlich aus der Logistikbranche kam, zum Shooting Star für das wurde, was die Caffle Group so eifersüchtig hütete. Die Nummer eins in Sachen Electronic Warfare zu sein. Die Chinesen fuhren zweigleisig: Sie schöpften Know-how ab, indem sie Industriespionage in großem Stil betrieben – und indem sie Spezialisten abwarben.«

Die Fähre schlingerte. Eine Welle brach an der Seitenwand. Die Gischt durchnässte Susan und Ron sofort.

»Verdammt!« Er schüttelte sich wie ein nasser Hund, während Susan die Kapuze tief in die Stirn zog, ohne ihn aus den Augen zu lassen.

»Ich wurde auch angesprochen. Es sah aus, als wäre ein Headhunter auf der Jagd. In der IT-Branche gibt es viele gute Leute, aber den Schritt nach ganz oben machen nur wenige. Da ist nicht nur Können gefragt, sondern auch Kaltherzigkeit. Sie dürfen nicht fragen, wofür sie das alles tun, verstehen Sie?«

»Ich glaube schon.«

»Panuccis Unternehmen ging ja schon einmal fast den Bach runter. Nur weil Caffle einsprang und die Kontakte zum amerikanischen Verteidigungsministerium herstellte, konnte Carlo Panucci seinen Arsch retten. Der wollte nicht noch einmal in den finanziellen Abgrund schauen. Deswegen musste er dafür sorgen, dass die Chinesen nicht die Besten bekamen.«

Der Schrei einer Möwe ließ Ron aufschrecken. Der Vogel segelte ein paar Sekunden neben der Fähre, bevor er abdrehte.

»Mehr sage ich nicht.«

»Ich formuliere es mal so: Panucci & Caffle hatte Hinweise auf vier brillante Ingenieure, die sich darauf einlassen wollten, zu Hui Enterprises überzulaufen. Diese vier waren zusammen mit vier anderen, die das nicht vorhatten, auf einen Flug nach Peking gebucht.«

Ron nickte gedankenverloren. Die Fähre näherte sich Caldey Island. Er konnte das satte Grün oben auf der Steilküste erkennen.

»Also schickte Panucci & Caffle die vier ›Verräter‹ auf den Flug und rief die anderen an, damit sie nicht an Bord gingen. Sagen Sie mir eines, Ron: Wie kann eine Software-Firma ein Verkehrsflugzeug verschwinden lassen?«

Er lachte kurz auf. »Wie gerade nicht eine Softwarefirma?« Er schüttelte den Kopf. Niemand hatte irgendwas kapiert. Selbst diese Frau nicht, die er für intelligent gehalten hatte. Er löste die Hände von der Reling. »Ich gehe in Caldey von Bord. Fahren Sie zurück. Seien Sie vorsichtig.«

Die Angst würde von vorn beginnen, so viel war klar.

MALÉ, MALEDIVEN

12.2.2017

Djamal verhielt sich vorsichtig, doch er war kein Profi. Während er sich durch die vollen Straßen schlängelte, Motorrollern auswich und Fußgänger anrempelte, blickte er immer wieder hinter sich, kam allerdings nicht auf die Idee, zu überprüfen, ob sich sein Verfolger womöglich *vor* ihm befand. Saul fiel es leicht, ihn im Auge zu behalten, zumal es mittlerweile dunkel geworden war und er unsichtbar blieb, sofern er sich von Läden und anderen Lichtquellen fernhielt. Kurz führte Djamal ein Gespräch mit dem Handy. Saul erreichte das Busterminal und trat hinter eine Gruppe Jugendlicher, die eifrig Fotos schossen. Djamal eilte an ihm vorbei. Saul folgte.

Inmitten von mit Einkaufstaschen bepackten Leuten und Studenten mit Rucksäcken drehte sich Djamal einige Male um die eigene Achse. Saul setzte die Sonnenbrille auf und wagte sich näher heran.

Ein dünner Mann trat auf Djamal zu. Der Fluglotse beugte sich vor und flüsterte dem anderen etwas ins Ohr. Der nickte, zog ein Kuvert aus der Innentasche seines Sakkos. Djamal riss es ihm förmlich aus der Hand und steckte es ein.

Der andere eilte aus dem Busterminal, während Djamal, jetzt sichtlich entspannter, auf den Bus zuging, der gerade vorfuhr. Saul stieg ebenfalls ein.

Djamal verließ den Bus zwei Stationen später. Saul blieb dicht hinter ihm. Der Mann schien sich jetzt sicher zu fühlen, er blieb an einem Marktstand stehen und kaufte Gemüse. Die Tüte in der Faust bog er um ein paar Ecken und schlenderte auf einen verschachtelten Wohnblock zu.

Saul holte auf.

»Was …?«, keuchte Djamal, bevor sich Sauls schwere Hand auf seine Lippen legte.

»Ruhig. Verstanden?«

Djamal begann zu zittern wie Espenlaub. Die Gemüsetüte fiel ihm aus der Hand.

»Haben die anderen besser bezahlt?«

Djamals Augen traten aus den Höhlen. Saul lockerte seinen Griff.

»Na?«

»Die wollten nur wissen, was ich Ihnen gesagt habe«, keuchte er.

»Wer sind ›die‹?« Saul packte Djamals Arm. »Es wird gleich richtig wehtun.«

»Nicht!« Djamal ging in die Knie. Irgendwo schlug ein Fenster.

»Wer. Sind. *Die*.«

»Er heißt Kadir. So hat er sich vorgestellt.« Die Wörter kamen abgehackt aus Djamals Mund. Er war steif vor Angst. Saul ließ ihn los.

»Verpiss dich!«

Der Mann starrte Saul an, als hätte er nicht richtig gehört.

»Hau ab!«

Er ließ sein Gemüse am Boden liegen und rannte.

Gedankenverloren besah sich Saul Djamals Mobiltelefon, das glänzend in seiner Hand lag. Manche gehen wirklich unvorsichtig mit ihren Sachen um, dachte er grimmig. Er ging zum Hotel zurück, checkte aus und suchte sich ein Zimmer in einem billigen Hostel für Rucksacktouristen. Dort analysierte er das Handy. Er fand den Namen Kadir und eine Nummer.

RESTAURANT VIENTIANE, KUALA LUMPUR

12.2.2017, abends

Sie war erst gestern hier mit Saul und Thomas Banton zum Essen gewesen. Das Gedränge und der Lärmpegel der vielen jungen Familien in dem laotischen Restaurant erschienen ihr perfekt, um nicht belauscht zu werden. Den Kontakt zu einem Mann, der sich Buck nannte, hatte sie bereits vor einigen Monaten in Zusammenhang mit einem anderen Vermisstenfall hergestellt. Buck lebte in Italien. Dort war erst früher Nachmittag. Auf ihre Anfrage hin hatte er versprochen, sie später über eine gesicherte Verbindung zurückzurufen.

Rox ließ den Blick durch das Lokal schweifen. Billige Plastikblumen als Dekoration, Resopaltische, eingeschweißte Speisekarten. War sie nicht als Kind mit ihrer Mutter ab und zu in einem chinesischen Lokal gewesen? In einer Stadt, an die sie sich nicht erinnern durfte, die ihr nur selten durch den Kopf spukte wie eine Erinnerung an ein Theaterstück und nicht an echtes Leben?

Nicht daran denken.

Sie lehnte sich zurück, als die Kellnerin ihre Suppe brachte. Sie erkannte Rox wieder und lächelte breit.

Langsam löffelte Rox die Suppe. Die scharfen Gewürze stiegen ihr in die Nase. Sie suchte nach einem Taschentuch.

Sieh dich um. Er könnte überall sein.

Nicht hier. Nicht in Malaysia. Es gab keinen Grund, warum er in Malaysia sein sollte. Obwohl es die dümmsten Zufälle gab. Rox allerdings glaubte nicht an Zufälle, sie wusste aus Erfahrung, dass sich von Milliarden Möglichkeiten oft gerade die realisierten, die einem bestimmten Menschen am abträglichsten waren. Es musste mit Mathematik zu tun haben, dass manchmal die schlechteste Variante von allen sich materialisierte. Man brauchte nichts zu werten, schon gar nicht mit Moral oder Begriffen wie Glück und Unglück kommen. Bestimmte Dinge passierten.

Das Restaurant wurde auch von Rucksacktouristen frequentiert. Rox sah ein Pärchen über seine Teller gebeugt, zwischen sich ein aufgeschlagener Reiseführer. Manche zogen tatsächlich noch mit Büchern um die Welt.

Ein Mann saß allein am Fenster. Ein Westler. Amerikaner, schätzte sie.

Die Amerikaner haben unser Flugzeug.

Rox war sich bewusst, wie dramatisch der Verlust von MH370 für ganz Malaysia war. In Asien stellte Scham eine feste Größe im gesellschaftlichen Umgang dar. Wenn ein Flugzeug spurlos verschwand, bedeutete das einen Gesichtsverlust für das ganze Land. Deswegen die Vertuschung, das Zaudern, die verspäteten, nur unter Druck herausgegebenen Informationen. Rox fand, dass das Abhandenkommen eines Verkehrsflugzeugs seit beinahe drei Jahren mehr als nur peinlich war.

Sie hatte die Suppe verzehrt, als das Handy klingelte. Ein neues. Prepaid. Sie würde es nachher wegwerfen. In Kuala Lumpur konnte man sich so billig mit den Dingern eindecken, dass es sie wundern würde, wenn es die Gegenseite nicht auch täte.

»Hallo?«

»Rox?«

»Buck, nehme ich an. Wie hat der AC Mailand gespielt?«

Die sehr männliche, sehr rauchige Stimme am anderen

Ende der Leitung lachte leise. »Was für ein hübsches Passwort. Ich bin Inter-Fan.«

Rox grinste. »Was haben Sie für mich?«

»Ihr Stichwort: Riad. Es ging um eine Hackerkonferenz. Sie fand in der zweiten Januarwoche in Riad statt.«

»Eine Hackerkonferenz in Saudi-Arabien?«

»Tatsache. Ich war selbst dort. Ein junger Mann namens Alf hielt einen Vortrag. Er hat eine App programmiert, die es einem Passagier in einem Verkehrsflugzeug ermöglicht, in die Elektronik des Jets einzudringen und die Steuerung an sich zu reißen.«

»Das funktioniert?«

»Aber sicher. Die Geheimdienste haben längst Gegenmaßnahmen ergriffen. Sie können sich denken, dass auf einer Tagung von lauter Hackern auch Informanten dabei sind.«

»Waren die Aussagen von diesem Alf tragfähig?«

»Sie waren absolut überzeugend. Er führte mithilfe eines Simulators vor, wie er sich in das Bordsystem einschleicht und Flugzeuge vom Kurs abbringt.«

»Muss er an Bord der Maschine sein?«

»Alfs Vorgehensweise erforderte seine Anwesenheit an Bord der Maschine. Prinzipiell ist es natürlich auch möglich, sich vom Boden aus in das System zu hacken. Zumindest solange der Jet über Land fliegt. Übrigens wurden entsprechende Szenarien schon ein Jahr vor MH370 diskutiert.«

»Muss ich mir vorstellen«, fragte Rox langsam, »dass nun jedermann diese App herunterladen und damit an Bord eines Verkehrsflugzeugs gehen kann?«

»Cyberhacking ist schwierig und teuer. Man muss eine ganze Menge an Wissen und Programmiertechnik beherrschen. Am ehesten kann das ein Dienst. Aber es ist möglich. Für jemanden, der sich mit Luftfahrttechnologie auskennt, sowieso. Heutige Großraumflugzeuge sind fliegende Computer, Rox. Man muss sie bedienen wie einen PC zu Hause. Die immer ausgefeilteren Entertainmentprogramme und das bordeigene WLAN, das viele Airlines als Marketingfaktor sehen, sind die Schwachstellen. Ich könnte vermutlich über die Filmauswahl direkt ins System. Wenn ich wollte und mich entsprechend vorbereitete. Es wäre mir möglich, dem Piloten falsche Informationen über das Wetter oder seine Flugroute zuzuspielen. Dadurch könnte er einwilligen, die nächstgelegene Landebahn anzufliegen.«

»Könnte man mittels Cyberhacking die Kommunikationswege abschneiden?«

»Klar. Das wäre keine große Sache. 2015 gingen diese offenen Angriffspunkte durch die Presse. Sie suchen nach MH370? Womöglich hat man da etwas ausprobiert.«

»Ob es mit einem Verkehrsflugzeug funktioniert?«

»Stellen Sie sich vor, Sie sitzen in einem Flugzeug und bekommen vom Kapitän die Mitteilung, dass aus technischen Gründen eine Zwischenlandung nötig ist. Niemand an Bord solle sich Sorgen machen, es ginge um reine Routine. Sie landen irgendwo, um nach einem kurzen Aufenthalt wieder zu starten. Niemand weiß, dass es ein Test war. Von einem Computer an Bord, der die Steuerung der Maschine übernommen hat.«

»Mit dem Wissen des Kapitäns?«

»Wenn viel Geld im Spiel ist …«

Jeder ist erpressbar. Es kommt nur auf die Höhe der Summe an.

»MH 370 ist nirgendwo zwischengelandet.« Rox.

»Zumindest wissen wir nichts davon.« Buck räusperte sich. »FMS, das Flugmanagementsystem, das Nachrichten zwischen Flugzeugen und Flugüberwachung über bestimmte

Protokolle koordiniert und auswertet, steht seit Jahren in der Kritik. Es gibt fast keine Sicherheitscodes, Alf konnte die übertragenen Daten mit einem Radio abfangen und mit Schadcode versehen. ACARS sendet ebenso ungeschützt. Auf dem Weg vom Boden zur Maschine werden die Informationen nicht verifiziert. Also kann auf diesem Weg ein manipuliertes Softwarepaket in den Bordcomputer gelangen, das das Kommando übernimmt und gefakte Daten einschleust.«

»Und die Inmarsat-Daten? Die, mit denen die Analysten gearbeitet haben: Sind die echt?«

»Da sie zu keinen Ergebnissen geführt haben, nehme ich an, dass sie es nicht sind.«

Rox seufzte. »Es ist leicht, alles irgendwelchen Hackern in die Schuhe zu schieben.«

»Mag ja sein. Letzten Endes sollte man meinen, die Behörden würden gern ein Wrack finden, um die Öffentlichkeit zu beruhigen und endlich einen Schlussstrich zu ziehen. Aber möglicherweise möchte jemand anders genau das vermeiden. Eventuell gibt das Wrack Aufschluss über die Absturzursache, was nachteilig für jemanden wäre.«

Aus den Augenwinkeln sah Rox, wie der einzeln sitzende Mann aufstand und zur Toilette ging. Er kam nah an ihrem Tisch vorbei. Sie senkte die Stimme: »Sie sagten vorhin, man könnte vom Boden aus ein Flugzeug steuern, sofern es über Land fliegt.«

»Na ja, über dem Meer wird es schwieriger. Unmöglich ist es trotzdem nicht.«

»Verdammt, Buck, Klartext: Ist es technisch möglich, dass jemand vom Boden aus MH370 so manipuliert hat, dass die Piloten das Flugzeug nicht mehr unter Kontrolle hatten? Und dass die Maschine sieben Stunden lang immer weiter hinaus auf den Indischen Ozean flog?«

»Technisch ist das möglich. Gar keine Frage.«

»Ich frage mich, weshalb die Piloten so gar nichts unternommen haben, um dagegen anzukämpfen. Warum hat niemand sein Handy eingeschaltet?«

»Der Copilot, Fariq Abdul Hamid, versuchte sogar einen Anruf mit seinem Mobiltelefon, als die Maschine über die westmalaysische Küste flog«, widersprach Buck. »Das ging durch die Presse. Die Maschine war nahe genug am nächstgelegenen Telekommunikationsturm. Allerdings haben die Behörden nicht preisgegeben, wen er anzurufen versuchte.«

Rox stöhnte leise auf. Der einsame Mann kam von der Toilette zurück.

Er könnte es sein.

»Also wurde die Verbindung zum Angerufenen nicht hergestellt?«

»Nein, vermutlich riss die Verbindung ab, da so ein Flugzeug sehr schnell unterwegs ist und relativ flott außer Reichweite des Sendemastes geriet, sich aber auch nicht mehr in einen neuen einwählte, da man sich zu dem Zeitpunkt schon über dem Meer befand.«

Rox ließ die Neuigkeit sacken. »Sie sagen, das stand in der Presse?«

»Ich hab's aus der ›Daily Mail‹. Bestimmt haben andere Medien diesen Punkt auch aufgegriffen.«

Rox Gedanken rasten. »Genau dieser Handyanruf wäre doch eine Nachricht gewesen! Warum hat niemand nachgeforscht, weshalb ein Pilot mit seinem privaten Telefon eine Nummer wählt, wo ein Verkehrsflugzeug mehr als genug Kommunikationskanäle besitzt?«

»Die aber alle deaktiviert waren. Verzweiflungstat, Rox. Sie wissen sicher, dass etliche wartende Angehörige ihre Verwandten und Freunde, die auf dem Flug waren, anriefen. Sie sagen, es hätte am anderen Ende geklingelt, bevor die Verbindung abbrach. Das heißt, das Handy muss eine Verbindung zu einem Mobilfunkmast gehabt haben.«

Der einsame Mann setzte sich wieder an seinen Tisch. Er sah zu Rox herüber. Sie senkte den Blick, Bucks Stimme im Ohr.

»Wenn ein Telefon ausgeschaltet oder deaktiviert ist, klingelt es bei Anrufen nicht hin. Der Anrufbeantworter schaltet sich sofort an. Wenn es hinklingelt und sich nach mehrmaligem Läuten die Mailbox aktiviert, hat die Person meinen Anruf ignoriert. Wenn das Telefon einen Funkmast sucht, während ich anrufe, dauert es sehr lange bis zum ersten Klingelton.«

»Danke, Buck. Ich habe verstanden.«

»Viel Glück!«

»Ihnen auch.« Rox legte auf.

KUALA LUMPUR

12.2.2017

Er hatte Sanna und den Jungen zum Flughafen gebracht und fuhr nun über den Airport Highway zurück ins Zentrum. Den Fuß stemmte er aufs Gas, alle Geschwindigkeitsbeschränkungen ignorierend. Sein Herz hämmerte wie verrückt. Keiner von ihnen war in den letzten drei Jahren geflogen. Er hatte immer Gründe gefunden, warum sie ihren Urlaub in Malaysia verbringen würden, und dabei hatte er darauf geachtet, mit dem Zug zu reisen. Als Sannas Eltern zu Besuch einflogen, hatte er vorher 48 Stunden nicht geschlafen.

Es konnte wieder passieren.

Er war nicht so dumm zu glauben, dass MH370 ein einmaliger Ausrutscher gewesen war.

In der Mittelkonsole hatte er eine Flasche Wasser. Es schmeckte abgestanden, war viel zu warm, doch er verspürte mit einem Mal unstillbaren Durst. Wahrscheinlich blieb ihm nichts übrig, als wieder Tabletten zu nehmen. Er konnte nur hoffen, dass diesmal alles gut ging. Dann wusste er wenigstens Sanna und den Jungen in Sicherheit.

Thomas beschleunigte, um einen Lieferwagen zu überholen, der vor ihm herumtrödelte. Sein Kopf brummte, er wollte nach Hause, Tabletten, Wein, wenigstens für ein paar Stunden die Panik ausschalten. Es gab Leute, die zweimal den Millionenjackpot knackten. Wieder andere, dachte er matt, sprangen zweimal dem Tod von der Schippe. Oder kamen zweimal in Kontakt mit einem Flug, der spurlos verschwand.

Er hatte eine Ahnung gehabt, damals. Dass ein paar aus dem Team überlaufen würden. Das war nichts Ungewöhnliches, so hoch oben war die Luft dünn und manche konnten eben den Hals nicht vollkriegen. Dabei verdienten sie mehr als genug, mehr als er mit seiner Familie je ausgeben konnte. Irgendwann hatte es den Plan in seinem Kopf gegeben, dass er aussteigen würde aus allem, vielleicht, wenn er 50 wurde, das war in sechs Jahren der Fall. Danach könnte er vergessen.

Allerdings wäre er nie auf die Idee gekommen, dass man potenzielle Überläufer ans Messer lieferte, bevor sie den Deal perfekt gemacht hatten. Er glaubte an das Anständige im Menschen, trotz allem, das versuchte er, auch seinem Sohn zu vermitteln. Der Mensch war gut. Wenn nicht, steckte irgendwo ein Fehler im System, so wie ein Fehler in einer Programmierung haften konnte, den man händeringend Stunde um Stunde, zuweilen Woche um Woche suchte. Meistens befand er sich an einer Stelle, wo niemand so schnell nachsehen würde. Sie hatten die Navigation der Drohnen in den vergangenen Jahren viel genauer programmieren können. Abweichungen waren mittlerweile vernachlässigbar. Wenn eine geschulte Person die Steuerung übernahm, betrug die Zielgenauigkeit 100 Prozent.

Thomas nahm Gas weg. Weiter vorn sah er blaue und rote Lichter blinken. Ein Unfall? Oder eine Kontrolle? Verdammt, auf eine Begegnung mit der Polizei hatte er jetzt keine Lust.

Der Wagen, der zwei Fahrspuren blockierte, erinnerte ihn an eine Planierraupe. Daneben ein Polizeiwagen. Ein Uniformierter winkte Thomas raus. Er bremste, stand nun mit der Nase des Fahrzeugs direkt vor der Raupe.

»Fuck!«

Der Uniformierte machte ihm ein Zeichen, die Scheibe herunterzulassen.

»Würden Sie bitte aussteigen? Sie haben die zulässige Geschwindigkeit überschritten.«

»Hören Sie, ich …« Er wollte sagen: Ich habe gerade meine Familie zum Flughafen gebracht und muss aufgrund meiner persönlichen Erlebnisse in den letzten Jahren damit rechnen, dass ihre Maschine nach Peking sang- und klanglos verschwindet. Es ist genau diese Strecke. Mit Air China allerdings. Weil ich euch Malaysiern nicht mehr traue, wobei niemand von euch persönlich etwas dafürkann.

Natürlich sagte er nichts von alldem.

»Bitte steigen Sie aus.«

Seufzend griff Thomas nach dem Mäppchen mit den Fahrzeugpapieren. Er öffnete die Tür. Als er einen Fuß auf die Straße setzte, sah er eine schattenhafte Bewegung neben der Raupe.

Instinktiv zog er den Fuß zurück.

»Sir!« Der Uniformierte griff nach Thomas' Arm.

Thomas schlug die Tür zu, der Mann jaulte vor Schmerz, Thomas startete den Motor, während schwarzgekleidete Typen auf das Auto zuhetzten. Sie trugen Waffen. Er duckte sich hinter das Steuer, hieb den Rückwärtsgang in Position, stieß zurück, traf auf etwas, es krachte dumpf. Thomas trat aufs Gas, dass der Motor jaulte, raste einige Meter rückwärts, kurbelte am Lenkrad, schaltete in den ersten Gang, hörte die Bremsen quietschen und roch heißen Gummi. Der Wagen machte einen Satz nach vorn, Schüsse, etwas schlug gegen die Seitenwand des Autos, eine Scheibe sprang, Splitter regneten auf ihn herab.

Der Wagen schlingerte, aber er bewegte sich vorwärts. Thomas umrundete die Planierraupe und den Polizeiwagen und jagte davon.

PARKROYAL, KUALA LUMPUR

13.2.2017

Rox schaltete den Fernseher an. Auf BBC lief eine Naturdokumentation. Sie konnte nicht schlafen. Das Gespräch mit Buck ging ihr durch den Kopf. Außerdem vermisste sie Saul. An kniffligen Stellen ihrer Ermittlungen pflegten sie die Verantwortung zu teilen, und es fiel ihr schwer, auf seine Anwesenheit zu verzichten. Kurz spielte sie mit dem Gedanken, in den Fitnessraum zu gehen und sich müde zu laufen, als es an der Tür klopfte.

Sie lugte durch den Spion. Stella stand da, zwei Flaschen Bier im Arm.

»Können Sie auch nicht schlafen?«, fragte sie, während sie öffnete.

»Ich dachte, wir gönnen uns einen Schlaftrunk«, konterte Stella.

Rox spähte den Korridor entlang, bevor sie die Tür schloss.

»Setzen Sie sich.« Sie ließ den Fernseher laufen und berichtete Stella halblaut von ihren Fortschritten. Die immer größer werdenden Augen ihrer Auftraggeberin gingen ihr auf die Nerven, doch fairerweise rief sie sich Sauls Vermittlungsbemühungen ins Gedächtnis. Er hatte recht, sie durfte Stella nicht den Schwarzen Peter zuschieben, weil die andere Frau Erfahrungen nicht hatte machen müssen, die sie, Rox, durchgestanden hatte. Stella kämpfte an ihrer eigenen Front. Sie hatten beide ihre Verluste zu bearbeiten.

»Hat Saul sich gemeldet?«, fragte Stella.

»Noch nicht. Wir haben vereinbart, dass er möglichst

wenige Datenspuren hinterlässt, und Telefonate sind nicht das anonymste Mittel, um Informationen auszutauschen. Aber vorhin habe ich eine Mail aus Wales bekommen. Von einer Vertrauensperson, die Ron Lasser besucht hat.«

»Das ist …«

»Einer der vier Ingenieure von Panucci & Caffle, die nicht an Bord von MH370 gegangen sind.«

»Und?«

»Er lebt zurückgezogen auf einem Bauernhof. Lange wird die Ruhe nicht mehr währen. Ihm zufolge hat die Firma vier Ingenieure, die zur chinesischen Konkurrenz überlaufen wollten, mit voller Absicht auf diesen Flug geschickt.«

»Moment. Die Firma hat das Flugzeug abstürzen lassen? Im Nirgendwo?«

»Ganz so einfach ist das nicht. Ich nehme eher an, Panucci & Caffle kriegte spitz, dass MH370 nicht am Ziel ankommen würde.«

»Also …«

»Susan, mein Kontakt in Wales, hat herausgefunden, dass Panucci & Caffle mittlerweile den chinesischen Konkurrenten aufgekauft hat. Wenige Wochen, nachdem das Flugzeug verschwand.«

»Rox, entschuldigen Sie.« Stella trank einen Schluck Bier aus der Flasche.

Diese Geste brachte Rox unwillentlich zum Lächeln. Also konnte die naive, ängstliche Stella Bier aus der Flasche trinken …

»Würde ein Unternehmen wegen vier Abtrünniger ein ganzes Flugzeug abstürzen lassen?«

»Nehmen wir nicht gleich das Schlimmste an. Es könnte doch sein, dass eine Zwischenlandung geplant war. Vier

Männer verlassen die Maschine, die anderen bleiben an Bord, heben wieder ab und kommen mit leichter Verspätung am Ziel an. Niemand würde sich heute noch groß daran erinnern.«

»Aber wo? Wenn die Maschine zwischengelandet wäre, hätten andere davon erfahren.«

»Eben. Man hätte die Zwischenlandung begründen können. Irgendwas an der Technik oder das Wetter oder was auch immer. Alle Welt hätte wissen dürfen, dass MH370 zwischengelandet war.« Rox.

»Ich weiß nicht.« Stella betrachtete das Etikett ihres »Heineken«. »Wären die Ingenieure denn freiwillig ausgestiegen?«

»Irgendwas kann man sich immer einfallen lassen.« Doch auch in Rox setzten sich nun Zweifel fest. Menschen konnten sich weigern, ein Flugzeug zu verlassen, und die anderen Passagiere würden aufmerksam. Sollte es möglich sein, dass man einen Fluggast mit Gewalt aus einer Maschine schleifte? Oder gleich vier?

»Sie glauben, es war der Plan, legal und vor aller Augen irgendwo zu landen, um diese vier Leute auszuliefern? Wem überhaupt?«

»Sie wissen, was die Malaysier sagen: Die Amerikaner haben unser Flugzeug. Angenommen, die Firma Panucci & Caffle, deren Abnehmer zu 100 Prozent das amerikanische Verteidigungsministerium ist, findet heraus, dass vier wichtige Ingenieure, Genies ihres Fachs, zur Konkurrenz wechseln wollen. Zum Feind, wenn wir mit den Worten der Militärs der Sache nachspüren! Dann darf das dem Pentagon nicht egal sein. Und das amerikanische Militär hat schon andere Dinge getan, als Leute aus einem Flugzeug zu zerren.«

Stella schwieg eine Weile, starrte auf den Fernsehschirm,

auf dem jetzt die Bilder einer Nachrichtensendung flackerten, und sagte schließlich: »Etwas hat nicht geklappt!«

»Nehmen wir an, die Fischer auf den Malediven haben wirklich MH370 gesehen. Dann könnte die Maschine auf der US-Basis Diego Garcia gelandet sein.«

»Über diese These habe ich eine Menge gelesen, ehrlich gesagt kam mir das meiste vor wie Science-Fiction. Ein geheimes Atoll mit Bunkern, in denen Verkehrsflugzeuge verschwinden. Das ist James-Bond-Niveau!«

Rox hatte darüber selbst schon gegrübelt. »Diego Garcia liegt zu weit abseits der ursprünglichen Route. Aber diese Abweichung von der Flugstrecke war sicher nicht der ursprüngliche Plan. Nehmen wir an: Jemand hackt sich in das Steuerungssystem von MH370, kappt die Kommunikation zum Boden, die Piloten verstehen die Welt nicht mehr, beschließen, auf dem nächstbesten Flughafen notzulanden. Sie machen eine 360-Grad-Wende und fliegen zurück, doch nicht zum Internationalen Flughafen von Kuala Lumpur, sondern sie steuern den Airport von Langkawi an der nordwestmalaysischen Küste an. Der hat eine Start- und Landebahn von über drei Kilometern Länge, ist also perfekt geeignet für eine 777.«

»Dort landen sie aber nicht.«

»Oder doch. Und das wurde vertuscht.«

Stella seufzte. »Ich habe das Gefühl, dass wir uns ständig wieder am Anfang befinden. Denkbare Szenarien gibt es viele, aber es fehlen immer irgendwelche Teile. Oder da sind Elemente, die einfach nicht passen.«

Rox spürte, wie ihre Geduld sich aufbrauchte. »Nämlich?«

»Warum wurde Bao umgebracht? Wenn es wirklich nicht um die Fracht ging? Nur weil er mit Ihnen geredet hat?«

»Guter Punkt.« Rox starrte vor sich hin. »Haben Sie eigentlich versucht, Deans Handynummer anzurufen? Damals, am 8. März?«

»Natürlich. Als ich Ewigkeiten am Flughafen wartete …«

»Hörten Sie ein Freizeichen? Oder meldete sich sofort die Mailbox?«

Stella rieb sich den Nacken. »Ich glaube, es läutete hin und dann hieß es: ›Der Anrufer antwortet nicht.‹ So in der Art.«

»Hm«, machte Rox.

Das Telefon neben Rox' Bett klingelte. Beide Frauen zuckten zusammen.

»Könnte das Saul sein?« Stella.

»Wohl kaum.« Rox nahm ab. »Hallo? Wer? Banton? Jetzt?« Sie spürte Stellas perplexen Blick und wurde wütend. Manchmal wünschte sie sich einfach mehr Zurückhaltung im Zurschaustellen von Gefühlen. »In Ordnung. Schicken Sie ihn hoch.«

MALÉ

12.2.2017

Gegen 21 Uhr bekam Saul von seinem Kontaktmann die Adresse eines Mannes inklusive Wohnungsnummer genannt. Er studierte den Stadtplan und verließ anschließend das

Hostel. Setzte sich in ein billiges Restaurant, bestellte ein Bier und ging dann zur Toilette. Es war mehr als wahrscheinlich, dass er verfolgt wurde, immerhin würde Djamal schnellstmöglich weitergetratscht haben, dass Saul ihn enttarnt hatte. Hinter dem schmalen Gang, der zur Toilette führte, gab es einen Ausgang zu einem Innenhof. Saul quetschte sich durch. Eine funzelige Leuchte erhellte den Hof. Es war hier so eng, dass er mit beiden Händen die Wände der Nachbarhäuser links und rechts berühren konnte.

Ich sollte das hier nicht tun, dachte er. Ich sollte mich ruhig verhalten, bis morgen Abend mein Flugzeug zurück nach Kuala Lumpur geht.

Aber Untätigkeit machte ihn wahnsinnig. Das war die härteste Nuss gewesen, die er in Zusammenhang mit Rox' Fall seinerzeit hatte knacken müssen. Abwarten, durchhalten, die Nerven bewahren, nichts überstürzen. Aktivität führte nicht unbedingt dazu, dass man das Ziel erreichte. Saul stieß mit dem Fuß gegen etwas Weiches. Ein Müllsack, direkt an der Einmündung des engen Hofes in die nächste Straße.

Ohne große Mühe orientierte er sich und bog nach rechts ab.

Die Adresse, die ihm genannt worden war, gehörte zu einem blau angemalten Betonblock, dessen schrille Farbe bereits wieder abbröselte. Im Schein der gelben Laterne wirkte das Gebäude alt und traurig. Rundum tönte die Kakofonie südlicher Nächte. Zank, Musik, Gelächter. Alles auf einmal, anschwellend und abschwellend wie die nicht weit entfernten Wellen des Ozeans. Saul blieb im Schatten, bis er das System der verschiedenen Hauseingänge durchschaute. Relaxt, die Hände in den Taschen, schlenderte er auf einen Eingang zu. Ein paar Jugendliche hingen dort ab, rauchten, hörten Musik aus einem Tablet, das sie mit einem selbst gebauten Lautsprecher verstärkten. Irgendwas Arabisches. Saul betrat das Treppenhaus und fuhr mit dem Lift in den vierten Stock. Die Wohnung 4021 lag genau gegenüber dem Aufzug.

Er klingelte.

Als Kadir öffnete, hatte Saul ihn schon im Schwitzkasten, während er mit dem Fuß die Wohnungstür zustieß. Der Mann war schmal und untrainiert. Er konnte vor Überraschung nicht einmal schreien, als Saul ihn bereits auf Waffen abgetastet hatte. Ein Messer aus seinem Gürtel steckte er ein. Es war ein Vorteil, Polizist gewesen zu sein und die Erfahrung eskalierender Demonstrationen linker wie rechter Randalierer in Deutschland gemacht zu haben.

Saul drückte Kadir gegen die Wand. Der Mann roch nach Schweiß und Knoblauch. Und Angst.

»Wer ist dein Auftraggeber?«, knurrte Saul ihn an.

»Wer sind Sie?« Nur ein Keuchen.

»Wer hat dir das Geld gegeben, mit dem du den Lotsen bezahlt hast?«

Kadir schnappte nach Luft. »Ich weiß nicht, wovon Sie reden.«

»Wenn du Zeit gewinnen möchtest: Ich habe Zeit. Mehr als alles andere.« Saul lockerte seinen Griff ein wenig. »Aber je eher du antwortest, desto schneller bist du mich los und kannst deine Geschäfte wieder aufnehmen.«

»Ich …« Er hustete.

»Na? Raucher?«

»Tumor« Die Antwort kam in demselben keuchenden Ton. »Stimmband muss entfernt werden.«

»Also? Von wem ist das Geld?«

»Ich kann mir die OP nicht leisten, verstehst du?«

»Das ist mir vollkommen gleichgültig. Von wem stammt das Geld, das du dem Lotsen zugesteckt hast?« Saul presste sein Knie in Kadirs Kreuz. Dem Knaben knickten die Knie weg.

»Ich weiß seinen Namen nicht.«

»Lügner.«

»Er nennt sich Hasim. Malaysier.«

»Woher weißt du das?«

»Habe ihn am Flughafen getroffen. Er kam mit der Maschine aus Kuala Lumpur und flog mit derselben gleich wieder zurück. Das hat er selbst gesagt. Dass er keine Zeit hätte, und ich war fünf Minuten zu spät, weil die Fähre …«

»Hasim also. Wann hast du das Geld in Empfang genommen?«

»Gestern.«

»Wie sah der Mann aus?«

»Breite Nase. Schlechte Zähne. Dichtes Haar.«

»Worüber habt ihr geredet? Wie hat er dich zum Flughafen bestellt?«

»Ein anderer hat mich hinbeordert.«

»Telefonisch?«

»Handy.«

»Kanntest du den Mann?«

»Nein.«

Saul rammte sein Knie mit Wucht in Kadirs Kreuz. Der rutschte wimmernd an der Wand nach unten. Ich kann brutal sein, dachte Saul. Recht so.

»Ich will Namen! Hasim? Dass ich nicht lache. Und der Anrufer?« Saul setzte sich rittlings auf Kadir und drückte seinen Kopf auf den Boden.

»Hat von einer malaysischen Nummer angerufen.«

»Wo ist dein Handy?«

»Da, auf dem Tisch.«

Saul sah sich um. Auf einem niedrigen Tisch lag tatsächlich ein Smartphone.

»Wie lautete dein Auftrag?«

»Ich sollte zum Flughafen und einen gewissen Hasim treffen. Hasim hat mir das Geld gegeben.«

»Und einen zweiten Umschlag für dich.«

»Verflucht, ja! Ich brauche diese Operation. Ich habe Krebs, Mann, im Kehlkopf.«

»Und du solltest was mit dem Geld machen?«

»Die haben mir ein Bild aufs Handy geschickt. Von dem Lotsen. Es war angeblich derselbe wie …«

»2015. Im Mai. Du hast ihn angerufen und ihm eine Story diktiert.«

»Für die französische Journalistin.«

»Damals hattest du auch schon Krebs?«

»Mann, Sie müssen mir glauben, ich bin in Not.«

»Was hat Djamal diesmal geleistet, damit er die Kohle bekommt?«

Kadir spuckte blutigen Schleim aus.

»Ich sage dir, was er gemacht hat: Er hat Bericht erstattet über das Gespräch mit mir.« Saul.

Kadir versuchte, sich aus Sauls Umklammerung zu befreien, aber er war viel zu schmächtig, um gegen den massigeren Mann anzukommen. Saul packte Kadir an den Haaren und rammte seinen Kopf mehrmals auf den Boden, bevor er aufsprang, sich das Handy schnappte und die Wohnung verließ.

Er achtete darauf, wer ihm folgte, und lief beinahe durch ganz Malé, ehe er bei seinem Hostel ankam, wo er sich vollständig bekleidet auf das schmale Bett legte. Er checkte Kadirs Anrufprotokolle durch und fand die besagte Nummer.

In wenigen Minuten hatte er seinen Rucksack gepackt

und das Hostel über die Hintertreppe verlassen. Er ging zu Fuß zur Airport Ferry. Am Flughafen setzte er sich in ein Internetcafé und buchte einen Flug nach Singapur, der um 23.25 Uhr abfliegen sollte. Ein Airbus 333.

Man konnte immer nur das Beste hoffen.

PARKROYAL, KUALA LUMPUR

12.2.2017

Er bekam Order, sofort auszuchecken.

Er hasste es, wenn er aus der Arbeit herausgerissen wurde. Wenn es gut lief, zumal. Unwillig packte er seinen Trolley, griff nach der Laptoptasche und verließ das Zimmer. Der Ort war extrem günstig gewesen.

Man war mit seiner Arbeit nicht zufrieden, das musste der Punkt sein.

Wahrscheinlich warfen sie ihm vor, dass er bis auf Hendersons Umbuchung nichts zustande gebracht hatte. Verdammt, was sollte er schon herausfinden, wenn ihn alle wie einen vertrottelten Pförtner behandelten?

Als er seine Rechnung bezahlte, stürmte ein Mann zur Hoteltür herein. Schweißüberströmt mit Blut auf den Unterarmen. Der Nachtportier sah von dem Kreditkartengerät auf.

»Sir?«

»Zu Rox Tesnik. Schnell.«

»Ich fürchte, Sir …«

»Sie wartet auf mich.«

Der Portier gab dem auscheckenden Gast seine Karte zurück. Dieser griff nach Laptoptasche und Trolley und verdrückte sich.

Ein Anruf bei der Presse wäre nicht das Dümmste. Schließlich musste auch einer wie er sehen, wo er blieb.

PARKROYAL, KUALA LUMPUR

13.2.2017

Banton klopfte dreimal. Rox riss die Tür auf, packte ihn am Arm, zerrte ihn ins Zimmer. Sie tastete ihn nach Waffen ab, was er protestlos über sich ergehen ließ, ehe er sich ins Zimmer schleppte und auf den Sessel sank, in dem eben noch die Detektivin gesessen hatte.

»Haben Sie was zu trinken?«, fragte er. Seine Augen waren blutunterlaufen, das weiße Hemd klebte dunkel von Schweiß und Blut an ihm.

Rox sichtete die Minibar. Immer noch brabbelte der Fernseher. Stella hoffte, dass die Geräuschkulisse als Hindernis für potenzielle Lauscher an der Wand ausreichte.

»Bier?«

»Okay.«

Sie reichte ihm eine Flasche. »Was ist Sache, Banton?«

Stella staunte, wie geschäftsmäßig Rox in dieser Situation sprechen konnte. Ohne Blazer, aber wie stets in einem langärmeligen Shirt. Besaß sie nichts anderes?

»Man hat versucht, mich zu entführen.«

Stella schluckte.

»Ich habe Sanna und meinen Sohn heute zum Flughafen gebracht. Sie sind auf dem Weg nach Boston, zu Sannas Eltern. Die einzige Möglichkeit, die ich gesehen habe, sie aus der Schusslinie zu bringen.«

»Vielleicht sollten Sie auspacken.« Rox. »Komplett.«

Thomas trank gierig.

»Stella hier ist die Lebensgefährtin eines Mannes, der mit MH370 verschwand.« Wieder Rox.

»Das tut mir leid.«

Er senkte den Blick, obwohl Stella um ein Lächeln rang. Sie wollte ihn ermutigen. Schließlich konnte dieser Mann nichts dafür, dass er überlebt hatte. Eine Verkettung von Umständen. Nichts anderes.

»Was ist da in Ihrer Firma los gewesen? Abtrünnige Ingenieure?«

»Sie haben mit Lasser gesprochen?«

»Hm«, machte Rox unbestimmt.

»Er hat es herausgefunden. Eigentlich hatte ich selbst auch den Verdacht, dass ein paar Kollegen von Hui Enterprises gekauft wurden. Es ist nicht ungewöhnlich, wirklich nicht. Haben Sie sich mal gefragt, warum in unserer Preisklasse so viel verdient wird? Weil man uns um jeden Preis – wortwörtlich – halten muss. Wir wissen zu viel.«

»Wie tief stecken Sie drin?«

»Sie wissen, was UAs sind?«

»Unmanned aircrafts?«

»Im Volksmund Drohnen. Übrigens nicht nur im Militär beliebt. Sie dienen ebenso zivilen Zwecken wie dem Katastrophenschutz …«

»Sparen Sie sich das. Ich komme nicht frisch vom Kindergarten.« Rox.

»Wir arbeiten an einer sehr großen UA. Vor allem an ihrer Zielgenauigkeit. Und an einem zusätzlichen Problem: Verstehen Sie, wenn Sie so eine Drohne steuern, befindet sich das Flugobjekt Hunderte von Kilometern entfernt. Derjenige, der die UA kommandiert, muss also eine Menge Daten hinschicken und erhält Daten zurück. Das ist angreifbar. Hier sind 200-prozentige Sicherheitssysteme nötig, sonst kann einem das Ding um die Ohren fliegen.«

»Der ›Feind‹ könnte es übernehmen.«

»Genau. Da sind wir dran. Denn natürlich würde unser Auftraggeber selbst wiederum gern die UAs der anderen Seite übernehmen können.« Er trank sein Bier aus. »Mein Gott, was für eine kranke Welt.«

»Was Ihnen erst jetzt aufgefallen ist.« Rox.

»Scheiße, Sie können nicht aussteigen! Sie kommen nicht mehr raus! Sie wissen, was Sie wissen. Sollte irgendwann eine Methode gefunden werden, um menschliche Gedächtnisse zu löschen, wäre ich der Erste, der sich zur Verfügung stellt. Ich verfluche heute noch den Tag, an dem ich mich für die IT entschieden habe.«

»Sie hätten doch nicht unbedingt Kriegstechnik konstruieren müssen, oder?«, fragte Stella. Der Mann tat ihr leid – und sein Selbstmitleid stieß sie ab. Beides zugleich.

Er glotzte sie an, als habe er nicht richtig gehört.

»Banton«, ging Rox dazwischen. »Ist es möglich, dass MH370 von Cyberhackern übernommen wurde?«

»Selbstverständlich. Eine Drohne ist vom Prinzip her nichts anderes als eine Boeing, nur kleiner, und wird vollständig extern kommandiert. Vom Boden aus!«

»Gibt es keine Absicherungen im System einer Boeing? Immerhin fliegen pro Jahr mehrere Millionen Menschen mit einem Flugzeug dieses Typs.«

»Keine ausreichenden Sicherheitspatches. Wie ich gerade geschildert habe …«

»Geschenkt. Wer hat das Cyberhacking durchgeführt?«

»Ein Dienst. Oder eine Regierung.« Thomas.

»Welche?«

»Malaysia sicher nicht. USA, China, Russland, das sind die großen Player.«

»Deshalb wäre es für die USA so schmerzhaft, wenn China Know-how abgreift.« Rox.

»Thomas«, wagte Stella sich wieder vor, »wissen Sie etwas über Fracht an Bord von MH370? War da eine solche Drohne geladen?«

»Nein. Weiß ich nicht.« Er stand auf. »Ich hätte nicht kommen sollen.«

»Fahren Sie sofort zum Flughafen«, sagte Rox. »Jetzt gleich! Nehmen Sie sich ein Taxi und buchen Sie den erstbesten Flug.«

»Und wohin?« Mit zwei Schritten war er an der Zimmertür. »Können Sie mir das verraten? Wohin?«

Stella wollte schon etwas sagen, als er hinzufügte: »Wir stecken alle zusammen in der Scheiße, ist Ihnen das klar?«

Damit verließ er das Zimmer.

»Tja«, machte Rox.

Etwa fünf Sekunden später knackte das Türschloss und der Strom fiel aus.

»Was …?«, begann Stella. Sie sprang auf. »Das Schloss geht nicht auf.«

»Gehen Sie weg von der Tür!«

»Aber …«

»Weg da!« Rox packte Stella am Arm.

»Lassen Sie mich los!« Stella wehrte sich gegen Rox' Griff, aber die Detektivin packte mit unerwarteter Kraft zu.

»Weg von der Tür!«, zischte sie, riss Stella auf den Boden. »Ins Bad.«

Ich glaube das nicht, dachte Stella, als sie hinter Rox ins Badezimmer robbte. Sie spürte Staub in der Nase. Rox rammte die Tür ins Schloss. Sie lagen auf dem kalten Fliesenboden in der Dunkelheit.

»Was ist da los?«, flüsterte Stella schließlich. Sie spürte, wie Rox neben ihr zitterte. All das Coole an ihr ist auch nur Fassade, dachte sie plötzlich.

»Nichts Gutes«, erwiderte Rox. »So viel ist klar.«

CARDIFF AIRPORT, WALES

12.2.2017

Susan Lovegod gab den Mietwagen zurück. Der Angestellte in der Hertz-Filiale bemühte sich kaum, sein Gähnen zu unterdrücken.

»Gute Nacht«, wünschte Susan grinsend, als sie zum Check-in spazierte. Sie beobachtete die Anzeigetafeln. Der

Flug nach London City schien pünktlich zu sein. Man wusste ja nie.

Sie passierte die Sicherheitskontrollen, wobei wie üblich die Metallösen ihrer Wanderschuhe Probleme bereiteten. Mit Humor nehmen, schärfte sie sich ein, als sie die dicken Treter, an denen noch Erdklumpen aus Tenby klebten, auf das Fließband legte und auf Socken durch den Detektor tappte.

Im Terminal suchte sie sich einen freien Wartesessel in der Nähe ihres Gates. An der Wand hing ein Bildschirm. Ein Sprecher verlas lautlos Nachrichten. Auf einem Laufband las man sie mit. Börsenkurs, Brexit, Downing Street. Was für eine Schande, dachte Susan. Es war ihr unbegreiflich, wie ein ganzes Land mitsamt seinen Politikern sehenden Auges in ein Desaster laufen konnte. Mittlerweile mussten alle mitbekommen haben, dass der Austritt aus der EU hauptsächlich Nachteile für alle Beteiligten bringen würde. Dennoch gelang es niemandem, eine Auszeit auszurufen und die Argumente noch einmal auf den Tisch zu legen. Ein knappes Wahlergebnis würde die Zukunft dieses Landes auf unabsehbare Zeit hin schädigen, davon war sie überzeugt. Susan wandte den Blick vom Fernseher ab. Sie konnte in Sachen Politik ohnehin nichts tun.

Gleich nach ihrer Rückkehr von Caldey Island hatte sie Rox noch aus Tenby eine verschlüsselte Mail mit den Eckdaten ihres Gespräches mit Lasser geschickt. Jetzt konnte sie sich zurücklehnen und sich auf den kurzen Flug nach London freuen. Falls man sich das heutzutage noch erlauben wollte.

Rox. Meine Güte.

Susan erinnerte sich an diesen schwierigen Fall. Wie aus der Zeit schien er gefallen. Als befände man sich im Krieg. Verrückt. Rox hatte gute Nerven bewiesen. Sie erlaubte sich keinen einzigen Fehler. Perfektionierte ihr Auftreten, wobei ihr die harte Arbeit an ihrer neuen Identität half, das Grauen zu überwinden. Dass Rox innerlich nach wie vor litt, verstand sich von selbst. Susan war einfühlsam genug, um die Psychologie dahinter zu begreifen. Was das Schicksal Rox Tesnik zugemutet hatte, hätte andere Menschen, die weniger zerbrechlich wirkten als die rothaarige Frau mit der milchweißen Haut, längst zerschmettert.

Über das Tickerband liefen jetzt Nachrichten aus der Region. Susan sah unwillkürlich hin. Verdammtes Fernsehen, band alle Aufmerksamkeit!

+++ Breaking +++ Explosion in Landhaus bei Tenby, Pembrokeshire +++ Breaking +++

Susan beugte sich vor.

»Das gibt's nicht«, murmelte sie.

»Nicht wahr!«, bestätigte ein Mann im Businessanzug neben ihr. »Die werden immer verrückter!«

Wen er mit »die« meinte, ließ er offen, doch Susan hatte bereits eine eigene Meinung, wer »die« sein konnten.

PARKROYAL, KUALA LUMPUR

13.2.2017

Stella hörte aufgeregtes Rufen aus den anderen Zimmern.

»Wenn wir über das Zimmertelefon die Rezeption …«

»Das machen gerade mehrere Dutzend andere.«

Stella schwieg. Sie lag neben Rox, hörte deren tiefe Atemzüge. Als schliefe sie. Trotzdem zitterte sie am ganzen Körper.

»Sie haben sie auch, oder?« Stella.

»Was habe ich auch?«

»Panikattacken.«

»Ich komme damit zurecht.«

»Wie?«

»Atemübungen. Ablenkung. Eine Aufgabe. Etwas muss wichtiger sein als die Attacke. Und dies hier ist ganz bestimmt wichtiger.«

»Größer ist es auf alle Fälle.«

Rox stand auf und tastete sich zum Waschbecken. Sie ließ das Wasser rauschen.

»Der Strom wird gleich wieder da sein.«

»Und Thomas?«

»Ich fürchte, der hat es nicht geschafft.« Rox hockte sich wieder auf den Boden neben Stella. »Ich war nicht sehr freundlich zu Ihnen. Dafür muss ich Sie um Verzeihung bitten.«

Stella schluckte ihre Überraschung hinunter.

»Wir schlagen alle unsere Schlachten, das wollte ich damit sagen«, fuhr Rox fort.

Die plötzliche Offenheit der Detektivin kam Stella eigenartig vor. Brauchte es den Stromausfall, damit sie beide in einem dunklen Bad saßen und einander ihre Fehler gestanden?

»Sind Sie und Saul Fletcher ein Paar?« Stella hatte nicht fragen wollen, aber nun war es heraus.

Rox lachte leise. »Alles, nur das ganz bestimmt nicht.«

Sie schwiegen, lauschten auf die verhaltenen Geräusche rundum. Das nächtliche Hotel schien durch den Stromausfall aus dem Tritt, als wartete es auf etwas, als atmete es.

»Wenn MH370 cybergehackt wurde«, flüsterte Stella, »kann es sein, dass dabei etwas schiefgegangen ist? Dass etwas nicht geklappt hat? Oder anders gelaufen ist, als geplant?«

Rox sagte eine Weile nichts. Ihr Atem ging nun schneller, und mit der Sensibilität einer Frau, die seit Jahren gegen Ängste kämpfte, fühlte Stella, dass Rox Zeit brauchte, um die Kontrolle zurückzugewinnen.

»Ich meine, nichts funktioniert beim ersten Mal fehlerfrei.« Stella hockte sich nun auch hin, lehnte sich gegen die Badewanne, Schulter an Schulter mit Rox. Im Nachbarzimmer hörten sie ein Telefon klingeln. Ein Paar redete ungeduldig, die Stimmen überschlugen sich. »Um so einen Jet zu steuern, dazu braucht es echtes Know-how. Der Flieger wiegt 223 Tonnen. Hat eine Spannweite von 60 Metern.«

»Hm«, machte Rox. Stella hörte ein Geräusch. Es klang wie Zähneknirschen.

»Sie haben gesagt, Bao hätte ebenfalls von einem kurzen Blackout gesprochen.«

»Kein Stromausfall, der Bildschirm im Operations Office wurde nur schwarz.«

Stella spürte, wie Rox neben ihr alle Muskeln anspannte.

»Sie bleiben hier, Stella!«

Rox kroch zur Tür, stieß sich irgendwo, fluchte leise. Neben allem rauschte pausenlos das Wasser aus dem Hahn. Endlich öffnete Rox die Tür, huschte durch das Zimmer zur Minibar.

Die spinnt, dachte Stella.

Rox riss die Minibar auf. Im Kühlschrank brannte Licht. Für einen winzigen Augenblick setzte es die Detektivin fahl in Szene. Ihr rotes Haar schien grün, das Gesicht grau.

Rox warf die Tür wieder zu.

»Die haben nicht die ganze Stromversorgung außer Kraft gesetzt.«

»Die?«

»Wer auch immer. Ein Hack. Kein normaler Stromausfall.«

Stella wollte etwas antworten, als sie von draußen den spitzen Schrei einer Frau hörte.

In diesem Moment klickte es im Türschloss. Im Zimmer flammte das Licht auf. Stella schloss geblendet die Augen.

»Aha.« Rox riss die Tür auf.

Stella folgte ihr auf den Gang.

Eine Frau stand jammernd über einen leblosen Körper gebeugt.

»Oh my God!«, rief sie. »Oh my God!«

Stella sah das verschwitzte, blutbefleckte weiße Hemd. Thomas Banton lag leblos auf der Seite. Neben seinem Kopf hatte sich der cremefarbene Teppichboden dunkel gefärbt.

»Scheiße«, murmelte Rox. »Verdammte Scheiße.«

CHANGI AIRPORT, SINGAPUR

13.2.2017

Die Maschine aus Malé war pünktlich gelandet. Saul blieb im Terminal, wo er sich in einem Café einen Becher Cappuccino bestellte.

Während er versuchte, den fünfstündigen Nachtflug aus seinen Knochen zu kriegen, ging eine SMS von Rox ein.

»Mein Beileid zum Tod deines Cousins Thomas.«

Saul blieb still sitzen.

Dein Cousin Thomas.

Er hatte keinen Cousin. Nicht einen.

Also blieb nur eine Interpretation übrig. Es hatte Thomas Banton erwischt.

Saul konnte nur hoffen, dass sie in Singapur bislang niemanden auf seine Spur gesetzt hatten. Er und Rox waren ins Fadenkreuz von Leuten geraten, die an entscheidenden Stellen operierten. Die womöglich wussten, wo sich MH370 befand, die dies aber unbedingt unter dem Deckel halten mussten.

Saul beobachtete ein Pärchen aus Deutschland, das verschlafen auf das Café zusteuerte. Wahrscheinlich Touristen auf der Känguru-Route nach Australien, die in Singapur nur einen Zwischenstopp einlegten. Sie diskutierten in breitem Schwäbisch, ob vor dem Weiterflug Zeit für ein ausgedehntes Frühstück bliebe. Saul wandte sich ab.

Der Flugschreiber durfte nicht gefunden werden. Dies musste die Logik der Strippenzieher sein. MH370 stellte einen Kollateralschaden in einem ganz anderen Kampf dar.

Sowohl die USA als auch China verfügten über ausreichend finanzielle Mittel, um sich mit den besten Kriegstechniken, die es auf dem Markt gab, einzudecken. Entscheidend war mithin menschliches Know-how, das man nicht einfach kaufen konnte wie eine Ware. Hier galt es, Personal langfristig zu binden, Versprechungen zu machen und einzuhalten.

Er hatte vor dem Abflug aus Malé mit einem maledivischen Handy Rox angerufen. Sie hatte ihm von Susan Lovegods Besuch bei Lasser berichtet. Saul hatte nicht mehr viele

Zweifel. Er verstand nur nicht, warum die malaysische Boeing über die Malediven geflogen war.

Ein Navigationsfehler? Es gab Computerviren, die nur die Anzeige, nicht aber das System an sich manipulierten. Er hatte es an einer Kaffeemaschine beobachtet. Die Anzeige suggerierte, dass der Wassertank nachgefüllt werden musste, obwohl der nicht einmal halb leer war.

Saul bezahlte seinen Kaffee. Beim Schlendern durch das Terminal entdeckte er einen Shop, in dem günstige SIM-Karten angeboten wurden. Er kaufte eine. Auf der Toilette nahm er die maledivische aus dem Handy und spülte sie in der Toilette hinunter. Mit der neuen Karte wählte er die Nummer aus Kadirs Telefon.

PARKROYAL, KUALA LUMPUR

13.2.2017

Wenigstens hatte sie Stella aus der Schusslinie gebracht. Rox stand in ihrem Zimmer, gegen die Tür gelehnt, und kämpfte gegen die Nervosität an. Sie würde leugnen, dass Stella bei ihr im Zimmer gewesen war, und sie konnte nur hoffen, ihre Auftraggeberin würde sich dieses eine Mal an Anweisungen halten, ihren Kram packen und nach Deutschland fliegen. Und zwar noch heute. Raus aus Malaysia.

Sie schnappte sich ihr Handy. Die letzte Message kam von Saul.

»Urlaub, wo nur die Promis ausspannen.« Code. Hieß: Diejenigen, die involviert sind, gehören zur obersten Garde.

Rox wählte Susan Lovegods Nummer. Es war mitten in der Nacht in London. Susan antwortete sofort.

»Ist das eine sichere Leitung?«

»Thomas ist tot.« Sie ließ den Nachnamen weg und hoffte, Susan wäre im Bilde.

»Ich werde gleich mit der Polizei zu tun bekommen.«

»Ich kümmere mich.«

»Danke.«

Rox schaltete das Handy aus, nahm die SIM-Karte heraus, warf sie in die Toilette und spülte ausgiebig. Anschließend kramte sie eine neue aus den Vorräten, die sie angelegt hatte, legte sie ins Handy. Sobald die neue Nummer aktiviert war, rief sie Saul an und gab die Codes für »Alarmstufe rot« durch. Kurz darauf klopfte es an der Tür.

Sie sah durch den Spion. Ein vierschrötiger Malaysier im dunklen Anzug stand da und hielt einen Ausweis hoch.

»Madam? Royal Malaysian Police.«

Sie öffnete.

»Guten Morgen. Ich bin Ahad Osman. Abteilung Gewaltverbrechen.«

Er war kleiner als Rox. Bis auf zwei ausgeprägte Geheimratsecken war sein Haar füllig und tiefschwarz.

»Was kann ich für Sie tun, Sir?«

»Wenn es Ihnen nichts ausmacht, würde ich gerne reinkommen.«

Plötzlich spürte Rox die Müdigkeit der durchwachten Nacht.

»Bitte.«

Osman sah sofort das unberührte Bett. Den Fernseher, der immer noch auf halblaut sein Programm abspulte.

»Darf ich mich setzen?«

Sie nickte, blieb jedoch stehen, als Osman sich in einen Sessel sinken ließ.

»Sie kannten den Toten?«

Rox starrte Osman unverwandt an. »Wenn Sie mir sagen, wer der Tote ist …«

Er lachte auf. »Das sollten Sie wissen.«

»Ich habe die Vermutung, dass es sich um Thomas Banton handelt. Ist das korrekt? Wir kennen uns seit Jahren. Verzeihung, ich stehe unter Schock.«

Sie sank auf das Bett.

»Er hat sie heute mitten in der Nacht aufgesucht. Verschwitzt, in ziemlich aufgelöstem Zustand, wenn ich dem Nachtportier glauben kann.«

»Allerdings. Er hatte einen Unfall auf dem Weg hierher.«

»Tatsächlich?«

»Kuala Lumpurs Autoverkehr ist nichts für schwache Nerven.«

»Wahrscheinlich nicht.« Osman lehnte sich zurück. »Wer könnte Banton erschossen haben? Aus nächster Nähe? Mit einem einzigen gezielten Schuss in den Kopf?«

»Er ist es also?« Rox gelang es, ein sanftes Vibrato in ihre Stimme zu legen.

»Einwandfrei identifiziert. Hatten Sie Zweifel?«

»Sir, es gab einen Stromausfall, kein Gast konnte für die Dauer von zehn bis 15 Minuten sein Zimmer verlassen. Was hat es damit auf sich?«

»Leider nichts Gutes. Der Punkt ist, dass der Stromausfall die Kameraüberwachung außer Gefecht gesetzt hat. Wir haben keine Bilder der Tat. Und keine Zeugen bisher.«

Rox wurde heiß. Das war nur logisch, sie hatte es bloß bisher nicht bedacht! Wer auch immer die Stromversorgung der Türschlösser lahmgelegt hatte, konnte, musste sogar dasselbe mit den Videokameras gemacht haben.

»Banton kam ins Hotel, um Sie zu sehen. Also gehen wir davon aus, dass Sie uns ein paar wichtige Anhaltspunkte geben können.« Er erhob sich. »Wenn Sie mich bitte begleiten würden …«

»Dazu sehe ich keinen Grund. Ich habe heute Nacht kaum geschlafen.«

»Wir lassen Sie so bald wie möglich ins Hotel zurückbringen. Zuvor setzen Sie uns bitte genau ins Bild, was Banton von Ihnen wollte.«

»Ich hatte mich bei ihm gemeldet, weil ich mit zwei Freunden in Kuala Lumpur Urlaub mache und ihn nach langen Jahren gern treffen wollte.«

»Ich möchte Sie bitten, das bei mir im Büro zu Protokoll zu geben.«

Verdammt, dachte Rox. Er lässt nicht locker. Das wird hart.

CHANGI AIRPORT, SINGAPUR

13.2.2017

»Ich habe auf Ihren Anruf gewartet, Mr. Fletcher.«

Saul kroch ein Frösteln über den Rücken.

»Sie dürfen sich gern fragen, woher ich weiß, dass Sie anrufen. Man hat mich unterrichtet. Unsere Leute auf den Malediven haben sich leicht übertölpeln lassen. Beim nächsten Mal wähle ich professionellere Mitarbeiter. Man lernt eben nie aus.«

»Dann sind Sie …«

»Der Bruder des Ministers.«

»Geht es etwas genauer?«

»Sie kennen ihn aus den Medien. Er hatte damals die undankbare Aufgabe, das Verschwinden des Flugzeugs zu managen. Man hat es ihm nicht leicht gemacht, er hat sich mittlerweile aus dem öffentlichen Leben zurückgezogen und wohnt auf Borneo.«

Saul setzte sich auf einen Wartesessel, legte den Rucksack neben sich. Der Schlafmangel, gemischt mit der Aufregung, brachte seine Gedanken zum Kochen. Dieser Mann, mit dem er da sprach, gab vor, der Bruder des seinerzeitigen Verkehrsministers zu sein. Hisha… wie hieß er noch?

»Nennen Sie keine Namen, Mr. Fletcher, Sie können mir vertrauen.«

»Was ich bezweifle.«

»Eine Lüge würde nur einen weiteren Gesichtsverlust bedeuten.«

»Die Arbeit Ihres Bruders, Sir, mit Verlaub, wurde von so vielen Lügen garniert, dass …«

»Nein, nein, wir haben nur die fehlenden Informationen ergänzt. Glauben Sie, die Amerikaner würden uns gestatten, mit der Wahrheit herauszurücken?«

»Eine sehr simple Einlassung. Man kann alles den Amerikanern in die Schuhe schieben.«

Der Mann am anderen Ende lachte leise.

»Sie sind selbst ein halber Amerikaner, nicht wahr?«

»Ich bin Deutscher.«

»Wie auch immer. Natürlich wissen die Amerikaner, wo das Flugzeug ist.«

»Nämlich wo?«

»Am Grund des Meeres. In einem Gebiet weit entfernt von dem, wo bisher gesucht wurde.«

»Warum gibt es keine Trümmer?« Sauls Blick geisterte durch das Terminal. Trotz des frühen Morgens herrschte reges Treiben, Passagiere schoben vollgepackte Trolleys, auf denen schlaftrunkene Kinder hockten, andere tranken Kaffee aus Pappbechern, eine Putzkolonne machte sich über die Fensterscheiben her.

»Nun, ein paar gibt es ja.«

»Was wurde transportiert?«

»Wenn Sie Deutscher sind, Mr. Fletcher, sagt Ihnen bestimmt der Name Helmuth Karl Bernhard von Moltke etwas?«

»Sir …«

»Ein kluger Kopf. Militär. Wie Sie sich denken können, habe ich auch eine Militärkarriere hinter mir. ›Kein Plan überlebt die erste Feindberührung.‹ Stammt von diesem von Moltke. Und er hat recht.«

Sie haben einen Fehler gemacht, dachte Saul. Irgendjemand hat einen Fehler gemacht. Einen so bösen Fehler, dass die Maschine anschließend verschwinden musste. Saul stand auf, streckte sich. Es schien ihm, als könne er kein Wort, keinen Satz mehr ertragen, als gliche das glatte Englisch seines Gesprächspartners einem Seil aus Seide, das sich um seinen Hals legte und ihm die Luft abschnürte. Er griff nach seinem Rucksack.

»Ist MH370 irgendwo zwischengelandet?«

Sauls Gesprächspartner zögerte kurz:

»In einigen Jahren wird der Ort, wo sich das Wrack befindet, durchsickern. Jemand wird etwas verlauten lassen. Man wird die Flugschreiber unter Umständen bergen, aber dann sind die Leute, um deren Köpfe man heute bangt, längst nicht mehr in Amt und Würden.«

Es muss eine Zwischenlandung gegeben haben, schoss es Saul durch den Kopf.

»Sind das Rückschlüsse Ihrerseits? Oder sprechen wir über Fakten?«

»Es gibt nicht einfach irgendwelche Fakten, Mr. Fletcher. Fakten werden gemacht. Kehren Sie nach Malaysia zurück und bringen Sie Ihre Suche zu Ende. Aber seien Sie vorsichtig. Der Arm meines Bruders reicht weit. Goodbye.«

Saul ließ das Handy sinken. Er trat an eine der Panoramascheiben und sah einem Jet beim Landen zu. Einer, der es geschafft hatte. Wie Tausende andere jeden Tag.

Er machte sich auf die Suche nach einem Ticketschalter.

BUKIT BINTANG, POLIZEISTATION, KUALA LUMPUR

13.2.2017

Rox befand sich in einem gesichtslosen Bürohaus in Bukit Bintang. Man ging höflich mit ihr um, aber die Nervosität, die durchwachte Nacht und das Gefühl, ausgeliefert zu sein, bemächtigten sich ihrer Schritt für Schritt. Ahad Osman hatte sie im selben Wagen begleitet, sie in diesem grauen Zimmer abgesetzt – ein Tisch, zwei Stühle, eine Klimaanlage, ein Fernsehgerät, eine riesige runde Uhr – und war verschwunden.

Rox blickte aus dem Fenster. Eckdaten einprägen, befahl sie sich. Außer einer schmutzigen, von Wäschereien, Shops aller Art und dem einen oder anderen Lokal gesäumten Straße sah sie nur ein paar struppige Palmen und dahinter eine Schnellstraße, auf der sich der Verkehr staute. Kurz nach sieben. Wo Saul steckte? Sie hatte kein Handy mitgenommen, nur ihren Pass, aber den hatte Osman sofort konfisziert.

Sie würden sie weichkochen. Sie kam aus der Nummer nicht raus. Thomas Banton war in aufgelöstem Zustand ins Hotel gekommen, zu einer unkonventionellen Zeit, und hatte sie sprechen wollen. Das konnte sie nicht als ein normales Treffen deklarieren.

Was hätte ich tun sollen? Rox' Finger spielten mit der Schnur, die den Rollo an Ort und Stelle hielt. Der Rezeption durchgeben, dass ich keinen Thomas Banton kenne?

Sie würde bei der ersten Geschichte bleiben. Thomas hatte einen Unfall gehabt, deshalb tauchte er später als verabredet und erregt im Hotel auf.

Sie versuchte, die Vorkommnisse genau zu rekonstruieren. Neben den Türschlössern war auch die Beleuchtung in den Zimmern ausgefallen, jedoch nicht die im Kühlschrank. Verschiedene Stromkreise, so viel war klar, allerdings hatte der Mörder auch die Videokameras außer Gefecht gesetzt. Ab wann? Erst ab dem Moment, als alles dunkel wurde? Oder vorher? Gab es ein Team hinter dem Mörder, oder arbeitete er allein?

Rox seufzte, als ihr klar wurde, dass Stellas Besuch bei ihr durchaus noch gefilmt worden sein könnte, und wenn bei dem Angriff auf die Stromversorgung die schon erstellten Dateien der letzten Stunden nicht komplett gelöscht worden waren, würden Osmans Mitarbeiter schnell feststellen, dass Stella zum fraglichen Zeitpunkt bei ihr im Zimmer gewesen war. Sie hatte gehofft, ihre Auftraggeberin da raushalten zu können. Behaupten zu können, sie habe Stella den ganzen Abend nicht gesehen. Jetzt blieb ihr wohl erst einmal nichts anderes als die Back-up-Story von der Freundesclique, die sich einen Urlaub in Kuala Lumpur gönnte. Es war ihnen allen nicht gelungen, sich unsichtbar zu machen.

»Entschuldigen Sie, dass ich so lange ausgeblieben bin. Viel zu tun jeden Morgen.«

Ahad Osman betrat den Raum, der Anzug schlotterte um seine kurzen Beine. Sein Gesicht wirkte grau, auch ihn machte der Schlafmangel fertig. Ordentlich legte er eine Mappe auf den Tisch und wies auf den Stuhl dahinter. Als Rox sich gesetzt hatte, nahm er ebenfalls Platz.

»Roxane Tesnik, geboren am 29.8.1987 in Saarbrücken, Deutschland?«

»Richtig.« Sie hatte sich angewöhnt, die Daten mental abzuhaken. Obwohl sie sich falsch anfühlten.

»Ledig. Keine Kinder?«

»Korrekt.«

»Was machen Sie in Malaysia?«

»Ich bin Touristin.«

Ein Lächeln glitt über Osmans Gesicht. »Sind Sie nicht.«

»Aber ja.« Sie unterdrückte den Impuls, von der Clique zu berichten.

»Sie sind zusammen mit Ihrem Geschäftspartner hier, einem gewissen Saul Fletcher, der Malaysia vorgestern verlassen hat. Er flog nach Malé.«

»Das ist richtig. Er wollte seit Langem die Malediven kennenlernen.«

»Sie haben gute Nerven, Madam.«

Rox reagierte nicht.

»Saul Fletcher ist Ihr Geschäftspartner. Sie sind Privatermittler. Auf Ihrer beider Namen ist eine Detektivagentur in München eingetragen.« Er beugte sich vor. »Ziehen Sie es vor, nicht mehr zu antworten?«

»Natürlich sind wir Geschäftspartner! Aber wir sind auch privat befreundet und machen Urlaub zusammen!«

Osman schüttelte bedächtig den Kopf. Er schwitzte. Das erste Anzeichen, dass er die Geduld verlor.

»Und Stella Simon? Eine Schwägerin oder Freundin?«

»Wir machen zusammen Urlaub.«

Osman fuhr sich durchs dichte Haar. Die Strähnen standen nach hinten weg, die Geheimratsecken wurden deutlicher. Rox lenkte ihren Blick genau dorthin.

»Ich gehe eher davon aus, dass Stella Simon eine Klientin von Ihnen ist.«

»Wenn Sie davon ausgehen wollen, kann ich Sie nicht umstimmen, schätze ich.«

»Stella Simon hat Sie beauftragt, nach MH370 zu forschen.

Sie hat ihren damaligen Lebenspartner bei dem Flugzeugabsturz verloren.«

Rox starrte auf seine Stirn. Verrückt, dachte sie, so dichtes Haar und solche nackten Nischen.

»Wissen Sie, wie viele Menschen in Malaysia ihre Angehörigen suchen?«

»Das müssen Tausende sein.«

»Kinder ohne Eltern, Frauen ohne Männer, Mütter ohne Söhne und so weiter. Malaysische Familien sind weitverzweigt. Jeder in Kuala Lumpur kennt jemanden, der auf dem Flug war.«

»Sie wollen mir damit sagen, dass eine Frau aus Deutschland sich nicht so anstellen soll?«

Osman schlug mit der Hand auf die Mappe. »Ich will damit sagen, dass ich der Erste wäre, der dankbar jede Art von echter Information annimmt, die das Flugzeug betrifft.«

»Aber?«

Er räusperte sich. »Meine Mitarbeiter sind noch dran, die Videoaufnahmen zu sichten. Irgendwann muss die Person, der später auf Banton schoss, das Hotel betreten haben.«

»Oder sie war längst drin.« Rox rückte auf ihrem Stuhl vor und legte beide Unterarme auf den Tisch. Ihr Herz hämmerte wie verrückt, die Panik wollte raus, dennoch schaffte sie es, nach außen ruhig zu sein. »Mr. Osman, Thomas Banton hatte keinen Unfall, als er zu mir ins Hotel kam. Jemand hat einen Mordanschlag auf ihn verübt. Sein Wagen wurde auf dem Airport Highway gestoppt. Als er mitbekam, dass er in eine Falle geriet, schaffte er es zu entkommen. Man hat auf ihn geschossen. Die Schnitte auf seinen Unterarmen kamen von den Glassplittern, die überall im Auto herumflogen.«

Osman lehnte sich zurück. Er starrte auf die Mappe vor sich.

»Hört uns jemand zu?«, flüsterte Rox.

Er ging nicht darauf ein.

»Sir, Sie müssen doch das ramponierte Auto vor dem Hotel gesehen haben. Hetzen Sie Ihre Spurensicherung drauf. Die werden mehr als genug Evidenz finden für das, was ich Ihnen sage.«

Er griff sich wieder ins Haar, brachte die Strähnen so in Ordnung, dass sie die kahlen Stellen verdeckten.

»Sie halten sich beruflich in Malaysia auf, ohne das dazugehörige Visum zu haben. Ich nehme Sie in Gewahrsam.«

»Mr. Osman! Thomas Banton hat drei Jahre lang nicht über das Schlimmste in seinem Leben gesprochen. Dass er auf MH370 gebucht war, aber im Taxi auf der Fahrt zum Flughafen einen Anruf erhielt, der ihm nahelegte, nicht an Bord zu gehen.«

»Und er blieb zurück. Jetzt ist er trotzdem tot.« Osman verzog die Lippen zu einem höhnischen Grinsen. »Sie sind die einzige Person im Hotel ›Parkroyal‹, die Banton persönlich kannte. Wir beginnen mit unseren Ermittlungen bei Ihnen.«

Sie werden sich Stella vorknöpfen, dachte Rox wütend, und die wird einknicken. Verdammt, warum nur hatte Stella darauf bestanden, nach Kuala Lumpur mitzukommen? Und Saul hatte sie sogar noch verteidigt! Immer wieder um Verständnis für die traumatisierte Klientin geworben!

»Welches Motiv sollte ich haben, Thomas Banton zu ermorden? Im Ernst, Mr. Osman. Ich war in meinem Zimmer und ich bin nicht imstande, mich in Stromnetze zu hacken.«

»Wir müssen überprüfen, ob Sie Schmauchspuren an den Händen haben.«

»Machen Sie sich doch nicht lächerlich.«

Er stand auf. »Wenn Sie mir bitte folgen wollen. Selbstverständlich steht es Ihnen frei, den konsularischen Schutz Ihrer Botschaft in Anspruch zu nehmen.«

PEMBROKESHIRE, WALES

13.2.2017, 5:30 Uhr

Susan Lovegod war mit Max Donnelly im Nahen Osten im Einsatz gewesen. Man kannte sich. Er versprach, sofort zu kommen, was bedeutete, dass er in der Morgendämmerung mit dem Helikopter auf der Weide neben dem Schutthaufen landete, der einmal Ron Lassers Haus gewesen war.

»Ich muss wissen, ob bei der Explosion jemand gestorben ist«, sagte Susan zu Max Donnelly, kaum dass er aus dem Hubschrauber geklettert war.

»Du meinst, da sind Leichen drin?«

»Eine vielleicht.«

»Dieser Lasser?«

Susan senkte die Stimme. »Es geht um Panucci & Caffle. Ich schiebe dir die Infos diskret rüber.«

Max grinste sie an und winkte seine Leute herbei.

Während die Spurensicherung sich über die traurigen Überreste hermachte, stapfte Susan zum Airstream hinüber. Die Scheiben waren durch die Druckwelle zu Bruch gegangen, ansonsten wirkte das silbrig glänzende Gebilde im Schein ihrer Maglite seltsam unberührt.

Sie stieß die Tür auf. Der Laptop stand auf dem Schreibtisch, alles war aufgeräumt, bis auf die Glasscherben, die sie geflissentlich ignorierte. Ein gemütliches Kabäuschen für jemanden mit einem komfortablen Finanzpolster. Eigentlich könnte ich das auch machen, dachte Susan. Kochbücher schreiben.

Sie drückte die Ein-Taste. Der Rechner war nur im Tiefschlaf gewesen und rief nun automatisch das letzte Dokument auf, das Ron bearbeitet hatte. Ein Treatment für eine Kochshow. Susan las. »*Frühlingserwachen*« stand da als Überschrift. Danach ein kurzer Abschnitt unter der Schlagzeile »*Was der Frühling uns auf den Tisch bringt.*« Es folgten zwei Seiten mit Anmerkungen zu Fischgerichten. Susan scrollte weiter. Ron Lasser hatte eine Liste mit Beteiligten angelegt. Zwei Moderatoren, Peter und Lauren. Dann zwei Gäste, die er »Promi 1« und »Promi 2« nannte. In Klammern dahinter standen zwei Namen. Robert und Eric.

Susan warf einen Blick in das dämmrige Licht. Der Tag brach an. Wolkenschleier trieben vom Meer herüber.

Ron Lasser, einer der besten IT-Leute in ganz Großbritannien, schrieb Drehbücher für Kochshows? Schrulliges Hobby. Sie klickte den Internetbrowser an, doch der konnte keine Verbindung zum Netz herstellen. Manche taten es also wirklich: Sie klinkten sich aus dem Netz aus. Susan sah sich im Airstream um. Unter der Decke hing ein Router. Als sie versuchte, mit dem Laptop eine Verbindung herzustellen, wurde sie um ein Passwort gebeten.

Promi 1 und Promi 2?

Was für ein Unsinn. Sie klappte den Laptop zu und klemmte ihn unter den Arm. Als sie aus dem Airstream sprang, begann es, leicht zu regnen. Tief atmete sie die kalte Luft ein.

Sie sah sich nie Kochshows an, wahrscheinlich hatte sie deshalb noch nie von Robert und Eric gehört.

»Max?« Sie spazierte über die Wiese bis zum Flatterband, wo Leute in Overalls jeden Fetzen Material in Augenschein nahmen. »Habt ihr was gefunden?«

»Das Haus ist leer. Da gab es keine lebende Seele drin. Nicht mal eine Katze.«

»Hm«, machte Susan nur.

PARKROYAL, KUALA LUMPUR

13.2.2017

Stella versuchte zu schlafen. Lang lag sie auf dem Bett, wälzte sich hin und her. Die Hitze drückte ihr die Luft ab, aber sie hatte auf die Klimaanlage verzichtet und lieber das Fenster geöffnet. Die morgendlichen Geräusche, die in ihr Zimmer drangen, gaben ihr wenigstens in Ansätzen das Gefühl, dass es ein Leben gab, ein normales, eines, das nirgendwo auf der Welt wirklich fremd war. Verkehr. Schlagende Autotüren. Jemand, der in den Pool sprang. Gesprächsfetzen. Als der Vormittag voranschritt, änderte sich die akustische Kulisse. Die Sounds wurden lauter, greller. Irgendwo hielt ein Wagen, laute Popmusik schallte zu ihr hoch. Ab und zu nickte sie ein, um sofort wieder aus dem Schlaf zu schrecken.

Sie musste unbedingt Saul erreichen. Sie hatte durch den Türspion beobachtet, wie Rox mit dem Polizisten den Gang entlanggegangen war. Mit versteinerter Miene. Das verhieß nichts Gutes. Das Schlimmste für Stella aber war die plötzliche Einsamkeit. Schlagartig wurde ihr klar, dass sie außer Saul und Rox keine Vertrauenspersonen in Kuala Lumpur hatte. Wie damals nach MH370 war sie völlig auf sich allein gestellt. Sie merkte, wie ihr Atem ganz von selbst schneller wurde, immer schneller, sie keuchte, ihr Herz raste, vor ihren Augen sah sie Lichtpunkte fliegen.

Panikattacke.

Ich will das nicht mehr.

Sie stemmte sich hoch, schleppte sich ins Bad, riss eine Plastiktüte aus ihrem Necessaire und hielt sie sich vor Mund und Nase. Ihre Knie zitterten. Endlich beruhigte sich ihr Atem. Sie ließ die Tüte sinken. Aus dem Spiegel blickte ihr eine Frau mit geschwollenen Lidern und Ringen unter den Augen entgegen.

Hinter ihrem derangierten Gesicht erschien ihr Dean wie ein Schatten. Ein graues, amorphes Etwas, das sich abwandte und auflöste.

Was für ein Blödsinn. »Er ist nicht mehr da!«, schleuderte sie ihrem Spiegelbild entgegen. Ärgerlich mit sich selbst stopfte Stella die Tüte zurück in ihre Kosmetiktasche. Bis zum nächsten Mal, dachte sie matt. Aber sie wollte kein nächstes Mal. Sie wollte nicht mehr wie eine Irre in eine Tüte atmen, um bei Bewusstsein zu bleiben. Sie wollte nicht für alle möglichen Notfälle gerüstet sein und Tabletten schlucken. Sie wollte nicht mehr Angst haben, dass ihre Handygespräche belauscht wurden. Sie wollte ein normales Leben mit einem Job und Wochenenden, an denen sie Ausflüge machte oder in einem Café saß und las. Sie wollte einen Mann, der am Leben war und abends nach Haus kam oder sie in einem Bistro traf, um eine Kleinigkeit zu essen. Sie wollte nach Hause zu Leo.

Wenn sie nur diesen Tag ohne weitere Panikattacken überstehen würde! Sie griff in die Kosmetiktasche. Sie würde lernen, ohne die Tabletten klarzukommen. Nur jetzt eine oder zwei, nur um klar zu sehen, denken zu können, ohne gleichzeitig gegen die allgegenwärtige Angst ankämpfen zu müssen.

Da war keine Tablettenschachtel. Nicht ein einzelner Blister.

»Ich hatte doch noch welche übrig!« Sie sagte es laut, damit es sich wahr anhörte.

Verdammt! Ihr Magen krampfte. Sie kämpfte gegen den Impuls, sich zu übergeben.

Dieselben Gefühle wie damals stürmten auf sie ein. Die Verlassenheit, das Unverständnis, das Ausgeliefertsein.

»Ich kann das nicht mehr«, flüsterte Stella.

Wie in Trance tappte sie zurück ins Zimmer, aktivierte ihr Handy und tippt eine SMS an Leo.

Liebe dich.

Klickte auf »Senden«.

Als sie das Handy sinken ließ, gab es zwei Pieptöne von sich.

Sie riss das Gerät hoch. So schnell?

Sie stellte sich vor, wie Leo am frühen Morgen von ihrer SMS aus dem Schlaf geschreckt wurde. Und sofort hellwach »Ich dich auch« tippte.

Stattdessen meldete das Telefon einen verpassten Anruf von einer malaysischen Nummer.

Vielleicht Rox?

Vor einigen Stunden, als die Detektivin sie in ihr Zimmer gescheucht hatte, hatte sie Stella eingeschärft, auf keinen Fall etwas zu unternehmen, auch nicht die deutsche Botschaft zu verständigen. Stattdessen sollte sie darauf warten, dass Saul zurückkam.

Stella drückte auf »Anruf«.

»Hallo?« Eine von Abertausenden Zigaretten geteerte Stimme antwortete.

»Sie haben mich angerufen.«

»Sind Sie Stella?«

»Wer sind Sie?«

»John Mantel. Ich schreibe für ›The Star‹.«

Stella schwieg.

»Können wir uns treffen?«

»Was wollen Sie von mir?«

»MH370. Nicht mehr lang und das Unglück jährt sich zum dritten Mal.«

»Damit habe ich nichts mehr zu tun.« Stella setzte sich aufs Bett.

»Es ist wichtig, dass wir den Menschen eine Stimme geben. Den Menschen, die verloren gegangen sind. Den Menschen, die jemanden vermissen.«

»Tun Sie das.« Stella wollte schon auflegen, aber das alte Zögern legte sich über sie wie eine muffige Decke. Zu oft hatte man sie in die Pflicht genommen mit dem Argument, man müsse den Verschollenen eine Stimme geben und all jenen, die sich nicht artikulieren konnten. Sie hatte sich damit ködern lassen. Die Angewohnheit, solchen Forderungen nachzukommen, ließ sich nicht so einfach ablegen.

»Ich möchte Sie treffen. Ich komme zu Ihnen ins Hotel.«

»Sprechen Sie mit jemand anderem.« Sie legte auf.

Keine Sekunde würde sie es länger im Hotel aushalten. Sie zog ein frisches Shirt an, wusch sich das Gesicht, nahm ihren Pass aus dem Safe, und als das Zimmermädchen zaghaft klopfte, war sie bereits an der Tür.

»Good morning, Madam.«

»Good morning.« Stella sauste an ihr vorbei.

Sie ließ den Frühstücksraum links liegen. Betont langsam schlenderte sie durch die Lobby. Vor dem Hotel fuhr ein Taxi vor. Kurz hoffte Stella, Rox könne zurück sein, doch es stieg ein Mann aus und rollte zielstrebig seinen Koffer in die Lobby.

Stella setzte die Sonnenbrille auf. Sie brauchte einen Plan. Zum Flughafen und weg? Wo war Saul? Sie musste ihn erreichen. Am besten versuchte sie es mit dem »Café François«. Das hatte immerhin WLAN, vielleicht konnte sie ihm eine Mail schreiben, irgendwann musste er auf seine Nachrichten zugreifen. Ob Rox ihn über die Ereignisse der vergangenen Nacht noch hatte benachrichtigen können?

»Stella?«

Sie fuhr herum.

Ein Mann in Jeans und einem türkisfarbenen Hemd stand hinter ihr. Auch seine Augen wurden von einer Sonnenbrille verdeckt. Unter dem Arm trug er eine Aktenmappe. Starker Schweißgeruch ging von ihm aus.

»John Mantel.«

Er musste bereits im Hotel gewesen sein.

»Wer hat Sie geschickt?«

»Spielt das eine Rolle?« Er kramte in der Mappe, brachte eine Medikamentenschachtel zum Vorschein. Opipramol. »Ist das vielleicht Ihre?«

KUALA LUMPUR INTERNATIONAL AIRPORT

13.2.2017

Als seine Maschine am internationalen Flughafen von Kuala Lumpur landete, atmete Saul hörbar auf. Auf dem Flug hatte er sich seine Chancen ausgerechnet. Ihm war klar, dass er von offizieller Seite nichts mehr erfahren würde. Der Bruder des Ministers würde leugnen, jemals mit ihm gesprochen zu haben. Seine und Rox' einzige Chance bestand darin, etwas über eine etwaige Zwischenlandung herauszufinden. Konnte MH370 auf der Militärbasis in Butterworth Penang zwischengelandet sein? Warum hatte sonst der Ministerbruder den Begriff »Militär« so betont und auf seine eigene Karriere verwiesen? Saul kramte in seinem Gedächtnis. Vor der Abreise nach Malaysia hatte er sich in München sämtliche Daten der umliegenden Flughäfen herausgesucht. Die Royal Base in Butterworth besaß eine Runway von etwa zweieinhalb Kilometern. Das sollte für eine 777 reichen, selbst wenn sie Maximalgewicht hatte und vollgetankt war.

Die Maschine rollte gemächlich von der Landebahn zum Terminal. Zweifelnd blickte Saul in den grau verhangenen Tag hinaus. Im Augenblick ahnte er die schwüle Hitze nur. Andere Flugzeuge glitten an dem vorbei, in dem er saß, eingesperrt, angewiesen auf fehlerfreie Operationen der Flugsicherung, der Vorfeldlotsen, der Piloten, der Software. Angenommen, MH370 war in Butterworth gelandet. Wie hielt man die Passagiere unter Kontrolle? Man musste ihnen eine plausible Geschichte auftischen. Da durfte nicht der kleinste

Zweifel aufkommen, sonst würden schnell ein paar Leute Ärger machen, ihre Handys zücken.

Die Handys!

Bei einer unplanmäßigen Zwischenlandung war es mehr als wahrscheinlich, dass 99 Prozent der Passagiere Verwandte oder Freunde anriefen oder ihnen Nachrichten schickten. Selbst mitten in der Nacht! Immerhin mussten die Abholer sich darauf einstellen, dass der Flug mit Verspätung in Peking landen würde …

Warum hatte absolut niemand eine derartige Nachricht erhalten? Es wäre nichts dabei, solche Messages zuzulassen, wenn man die Zwischenlandung mit einem technischen Defekt erklärte.

Sauls Gedanken rasten. Das konnte nur bedeuten, dass die Passagiere bei der Zwischenlandung nicht mehr lebten.

Während sein Flugzeug die Parkposition ansteuerte, sah er sich in der Kabine um. Die Fächer über ihm … bei einem Druckabfall in der Kabine fallen automatisch Sauerstoffmasken … diese Ansage vor Abflug hörte man als Passagier bei jedem Flug. Sauerstoff! Wenn er sich recht entsann, reichte der Sauerstoffvorrat, der durch die Masken zugeführt wurde, pro Passagier ungefähr 15 Minuten.

Wenn man das Flugzeug zu hoch geflogen hatte, länger als 15 Minuten, wären die Passagiere zunächst müde und benommen geworden, um daraufhin am Sauerstoffmangel zu sterben. Alle. Ohne Ausnahme.

Und die Piloten? Hatten sie noch eine Landung auf der Basis hinbekommen? Oder war auch die Landung ferngesteuert vollzogen worden?

Endlich hatte das Flugzeug geparkt. Die Fluggastbrücke wurde herangefahren.

Saul wurde kribbelig. Er musste los. Was sich gerade in

seinem Kopf abgespielt hatte, konnte so nahe an der Wahrheit liegen wie nichts anderes, was sie sich in den letzten Tagen zusammengereimt hatten. Er brauchte dringend Rox an seiner Seite. Sie mussten diese These wieder und wieder gegen alle anderen abwägen und dann Kontakt mit Najib auf der Basis herstellen. Eine weitere Geldspritze würde den Mann zum Reden bringen. Eine solche Aktion, selbst wenn sie mitten in der Nacht stattfand, blieb nicht unbemerkt.

Ihn schauderte, wenn er daran dachte, dass irgendwo nordwestlich von hier ein Flugzeug mit 239 Leichen an Bord in die Nacht aufgestiegen war.

CAFÉ FRANÇOIS, KUALA LUMPUR

13.2.2017

Sie musste ihn hinhalten. Irgendwie. Ihr fehlte die Chuzpe, diesen Mann abzuschütteln. Sie hatte das noch nie gekonnt: klare Absagen erteilen. Bei ihr erreichten die Leute, was sie wollten. Stella gehörte zu den Menschen, die Gefallen taten, auch wenn es ihr gegen den Strich ging. Sie fühlte sich schnell verpflichtet. Eilig überquerte sie die Straße, John Mantel auf den Fersen. Sie suchte auf der Terrasse einen Platz unter einem Sonnenschirm. Die kleinen Tische waren fast alle belegt. Sie griff nach der Speisekarte, starrte darauf, ohne dass ihre Augen die Buchstaben wirklich lasen.

Mantel bemühte sich redlich, sie zum Reden zu bringen. Sein Tonfall signalisierte Einfühlsamkeit. Er wirkte wie der Frauenversteher, der in seiner Freizeit Bücher über Schutzengel schrieb. Sein penetranter Schweißgeruch und die dunklen Ringe, die trotz seiner Sonnenbrille zu sehen waren, sprachen von einer durchwachten Nacht.

»Sie sind nach Malaysia gekommen, um mehr über die verschwundene Maschine herauszufinden?«

Stella beschloss, zunächst einmal ein ausgiebiges Frühstück zu bestellen. Nicht dass sie überhaupt hungrig wäre, aber irgendwie musste sie den Reporter hinhalten.

»Das geht Sie nichts an.«

»Sie haben sich sogar professionelle Verstärkung mitgebracht. Tesnik und Fletcher sind bekannt – die besten ihrer Art in Europa.«

Er hat recherchiert, stöhnte Stella innerlich. Wann hat er das gemacht? Wer hat ihn auf mich gehetzt?

»Nun kommen Sie schon, Stella. Sie vermissen Ihren Freund. Dean. Nicht wahr? Dean Welsh.«

»Mr. Mantel, ich habe Ihnen nichts zu sagen.« Stella entschied sich für Café au Lait und Brioches, etwas Besseres fiel ihr nicht ein.

Sie ging in das Café, um die Bestellung aufzugeben. Als sie mit ihrem Tablett nach draußen kam, hatte Mantel die Sonnenbrille abgenommen und scrollte über sein Handy.

»Da sind Sie ja wieder.«

»Geben Sie sich keine Mühe.«

»Wir können etwas dagegen tun, dass die offizielle Suche brachliegt. Wenn sich genügend Menschen finden, die sich nicht mit dieser Hoffnungslosigkeit abfinden wollen, verstehen Sie, entsteht ein Druckmittel. Die Regierung wird klein beigeben müssen …«

Stella ließ ihn seine Argumente verschießen. Sie trank ihren Kaffee und biss in eine Brioche. Endlich sagte Sie: »Mr. Mantel, Sie wissen genauso gut wie ich, dass es hoffnungslos ist. Wahrscheinlich hat man an der falschen Stelle gesucht oder das Wrack schlicht übersehen. Es liegt in 8.000 Metern Tiefe, vielleicht in einem Canyon, vielleicht ist nicht mehr viel von ihm übrig.« Sie stellte die Tasse weg und dachte: Zum ersten Mal in meinem Leben kann ich das aussprechen, ohne dass mein Herz zu galoppieren anfängt.

»Man muss das Suchgebiet eben besser eingrenzen. Sie haben doch ohnehin den Verdacht, dass die Satellitendaten nicht korrekt sind.«

Jetzt verschluckte Stella sich fast. »Woher haben Sie das denn?« Sie sah ihm in die Augen. Eine grüne Iris, das Weiß rot geädert.

Ihren Blick bemerkend, setzte er schnell die schwarzen Gläser wieder auf.

Jemand hat ihm einen Tipp gegeben, dachte Stella. Und er hat eine Menge Geld dafür bezahlt. Jetzt muss er aus mir was rauspressen, sonst ist sein Investment für die Katz'.

»Kann nicht alles gehackt werden?« Sein Blick wanderte zu seinem Smartphone.

Rox und Saul hatten immer wieder darauf bestanden, dass sie sich im Internet vorsichtig verhielt und am Handy nichts preisgab …

Sie dachte an Leo. Den hielt sie, seit sie in Kuala Lumpur war, an der langen Leine. Dabei war es Leo gewesen, der sie dazu gedrängt hatte, in Malaysia einen Abschluss zu finden. Hier war er, der Abschluss. Die Suche war zu Ende. Statt dass sie etwas Neues über das Flugzeug in Erfahrung gebracht hatte, wurde sie immer tiefer in die ganze Sache hineingezogen. Schlagartig fiel ihr Thomas Bantons Leiche ein. Mein Gott! Ob Mantel davon wusste? Und was war mit Rox?

Mantel angelte ein Päckchen Zigaretten aus der Aktenmappe. »Ich möchte Ihre Gefühle nicht verletzen, Stella. Mein Artikel wird Sie, Ihre Person, zum Thema haben, aber zugleich ein exemplarisches Leben zeigen. Das Leben nach MH370. Den Alltag. Die Hoffnung, die sich nicht unterkriegen lässt. Denn so ist es doch? Die Hoffnung lebt immer weiter! Sie ist wie Unkraut, nicht wahr? Sie haben Himmel und Hölle in Bewegung gesetzt, um dieser Katastrophe auf die Spur zu kommen. Sie haben sogar Henderson einbezogen.«

Stella starrte ihn wütend an. Sie wünschte, ein Pokerface wie Rox Tesnik aufsetzen zu können. Ihr Handy meldete den Eingang einer Textnachricht. Endlich! Es musste Leo sein.

Woher wusste Mantel das mit Henderson?

»Sehen Sie ruhig nach! Vielleicht Ihr neuer Freund?« Gönnerhaft verzog Mantel die Lippen zu einem Lächeln. Gelbe Zähne.

Stella hielt die Hände ruhig. Sie würde auch in ein paar Minuten nachsehen können. Im Augenblick zählte nur, was ihr wie Schuppen von den Augen fiel: Jemand hatte ihre Wege in Kuala Lumpur genauestens verfolgt. Wusste von dem geplanten Treffen in der »Sunway Lagoon« mit Henderson, das dann nicht zustande gekommen war. Sie lehnte sich zurück, griff nach ihrer Tasche und platzierte sie auf ihren Schoß. Langsam kaute sie das letzte Stück Brioche.

»Wussten Sie, dass Riley Henderson in der Ökobewegung aktiv war? In einem ziemlich militanten Ableger? Das war mehr als Korallenschutz und Seeanemonenpflege.« Erneut bleckte der Reporter die gelben Zähne. »Unser Artikel, Stella, wird die richtigen Leute nervös machen. Nicht die

Spinner, die Strände abgehen, um irgendwo den Fetzen einer Tragfläche zu finden. Sondern Politiker. Wir werden sie aufscheuchen, in der Folge machen sie Fehler, und Sie kommen weiter. Ohne die Presse sind Sie am Ende Ihrer Recherchen. Und wenn sie noch solche Profis an Ihrer Seite haben.«

Zweifel begann, in Stella zu nagen. Womöglich hatte er recht. Die Politik, die Behörden schützten die entscheidenden Köpfe. Da würde niemand etwas preisgeben – es sei denn, der Druck der Öffentlichkeit wurde übermächtig. Unter Umständen machte sie einen Fehler, wenn sie Mantel observierte.

Wieder ging eine Textnachricht ein. Konfus griff Stella nach dem Handy.

Stella! Gehen Sie zur Toilette und zum Hintereingang raus! Saul.

»Schlechte Nachrichten?«

Die zweite Textnachricht:

Stella! Nun machen Sie schon!

Sie spürte Mantels Blick auf sich gerichtet. Sie wagte nicht, sich umzudrehen und nach Saul Ausschau zu halten. Vielleicht war es eine Falle und jemand anderes wartete am Hintereingang auf sie?

»Entschuldigen Sie mich.«

»Stella …«

»Ich komme gleich wieder.« Sie hängte sich die Tasche über die Schulter und ging langsam zu den Toiletten. Am Ende des Gangs befand sich eine Tür. Sie war unverschlossen. Stella schlüpfte hindurch.

HOUSTON, TEXAS

13.2.2017

Kurz nach Mitternacht. Er schwitzte.

Sein Kopf brummte wie ein Generator. Dabei war es gar nicht heiß im Zimmer.

Seine Frau schlief. Er liebte sie. Er konnte ihr das nicht antun. Dysons Anruf vor zwei Stunden hatte sein Leben in Stücke geschnitten. Und ihres auch. Ihr gemeinsames Leben. Sie hatten doch alles! Sein Job hatte genug abgeworfen, er könnte jetzt in den Ruhestand gehen.

Er hatte nicht die Nerven.

Diese eine Aktion war zu viel gewesen. Damit konnte er nicht leben. 239 Menschen. Die *er* auf dem Gewissen hatte. Wenn er mit Lauren sprechen könnte … Er stand auf. Im Bad fand er die Tabletten im Medizinschrank. Er nahm gleich vier. Zu viele, aber er musste das Zittern seiner Hände in den Griff kriegen …

Er hatte Angst. Die Angst überragte alles. Aus dieser Geschichte kam er nicht raus. Dyson war bereits auf dem Weg in die USA. Der war wie ein Kater, fiel immer auf die Füße. Hatte Dyson nicht mal gesagt, er habe kein Gewissen, und das sei gut so?

Piero Toselli trat ans Fenster und sah in seinen Garten hinaus. Dunkle Büsche, liebevoll gepflegt. Das Grünzeug wuchs, wo es stand. Nur er jettete durch die Welt und rührte an Leben, die ihn nichts angingen. Wie konnte er sich das Recht nehmen …

Kurz schloss er die Augen. Schaltete die Stereoanlage

ein. Boccherini. Er liebte die Cellokonzerte von Boccherini.

Langsam wurde er ruhiger. Seine Hände zitterten kaum mehr. Mit diesen Händen würde er es schaffen. Carlo Panucci hatte ihm sein Vertrauen geschenkt, dem Neuling, dem Grünschnabel, Piero Toselli war so stolz gewesen, ohne zu verstehen, dass er noch formbar war. In Panuccis Händen wurde er zum willigen Vollstrecker, abhängig, hörig. Er war zu jung gewesen, um zu erkennen, was Panucci wirklich mit ihm vorhatte.

Lauren hatte er erklärt, die Technik, die sie entwickelten, sei für die Verteidigung der Vereinigten Staaten bestimmt, denn »wir sind angegriffen worden«, und für den Schutz der Heimat habe man eine Verpflichtung! Amerikaner ließen sich von diesen schlichten Argumenten leicht ködern. Lauren hatte es geschluckt. Natürlich durchschaute sie, dass Verteidigung Krieg bedeutete und dass dieser Krieg ihren Lebensstil aufrecht hielt. Denn Panucci & Caffle, und mit diesem Unternehmen auch Piero Toselli, ihr Ehemann, verdiente am Tod. Alle neuen Technologien wurden selbstverständlich gründlich getestet, man konnte heutzutage nicht mal mehr eine Feuerwehrspritze zum Einsatz bringen, ohne sie vorher auf Herz und Nieren zu prüfen! Also auch UAs. Und die passende Software.

Piero Toselli schloss kurz die Augen.

Dann ging er in sein Arbeitszimmer und sperrte den Schrank auf.

KUALA LUMPUR

13.2.2017

Stella stand in einer winzigen Gasse. Es roch nach Fisch. Irgendwo jaulte ein elektrisches Gerät, es klang wie ein Zahnarztbohrer. Die Gasse lag im Schatten. Gleichwohl spürte Stella die Hitze.

Hatte wirklich Saul ihr die Message geschickt?

Unschlüssig, in welche Richtung sie sich wenden sollte, blickte sie nach rechts und links.

Entscheide dich. Mantel wird dir nachkommen.

Sie ging nach links.

Aus einem Hintereingang trat ein Schatten. Stella blieb stehen, wie angefroren.

»Stella?«

»Meine Güte, Saul!«

»Kommen Sie!« Er packte sie am Arm und zog sie in den Hinterhof.

»Wann sind Sie zurückgekommen?«

»Gerade eben sozusagen.« Er glitt vor ihr durch eine Tür. »Schnell.«

»Wer hat mir diesen Reporter auf den Hals gehetzt?«

»Auf den Hals gehetzt?«

»Glauben Sie, ich hätte die Redaktion von ›The Star‹ angerufen und um seelischen Beistand gebeten?« Sie standen in einem engen Korridor. Das Jaulen wurde immer lauter. Es roch nach Desinfektionsmitteln.

»Sie gefallen mir.«

»Das freut mich. Was haben Sie rausgefunden?« Stella

sah sich um. Sie schienen tatsächlich in einer Zahnarztpraxis untergeschlüpft zu sein.

»MH370 muss zwischengelandet sein. Noch in Malaysia. Ich nehme an auf der Basis von Butterworth.«

»Rox wurde verhaftet.«

»Verdammt! Wo hat man sie hingebracht?«

»Keine Ahnung. Und heute Nacht ist Thomas Banton erschossen worden!« Stella lehnte sich an die Wand, deren Tapete bereits in Fetzen hing. Putz bröselte.

»Das weiß ich. Rox hat mir die Nachricht verschlüsselt geschickt.«

»Thomas tauchte im Hotel auf, drehte total am Rad. Behauptete, er sei auf der Straße angehalten und angegriffen worden. Er sah wirklich schlimm aus. An der Rezeption fragte er nach Rox. Als er unser Zimmer verließ, fiel der Strom aus und …«

»Sie wurden beobachtet, Stella, die ganze Zeit schon! Ich hoffe nur, Sie haben sich mit Internet und Handy zurückgehalten.«

»Habe ich, aber …«

»Und dieser Beobachter will Sie jetzt mithilfe der Presse zu Kleinholz verarbeiten.«

Endlich hörte der Bohrer auf zu heulen.

Saul beugte sich vor. »Hören Sie, ich habe mit dem Bruder des Ex-Verkehrsministers telefoniert. Er bestätigte mir durch die Blume, dass die Maschine kriegswichtige amerikanische Fracht enthielt. Jetzt ist ja wohl klar, wer hier seine Hand über alles hält.«

»Sie haben 239 Menschenleben – geopfert?«

Der Bohrer legte erneut los, brach dann ab.

»Wir müssen hier raus.« Saul lief den Gang entlang. »Hier durch.«

Stella staunte, wie schnell und behände der massige Mann sich bewegte. Sie kamen durch einen hell gestrichenen Vorraum. Im Nebenzimmer ratterte ein vorsintflutlicher Nadeldrucker.

Kurz darauf standen sie auf der Straße. Saul winkte ein Taxi herbei. »Sie dürfen auf keinen Fall ins Hotel zurück.«

»Und Rox?«

»Rox und ich finden einander. Immer.«

Ein seltsames Lächeln umspielte seine Lippen.

BUKIT BINTANG, POLIZEISTATION, KUALA LUMPUR

13.2.2017

Rox' Zelle verfügte über keine Fenster oder irgendwelche Gucklöcher nach draußen. Es gab nur künstliches Licht. Die Neonröhre summte leise, und eine Videokamera in der Ecke beobachtete sie mit kaltem Auge. Die meiste Zeit saß sie im Schneidersitz auf der Liege und starrte vor sich hin. Von außen musste es aussehen, als meditiere sie. Die reglose Haltung gelang ihr, doch ihre Gedanken kreisten umso wilder. Natürlich war der Vorwand, sie wegen eines nicht vorhandenen Arbeitsvisums in Gewahrsam zu nehmen, nicht lange haltbar. Selbst in einem Land wie Malaysia nicht. Das Schlimmste, was ihr passieren konnte, war die sofortige Ausweisung. Damit könnten sie die Lösung des Rätsels MH370 vergessen. Womöglich würde es ihnen von Singapur aus gelingen, Zeugen aufzutreiben, aber mit einem Ortswechsel würde alles nur noch schwieriger werden. Und vor allem teurer.

Je länger Rox sich von ihrer unschönen Lage dadurch ablenkte, dass sie über Thomas Banton nachdachte, desto klarer wurde ihr eines: Die Katastrophe um den verschwundenen Flug musste mit Panucci & Caffle zu tun haben. Thomas war gewarnt worden, an Bord der Boeing zu gehen. Genauso wie Ron Lasser und zwei Chinesen. Andere hatte man zusteigen lassen. Es ging um Patente, die an Panucci & Caffle zurückfielen. Weder Thomas Banton noch Ron Lasser hielten diese. Hatten sie deshalb überleben dürfen? Und war das nicht billig? Ein Flugzeug verschwinden zu lassen wegen einer Handvoll Patente?

Der Aufwand war zu groß für den Ertrag, das wurde Rox klar, während ihr Blick den grauen Würfel umfasste, in dem sie gefangen war. Es musste um etwas anderes gehen. Die Fracht? Vermutlich, denn warum sonst hätte Bao getötet werden sollen? Wie würde ein Mann mit einem soliden Job durch mehrere Messerstiche in die Brust in einem verrufenen Viertel zu Tode kommen, wenn nicht dadurch, dass man ihn für gefährlich hielt?

Rox rief sich ins Gedächtnis, was sie über die Caffle Group wusste. Um Geld ging es denen nur in großem Stil. Rox beschloss, die Patente als Grund für das MH370-Desaster zu streichen. Blieb die Fracht. UAs. Unmanned Aircrafts. Wenn das Ganze nicht so übel nach Räuberpistole klänge. Und wie sah es mit dem Know-how der Ingenieure aus? Rox fielen die Augen zu. Ihr angestrengtes Grübeln mischte sich mit Traumfetzen, die auf sie zutrieben, Geräuschen, die entweder aus den Tiefen des Gebäudes auftauchten oder die ihr Unterbewusstsein hervorzauberte.

Hatte es da tatsächlich Überläufer gegeben?

Oder Mitwisser?

Schlagartig riss Rox die Augen auf. Ihre Beine kribbelten von der unbequemen Sitzhaltung, doch sie zwang sich zu Reglosigkeit. Falls Osman sie beobachtete, sollte er keine Anhaltspunkte für ihre plötzliche Erregung finden. Stella hatte darauf beharrt, dass die Maschine Opfer eines Cyberhacks geworden war. Buck, der Hacker, hatte in dieselbe Kerbe geschlagen. Es war möglich. Eine Drohne oder eine Boeing? Nun gut, da bestand ein Unterschied in Größe und Reichweite, vermutlich auch in der Flughöhe. Andererseits … was flog, sandte Daten zum Boden und erhielt Daten von dort. Die Angriffspunkte waren die gleichen. Wer wäre imstande …? Ein Dienst.

Die Amerikaner haben unser Flugzeug.

Malaysia war düpiert worden. Und durfte nicht mit dem Finger auf andere zeigen. Ganz bestimmt nicht die Beweise dafür zusammentragen, dass das Verschwinden der 777 nicht auf ein malaysisches Konto ging. Gehen wir davon aus, dass die Amerikaner die Maschine cybergehackt haben, um dafür zu sorgen, dass die Drohne nicht in China ankommt. In diesem Fall wäre das Flugzeug womöglich zwischengelandet. Man hätte über einen kleinen Cyberhack den Piloten die Info zustellen sollen, dass sich etwas Verdächtiges an Bord befände. Rox atmete tief durch. Heutzutage riefen schon verlotterte Rucksäcke Panik hervor. Die Piloten erklärten sich bereit, die Maschine zu landen. Nur: wo? Möglichst nahe an dem Ort, an dem sie die Nachricht bekommen hatten. Dann waren der Transponder und das ACARS abgeschaltet worden. Weshalb? Üblicherweise hätten die Piloten den Notfall sofort an die Flugsicherung gemeldet. Das musste verhindert werden. Jemand wollte Zeit gewinnen, damit die Maschine landen und die Fracht ausgeladen werden konnte.

Sie dachte an ihr Gespräch mit Buck. Prinzipiell ist alles möglich, sagte sie sich im Stillen. Aber manchmal passieren eben auch Fehler. Böse Fehler.

Irgendetwas musste schiefgegangen sein.

Die Zellentür öffnete sich.

»Kommen Sie mit!«

Rox folgte dem Mann in Uniform, der durch lange graue Gänge vor ihr herging, bis sie wieder im selben Zimmer wie heute Morgen ankamen. Die runde Uhr an der Wand zeigte kurz vor eins.

»Warten Sie hier!« Der Uniformierte verschwand, Rox trat ans Fenster. Dicke Wolken ballten sich über der Stadt. Der Stau auf der Schnellstraße hatte sich aufgelöst. Autos und Busse brausten in hohem Tempo dahin. Sie hörte Donnergrollen.

»Mrs. Tesnik.« Ahad Osman betrat das Büro. Er sah noch desolater aus als am Morgen.

»Schlafen Sie eigentlich nie?«, fragte sie ihn.

Seine Augen blitzten. Ob in einer Anwandlung von Humor oder aus Ärger, konnte sie nicht sagen.

»Hier ist Ihr Pass. Wir haben Ihnen einen Flug nach München gebucht. Abflug ist um 22.40 Uhr, Ankunft in München am nächsten Tag um 13.20 Uhr. Sie haben einen vierstündigen Stopp in Amman. Bequemer ging es leider nicht. Wir haben Sie bereits eingecheckt.«

»Sie weisen mich aus?«

»Nehmen Sie Ihre Papiere.« Er hielt ihr den Pass und ein paar Ausdrucke hin.

»Was ist mit Fletcher?«

»Zu Mr. Fletcher habe ich keine Anweisungen bekommen.«

Rox, erleichtert und gleichzeitig entsetzt, wie schnell sich ihr Schicksal änderte, griff nach dem Pass.

»Die Bordkarte ist dabei. Gute Reise.«

Er ging zur Tür und öffnete sie, machte einen Schritt zurück, um Rox durchgehen zu lassen. Sie trat auf den Flur. Fühlte feuchte Lippen an ihrem Ohr.

»Fahren Sie sofort zum Flughafen. Passen Sie auf sich auf.«

MARIGOLD HOSTEL, KUALA LUMPUR

13.2.2017

Das Zimmer im »Marigold Hostel« in Chinatown war winzig, vollgestellt mit drei Betten, von denen ein muffiger Geruch ausging. Die Laken fühlten sich klamm an. Aus dem Wasserhahn über dem verdreckten Waschbecken tropfte rostiges Wasser. Durch ein verschmiertes Fenster drang graues Licht herein. Am Empfang hatte niemand Papiere von ihnen verlangt. Sie hatten im Voraus für zwei Nächte bezahlt.

Saul loggte sich ins Internet und surfte auf einer Buchblogger-Seite.

»Wollen Sie Lesestoff kaufen?«

»Aber nein!« Er grinste schief. »Das ist Rox' und meine bevorzugte Plattform, um uns Nachrichten zuzuspielen. Wir rezensieren ein bekanntes Buch, zu dem es bereits spaltenweise Kommentare gibt, und tauschen uns aus. Wenn wir über Neuerscheinungen eines Autors und mögliche Titel spekulieren, bildet jeder Anfangsbuchstabe im ersten Satz die Beschreibung des Ortes, an dem wir uns befinden.«

»Krass.«

»Das Ganze natürlich unter erfundenen und ab und zu wechselnden Identitäten.«

Stella seufzte. »Ich merke immer mehr, wie fremd mir diese Welt ist.«

»Die Welt der Geheimnisse, meinen Sie?«

»Ja. Ich glaube, man muss dafür geboren sein.«

»Nein, keineswegs. Meiner Ansicht nach gewöhnt man sich nie wirklich daran.«

»Sie waren doch früher bei der Polizei, oder?«

»Warum?«

Stella zuckte die Achseln. »Das erwähnten Sie, als ich bei Ihnen in der Agentur aufschlug. Vor gefühlten Ewigkeiten.«

»Ich suchte neue Herausforderungen. Wollte mich verändern.«

Sein Tonfall verriet, dass er das Thema nicht zu vertiefen gedachte. Stella hatte nach wie vor den Eindruck, es ginge bei seiner Entscheidung, als Privatermittler zu arbeiten, irgendwie um Rox. Das Verhältnis zwischen den Detektiven mochte keine Liebesbeziehung sein, doch beide verband etwas Intimes, Zartes. Mehr als nur Freundschaft und Kollegialität.

Er loggte sich aus.

»So. Wenn wir Glück haben, liest Rox …«

»Sie ist verhaftet!«

»Mag ja sein. Obwohl selbst ein Land wie Malaysia sich nicht gänzlich internationalen Regelungen und Abkommen entziehen dürfte. Rox kann Thomas nicht erschossen haben! Es fehlen Motiv, Mittel, Möglichkeiten. Sie hatte keine Waffe und sie war in ihrem Zimmer.«

»Man könnte ihr unterstellen, dass sie das Zimmer verlassen hat. Und eine Tatwaffe kann man jedem unterschieben.«

»In dem Stil würde die Polizei nur Staub aufwirbeln und unser Auftrag würde öffentlich. Nein, Stella, ich denke, sie wird sich bald melden. In der Zwischenzeit treffe ich unseren Kontaktmann von der Basis in Butterworth. Ich habe ihn noch heute Morgen gebeten, nach Kuala Lumpur zu kommen.«

»Was macht Sie so sicher, dass er wirklich antanzt?«

»Dies hier?« Er kramte ein Bündel Banknoten aus seinem Rucksack.

»Mein Gott.« Entgeistert starrte Stella auf das Päckchen. »Das tragen Sie die ganze Zeit mit sich herum?«

»Geld ist der Schlüssel. Wenn meine Theorie stimmt, dass die Maschine in Butterworth gelandet ist, muss es irgendwo Logdateien geben. Jemand muss etwas gesehen haben. Die Drohne wurde garantiert ausgeladen. Dafür braucht man Leute. Anschließend ist die Boeing wieder gestartet. Hier fehlen uns ein paar Infos. Nur letzte Stücke, aber die müssten wir durch unseren Kontaktmann aus Butterworth bekommen. Und ja, das Undenkbare scheint logisch: Die Maschine wurde gehackt.«

Obwohl Stella die ganze Zeit die Methode »Cyberhack« als mögliche Erklärung für das Verschwinden von

MH370 favorisiert hatte, empfand sie sie bei genauerem Hinsehen vollkommen verstiegen.

»Wie konnten die Piloten das zulassen? Wieder aufzusteigen mit einer Maschine, die sie vorher schon nicht im Griff hatten? Das ist völlig verantwortungslos!«

»Dazu wissen wir wirklich zu wenig, Stella.« Saul legte das Bündel Geldscheine neben sich auf das Bett. »Konzentrieren wir uns auf das Ziel. Wir wollen wissen, wie MH370 endete. Das war von Anfang an Ihr Anliegen, oder?«

Stella nickte. »Nur hätte ich …«

»Ja?«

»Nun, natürlich habe ich nicht damit gerechnet, dass wir Dean finden, aber … ich habe es gehofft. Die menschliche Psyche ist ein eigenartiges Ding, oder?«

Saul lächelte traurig. »Ist sie. Sie sehnt sich danach, zu vergessen. Wie eine Herde Gnus, von denen die Löwen eines reißen. Danach grasen sie selig weiter.«

»Das können Menschen nicht.«

»Nein.« Er seufzte. »Rox auch nicht. Verstehen Sie? Sie hat mit ansehen müssen, wie jemand …« Er brach ab. Blickte durch die schmutzige Scheibe in den Lichthof hinaus.

»Sie hat was?«

»Wir haben nicht mehr viel Zeit, Stella.«

»Wie können Sie sicher sein, dass der Bruder des Ministers Ihnen die Wahrheit gesagt hat? Warum sollte er das überhaupt tun?«

»Denken wir logisch: Das Primärradar des Militärs war das einzige Radar, das MH370 auf dem Schirm hatte. Eine abgeschlossene kleine Welt. Sie verstehen?«

»Ich weiß nicht: Dean hätte mich garantiert angerufen, wenn er irgendwo zwischengelandet wäre. Einfach, um mir zu sagen, dass ich so bald nicht am Flughafen sein müsste!«

Saul erhob sich. »Ich mache mich auf die Socken. Rox wird früher oder später meine Nachricht finden, hierherkommen oder auf andere Art versuchen, Kontakt aufzunehmen.«

***

Wenn du siehst, wie deine Familie vor deinen Augen ermordet wird, stürzt du ab. Am Anfang willst du selber auch sterben. Obwohl du um dein Leben gerannt bist. Ein paar Wochen später beschließt du, dass es keinen Sinn hat, sterben zu wollen, denn nur, weil man es sich wünscht, stirbt man nicht. Du bist einzig und allein damit beschäftigt, zu atmen, die Kontrolle zurückzugewinnen, zu funktionieren. Das tust du am Tag und du hast alle Hände voll damit zu tun. Erst in der Nacht kommen die Fragen. Sie verkleiden sich als Traumfetzen, zerreißen dir den Schlaf. Sie sind unverständlich und grausam.

Lange Zeit waren meine Träume blutgetränkt. Ich sah Blut in allen Schattierungen und ich roch es. Das Shirt, das ich anhatte, als »es« geschah, warf ich weg. Bald darauf begann ich, gewohnheitsmäßig schwarze Klamotten zu tragen. An ihnen würde man keine Blutflecken sehen. Jedenfalls nicht so schnell.

Obwohl ich nie wieder unser damaliges Haus betrat, höre ich nachts noch heute die vertrauten Geräusche von damals. Das *Klick*, mit dem die Küchentür ins Schloss fiel. Das leise Tickern des Gefrierschranks. Mamans Schritte im Wohnzimmer, wenn sie nachts nicht schlafen konnte. Diese Klänge säuseln mir ins Ohr, dass es die Vergangenheit noch gibt, dass es möglich ist, auf die Resettaste zu drücken. Dann öffne ich die Augen und sehe, wo ich bin. Nicht dort. Und ich bin nicht mehr dieselbe. Ich habe einen anderen Namen, ein anderes Geburtsdatum, eine andere Adresse.

Die schlimmste Schikane der Nachtträume ist die Frage nach dem Warum. Niemand vermochte sie bis heute zu beantworten. Aus dem Haus wurde nichts geraubt. Die Polizei durchsuchte Paps' Büro in der Bank, befragte seine Kollegen, jeder Mensch, der in den vorangegangen zwölf Monaten unser Haus betreten oder mit uns telefoniert hatte, wurde auf Herz und Nieren geprüft. Ohne Ergebnis.

Ich weiß nach wie vor von niemandem, der ein Motiv gehabt hätte, meine Mutter, meine Schwester und meinen Vater zu erschießen. Kaltblütig. Genauso wenig begreife ich, weshalb ich außen vor blieb. Der Mörder floh mit dem SUV, während ich zu Harald hetzte und wir uns in dessen Haus verbarrikadierten, bis die Polizei kam.

Manchmal denke ich an das Gefühl von Kälte zurück, das mich überkam, als ich an dem protzigen Wagen vorbeifuhr. Kann man Derartiges ahnen? Ich glaube nicht. Ich vermute eher, mein Gehirn spielt mir einen Streich. Es erträgt nicht, dass es so gar keine Erklärung gibt, und interpretiert das Gefühl, das der SUV in mir auslöste, als bedeutsam.

Ungefähr drei Wochen nach den Morden fingen die Panikattacken an. Eine Weile legten sie bereits beim Schlagen einer Autotür los. Man vereinbarte für mich einen Termin bei einem Spezialisten für Traumatisierungen. Ich lernte Atemübungen. Für kurze Zeit nahm ich Tabletten.

Ich habe die Stadt verlassen. Sie entschieden schnell, dass sie mich wegbringen mussten, an einen unbekannten Ort, da ich den Täter gesehen hatte und meine Zeugenaussage möglicherweise dazu beitragen würde, ihn vor Gericht zu stellen und zu verurteilen. Sie sagten, er würde alles daran setzen, mich auszuschalten. Ich nehme an, sie wollten mein Leben wirklich schützen; obwohl es sich meist so anhörte, als sollte vor allem meine Zeugenaussage auf keinen Fall gefährdet werden. Nicht einmal an der Beerdigung meiner Familie durfte ich teilnehmen. Sie nahmen die Zeremonie auf Video auf und meinten, ich würde mir den Film später ansehen wollen. Was für ein Irrsinn!

Auch Pepe habe ich niemals wiedergesehen.

Vielleicht denkt sie, dass ich die Tochter bin, die erschossen wurde, denn in der Zeitung nannten sie Lucies Namen nicht. Manchmal google ich »Dreifachmord« und füge als Ortsangabe die Stadt hinzu, in der ich aufgewachsen bin. Eine kleine Stadt, in der man spontan mit dem Rad in ein Eiscafé fährt, um eine Freundin zu treffen. In der man vor Geschäftsschluss rasch über den Markt gehen kann, um frische Tomaten zu kaufen.

Wenn ich nicht davongelaufen wäre, hätte er mich auch erschossen?

Ich bin sicher, er hätte. Jemand sagte mir später, die Tatsache, dass ich weggerannt bin, bewiese meinen Lebenswillen. Ich könnte brüllen vor Zorn. Ich habe nichts gewollt in diesem einen Moment in meinem Leben, der über alles Weitere entschied. Es geschah mit mir. Etwas brachte mich dazu, zu laufen. Der Maskierte hätte mir in den Rücken schießen können. Oder er war sich so sicher, mich zu erwischen, dass er sich Zeit ließ?

Wusste er nichts von einem vierten Familienmitglied?

Ein Nachbar erinnerte sich an das Nummernschild. Es war gestohlen. Der SUV wurde nie gefunden. Der Mörder auch nicht. Die Polizei scheiterte an der Klärung der Frage, ob der Mann alleine gehandelt hatte. Es gab keine verwertbaren Spuren. Man fand den Abdruck eines Schuhprofils. Größe 43. Mehr blieb nicht, obwohl die Akten voll sind von Aussagen, Protokollen, Gutachten.

Der Mörder ist bis heute unentdeckt. Es gibt nicht den geringsten Verdacht. Keinen Anhaltspunkt.

In den Medien wurde über die zweite Tochter geschwiegen. Über die, die überlebt hat. Aber ich bin viel deutlicher verschwunden als die anderen drei. Von Maman, Paps und

Lucie gibt es einen Grabstein. Familie Gerlacher steht darauf. Keine Einzelnamen. Ich war nie auf dem Friedhof. Zu riskant, sagen sie immer noch.

Anfangs wäre ich sehr gern hingegangen. Es hätte mir geholfen, meine Gefühle zu sortieren. Jetzt brauche ich den Friedhof nicht mehr.

***

BUKIT BINTANG, KUALA LUMPUR

13.2.2017

Sie hatte wenig Möglichkeiten, sich den Anordnungen der Royal Malaysia Police zu widersetzen. Vor dem gesichtslosen Bürohaus, in dem sie die letzten Stunden verbracht hatte, wartete ein Taxi. Ein Uniformierter gab dem Fahrer Anweisung, Rox zum Flughafen zu fahren.

Als der Wagen sich in den Verkehr einfädelte, ließ sie ihren Blick an der Fassade hochgleiten. Irgendwo dort stand vermutlich Ahad Osman und sah ihr nach. Oder legte gerade einem Vorgesetzten Rechenschaft ab.

Die wollen mich außer Landes haben, dachte sie, während die Erleichterung, die Haft hinter sich zu haben, sich körperlich Bahn brach. Ihr zitterten die Knie, Schweiß rann ihr über den Nacken. Sie hielt den Pass und die Bordkarte in Händen. Sie war nicht ausgewiesen, andernfalls hätte die Polizei sie zum Flughafen gefahren und dort in eine Haftzelle verfrachtet, bevor ihr Flug aufgerufen wurde.

Tesnik und Fletcher – und Stella Simon – waren demzufolge nahe dran an der Lösung des Falles. Zu nah, um ignoriert zu werden. Allerdings schienen die Behörden überzeugt, dass sie nur in Malaysia zum Ziel finden würden. Sonst würde man sie nicht wegschicken. Denn sobald Rox das Land verließ, hatten die Malaysier keinen Zugriff mehr auf sie. Oder würden sie die Maschine der Royal Jordan Airlines ins Nirgendwo schicken, um eine Privatermittlerin für immer verstummen zu lassen?

Rox schauderte. Der Fahrer musterte sie stumm im Rückspiegel. Sie lehnte den Kopf an die Scheibe und blickte hinaus. Aus den Augenwinkeln verfolgte sie den Verkehr hinter ihrem Taxi. War sie so wichtig, dass man ihr auf den Fersen blieb?

Als der Verkehrsfluss sich verlangsamte und das Taxi schließlich im Stau nur meterweise vorankam, meinte sie, einen silbergrauen Wagen wahrzunehmen, der sich dem Rhythmus ihres Taxis anpasste, ab und zu die Spur wechselte, ansonsten aber einen durchgängigen Abstand hielt.

Sie beobachtete das Leben am Straßenrand. An den Linksverkehr hatte sie sich immer noch nicht richtig gewöhnt, nun hatte sie für bedächtiges Einarbeiten keine Zeit mehr. Als der Silbergraue etwa 100 Meter vor einer Ampel nahe der Mittelleitplanke zum Stehen kam, riss Rox die Tür auf und ließ sich auf die Straße fallen. Rappelte sich auf, rannte durch die Menge, schlug Haken.

Aus dem Verfolgerwagen war jemand hinter ihr her, aber der Abstand wurde größer. Rox flitzte durch das Gedränge, bis sie in eine Wäscherei rannte.

»Sorry. Exit?« Sie zeigte nach hinten.

Eine Frau mit weißem Schal um den Kopf starrte sie an und grinste dabei, als wäre Rox' Anwesenheit das Unterhaltsamste, was ihr in den letzten Wochen passiert war.

»Thank you!« Rox schlängelte sich zwischen Stapeln frisch gemangelter Bettwäsche durch und erreichte den Hinterausgang. Abgeschlossen.

»Fuck!« Sie trat gegen die Tür, es knackte, sie sprang auf. Also doch!

Sie sah sich um. Niemand zu sehen. Durch einen langen Korridor gelangte sie in einen Hof, der zu einem Wohnblock gehörte. Sie rannte hinein. Abgestandene Luft schlug ihr entgegen. Sie schob den Pass mitsamt der Bordkarte in die Gesäßtasche ihrer Hose. Keuchend lehnte sie sich gegen die Wand.

Achte auf die Details!

Mittlerweile wusste Ahad Osman garantiert, dass sie getürmt war.

Ein Junge kam um die Ecke. Eine Sporttasche am Riemen über der Schulter schleppend, daddelte er auf seinem Smartphone.

»Entschuldige. Darf ich kurz dein Internet benutzen?«

Er glotzte sie an.

»Bitte. Nur ganz kurz, versprochen.«

»Where are you from?«

»USA.«

»Cool.« Er gab ihr das Handy.

Rox loggte sich in den Buchblog ein, den sie und Saul als konspirativen Briefkasten nutzten.

Er hatte eine Nachricht hinterlassen. Atemlos buchstabierte sie seinen Standort.

Marigold Hostel, Chinatown, Jalan Hang Lekir.

»Thank you.«

Der Junge starrte ihr nach, als sie aus dem Wohnblock spazierte, so lässig wie nur möglich, die Hände in den Taschen ihres Blazers.

An einem Stand an der Straße kaufte sie ein großes schwarzes Tuch, das sie sich nach Art der Malaysierinnen um den Kopf wickelte, und einen knöchellangen dunklen Sommermantel.

Sie nahm ein Taxi und ließ sich zum Hauptbahnhof bringen. Dort wechselte sie das Taxi und fuhr nach Chinatown. Vor einem Hindutempel ließ sie den Fahrer anhalten. Der beäugte Rox mit unverhohlener Neugier, als sie bezahlte und in der Menge verschwand. Sie fragte zweimal nach dem Hostel, bis sie es endlich im ersten Stock über einem Lebensmittelgeschäft entdeckte. Atemlos sah sie auf die Uhr. Kurz nach drei. Ein paar Stunden blieben noch.

PANUCCI & CAFFLE,
DEPARTMENT FÜR TECHNISCHE ENTWICKLUNG,
KUALA LUMPUR

13.2.2017

Er hatte lange gezögert. Zu lange womöglich. Eric Kober hatte Malaysia heute Morgen verlassen, und er selbst würde heute Nacht aufbrechen. Kober war nach Macau geflogen, er wusste wahrscheinlich noch nicht, dass Toselli tot war. Dieser Ron Lasser war cleverer, als es den Anschein gehabt hatte. Die IT-Freaks konnte man grundsätzlich schlecht einschätzen. Manche von ihnen waren echte Nerds, lebten in einem abgeschotteten Universum und kommunizierten mit niemandem. Anders Lasser. Ihm hatte er derartigen Weitblick nicht zugetraut; Banton schon eher, aber dem hatte augenscheinlich die Chuzpe gefehlt. Hinsichtlich Lassers Depressionen war er, Dyson, immer misstrauisch gewesen.

Lasser war nämlich einer, der jeden Tag motiviert an die Arbeit ging; der Visionen hatte. Die plötzliche Gleichgültigkeit, die einer der am besten bezahlten Programmierer urplötzlich an den Tag legte, war Dyson eigenartig vorgekommen. Andererseits gab es sogar rein körperlich ausgelöste Depressionen, und im Übrigen konnte er sich nicht beständig um nur einen Mitarbeiter kümmern.

Dyson entnahm seinem Schreibtisch den Pass und einen Stapel Kreditkarten.

Schade, er hatte Malaysia immer gemocht. Asien lag ihm. Er würde über Hongkong nach Hawaii fliegen und den Ball flach halten. Wie gut, dass er seinen Jahresurlaub immer wieder hinausgeschoben hatte, nun konnte er diese Reise als Ferienflug deklarieren. Falls jemand fragte, was nicht zu erwarten war.

Wie dumm von Toselli. Dass dem Mann so dermaßen die Nerven durchgingen! Dabei hatte er alles, was er nur wollte. Seiner Karriere bei Panucci & Caffle hätte in ein paar Jahren die Krönung erfahren. Aber dazu musste man eben an sich halten.

Ihm würde das nicht passieren. Er hatte die Sache mit den Überläufern ins Gespräch gebracht. Jetzt musste er als letzte Amtshandlung diesen Detektiv zur Raison bringen. Den Frauen waren die Behörden auf den Fersen. Schade, dass er einen solchen Coup wie den mit der Flugnummer MH370 kein zweites Mal anwenden konnte.

MARIGOLD HOSTEL, KUALA LUMPUR

13.2.2017

Stella lief von Wand zu Wand. Mehr als vier Schritte waren nicht drin. Mehrmals schlug sie sich das Schienbein an einem Bettpfosten an. Sie zitterte vor Nervosität. Sollte sie warten? Oder – was tun?

Sie hatte Angst. Was, wenn Saul etwas zustieß! Rox in Haft, Saul womöglich … In die aufsteigende Panik hinein gab ihr Handy Laut. Sie griff nach dem Gerät.

»Leo!«, rief sie halblaut in den Raum.

Auf ihre kurze, unromantische Liebeserklärung hatte er geantwortet: *Na endlich. Ich dich auch.*

Ihr Herz machte einen kleinen Satz. Es fühlte sich fast ein bisschen an wie die berühmten Schmetterlinge im Bauch, nur dass sie im Moment nicht wusste, ob das bebende Gefühl in der Freude über Leos Antwort oder in der Anspannung begründet war.

Es klopfte an die Tür, zweimal, dreimal, zweimal. Stella wich an die Wand zurück.

Dasselbe Klopfsignal.

Stella tappte auf Zehenspitzen zur Tür. »Wer ist da?«

»Rox.«

Stella riss die Tür auf.

»Schnell!« Schon stand Rox im Zimmer, schloss die Tür ab. »Wo ist Saul?«

»Er wollte jemanden treffen. Einen Informanten aus Butterworth Penang.«

»Fuck.«

»Sind Sie … ist alles in Ordnung?«

»Die haben mir ein Ticket gebucht. Heute Abend um 22.40 Uhr muss ich an Bord einer Maschine nach Amman das Land verlassen.«

»Und … Saul?«

»Der nicht.«

Stella ließ sich auf ein Bett sinken.

»Was bedeutet das alles?«

»Wir sind zu nah dran. Haben Sie was zu trinken da?«

Stumm deutete Stella auf eine Plastiktüte, die sie zuvor in einem Shop mit Mineralwasser und Crackern bestückt hatte. Rox schnappte sich eine Flasche.

»Heißt das, Sie fliegen in ein paar Stunden ab?«

»Eventuell. Noch haben wir Zeit. Wenn ich erst außer Landes bin, können sie mich daran hindern, wieder einzureisen.«

»Also liegt die Lösung des Falls in Malaysia?«

Wieder klopfte es.

Rox und Stella starrten einander an.

Dann ging Rox zur Tür.

»Machen Sie auf, Mrs. Tesnik«, hörten sie eine männliche Stimme. »Ich weiß, dass Sie da sind.«

JALAN HANG LEKIR, CHINATOWN, KUALA LUMPUR

13.2.2017

John Mantel war niemand, der sich unvorbereitet in ein Meeting begab. Man konnte ihm nachsagen, dass er zu viele harte Drinks zu sich nahm, am liebsten in den anonymen Bars der großen Hotels in Kuala Lumpur, dass er die Nächte hindurch arbeitete und erst vormittags mit Hilfe von Diazepam in einen zu kurzen Schlaf sackte, doch er war nicht blöd. Wenn er für Informationen bezahlte, prüfte er den Informanten auf Herz und Nieren. Er lebte seit 20 Jahren in Südostasien und hatte Verbindungen.

Natürlich hätte diese Stella Simon eine recht nette Geschichte zu bieten gehabt. Die Magazine hätten sicherlich einiges springen lassen. MH370 mal wieder auf der persönlichen Ebene. Der verlorene Lebenspartner, die unermüdlich Suchende. Aber das schwebte John Mantel nicht vor.

MH370 bedeutete einen politischen Skandal, den Malaysia nicht verdient hatte. Er mochte das Land und schätzte seine Menschen. Fast jeder in Kuala Lumpur kannte jemanden, der an Bord gewesen war. Noch heute, drei Jahre später, kamen 80 Prozent aller Gespräche nicht ohne Hinweis auf das verlorene Flugzeug aus. Und wenn es nur in einem Nebensatz war. John Mantel hatte seit dem 8. März 2014 Material gesammelt und immer wieder mit Leuten gesprochen. Er ging mit seinen Unterlagen extrem vorsichtig um. Lagerte das Meiste in einem Bankschließfach. Er war nicht von gestern und hatte sich längst manches zusammengereimt.

Der Mann, der ihm die Geschichte von Stella und ihrer verzweifelten Suche nach ihrem Verlobten unterbreitet hatte, war ihm von Anfang an nützlich gewesen. John hatte den Mann beschattet. Er lebte einige Tage im »Parkroyal«. Kein großes Rätsel, was er dort angestellt hatte! Nach einem Telefonat mit einem Oppositionspolitiker brauchte John nicht mehr lang, um seine Rechenaufgabe zu lösen.

Als Stella ihm davonlief, warf er ein paar Scheine auf den Tisch und rannte um das Café herum. Dieser Saul Fletcher war ein Profi, aber das Leben hatte John Mantel eine Reihe von Gelegenheiten eingeräumt, sich in vielerlei Hinsicht zu vervollkommnen. Er folgte Saul und Stella bis zum »Marigold Hostel«. Sah Saul wieder herauskommen. Entschied sich, ihm zu folgen.

CITY CENTRE PARK, KUALA LUMPUR

13.2.2017

Najib hatte einen Park im Kuala Lumpur City Centre nahe bei den Petronas-Towers als Treffpunkt vorgeschlagen. Diese »Stadt in der Stadt« mit ihren Wolkenkratzen und glitzernden Shoppingzentren kam Saul künstlich und völlig überdimensioniert vor. Allerdings gefiel ihm der weitläufige Park, der sich einschließlich einiger Seen und viel Schatten südlich der Twintowers erstreckte. Problemlos fand er das »Summer Garden« Restaurant, vor dem er auf Najib wartete. Der Mann verspätete sich um eine halbe Stunde. Saul hatte Mühe, die Geduld nicht zu verlieren, während er in Sichtweite der Restaurantterrasse auf und ab ging.

Endlich kam ein Mann in weißem Hemd und Jeans in Begleitung eines Jugendlichen auf ihn zu. Er trug eine Sonnenbrille, die er kurz abnahm, als er vor Saul stand.

»Mr. Fletcher.«

»Najib.«

Najib scheuchte den Jugendlichen mit ein paar barschen Worten weg.

»Mein Neffe. Tarnung. Gehen wir ein Stück?«

Sie spazierten einen Weg entlang, der von in exaktem Abstand eingesetzten tropischen Sträuchern gesäumt wurde, deren Namen Saul nicht kannte.

»Haben Sie das Geld, Mr. Fletcher?«

»Im Rucksack.«

»Ich kann Ihnen doch vertrauen?«

»Das können Sie.« Saul empfand Widerwillen gegen die gönnerhafte und zugleich gierige Art des Mannes. Selbstverständlich würde er das Banknotenbündel nicht auf diesem Spazierweg aus dem Rucksack nehmen. Außerdem wollte er zuerst hören, ob sich die Investition überhaupt lohnte.

»Ich riskiere sehr viel, Mr. Fletcher.«

»Das haben Sie mir bereits überzeugend dargelegt. Ich weiß, dass MH370 auf der Basis gelandet ist. Ich benötige nur den Beweis.«

»Beweise!« Es klang, als würge Najib das Wort mit größtem Widerwillen hervor. »Ich kann nichts beweisen. Sie müssen mir schon glauben.«

»Also?«

»Der Mann, der mit mir gesprochen hat, heißt Halim.«

Oder auch nicht, dachte Saul.

»Er hat beobachtet, wie die Maschine landete. Aber er durfte nichts sagen. Mr. Fletcher! Sie verstehen?«

»Natürlich.«

»Es war MH370. Das Luftfahrzeugkennzeichen lautet 9M-MRO. Diese Kennung ist eindeutig.«

Saul nickte. Aus den Augenwinkeln behielt er die anderen Spaziergänger im Blick, die den heißen Nachmittag im »City Park« verbrachten. Familien mit Kindern, Paare, Cliquen von Frauen, die Einkaufstüten trugen. Nach dem permanenten Verkehrslärm der Stadt erschien ihm das dunkle Grün, als sei er versehentlich in ein Paradies geraten. Trotz seiner Anspannung genoss er es, über die Wege zu schlendern.

»Die Maschine landete, aber niemand verließ das Flugzeug. Es wurde Fracht entladen. Männer stiegen in die Kabine.«

»Haben Sie Protokolle? Es muss Funkkommunikation mit den Lotsen gegeben haben.«

»Keine Protokolle. Die Frachtluke wurde geöffnet. Es wurde etwas ausgeladen.«

»Was?«

»Mehrere große Kisten.«

»Behauptet Halim.«

»Ja. Anschließend, sagt Halim, stiegen Soldaten in die Kabine.«

»Wie viele?«

»Vorne fünf und hinten fünf.«

Saul runzelte die Stirn. »Zu welcher Einheit gehörten sie?«

»Das ist mir nicht bekannt.«

»Verließen alle diese Leute die Kabine wieder?«

»So wurde es mir bestätigt.«

Saul wies auf eine Bank. »Wollen wir uns setzen?«

Najib zuckte die Achseln. »Wenn Sie möchten, Sir.«

»Stiegen Passagiere aus?«

»Nein. Außer in einem Notfall würde man keine Zivilpersonen auf einem Militärflughafen aus einem Flugzeug steigen lassen.«

Sie setzten sich. Saul legte seinen Rucksack zwischen sich und Najib ab. Ihm war schleierhaft, worauf das alles hinauslief. In den Zweigen eines Baumes über ihm tschilpten Vögel.

»Kam es zu einem Schusswechsel?«

»Nein, Sir. Die Soldaten betraten die Maschine und stiegen wieder aus.«

»Hat dieser Halim sehen können, wer ihnen die Kabinentür öffnete?«

Najib schüttelte den Kopf. »Er sagt, die Bordbeleuchtung sei die ganze Zeit ausgeschaltet gewesen. Die Soldaten haben sich wohl mit Taschenlampen beholfen.«

»Merkwürdig.«

»In der Tat.« Najib nahm die Sonnenbrille ab.

»Auch im Cockpit hat Ihr Mann keine Bewegung wahrgenommen?«

»Nein.«

Saul rieb sich das Kinn. Er musste sich dringend rasieren. Die Bartstoppeln nervten ihn plötzlich. Das ist so ziemlich das Letzte, worauf es jetzt ankommt, dachte er gereizt.

»Halim zufolge trugen zwei der Soldaten, als sie das Flugzeug verließen, eine Tasche.«

»Eine Tasche?«

»Ja. Keine Reisetasche. Sondern eine Einkaufstasche aus Plastik.«

»Hm.«

»Allerdings, Sir …«

Saul spürte Najibs Zögern.

»Ja?«

»Nach einer Weile, die Maschine stand noch da, wurden zusätzliche Gangways an den Rumpf des Flugzeugs geschoben. Von beiden Seiten.«

»Wie viele?«

»Insgesamt acht, Sir.«

Saul starrte Najib an. »Acht?«

»Ja.«

Saul schwieg einen Moment. Eine 777 besaß auf jeder Seite vier Kabinentüren.

Ein Junge auf einem Roller sauste auf sie zu. Er trug eine rote Schirmmütze zu weißem Shirt und jauchzte vor Glück. Najib lächelte den Jungen breit an; der Kleine grinste zurück, bevor er an ihnen vorbeizischte.

»Das bedeutet«, begann Saul, als er eine Bewegung neben sich spürte und irritiert innehielt. Dazu hörte er ein Geräusch, als entwiche irgendwo Luft. Er wandte sich Najib zu.

Der Oberkörper des Mannes kippte langsam nach vorn. Blut strömte über sein Hemd.

CITY CENTRE PARK, KUALA LUMPUR

13.2.2017

John Mantel saß auf der Terrasse des »Summer Garden«. Er trank ein Tonicwater, wenngleich ihn der bittere Geschmack ohne eine ordentliche Portion Alkohol anwiderte.

Saul kannte ihn nicht, und daher hatte der Reporter Zeit und Ruhe, den Mann zu beobachten. Er wartete auf jemanden. War nervös. Ging hin und her. John sah sich diskret um, ob womöglich noch jemand dem Detektiv nachstellte. Skurrile Welt, dachte er. Einer beobachtet einen anderen und wird wiederum selbst beobachtet. Solche Szenen bildeten die Essenz von Agentenfilmen.

Die Hitze staute sich unter den Sonnenschirmen. Schließlich sprach ein Malaysier mit einem ungefähr 16-jährigen Jungen im Schlepptau Saul Fletcher an. Der Jugendliche trabte davon. John winkte dem Kellner und beglich seine Rechnung, verließ die Terrasse und ging den beiden Männern nach. Er hielt sich auf einem Parallelpfad und setzte sich schließlich auf eine Bank, wo er sein Smartphone zückte und darauf herumtippte.

Die Hitze lähmte ihn. Zum Glück gingen die Männer nicht weit. Sie setzten sich auf eine Bank in den Schatten. John blieb, wo er war. Er befand sich zu weit weg, um auch nur ein Wort verstehen zu können, hatte aber einen idealen Beobachtungsposten.

Das Gespräch dauerte ungefähr eine Viertelstunde, als der Malaysier mit einem Mal nach vorn fiel.

Mantel kniff die Augen zusammen. Das konnte doch … kein Zweifel!

Saul Fletcher erhob sich, nahm seinen Rucksack und ging schnellen Schritts davon.

Er hat nur ein paar Minuten, dachte John, während er schon aufstand und in einem kleinen Bogen in dieselbe Richtung wie Saul ging. Und ich nicht viel mehr.

CITY CENTRE PARK, KUALA LUMPUR

13.2.2017

Ihm blieben wenige Minuten, bis die Polizei den Park sperren würde.

Saul hastete über die Spazierpfade. Mein Gott, Najib! Konnte sogar sein, dass die Kugel ihm gegolten hatte. Ein Mann mit einem kleinen Mädchen an der Hand kam an ihm vorbei. Ruhe bewahren! Er hätte gar nichts unternehmen dürfen, bevor er sicher wusste, dass Rox aus der Haft entlassen war. Jetzt saßen sie beide in der Tinte! Ob sie seine Nachricht mittlerweile gefunden hatte?

»Fletcher?«

Jemand rief seinen Namen, nicht sehr laut. Sauls Schultern versteiften sich, dann zwang er sich, im selben Tempo weiterzugehen und nicht zurückzuschauen.

»Fletcher! Ich gehe hinter Ihnen.«

Saul spannte alle Muskeln an. »Wer sind Sie?«

»Ein Freund.«

Jedenfalls kein Malaysier, dachte Saul, vom Akzent her.

»Was wollen Sie?«

»Die treiben Sie ganz schön in die Enge.«

Saul verließ den Park durch einen Seitenausgang und fand sich vor einem Appartmentblock wieder. Er würde ein Taxi nehmen, seine Spuren verwischen und zum »Marigold Hostel« zurückkehren. So schnell wie möglich, hoffentlich, ohne dass die Eile ihn unvorsichtig werden ließ.

»Machen Sie den Behörden keinen Vorwurf. Die sind nur Marionetten. Hängen an den Fäden der Großindustrie.«

Jetzt riskierte Saul doch einen Blick. Er musste wissen, wer sich an ihn hängte.

»Ich bin John Mantel.«

»Sie sind …«

»Ja, ich habe mit Ihrer Auftraggeberin gesprochen. Aber ich wollte keine rührselige Geschichte aus ihr rausquetschen, falls Sie das meinen. Im Gegenteil. Ich habe einiges an Informationen zu MH370 zusammengetragen.«

»Ich traue Ihnen nicht.«

»Jemand hat Sie vom ›Parkroyal‹ aus einige Tage beobachtet. Sie, Tesnik und Simon. Dieser Jemand weiß viel. Mittlerweile hat er aus dem Hotel ausgecheckt. Anscheinend wurde der Mann zurückbeordert.«

Sauls Gedanken rasten, während er weiter auf den Wohnblock zuging. Breite Stufen führten zum Eingang hinauf. Er setzte sich. »Was bedeuten würde …«

»Dass man sich sicher ist, Sie zu kriegen. Sie alle!« Mantel setzte sich neben ihn.

Der Mann konnte von der Gegenseite kommen. Saul blieb argwöhnisch. »Was wollen Sie?«

»Ich habe dem Mann ein Heidengeld gezahlt, um an Informationen zu kommen, aber Sie haben mir Stella Simon vor der Nase weggeschnappt.« Er lachte leise.

»Dann haben Sie ein schlechtes Geschäft gemacht.«

»Nehmen Sie Vernunft an, Fletcher! Die werden Sie nicht weiter ermitteln lassen. Das haben schon ganz andere nicht geschafft.«

In der Ferne hörte Saul das Jaulen von Polizeisirenen. Sie hatten Najib gefunden.

KUALA LUMPUR

13.2.2017

Ahad Osman fuhr sie in einem unscheinbaren Subaru durch Kuala Lumpur. Rox hatte den Eindruck, dass sie sich kreuz und quer bewegten, ohne Ziel. Allerdings konnte sie nicht feststellen, ob Osman jemanden abschüttelte. Der Verkehr staute mehr, als dass er floss. Osman reichte Colaflaschen herum.

Stella, die auf dem Beifahrersitz saß, nahm eine. Rox sah ihr die Verzweiflung an. Osman hatte darauf bestanden, dass sie die Handys im »Marigold« ließen, die Pässe aber mitnahmen. Stella wirkte, als habe man ihr den letzten Rettungsanker genommen.

»Fahren Sie mich zum Flughafen?«, fragte Rox. »Um sicherzugehen, dass ich wirklich die Fliege mache? Was soll überhaupt mit Stella werden, Ihrer Meinung nach?« Insgeheim zollte sie dem Polizisten Bewunderung. Er hatte sie binnen zwei Stunden aufgespürt. Das war seit Langem keinem mehr gelungen.

»Das wäre wahrscheinlich das Sinnvollste«, gab Osman zurück. »Aber ich möchte, dass Sie verstehen, was *mich* umtreibt.«

Das war es also! Osman hatte sie, Rox, nicht aus den Augen gelassen, doch er tat es aus einem privaten Motiv heraus. Es brauchte nicht viel Fantasie, um herauszufinden, worum es ihm ging.

»Sie haben auch jemanden an Bord von MH370 verloren«, sagte sie leise.

Osman zuckte zusammen. Der Wagen machte einen Schlenker, jemand hupte.

»Oder nicht?«, fragte Rox sanft nach.

»Meine Frau.«

»Mein Gott!« Rox ließ den Kopf zurücksinken.

»Es nimmt kein Ende, verstehen Sie? Wenn Sie nicht wissen, was geschehen ist, werden Sie irgendwann verrückt. Sie sind untrennbar mit diesem verlorenen Menschen verbunden.« Hektisch gestikulierend steuerte Osman den Wagen mal mit der rechten, mal mit der linken Hand. »Wie mit einer Nabelschnur. Sie fühlen immer den Schmerz. Es gibt keinen Tag ohne Schmerz. Meine Frau kann keine Ruhe finden in der anderen Welt, weil sie weiß, dass ich fortwährend nach ihr suche.«

Vom Beifahrersitz kam ein kleines heiseres Geräusch.

»Stella?« Rox berührte die Schulter der Frau. Dann vernahm sie das rhythmische Keuchen, das sie selbst so gut kannte. »Stella! Reißen Sie sich zusammen!«

»Was hat sie?«

»Sie hyperventiliert. Haben Sie eine Tüte?«

»Eine was?«

»Eine einfache Plastiktüte!«

Osman kramte in der Seitenablage herum und reichte Rox einen zerknitterten Beutel mit der Aufschrift »fresh fish«.

»Na, der wird stinken.« Rox hielt Stella die Tüte vor Mund und Nase. »Sie kennen das doch inzwischen. Atmen Sie so langsam Sie können. Es wird schon.«

Osman fuhr auf eine Schnellstraße auf.

»Wo fahren wir hin?«

»Ich bringe Sie an einen sicheren Ort. Sie können das Land nicht mehr verlassen! Ihre Eigenmächtigkeit, Madam, hat Sie ziemlich in die Scheiße geritten, wenn ich das so formulieren darf. Geht es ihr besser?«

»Sie hat ihren Verlobten verloren.«

»Das tut mir sehr, sehr leid.« Osman warf einen Blick auf Stella, deren Atem sich allmählich beruhigte.

Rox nahm die Tüte weg.

»Danke!«, seufzte Stella.

»Ich kann Sie verstehen, Madam. Man könnte wirklich verrückt werden. Ich zum Beispiel habe mich in meine Arbeit geflüchtet. Mein Sohn hat zwischenzeitlich geheiratet und ein kleines Baby. All das bekommt meine Frau nicht mit. Ich drehe mit dem Handy Filme von dem Baby und schicke die Dateien an ihre alte Mailadresse. Man wird zum Idioten!«

Stella nickte. »Ich weiß. Es ist nie zu Ende.«

Rox starrte auf die Fahrbahn. Die Hitze flimmerte, doch längst ballten sich Wolken über der Stadt. Ahad Osman war auf ihrer Seite? Weil er selbst jemanden vermisste? Sich nicht abfinden konnte mit der Ergebnislosigkeit der offiziellen Untersuchungen?

»Ich muss meinen Partner informieren«, sagte sie zu Osman.

Dessen Handy klingelte. Er antwortete knapp. Fragte etwas, entgegnete ein paar Worte. Als er das Handy weglegte, sagte er: »Es hat einen Mord gegeben. Im City Centre Park. Das Opfer ist offenbar Militärangehöriger.«

»Malaysier?«

»Sieht so aus.« Osman warf einen Blick in den Rückspiegel. »Mit wem wollte Fletcher sich treffen?«

»Geben Sie mir einen Moment Ihr Smartphone, Mr. Osman?«

Er reichte es wortlos nach hinten.

Rox loggte sich in den Buchblog ein und schrieb ein paar Zeilen. Reichte den Apparat zurück.

»Also?«, insistierte Osman. »Mit wem hat sich Fletcher verabredet?«

»Wir haben einen Informanten beim Militär. Von der Basis in Butterworth.«

»Name?«

»Er nennt sich Najib.«

»Was geschieht jetzt?«, fragte Stella leise.

»Meine Kollegen werden den neuen Fall bearbeiten.« Osman.

Rox biss die Zähne zusammen. Sie saßen wirklich in der Tinte. Hatten zu viele Fehler gemacht. Mit dem Mord an Thomas war alles über sie hereingebrochen, sie hatten die Kontrolle verloren. Sie bat Osman noch einmal um sein Handy und tippte eine Nachricht an Susan Lovegod. Wenn sie herausfinden könnten, wo Lasser steckte … Susan war der Ansicht, er sei noch am Leben. Jedenfalls hatten sie in der Ruine in Tenby keine Leichen gefunden. Wenn er gut vorbereitet gewesen war …

Allmählich kamen sie durch Vororte. Die Bebauung dünnte aus. Hügel, grün und dicht bewaldet, kamen in Sicht. Es begann zu regnen. Die Tropfen droschen auf die Windschutzscheibe ein. Wind kam auf und rüttelte an dem Wagen. Osman stellte die Belüftung auf höchste Stufe, dennoch beschlugen die Scheiben. Rox öffnete ihr Fenster einen Spalt. Die Straße wurde schmaler. Durch die Wassermassen sahen sie ein Schild, doch bevor Rox die Aufschrift lesen konnte, waren sie bereits vorbei.

»Ein Golfresort«, erläuterte Osman, während er den Blinker setzte und abbog. »Mein Sohn ist der Geschäftsführer. Sie bleiben dort, bis sich die Lage beruhigt hat. Anschließend bringen wir Sie diskret außer Landes.«

CITY CENTRE, KUALA LUMPUR

13.2.2017

»Sie sagen, ich kann Ihnen trauen?« Saul hatte eine Entscheidung getroffen. Ihm blieben nicht viele Optionen. Eine überstürzte Abreise kam nicht infrage, er konnte nicht Rox und Stella zurücklassen. An die Behörden brauchte er sich gar nicht erst zu wenden. Zudem stand er womöglich selbst auf der Abschussliste. In der Ferne heulten Polizeisirenen.

»Können Sie«, erwiderte John Mantel.

Sein Tonfall kam betont lässig daher, doch Saul fiel auf, dass er angespannt die Umgebung im Auge behielt. Leute kamen aus dem Apartmenthaus oder gingen hinein, andere schlenderten auf den Parkeingang zu. Niemand schien besonders in Eile.

»Bitte geben Sie mir Ihr Handy. Ich muss eine Nachricht schicken.«

Ohne Zögern reichte der Reporter ihm sein Smartphone. Er loggte sich in den Buchblog ein. Fand Rox' Nachricht.

Osman von Royal Malaysian Police auf unserer Seite.

»Diese Frau ist Gold wert«, murmelte Saul. Er loggte sich aus und gab Mantel sein Handy zurück.

»Ihre?«

Saul ging nicht drauf ein. »Kennen Sie einen Ahad Osman? Kriminalkommissar oder Vergleichbares?«

»Klar. Er hat seine Frau auf MH370 verloren. Ich hatte in den ersten sechs Monaten nach dem Unglück, als Hoffnung noch berechtigt war, ab und zu Kontakt zu ihm. Sein Sohn hat zwischenzeitlich geheiratet und ein Kind bekommen. Seit zwei Jahren betreibt er ein Golfressort nördlich von Kuala Lumpur. Natur pur an einem Fluss mitten im Wald. Das Leben geht eben weiter.«

»Und Sie?«

»Ich betreibe kein Golfresort.«

»Wen haben Sie verloren?«

»Meinen Glauben an die Menschheit.«

»Was ist Ihre persönliche Einschätzung?«

»Die Maschine ist abgestürzt, und das wird vertuscht. Ich habe eine Zeit lang sogar den Verdacht gehabt, dass die

777 gleich nach dem Start im Südchinesischen Meer runterging. Immerhin sollen zu Anfang genau dort Trümmer gesichtet worden sein. Aber in der Folge tauchte die Frage auf, warum der Transponder und vor allem das ACARS abgeschaltet wurden. Alle seriösen Untersuchungen kommen zu dem Schluss, dass jemand willentlich tief in die Programmierung der Boeing eingegriffen hat.«

»Und die Satellitendaten?«

»Zu einfach.«

»Heißt?«

Mantel lachte auf. »Es wird nicht ganz leicht zu bewerkstelligen sein, aber natürlich kann ein Dienst gefälschte Satellitendaten in Umlauf bringen. Geld leistet alles! Es erkauft auch Schweigen. Nicht nur Informationen, wie die Dollars, die Sie in Ihrem Rucksack mit sich herumschleppen.«

Saul fühlte sich ernüchternd an Rox' These erinnert, derzufolge nicht jeder Köder die richtigen Fische anzog. Er sah den Reporter an. »Sie werden mir unheimlich.«

»Was mir fehlt, ist ein Motiv. An dem Punkt komme ich nicht weiter, verstehen Sie?«

»Beruflich stehen Sie am Abgrund.« Saul.

»Ich …«

»Sie *müssen* aus dieser MH370-Story Kapital schlagen, Mantel. Denn Sie haben all Ihre Zeit in dieses Projekt gepumpt, bei den Recherchen Leute vor den Kopf gestoßen und sich mit den Falschen verbündet.«

Man hörte immer mehr Sirenen aufheulen. Weiter weg quietschten Bremsen.

John Mantel stand auf. »Lassen Sie uns gehen. Es ist nur eine Frage der Zeit, bis die Bullen hier herumschwärmen.«

»Bringen Sie mich zu dem Golfresort.«

»Mit dem größten Vergnügen. Wenn ich von Ihnen erfahre, was Najib Ihnen erzählt hat.«

Saul erhob sich ebenfalls. Sie schlenderten auf die Petronas-Towers zu, an deren Kasse sich eine lange Schlange Touristen gebildet hatte, die zur Aussichtsterrasse hinauffahren wollten. Es begann, leicht zu regnen. Saul hob den Kopf. Die Spitzen der Türme lagen im Dunst. Er überschlug seine Chancen. Die Presse konnte nicht schaden, wenn es darum ging, das Land wieder zu verlassen, ohne aufgehalten zu werden. Nur musste er es klug anstellen.

»Es hat eine Zwischenlandung gegeben.«

»Um was zu tun?«

»Vermutlich wurde etwas entladen.«

John Mantel schnaubte entnervt. »Kommen Sie, Fletcher! Wieder der Kalauer mit der Drohne?«

»Ich habe mit dem Bruder des seinerzeitigen Verkehrsministers gesprochen.«

»Donner und Doria! Wo kam die Boeing denn runter?«

»Butterworth Penang.«

Mantel pfiff leise durch die Zähne.

»Ich verstehe nur eines nicht«, fuhr Saul fort. »Warum haben die Passagiere während einer unplanmäßigen Landung nicht telefoniert? Keiner der Angehörigen oder Freunde hat sich gemeldet, um mitzuteilen, dass er einen Anruf bekam.«

»Darüber hätte die Presse berichtet«, bestätigte Mantel.

»Eben. In diesem Zusammenhang hätte man kein Schweigen erkaufen können. Zu viele Beteiligte.«

»Wohl wahr!« Sie erreichten die Jalan P Ramlee. Jenseits der Straße wurde gebaut. Kräne ragten in den grauen Himmel. »Dann kann das wohl nur eines bedeuten.«

Saul ahnte, was John Mantel sagen würde. Er selbst war bisher zu keiner anderen Lösung gekommen.

»Sie waren schon alle tot.«

Ein Wagen raste dauerhupend an ihnen vorbei. Der Regen wurde stärker, kurz darauf entleerten sich die Wolken mit voller Wucht.

»Fuck«, murmelte Mantel. Resigniert hielt er sich seine Aktentasche über den Kopf.

HILL AND WOOD GOLFRESORT, BUKIT TINGGI

13.2.2017

Der Regen rauschte vor dem Fenster herab. Unter anderen Umständen hätte Stella das kleine Hotel in den bewaldeten Hügeln bezaubernd gefunden. Statt sich an der heimeligen Atmosphäre zu freuen, lag sie auf dem Bett unter einer Decke. Anders als in Kuala Lumpur war es hier kühl. Sie fror. Ihr Magen krampfte. Die Sandwiches und den Hühnersalat, den der Zimmerservice auf Anweisung von Ahads Sohn Safi vorbeigebracht hatte, konnte sie nicht anrühren. Rox dagegen hatte zwei Brote verspeist und dazu ein Bier gezischt. Nun saß sie am Fenster und schrieb auf das Hotelbriefpapier in kleinen, spitzen Buchstaben.

»Was geschieht jetzt?«, fragte Stella.

Rox legte den Stift weg. »Abwarten. Wir lassen die Gegenseite den nächsten Schritt machen.«

Frustriert blickte Stella durch die regennasse Scheibe in das üppige Grün hinaus. Von Malaysias Natur hatte sie bislang außer ein paar struppigen Palmen nicht viel gesehen. Nun kam ihr der Wald vor, als könnte er sie in den nächsten Stunden verschlingen. Sie einfach umwachsen. Dann würde sie unsichtbar, ein Teil der Pflanzenwelt. Sie wäre in Sicherheit.

»Sind alle Ihre Aufträge so gefährlich?«

»Ich glaube nicht, dass wir in Gefahr sind. Die Situation ist lediglich ein wenig kompliziert.«

Stella schauderte. »Ehrlich, ich habe das Gefühl, das Grauen könnte sich jederzeit auf mich stürzen.«

Rox lächelte matt. »Ja, man hat uns mächtig unterschätzt.«

Stella verstand die Bemerkung nicht, aber sie war zu erschöpft, um nach einer Erklärung zu fragen.

Dean lebte nicht mehr. Sie hätte es dabei belassen sollen. Stattdessen hatte sie unbeteiligten wohlmeinenden Menschen Geld aus der Tasche gezogen, um nach einer Leiche zu suchen, die niemand würde aufspüren können. Leo! Seine Nachricht fiel ihr ein. Sie verstand, warum Ahad Osman darauf bestanden hatte, dass sie die Handys im Hostel zurückließen. Er wollte kein Risiko eingehen, dass sie hier innerhalb weniger Stunden aufgespürt würden. Doch Stella fühlte sich ohne Kommunikationsmöglichkeiten vollkommen allein. Die Panik ließ sich nur durch stete Gedankenarbeit in Schach halten. Und durch die Müdigkeit; die durchwachte Nacht forderte allmählich ihren Tribut.

Leos letzte Message hatte so etwas wie Glück in ihr ausgelöst. Seit Langem hatte sie für Sekunden Zufriedenheit empfunden, dass die Dinge waren, wie sie waren. Dean hatte sie verloren, aber es gab jemanden, der sie wollte, der sich nach ihr sehnte und es verdiente, dass sie sich auf ihn einließ. Nach allem. Sie hatte kein Recht, ihr Leben für ein Himmelfahrtskommando zu riskieren, an dessen Ende nichts als Leere auf sie wartete.

Rox hatte den Stift wieder aufgenommen und führte ihn zügig über das Papier.

»Was schreiben Sie da eigentlich?«

»Ich notiere, um meine Gedanken in geordnete Bahnen zu lenken. Nachher zerreiße ich alles. Was ich geschrieben habe, bleibt mir leichter im Gedächtnis.«

»Das ist bewundernswert. Ich bin ziemlich vergesslich.«

»Ist eine Sache des Trainings.«

»Und unser Gespräch lenkt Sie anscheinend auch nicht von Ihren Überlegungen ab.«

»Ablenkung rettet Leben. Ansonsten übermannen uns unsere Emotionen. Das führt zu nichts Gutem.«

Stella schoss das Blut ins Gesicht. »Danke, das wäre nicht nötig gewesen.«

»Was?«

»Mich mit meinen Panikattacken zu konfrontieren.«

Rox lächelte, und für Momente legte sich ein warmer Glanz des Mitgefühls auf ihre milchweiße Haut.

»Die Panikattacken haben Sie eben, Stella. Sie sind ein Teil von Ihnen. So wie Ihr Haar oder Ihre ordentliche hochdeutsche Aussprache.«

»Danke.«

»Emotionen sind wie der Regen da draußen. Zuerst findet man es ganz erfrischend, durchnässt zu werden, und hüpft wie ein Kind auf und ab. Aber dann bekommt man eine Erkältung.«

Stella zog die Decke fester um sich. »Wie kriegen Sie das hin? Ihre Emotionen unter dem Deckel zu halten?«

»Mir blieb nichts anderes übrig. Anders hätte ich nicht überlebt.«

Stella erinnerte sich genau an den Satz, den Saul begonnen, aber nie beendet hatte. »Sie hat mit ansehen müssen, wie …«

»Was ist geschehen?«, fragte sie. Ihr Herz schlug heftig. »Damals?«

»Sie sind klüger, als Sie selbst denken.«

Stella schüttelte nur den Kopf. »Das war nicht meine Frage.«

»Ich kann nicht mit Ihnen darüber sprechen. Denn wenn ich es täte, würde ein Tsunami über mich hereinbrechen, der mich umbrächte. Wenn Sie das nicht akzeptieren können, kann ich es nicht ändern.«

»Tut es nicht gut, über die Dinge zu sprechen, die einen quälen?«

»Das Gegenteil ist wahr. Wunden brauchen Ruhe, um zu heilen. Und im Übrigen halte ich von der ganzen Psychoscheiße nicht viel.«

Stella begriff, dass Rox selbst am Limit war. Die Detektivin wandte sich wieder ihren Papieren zu, las alles, was sie geschrieben hatte, noch einmal durch, bevor sie jedes Blatt einzeln zerriss und ins Bad ging. Stella hörte die Toilettenspülung rauschen.

»Wo ist Osman?«, fragte sie, als Rox ins Zimmer zurückkam.

»Zurück nach Kuala Lumpur. Er wird sich telefonisch melden. Sein Sohn Safi passt so lange auf uns auf.« Sie ging zum Schrank. »Sehen Sie?«

Stella schrak zusammen. Rox hielt einen Revolver in der Hand.

»Wer …«

»Das ist meine Aufgabe. Sie bezahlen mich dafür, schon vergessen?« Rox setzte sich zu Stella aufs Bett. Die rückte ein Stück weg, mehr aus Respekt vor der Schusswaffe als aus Abneigung gegenüber der Detektivin.

»Ich nehme an, Stella, Sie haben ausreichend über den Tod nachgedacht in den letzten Jahren?«

»Durchaus.«

»Bao. Thomas. Und Ron Lasser, über dessen Verbleib wir nichts wissen.«

Stella biss sich auf die Lippen. Sie fühlte sich schuldig. All diese Menschen waren ihretwegen gestorben. Wenn sie nicht diese ganze erneute Suchaktion ins Rollen gebracht hätte …

»Dann der Mord an unserem Kontaktmann heute.«

»Wer …«

»Müßig zu fragen. Das sind alles nur Symptome. Bao wurde ermordet, damit er nicht mehr reden konnte. Womöglich war da noch eine Geschichte hinter seiner. Die eine oder andere Sache, die er nicht rausgelassen hat. Thomas' Offenheit bedeutete schon eine ganz andere Gefahr für unsere Gegner. Nehmen wir an, das Flugzeug wurde gehackt. Kann sein, dass Thomas als einer der besten IT-Ingenieure seiner Firma an der Operation beteiligt war. Oder zumindest die Software dazu mit entwickelt hat.«

»Ehrlich gesagt, das ist mir auch schon durch den Kopf gegangen.«

»Nehmen wir an, er sollte ausgeschaltet werden, weil er über die innersten Vorgänge bei Panucci & Caffle im Bilde ist.« Rox.

»Die Gegenseite denkt, wir wissen bereits alles, weil Thomas mit uns auf Ihrem Zimmer im ›Parkroyal‹ geredet hat?«

»Oder sie wissen, dass dem nicht so ist, wenn sie uns abgehört haben.«

Stella schleuderte die Decke weg. »Herrgott noch mal, wie kann man sich in diesem Geschäft eigentlich überhaupt irgendeiner Sache sicher sein? Da sind nur Annahmen. Rechenbeispiele. Illusionen.«

»Gut erkannt.« Rox strich über den Lauf des Revolvers. »Sicher können wir nur wissen, dass die Gegenseite nicht sicher weiß, was wir wissen.«

»Und der Mord an dem Militärangehörigen?«

»Das führt mich zurück zu der Frage nach dem Tod.«

Stella zog die Beine an und umschlang die Knie mit beiden Armen. »Sie brauchen mich nicht zu schonen. Ich weiß, dass Dean tot ist. Er und die 238 anderen. Saul sagte, MH370 sei zwischengelandet. Womöglich, um etwas auszuladen. Na gut. Aber kein Passagier hat seine Leute zu Hause angerufen und darüber informiert. Keine SMS, nichts.« Sie atmete tief durch. »Dafür gibt es nur eine Erklärung.«

»Wenn wir sie beweisen können.«

»Beweise sind wohl keine mehr nötig. Denn warum sonst musste Ihr Informant sterben?« Stella starrte auf ihre Knie. Wenn sie das hier überlebte und Leo irgendwo dort im fernen Deutschland auf sie wartete, würde sie die Gelegenheit beim Schopf packen.

***

Sie fallen über mich her. Zwei Tage nach dem »Desaster« – dieses Wort verwendet einer der Polizisten ständig – kommen sie auf mich. Ich bin die einzige Verdächtige. Familienangehörige sind bei Tötungsdelikten immer im Visier.

Wie ich denn ins Haus gekommen wäre?

Die Haustür ist immer offen gewesen.

Das will man nicht einsehen. Schließlich wohnen wir nicht in einem Kuhdorf, sondern in einer städtisch geprägten Siedlung. Ich zucke mit den Achseln.

Ob der Täter denn einfach so ins Haus hätte marschieren können?

Ganz bestimmt, sage ich wahrheitsgemäß.

Warum hat der Mörder seine Opfer gefesselt und geknebelt?

Ich habe keine Ahnung.

Es sieht wie eine Hinrichtung aus. Eine Racheinszenierung, finden Sie nicht?, fragt mich einer.

Vielleicht. Aber wer hat Rache genommen und wofür?

Sie unterziehen meine Hände einer genauen Untersuchung. Ob ich Schmauchspuren dran habe, das könnte beweisen, dass ich geschossen habe. Das hört sich so lächerlich an, dass ich nicht einmal weinen kann vor Grauen und Trauer.

Ich habe keine Schmauchspuren an den Händen. Auf dem Klebeband sind keine Fingerabdrücke von mir. Allerdings auch nicht vom Täter. Er muss Handschuhe getragen haben.

Ob ich mich daran denn nicht erinnere?

Nein, ich kann mir seine Hände nicht mehr vorstellen. Ich sehe die Waffe mit dem Schalldämpfer. Sie zeigen mir x Fotos von Waffen. Warum auch immer, schließlich haben sie die Projektile und können auf den Waffentyp schließen.

Sie quetschen mich über meine Familie aus. Gab es Konflikte? War ich eifersüchtig auf meine Schwester? Hatte ich Streit mit den Eltern?

Nein. Nein. Und nein.

Wir haben uns immer gut verstanden. Meinungsverschiedenheiten wussten wir zu klären. Maman und ich machten zwei Wochen vor ihrem Tod noch eine kleine Reise. Sie hatte sich ein Wochenende in Hamburg gewünscht. Wir sahen uns die Stadt an, gingen essen, schlenderten über die Reeperbahn und besuchten ein Konzert. Deshalb sagte ich denjenigen, die nun auf mich aufpassten: Bringt mich wer weiß wohin. Aber nicht nach Hamburg. Das hätte ich nicht ausgehalten.

Man sieht mich scheel an, wo immer ich für eine Weile lebe. Ich ziehe oft um. Mein Zuhause ist jedes Mal ein Wohnblock ohne Gesicht. Unpersönliche Möbel, als hätte jemand die Billigangebote beim Discounter aufgekauft. Oft stecken sie mich in ein Apartment auf einer Etage, wo sonst niemand wohnt. Regelmäßig wechsle ich die Viertel, häufig die Städte. Eine Zeit lang verstecken sie mich sogar in Schottland.

Ich hatte Angst, dass *er* hinter mir her wäre. Bisweilen glaubte ich, den Mörder zu sehen. Irgendwo in einer Menschenmenge. Das Gesicht des Täters habe ich nicht gesehen. Nur seinen Körperbau wahrgenommen und die Art, wie er die Hand hob und abdrückte. Manchmal überkommt mich der Eindruck, er könnte da sein. Irgendwo in meiner Nähe.

Ein Mann, ein Latinotyp mit kräftiger Statur, passt auf mich auf. Er ist mein einziger Gesprächspartner. Ich darf meine Freunde nicht anrufen, nicht ins Internet. Mein Handy ist konfisziert. Seltsamerweise macht es mir wenig aus.

Mein Aufpasser ist so nett, mir meine Wunschbücher zu kaufen. Ich lege lange Listen an, erinnere mich an alte Empfehlungen von Professoren und Freunden. Bücher leisten einem gut Gesellschaft, und wenn man sich sattgelesen hat, schließt man den Deckel.

Selbst noch ein Jahr nach dem »Desaster« kommen sie an und stellen mir dieselben Fragen wie zuvor. Irgendwo tief drinnen bohrt in ihnen die Frage, ob nicht doch ich es war. Die Frau, die drei Menschen erschossen hat.

Aber ich bin nicht mehr die von damals.

Mein Name lautet jetzt Roxane Tesnik.

***

KUALA LUMPUR INTERNATIONAL AIRPORT

13.2.2017

Er hatte sich die First Class verkniffen. Business reichte. Es ging um einen Ferienflug, jedenfalls offiziell, da wollte er unauffällig bleiben und sich nicht im schwarzen Mercedes zur Maschine chauffieren lassen. Robert Dyson blickte mitleidig auf die Passagierschlangen vor den Economy-Schaltern der Airlines. Obwohl Business keineswegs mehr das war, worauf manche Fluggesellschaft stolz sein konnte, mangelte es ihm an Vorstellungskraft, sich selbst mit einem Economy-Ticket reisen zu sehen. Zu strapaziös! Schade, dass er Asien nun fürs erste verlassen musste, aber er konnte es sich nicht leisten, mit den Dingen in Verbindung gebracht zu werden, die sich in den nächsten Stunden in Kuala Lumpur abspielen würden. Hawaii war amerikanischer Boden. Außerdem würde das Klima ihm guttun.

Vor der Sicherheitskontrolle klingelte sein Handy. Er antwortete mit einem knappen »Ja!«

»Sie haben den falschen Mann erschossen.«

»Was?«

»Sie haben den Informanten erschossen, nicht den Detektiv.«

»Sagt mal, seid ihr alle wahnsinnig?« Er merkte, dass er beinahe brüllte. Zwei Rucksacktouristen, die unschlüssig neben ihm stehen geblieben waren, um die Abflugzeiten zu studieren, glotzten ihn verunsichert an. »Was soll das heißen?«, fragte er in gemäßigter Lautstärke.

»Sie haben den Informanten getötet.«

»Sie?«

»Also, der Schütze, Sir, aber …«

»Schieben Sie nicht anderen die Fehler zu!« Dyson unterdrückte einen Fluch. Wenn man nicht alles selber machte! »Habt ihr diesen Fletcher noch auf dem Schirm?«

»Positiv, Sir.«

»Dann wird es ja wohl kein Problem geben.«

»Das Zielobjekt ist nicht das Problem, Mr. Dyson. Die Schwierigkeit besteht darin, dass der Mord in aller Öffentlichkeit bei den Behörden als terroristischer Anschlag gewertet wird.«

»Wer kommt denn auf so einen Blödsinn?«

»Die Paranoia der heutigen Zeit.«

Wenn seine Leute sich als Besserwisser aufführten, ging ihm der Hut hoch.

»Sie haben unseren Mann geschnappt. Er wird singen«, fügte der Anrufer hinzu.

»Habt ihr …« Dyson beendete seine Frage nicht. Es war sinnlos. Sie hatten wieder einmal einen Kerl für den Job ausgesucht, der zwar zielen konnte, aber ansonsten wenig Grips hatte. Er stellte das Köfferchen neben sich ab und wischte sich den Schweiß von der Stirn. Es missfiel ihm, eine Operation nicht zu Ende führen zu können. Andererseits sollte er machen, dass er außer Landes kam. Nicht dass ihm jemand auf den Schlips treten könnte, doch wenn der Mörder sang, sah die Welt um einiges komplizierter aus.

Er ahnte, dass sein heutiger Flug in die USA ein Abschied für lange Zeit werden würde.

AUF DEM WEG ZUM HILL AND WOOD GOLFRESORT, BUKIT TINGGI

13.2.2017

John Mantel hatte jedem von ihnen eine Schusswaffe besorgt – die Quelle war Saul nicht bekannt, und er würde nicht danach fragen – und den Honda gemietet. Saul blieb nichts anderes übrig, als sich dem Mann anzuvertrauen, der ihm einerseits zwielichtig vorkam, der andererseits jedoch kompetent und beschlagen wirkte. Er bewegte sich vorsichtig, verlor keine Zeit mit Nebensächlichkeiten und handelte zielorientiert. Saul konnte es nicht wagen, mit seinem Führerschein ein Mietauto zu nehmen. Allerdings musste er Kuala Lumpur schnell verlassen. Es gab unter Garantie Zeugen, die ihn auf der Bank neben Najib gesehen hatten. Ein Ausländer, massiger Körperbau, mit einem Rucksack. Er durfte kein Risiko eingehen.

Der Regen wollte einfach nicht aufhören, als Mantel den Kleinwagen aus der Großstadt lenkte.

»Endlich frische Luft!«, verkündete er und öffnete sein Fenster einen Spalt. »Ich habe nachgedacht. Die Passagiere waren alle tot. Sonst hätten sie telefoniert. Aber wo sind die Handys? Warum kann man die nicht orten? Weil sie im Meer liegen?«

»Ich nehme an, man hat sie eingesammelt.«

Perplex dreht Mantel sich zu Saul. Der Wagen geriet ein Stück auf die Gegenfahrbahn.

»Um Himmels willen, schauen Sie auf die Straße!«

»Ich habe es im Griff. Wie kommen Sie auf diese Idee?«

»Die Boeing landete auf der Basis und wurde von Soldaten durchsucht. Sie kamen mit zwei Plastiktaschen wieder raus.«

»Und in denen befanden sich die Handys?«

»Was sollte da sonst drin sein? Die Ladung, an die sie ran wollten, war im Frachtraum und hätte nicht in eine Einkaufstüte gepasst.«

»Haben Sie das von Ihrem Kontakt?«

»Ja.«

Es wurde dunkel. Mantel schaltete das Abblendlicht ein. Sie hatten Kuala Lumpur verlassen. Wenige Fahrzeuge waren unterwegs. Die meisten schienen das üble Wetter zu meiden. Wind kam auf und rüttelte an dem winzigen Auto. Im Schein des Armaturenbrettes musterte Saul John Mantels Profil. Ohne die Sonnenbrille wirkte er beinahe verletzlich. Das übertrieben Lässige war verschwunden.

Saul gab sich einen Ruck. »Ich habe schon länger darüber nachgedacht. Woran starben alle Besatzungsmitglieder und Passagiere? Mir fiel nur eines ein: Sauerstoffmangel.«

»Es gab zwischenzeitlich unbestätigte Meldungen, dass die Boeing eine Weile zu hoch geflogen sei. Deshalb gingen einige Luftfahrtexperten davon aus, es hätte doch einen Brand gegeben, und die Piloten hätten das Flugzeug so hoch geflogen, damit dem Feuer die Luft ausging.«

»Und damit auch den Passagieren. Mantel, es gibt keine andere Erklärung. Gift in der Kabinenluft wäre auch eher eine abseitige Theorie.«

»Erhitzte Öldämpfe geraten durchaus mal in die Belüftung. Aber dass daran alle Passagiere sterben, halte ich nicht für glaubhaft.«

Saul starrte missmutig in den Seitenspiegel. »Dann war es ein banaler Fehler. Die Hacker lenkten die Maschine zu hoch, die Passagiere starben.«

»Ja, mag sein, dass es ein Fehler war. Oder Absicht.«

»Warum? Dadurch handelte man sich nur ein viel größeres Problem ein. Erklären Sie der Welt 239 Leichen in einem fliegenden Jet.«

Der Regen ließ nach. Mantel drehte die Geschwindigkeit der Scheibenwischer zurück. »Ein Flugzeug mit toten Menschen darin ist nur im Meer zum Verschwinden zu bringen. Ansonsten hätten sie die Maschine zerlegen können, in Teile so groß wie Nagelknipser.«

Saul schlug sich an die Stirn. »Mann! Genau!«

»Hm?« Belustigt grinste Mantel Saul an. »Eine Erleuchtung gehabt?«

Hinter ihnen schloss ein Wagen immer dichter auf.

»Fährt der Schlangenlinien?«, entfuhr es Saul. »Passen Sie auf!«

Mantel umklammerte das Lenkrad.

»Die Gegenseite ist verdammt schnell.« Saul sah zurück. Der Wagen hinter ihnen blendete auf. »Das ist ein ganz schöner Brummer. Wie viel lässt sich aus diesem japanischen Gefährt hier rausholen?«

»Nicht allzu viel.«

»Dann zeigen Sie mal, was Sie können.«

HILL AND WOOD GOLFRESORT, BUKIT TINGGI

13.2.2017

Stella war eingeschlafen. Die durchwachte vorherige Nacht forderte ihren Tribut. Als sie aufwachte, war es stockdunkel im Zimmer.

Schlagartig fiel ihr wieder ein, was sie in dieses abgelegene Resort gebracht hatte.

»Rox?«, flüsterte sie.

»Ich bin hier.«

Die Stimme der Detektivin kam von irgendwo beim Fenster.

»Wollen Sie nicht mal schlafen?«

»Ich kann durchhalten, keine Sorge.«

»Was …«

»Pssst.«

Stella richtete sich auf. »Was ist?« Langsam gewöhnten ihre Augen sich an die Dunkelheit. Vor dem Fenster konnte sie nun Rox' Silhouette sehen. Ein tiefschwarzer Scherenschnitt vor einem nicht ganz so düsteren Hintergrund. Im Außenbereich des Resorts brannten kleine Laternen und beleuchteten den nassen Rasen. Dahinter begann der Wald. Der Regen hatte nachgelassen.

»Es ist nur so eine Ahnung.« Rox.

»Ist jemand – da draußen?«

»Mag sein. Sie könnten überall sein.«

Stella schluckte. »Osman sagte, dass wir hier sicher sind, oder?«

»Wir sind nirgendwo mehr sicher, Stella. Wir sind zu nahe an die Wahrheit gerückt. Die Hintermänner sitzen bei Panucci & Caffle, von dort aus operieren sie mit Teilen der malaysischen Behörden. Deswegen wurde Osman angewiesen, uns zum Flughafen zu schicken. Sie dachten wohl, sie hätten uns ausreichend eingeschüchtert, sodass wir freiwillig abziehen.«

»Und Saul?«

»Er ist klug und erfahren genug. Er wird einen Weg finden.«

Stella rieb sich das Gesicht. Die Müdigkeit steckte ihr in den Knochen, zugleich spürte sie, wie alle ihre Sinne sich anspannten, wie sie überwach auf jedes winzige Geräusch reagierte. Hier ein Knacken. Dann das leise Zischen, als der Kühlschrank ansprang. Eine Firma, die Kriegstechnik herstellte, besaß natürlich besondere Kontakte. Und besondere Verpflichtungen. Wer sonst als ein solches Unternehmen könnte …

»Sie haben die Maschine ins Meer stürzen lassen«, flüsterte sie. »Nachdem sie die Fracht ausgeladen hatten. Damit sind alle Beweise weg. Ist es nicht so? Egal, wie sie das geschafft haben, sie haben dazu die neueste Technik benutzt und die malaysische Regierung gezwungen, alles zu vertuschen. Deshalb all diese Ausweichmanöver, die zögerlichen Pressemeldungen.«

»Anzunehmen. Sie müssen verhindern, dass das Wrack gefunden wird. Denn dann wird auch der Flugschreiber geborgen. Den werden sie vor der Öffentlichkeit kaum geheim halten können. China hat über 150 Menschen verloren!«

Ich nur einen, dachte Stella. *Nur* einen.

»Wir sitzen in der Falle, oder?«, fragte sie und fühlte sich plötzlich ganz ruhig.

Rox antwortete nicht.

»Sagen Sie mir die Wahrheit! Die können sich doch zusammenreimen, dass wir rausgefunden haben, was wirklich passiert ist.«

»Unsere Lebensversicherung ist, dass wir nicht wissen, wo das Flugzeug ins Meer gestürzt ist. Das Meer ist riesig. Man hat das Wrack in drei Jahren nicht gefunden.« Rox.

»Sie haben die Suche eingestellt und hoffen, dass damit alles vorbei ist.« Stella stand auf und trat ans Fenster. »Unheimlich da draußen. So finster. Und der Wald ist so nah …«

»Er könnte überall sein.«

»Wie bitte?« Stella starrte Rox an.

»Nichts.«

»Aber …«

»Weg!«

Die Fensterscheibe barst. Rox sprang hoch, packte Stella und fiel mit ihr auf den Boden. Ein scharfer Schmerz in der Schulter ließ Stella aufschreien. Glassplitter regneten auf sie herab.

»Unter das Bett!« Rox stieß Stella ins Kreuz.

Sie krochen aus der Schusslinie. Ein paar Bretter und eine Matratze als Schutz? Das war zum Lachen! Sie hatten sie gefunden. Aus Gewohnheit wartete Stella auf die Panikattacke. Die kam nicht. Ihr Atem ging ganz ruhig.

Jemand rüttelte an der Tür.

»Mrs. Tesnik? Mrs. Simon?«

»Das ist Safi«, rief Rox halblaut.

»Was ist los da drin? Öffnen Sie die Tür!« Safi.

»Nicht aufmachen«, stöhnte Stella. »Vielleicht macht er mit denen gemeinsame Sache …«

»Kommen Sie raus da. In den Fitnessraum. Der hat keine Fenster!« Safi Osman hämmerte wieder gegen die Tür. »Dort sind Sie sicher. Schnell!«

Stella wälzte sich auf den Bauch und kroch halb unter dem Bett hervor, als ein greller Lichtblitz mit einem irrsinnigen Knallen explodierte. Geblendet kniff sie die Augen zu, rollte sich weg, wählte die Richtung aus Instinkt. »Rox?«

Keine Antwort.

»Safi? Mr. Osman?«

Sie hörte nichts, nur ein seltsames Sausen im Ohr. Unwillig schüttelte sie den Kopf. Eine unnatürliche Ruhe machte sich in ihr breit. Eben noch herrschte wilder Tumult um sie, und nun lag alles begraben unter tiefer Stille …

Orientierungslos tastete sie um sich. Sie lag nach wie vor unter dem Bett. Langsam materialisierten sich wieder Gegenstände vor ihren Augen. Ihre Sneakers lagen da und ein dunkler Kleiderhaufen. Oder eine Decke? In ihren Ohren knackte es. Als bräche die Stille auf. Trotzdem hörte sie kaum etwas. Nur ein leises Stöhnen neben sich.

Der Kleiderhaufen! Das war Rox! Stella kroch los, griff ins Dunkle, spürte eine Hand, leblos, einen kalten, schweißnassen Arm.

»Rox!«, rief sie. Stella fand, ihre Stimme klang, als befände sie sich unter Wasser. Sie brauchte Licht. Was war hier überhaupt los? War Safi ins Zimmer gekommen? Immer noch fiel es ihr schwer, sich zu orientieren.

Sie warf einen Blick zum Fenster. Etwas Glänzendes konnte sie ausmachen, auf dem Fensterbrett oder davor, frei schwebend in der Nacht.

Sie riss an Rox' Arm. »Weg hier!«

Rox bewegte sich, gemeinsam krochen sie unter das Fenstersims. Stella stieß sich den Kopf. Der Aufprall löste die Taubheit in ihrem einen Ohr. Sie hörte Stella leise stöhnen.

Von draußen ertönte ein Schuss.

HILL AND WOOD GOLFRESORT, BUKIT TINGGI

13.2.2017

Sie erreichten die Auffahrt zum »Hill and Wood Golfresort«.

»Finster hier«, murmelte Mantel. »Haben die keine Beleuchtung? Oder ist das ein Stromausfall?«

Saul griff nach der Browning, die der Journalist ihm gegeben hatte. Weder brannten die Außenlaternen, noch konnte man aus dem Inneren des Hotels irgendeinen Lichtschein sehen. »Da stimmt was nicht.«

»Nein.«

»Halten Sie hier.«

Gehorsam bremste Mantel den Honda. »Und jetzt?«

Behutsam öffnete Saul die Tür. »Erst mal einen sicheren Ort finden und als zweites die Lage sondieren.«

Mantel folgte ihm. Saul hoffte, dass die Hotelleitung das Gebäude mit Absicht in Dunkelheit hatte versinken lassen. Dass sie vorbereitet waren.

Mit einer knappen Geste lotste er John Mantel Richtung Waldrand. Das üppige Grün umschloss das Hotel von drei Seiten. An der vierten schien ein Weg zum Pool und zum Golfplatz zu führen. Dampf stieg aus dem nassen Wald, als Saul und Mantel zwischen die Büsche krochen.

Ein Geräusch kullerte durch die Nacht. Nicht sehr laut. Als platze irgendwo eine Bierflasche.

»Haben Sie das gehört?«, knurrte Mantel.

Saul hatte es gehört, und er wusste, was es war. Er entsicherte seine Browning.

»Ehrlich gesagt, ich habe noch nie geschossen.« Mantel.

»Dann lernen Sie es jetzt eben.«

Irgendwo war eine Fensterscheibe zu Bruch gegangen. Von ihrem Versteck aus war nichts zu sehen. Das Fenster musste sich an der Rückseite des Hotels befinden.

»Sie kommen mit mir bis zur Ecke und sichern mich ab.«

»Okay.«

Saul fühlte den weichen Rasen unter sich, als er am Waldrand entlangging und das Hotel umrundete. Mit einer Handbewegung bedeutete er dem Reporter, zurückzubleiben. Er konnte die Rückseite des langgestreckten Gebäudes sehen. Seine Bewegungen froren ein. Er sah jemanden. Einen Menschen, der vor einem Zimmerfenster stand und hineinlugte. Ein Mann, groß, kräftig, einer, der wusste, was er tat. Ein Profi. Der Mann duckte sich plötzlich. Dann flammte ein grelles Licht im Innern des Zimmers auf.

Blendgranate.

Saul hob die Browning und drückte ab.

KILLINEY HILL, DUBLIN

20.2.2013

»Sie sind gut. Sie könnten einer von uns sein!«

Susan ließ sich auf dem Baumstamm nieder, auf dem bereits Ron Lasser Platz genommen hatte. Er nickte nur zur Begrüßung, hatte sichtlich nicht vor, das Kompliment zu erwidern. Sein Blick schweifte durch die Bäume über das Meer, das an diesem Morgen tiefgrün in der Sonne glitzerte. Nur ein paar hingetuschte Wolken rührten das Blau des Himmels auf. Weiter entfernt lag Dalkey Island im Meer.

»Robert und Eric. Promi 1 und Promi 2 in einer Kochshow. Sie meinten damit Robert Dyson und Eric Kober aus der malaysischen Vertretung von Panucci & Caffle?«

»Ich bin Amerikaner. Ich fühle mich verantwortlich. Obwohl ich mein Lebtag meinen Fuß nicht mehr auf amerikanischen Boden setzen werde. Man schämt sich nur noch.«

»Es hat nichts mit Ihnen zu tun.«

»Doch. Hat es. Ich habe für sie gearbeitet und bin ihnen weiterhin gefährlich.«

»Vielleicht fangen wir am Anfang an?«, schlug Susan vor. Ein Schwarm Möwen segelte über ihnen durch das Blau. »Ungewöhnlich schöner Tag für Irland, wenn Sie mich fragen.«

»Wird nicht lang anhalten.«

Susan lachte. »Ehrlich gesagt: Ich konnte mich nicht recht mit dem Gedanken anfreunden, dass ein IT-Experte Kochbücher schreibt.«

»Noch nie was von Hobby gehört? Im Ernst. Ich wollte mit dem ganzen Irrsinn nichts mehr zu tun haben. Aber es scheint so zu sein, wie die Psychofritzen behaupten: Alles muss raus. Ist wie ein Schlussverkauf. Sie können nicht atmen, bevor Sie sich den ganzen Mist von der Seele geschrieben haben. Haben Ihre Leute die Passwörter geknackt?«

»Es hat eine Weile gedauert, bis sie durch waren. Allerdings war eines Ihrer Dokumente vollkommen ungeschützt auf dem Rechner.«

»Ein dämlicher Fehler. Ich habe natürlich nicht mit einem

so plötzlichen Angriff gerechnet. Merkwürdig, dass die Typen den Airstream nicht angefasst haben.«

»Schwammige Anweisung von oben vermutlich.«

»Mag sein.«

»Wurden Sie denn jemandem gefährlich?«

»Warum sonst hätte man mein Haus in die Luft jagen sollen?«

Susan betrachtete ihre groben Wanderschuhe. Sie sollte über einen Urlaub in Irland nachdenken. Hier, am südlichen Ende von Dublin, hoch über der Killiney Bay, fühlte sie sich ganz in ihrem Element. Die salzige Luft und die Feuchte auf ihrem Gesicht taten gut. Vielleicht verließ sie London endgültig und ließ sich hier nieder. Die Iren waren sowieso viel freundlicher als die Engländer, ihre persönliche Meinung, und Schottland … nun ja, man musste sehen, was mit dem Brexit wurde.

»Panucci & Caffle produziert ausschließlich für das US-Verteidigungsministerium«, begann Lasser. »Die Firma stellt die beste Kriegstechnik her, die es gibt. Es geht um Prozessoren, Software, Hardware, aber vor allem um die vielen Details, die stimmen müssen, damit man eine Drohne steuern und zielgerichtet programmieren kann. Ziele bewegen sich, das stört natürlich in der Schlacht. Außerdem sind Drohnen nicht nur zum Töten da. Sie bringen zum Beispiel chemische Substanzen an Stellen ein, wo diese sich langsam entfalten und das Leben später unmöglich machen. Sie lauschen und beobachten. Kurz: Alles hängt an einer leistungsfähigen Elektronik, einem superschnellen Austausch von Daten, und Geld spielt keine Rolle.«

»Verstehe.«

»Sie nehmen doch nichts auf?«

»Sie haben mein Wort.«

»Das Pentagon braucht Spielplätze, wo neue Waffen ausprobiert werden können, und ein solcher ist Afghanistan.

Man hat gegen die Taliban eine Drohne eingesetzt, die so zielgenau wie keine zweite Waffe operiert. Leider kam diese UA abhanden und wurde den Chinesen zum Verkauf angeboten. Ich weiß nicht, wer genau dahintersteckt, vermutlich nicht die Taliban, die hätten wahrscheinlich ›Hurra‹ geschrien, wenn sie so einen Coup zustande gebracht hätten. Ist letztlich einerlei. Die Drohne wurde per Schiff nach Malaysia gebracht. Das Militär wusste Bescheid.«

»Warum nicht über Land?«

»Zu beschwerlich. Für einen Transport über Land hätte man mehrere Lastwagen und einen vernünftigen Begleitschutz gebraucht. Die Amerikaner verfügen über die besten Satelliten weltweit, denen wäre das aufgefallen, sie suchten ja nach der Drohne.« Ein Windstoß wirbelte altes Laub vom Boden auf. Nicht weit von Susans Schuhspitzen hopste eine Amsel umher und beäugte die beiden Menschen auf dem Baumstamm kritisch. »Zudem kann man an Häfen und Flughäfen leichter schmieren.«

»Die Frachtliste wurde also geändert?«

»Diese Mangostane hat es nie gegeben. Die Fracht bestand nicht aus Obst, sondern aus Militärtechnik. Ein kleiner Neustart der PCs im Operations Office, und der Ramp-Agent hatte eine Liste in Händen, die Cargo enthielt, das nicht war, was es behauptete zu sein. Dummerweise hat der Mann sich das Dokument am nächsten Tag erneut ausgedruckt. Als er dann mit Ihrer Detektivin sprach, schlug die Gegenseite zu. Er hätte unter dem Radar bleiben sollen.« Ron vergrub die Hände in den Taschen seines Anoraks. »Verstehen Sie, ich war nie so blauäugig wie Banton. Er hat nur das Geld gesehen. Ich hatte schon vor dem 7.3.2014 Skrupel. Und das sage ich nicht, um mich als Unschuldslamm aufzuspielen. Lange genug habe ich an den Schweinereien mitverdient. Aber MH370 hat das Fass zum Überlaufen gebracht.«

»Die Ingenieure, die zu Hui Enterprises überlaufen wollten …«

»Das bezweifle ich. Da wollte niemand überlaufen. Vorteilhaftere Arbeits- und vor allem Ruhestandbedingungen als bei Panucci & Caffle kann sich die oberste Garde nicht wünschen. Nein, ich denke, das Gerücht um etwaige Überläufer wurde erst nach dem Verschwinden der Maschine lanciert. Während noch an der Transportroute gearbeitet wurde, bekamen die Amerikaner mit, dass die Drohne, die sie vermissten, in Malaysia war und in Kürze ausgeflogen werden würde. Der Tipp soll vom Mossad gekommen sein, dem kann man alles in die Schuhe schieben. Piero Toselli, der Vorstand von Panucci & Caffle, erhielt am 6.3.2014 den Hinweis, dass er gut daran täte, seine auf MH370 gebuchten Ingenieure zurückzupfeifen.«

»Er pfiff aber nicht alle zurück.«

»Nein. Nur vier. Die Besten. Es lohnt sich also, ein Nerd zu sein.«

»Warum nicht alle?«

»Ich glaube, sie entledigten sich einiger Leute. Mag es um Patente gegangen sein oder nicht – ich denke eher, sie sahen das als eine Art innere Reinigung. Wäre ja auch zu auffällig gewesen, wenn sie alle zurückgehalten hätten.«

»Meine Güte.« Susan starrte hinüber zu Dalkey Island. Der Martello-Turm war von hier oben deutlich zu sehen. Martialisch, aber in der heutigen Zeit als Verteidigung lachhaft. Eindringlinge verschafften sich mittlerweile Zugang über winzige Chips, die auf Kreditkarten oder in Handys saßen und jederzeit aktiviert werden konnten, um als Waffen zu dienen. Eine Wolke schob sich vor die Sonne und verdüsterte den Blick auf die Insel. Die Wellen brachen sich schäumend an den Felsen. Der Wind frischte auf.

»Schauen Sie: Die Pentagonleute wollten nicht das Wagnis eingehen, acht brillante Programmierer zu verlieren. Sie waren sich des Risikos ihres Plans bewusst.«

»Der Plan bestand darin …

»… mittels eines Cyberhacks das Flugzeug genau zwischen dem malaysischen und dem vietnamesischen Luftraum abzufangen, indem der Transponder und das ACARS ausgeschaltet wurden und den Piloten eine Meldung ins Cockpit gespeist wurde, die besagte, dass im Frachtraum Rauch austrat. Deswegen machten sie eine direkte Wende. Sie sollten in Butterworth landen. Die Nacht war warm und wolkenlos. Sie hätten auf Sicht landen können.«

»Warum setzten sie keine Notrufe ab?«

»Darüber weiß ich nichts. Sehen Sie, ich habe erst ein halbes Jahr nach dem Verschwinden des Flugzeugs angefangen zu recherchieren. Ich musste sehr vorsichtig vorgehen. Manche Spur war schon merklich abgekühlt.«

»Offiziell sind Sie in höchstem Maß depressiv.«

Ron lachte trocken. »Sehen Sie, gleich fängt es an zu regnen.« Er streckte beide Arme mit den Handflächen nach oben aus. »Toselli ist ein guter Mann. Lucy und ich, wir haben uns ab und zu mit ihm und seiner Frau Lauren getroffen. Gemeinsam Kuala Lumpur unsicher gemacht, wenn die beiden aus den USA angereist kamen. Piero hatte stets ein wenig Angst vor Carlo Panucci. Der Alte regiert sein Unternehmen wie die N'drangheta. Der Cyberhack wurde von unseren eigenen Leuten ausgeführt. Mit unserer Technik. Mit den Gadgets, die Thomas und ich und andere gebaut haben.«

Susan starrte aufs Meer. Möwen kreisten über einem

Felsen. Am Horizont sah sie die Silhouette eines Tankers.

»Es war ein Test?«

»Man wollte sehen, wie weit man damit kommt. Leider haben sich die Kollegen verrechnet. Das kommt sogar bei der NASA vor. Auch Raketen fliegen einem manchmal um die Ohren, obwohl die Besten der Besten an ihnen gearbeitet haben. Die Maschine wurde komplett vom Boden gesteuert. Die Piloten konnten nicht mehr eingreifen. Das Flugzeug verließ seine Flughöhe von 35.000 Fuß und stieg auf 45.000. Der Sauerstoff aus den Masken reicht nur für 15 Minuten; die Piloten werden etwas länger versorgt. Nach spätestens 20 Minuten waren alle Passagiere tot, vermutlich auch die Flugbegleiter. Und die Piloten wenig später.«

»Also konnte die Maschine ferngesteuert landen?«

»Das ist hervorragend gelungen. Ich könnte mir dafür auf die Schulter klopfen.«

»War das Absicht? Oder ein Fehler?«

»Der Wechsel der Flughöhe? Die Frage kann ich nicht beantworten. Der ursprüngliche Plan war eine Zwischenlandung aufgrund eines technischen Defekts. Man hätte die Passagiere ins Terminal geführt und das Flugzeug durchgecheckt, dabei die Spezialfracht ausgeladen. Das technische Problem wäre nach spätestens zwei Stunden ›gelöst‹ worden. Die Passagiere wären wieder zugestiegen, der Reise nach Peking wäre nichts mehr im Weg gestanden.«

»Aber sie waren schon alle tot.«

»Genau. Da stand ein Flugzeug voller Leichen auf dem Rollfeld. Desaster! Der größte Teil der Passagiere stammte aus China. 153 tote Chinesen!«

»Es hätte eine Untersuchung und viel öffentliches Tamtam gegeben. Wobei herausgekommen wäre, dass etwas ausgeladen worden war.«

»Das Risiko konnte man nicht eingehen. Deswegen wurden die Türen herausmontiert, die Maschine ferngesteuert gestartet und Richtung Indischer Ozean geschickt.«

»Hat man die Satellitendaten gefälscht?«

»Ich nehme es an. Sonst hätte man das Wrack längst gefunden. Ich bitte Sie, nach drei Jahren!«

Die Amsel wagte sich näher. Susan scheuchte sie weg. Zornig tschilpend flog der Vogel davon.

»Kennt die malaysische Regierung die ganze Geschichte?«

»Ist das jetzt noch wichtig?« Ron stand auf. »Ich wünsche Ihnen ein schönes Leben.«

»Moment! Und die Tosellis?«

»Ach, das wissen Sie nicht?«

»Was?«

Ron wandte sich zum Gehen. Er stemmte die Hände in die Hüften, drehte sich zu Susan um. »Piero hat in seinem Haus in Houston Selbstmord begangen. Er hat erst seine Frau erschossen und darauf sich selbst.«

Die Nachricht traf Susan wie ein Hammerschlag.

»Er …«

»Depressionen sind nicht das Schlechteste, Susan. Immerhin kann man mit ihnen leben, wenn man weiß, wie.«

MÜNCHEN, AGENTUR TESNIK & FLETCHER

21.2.2017

Rox Tesnik fuhr den PC herunter.

»Nichts Neues?«, fragte Saul.

»Nur das Übliche.«

»Gut so.« Saul legte die Hand auf ihre Schulter. »Du hast das großartig gemacht.«

»Ich? Doch wohl wir.« Rox griff sich ans Ohr. Das Knalltrauma, Folge der Blendgranatenexplosion an jenem Abend im Golfresort, war immer noch nicht zur Gänze überwunden. Sie hoffte, dass die Beschwerden sich Stück für Stück bessern würden. So wie sich alles besserte.

Sie hatte am Vorabend lange mit Susan Lovegod telefoniert. Die hatte Ron Lasser versprechen müssen, ein paar Tage zu warten, bis sie dessen ganze Geschichte an Rox und Saul weitergab. Ron wollte sich erst in Sicherheit bringen – was ihm, wenn man Susan glauben durfte, gelungen war.

Nun warteten sie auf die Story, die John Mantel aus den Ereignissen stricken würde. Er war in Malaysia geblieben, obwohl Saul ihn nachgerade angefleht hatte, das Land zu verlassen. Er hatte sich rundheraus geweigert, Argumente ins Feld geführt, in Malaysia kenne er sich nun mal am besten aus, es wäre Selbstmord, in seiner Situation in einer fremden Umgebung zurechtkommen zu müssen.

»Er bringt es. Er muss alles absichern, bevor er an die Öffentlichkeit geht.« Saul.

Rox nickte. Sie ahnte, dass da etwas dran war, aber sie hatte auch ihre Zweifel. Es stand zu viel auf dem Spiel. Wenn John Mantel es schaffte, seine Netzwerke mit passenden Zusatzinformationen auszustatten, sodass die Mainstream-Medien gar nicht mehr anders konnten, als die neuen Entwicklungen aufzugreifen, würde man womöglich eine neue Suche nach MH370 anleiern können.

»Stella hat eine Karte aus Hamburg geschrieben«, sagte Saul. »Altmodisch. Sie lernt dazu.«

Rox griff nach der Karte. Sie zeigte den Hamburger Hafen und einen Teil der neuen Hafencity.

Alles wandelte sich. Die Stadt, die ihr so vertraut gewesen war, die sie nie mehr besucht hatte, veränderte sich mehr und mehr. Wie sie selbst sich veränderte. Wie sie neue Lebensphilosophien und Welten ausprobierte. Manche mochten es heimatlos nennen, andere nomadisch. Wieder andere frei.

Sie war nicht frei. Würde es nie sein. Solange die Möglichkeit bestand, dass wieder jemand eine Waffe auf sie richtete, wäre sie eine Gefangene ihrer Vergangenheit. Es ließ sich nicht ändern. Für Momente hatte sie in der Abgeschiedenheit des malaysischen Golfresorts die Versuchung verspürt, Stella von der Katastrophe zu berichten. Von dem Verbrechen, das ihr Leben in Stücke gerissen hatte. Sie würde nie mehr die sein, die sie gewesen war, bevor der Wahnsinn zuschlug, aber sie würde immer sein, *was* sie gewesen war.

»Ich hoffe, sie kann sich auf diese neue Beziehung einlassen. Jetzt, wo sie so gut wie sicher sein kann, dass Dean nicht mehr lebt«, sagte Rox.

»Nein. Jetzt, wo sie weiß, wie wunderbar das Leben ist.« Saul.

»Und wie zerbrechlich.«
»Ich fürchte, auch das trifft zu.«

ENDE

ESSAY

Was am 8.3.2014 geschah*

Am 8. März 2014 um 00:41 Uhr hob vom Internationalen Flughafen Kuala Lumpur in Malaysia eine Boeing 777 mit der Flugnummer MH370 ab. Ihr Ziel war der Internationale Flughafen Peking. Die Strecke beträgt 4.350 Kilometer und wird von einem Jet dieser Größe in circa sechs Stunden absolviert. Vor dem Start wurden 49.100 Liter Treibstoff getankt, der die Maschine je nach Wetterlage und Geschwindigkeit siebeneinhalb Stunden in der Luft halten konnte.

An Bord befanden sich 227 Passagiere und 12 Besatzungsmitglieder.

152 der Passagiere kamen aus China.** Beim ältesten Pas-

---

* Meine Recherchen fußen hauptsächlich auf diesen Quellen: Richard Quest, The Vanishing Of Flight MH370. The True Story of the Hunt for the Missing Malaysian Plane. New York 2015. – David Soucie, Malaysia Airlines Flight 370. Why It Disappeared – and Why It's Only a Matter of Time Before This Happens Again. New York 2015. – Factual Information. Safety Investigation for MH 370 (offizieller Untersuchungsbericht der malaysischen Behörden): http://mh370.mot.gov.my/download/FactualInformation.pdf. – Filmdokumentation »Lost«: MH370 von Caro Meldrum-Hanna in ABC Australia: http://www.abc.net.au/4corners/stories/2014/05/19/4005244.htm. – Filmdokumentation »MH370 – Special Investigation« vom australischen Nachrichtenmagazin »60 Minutes«: https://www.youtube.com/watch?v=ZQHl5SmA08A. – BBC Horizon Dokumentation »Lost at Sea Flight MH370«: https://www.youtube.com/watch?v=vkVCL5Ok23w. – Videoreportage der Neuen Zürcher Zeitung »Good Night, Malaysian 370«: https://storytelling.nzz.ch/2015/mh370/#/. Weitere Quellen werden im Verlauf des Essays genannt. Alle Onlinequellen wurden zuletzt im August 2017 überprüft.

** Eine Liste der Nationalitäten aller Passagiere findet sich in Richard Quest, The Vanishing of Flight MH370. S. xvii. Dean Welsh, um den Stella in diesem Roman trauert, ist Brite. In Wirklichkeit war kein britischer Passagier an Bord.

sagier handelte es sich um einen 76-jährigen chinesischen Kalligrafen; er hatte in Kuala Lumpur an einer Ausstellung teilgenommen. Der jüngste war ein Zweijähriger aus Peking, der gemeinsam mit seinen Eltern und den Großeltern mütterlicherseits in Malaysia Ferien gemacht hatte*.

Eine Minute nach dem Take-off wurde die Crew angewiesen, einen direkteren Kurs nach Peking zu fliegen, leicht östlich der vorgesehenen Flugroute. Die beiden wichtigsten Kommunikationseinheiten der Boeing arbeiteten wie vorgesehen: Das Funksystem ACARS gab automatisiert Signale über die Triebwerke und die aktuelle Position ab. Der Transpondercode identifizierte das Flugzeug und übermittelte Flughöhe und Geschwindigkeit an den Boden. Um 01:01 Uhr bestätigte die Crew per Funk die erreichte Flughöhe von 10.700 Metern.

Um 01:19 Uhr meldete sich die malaysische Flugsicherung bei den Piloten der Boeing mit der Anweisung, die vietnamesische Flugsicherung auf einer bestimmten Frequenz zu kontaktieren: »Malaysian Three Seven Zero Contact Ho Chi Minh 120 decimal 9 Good Night.« Kapitän Zaharie Ahmad Sha aus MH370 antwortete: »Good Night, Malaysia Three Seven Zero.« Dies war der letzte erfolgreiche Funkkontakt mit dem Flugzeug.

Drei Minuten später wurde der Transponder an Bord der Boeing ausgeschaltet, das Symbol des Flugzeugs erlosch auf dem Bildschirm des Sekundärradars der Malaysia Air Traffic Control. Das Flugzeug trat in den vietnamesischen Luftraum ein, doch das Flugsicherungszentrum in Ho-Chi-Minh-Stadt konnte zu MH370 keinen Kontakt aufnehmen. Um 01:37 Uhr fiel das erwartete ACARS-Signal aus. Die vietnamesische Flugsicherungsbehörde ließ unglaubliche 20 Minuten verstreichen, bevor sie sich bei den malay-

* David Soucie führt in seinem Buch Malaysia Airlines Flight 370 die Namen aller vermissten Passagiere auf: S. 70ff.

sischen Lotsen meldete. Diese behaupteten zunächst, die Maschine sei im kambodschanischen Luftraum. Wie sich später herausstellte, stellte dies nur eine Vermutung dar, die die Vietnamesen wiederum für bare Münze nahmen. Mehrere Stunden lang fragten die Flugsicherungen herum, ob jemand MH370 auf dem Schirm hätte. Das erfolg- und tatenlose Hin und Her der Fluglotsen war später ein Hauptkritikpunkt an der Handhabung des Unglücks: Wäre in den ersten Minuten nach dem Ausfall des Transpondersignals schnell und professionell reagiert worden, hätte man die Maschine womöglich noch im Flug finden können.

Das malaysische Militär registrierte die Maschine als Echozeichen auf seinem Primärradar um 02:22 Uhr südlich der Insel Phuket über der Andamanensee, um einiges westlich von der vorgesehenen Flugroute und mit Flugrichtung Südwest. Die Maschine musste umgekehrt sein. Dieser »U-Turn« veranlasste später etliche Experten anzunehmen, dass es ein technisches Problem an Bord gegeben hätte, woraufhin die Piloten die vorgesehene Flugroute verließen, um sofort den nächstgelegenen Flughafen anzusteuern. Dies wäre der Airport auf der malaysischen Insel Pulau Lankawi gewesen. Das international übliche Vorgehen bei einem Flugzeug ohne Transpondersignal, mithin ohne Identifizierung und ohne Flugplan, besteht darin, Kampfjets starten zu lassen, um nachzuforschen, um was für ein Flugzeug es sich handelt und was an Bord der Maschine gerade geschieht. Dies wurde im Fall von MH370 nicht getan; die schwache Begründung des seinerzeitigen Verkehrsministers lautete, es habe sich um kein feindliches Flugzeug gehandelt. Woher er dies wusste, sagte er nicht.

Die Maschine tauchte auf keinem Sekundärradar mehr auf. Sämtliche Kommunikationsmöglichkeiten waren deaktiviert; Luftfahrtexperten sind sich einig, dass jemand die Kommunikationssysteme willentlich abgeschaltet haben muss. Dies gibt Rätsel auf, da das ACARS nur durch eine aufwendige Umprogrammierung im System des Flugzeugs angetastet werden kann.

Seitdem ist die Maschine verschwunden. Die Abholer in Peking, wo das Flugzeug planmäßig um 06:30 Uhr landen sollte, erfuhren zunächst aus dem Internet, dass die Maschine vermisst wurde. Der geheimniskrämerische Umgang mit den Angehörigen seitens der malaysischen und chinesischen Behörden war der zweite große Kritikpunkt am Handling der Krise.

*

Die ersten Stunden und Tage danach

Eine Boeing 777 wiegt 223 Tonnen, ist 63 Meter lang, 18 Meter hoch und hat 60 Meter Spannweite. In einer Welt, in der jedes Handy binnen Minuten zu orten ist, kann man sich kaum vorstellen, dass ein Verkehrsflugzeug von solchen Dimensionen einfach abhandenkommt. Insofern erwarteten die Behörden in den ersten Stunden, nachdem das Verschwinden des Jets bekannt wurde, alsbald das Flugzeug oder zumindest Trümmerteile zu finden. Von Beginn an agierten die malaysischen Behörden unprofessionell, verschleierten Tatsachen und gaben Informationen erst verspätet an die Öffentlichkeit. China, das 152 seiner Bürger vermisste, übte Druck aus, tat selbst aber wenig, um bei der Suche und der Aufklärung zu helfen.

Etliche der Fehler und Inkonsistenzen in der Handhabung des mysteriösen Unglücks werden im Roman skizziert. Die wichtigsten fasse ich hier noch einmal zusammen:

Zunächst gab es Meldungen über Trümmerteile im Südchinesischen Meer, das MH370 auf seinem Flug hätte überqueren müssen. Sie stellten sich als falsch heraus; man habe fälschlich ein paar Fischernetze für Trümmerteile gehalten.

Zwei Passagiere waren mit gestohlenen Pässen an Bord der Maschine gegangen. Anfangs wurde vermutet, es handle sich um Terroristen, die die Maschine möglicherweise gesprengt hätten. Es erwies sich jedoch, dass die beiden Fluggäste junge Iraner waren, die in Europa Asyl beantragen wollten. Aufgrund von Schlampereien bei der malaysischen Grenzkontrolle, die seinerzeit keinen Abgleich der Reisepapiere mit der Datenbank der »Lost and Stolen Travel Documents« durchführte, konnten sie ungehindert an Bord gelangen. Darüber hinaus entpuppte sich die Passagierliste als ungenau; vier Personen, die auf die Reise nach Peking gebucht waren, traten den Flug nicht an.

Die letzten Worte aus dem Cockpit, »Good Night, Malaysia Three Seven Zero«, wurden zunächst falsch als »all right, good night« veröffentlicht. Wie sich später herausstellte, handelte es sich um einen Fehler, der bei der Übersetzung des englischen Funkspruchs ins Chinesische und zurück ins Englische zustande kam. Die sprachlichen Spitzfindigkeiten erschienen zu Beginn der Untersuchungen bedeutsam, da man einen Mitnahmesuizid seitens des Piloten einkalkulierte.* Letzte Worte haben Gewicht und müssen im Wortlaut bekannt sein, dann besteht vielleicht die Möglichkeit, eine Suizidabsicht aus ihnen herauszulesen.

* Mitnahmesuizide oder auch Pilotensuizide sind Suizide, bei denen ein Pilot absichtlich einen Flugunfall herbeiführt und den Tod vieler weiterer Menschen in Kauf nimmt. Der letzte Pilotensuizid der modernen Luftfahrt geschah am 24.3.2015. Der Copilot einer Germanwings-Maschine (Flug 4U9525) leitete einen Sinkflug ein. Die Maschine zerschellte in den französischen Alpen, alle 150 Menschen an Bord kamen ums Leben. https://www.bea.aero/docspa/2015/d-px150324.de/pdf/d-px150324.de.pdf

Aufgrund der abgeschalteten Kommunikationswege schien ein Pilotensuizid zunächst plausibel. Das Zuhause von Kapitän Zaharie wurde durchsucht. Er besaß einen Flugsimulator, dessen Programmierung Anlass zu Spekulationen gab; er habe Flugrouten in abgelegene Gebiete des südlichen Indischen Ozeans ausprobiert, außerdem seien im Simulator angelegte Flugrouten wieder gelöscht worden. Man unterwarf die Aktivitäten der beiden Piloten, vor allem des Kapitäns Zaharie Ahmad Sha, am Tag vor dem Abflug einer genauen Prüfung. Zaharies Frau habe sich just an dem Tag von ihm getrennt und sei mit den Kindern ausgezogen, wurde kolportiert. Er sei erschüttert über die gerichtliche Verurteilung eines Oppositionspolitikers, den er unterstützte, hieß es. Die Sache mit dem Auszug der Ehefrau wurde später korrigiert, die Meldung traf nicht zu. Generell gaben die Ereignisse im Leben von Zaharie und seinem Copiloten Fariq Hamid keinen Anlass anzunehmen, dass einer von beiden seinem Leben ein Ende setzen wollte.

Ein Mitnahmesuizid erschien immer unwahrscheinlicher: Nirgendwo wurde ein Trümmerfeld ausgemacht, das einen Hinweis auf ein Absturzgebiet hätte geben können. Zudem stellte sich bald heraus, dass die Maschine de facto noch sieben Stunden nach dem Start weitergeflogen und keinesfalls gelandet war: Das SATCOM, ein Satellitengerät an Bord der Boeing, stellt stündlich automatisiert eine Verbindung zu einem Satelliten der britischen Gesellschaft Inmarsat her. Der letzte »Handshake« fand um 08:19 Uhr statt, also gute sieben Stunden nach dem Start. Danach musste die Maschine aus Kerosinmangel abgestürzt sein. Wo sich MH370 zu diesem Zeitpunkt befand, mussten Mathematiker errechnen, denn die Satellitendaten lieferten keine Koordinaten. Die Analysten kalkulierten die Entfernung zwischen Satellit und Flugzeug bei jeder der sieben stündlichen Kontaktaufnahmen. Aufgrund der Datenlage ergab sich eine ungefähre, keine exakte, Absturzstelle im südlichen Indischen Ozean.

Bisher sind die »Handshakes« die handfestesten Daten, die es zum Verbleib der 777 gibt. Dennoch wurde trotz einer beinahe dreijährigen Suchaktion nichts gefunden. Die einzigen – etwa 20 – Trümmerteile, die MH370 zugeordnet werden, spülte das Meer 2015 und 2016 auf Réunion und an Stränden in Ostafrika an; sie wurden von Touristen und Freaks*, die sich für Flugzeugunglücke interessieren, gefunden. Ein Teil der Tragfläche, ein sogenannter Flaperon, gilt als aussagekräftigstes Element und weist laut Experten darauf hin, dass das Flugzeug notgewassert ist oder in einem sehr flachen Winkel ins Meer stürzte. Die Ostküste Afrikas liegt circa 7.000 Kilometer vom angenommenen Absturzort entfernt. Meeresströmungsforscher** wurden hinzugezogen und simulierten die Rückwärtsdrift der Flugzeugtrümmer, um auf diese Weise eine mögliche Absturzstelle einzukreisen. Doch zu viele Variablen wie das Wetter, die Windstärke usw. beeinflussen Tempo und Richtung einer derartigen Drift, sodass aus den Daten kein klar umrissenes Absturzgebiet abzuleiten ist. Im Roman wird spekuliert, ob die von Inmarsat zur Verfügung gestellten Daten gefälscht sein könnten. Bisher gibt es meines Wissens keine Hinweise darauf, die Hypothese fand sich auch nicht in den Medien.

* Ein solcher »Freak« wird im Roman beschrieben; er heißt fiktional Riley Henderson. Die »Süddeutsche« berichtet von einem Abenteurer namens Blaine Gibson, der 2016 auf Madagaskar einen Flügelteil der MH370 fand: http://www.sueddeutsche.de/panorama/flug-mh-gibson-graebt-1.3042910

** http://www.geomar.de/fileadmin/content/service/presse/Pressemitteilungen/2015/map_mh370_particles_la_reunion_de.pdf; siehe auch https://www.welt.de/regionales/hamburg/article145754948/Kieler-Meeresforscher-haben-neue-Hinweise-zu-MH370.html

Über drei Monate nach dem Abbruch der Suche, im April 2017, veröffentlichte die »Commonwealth Scientific and Industrial Research Organisation« einen Bericht* über Strömungsversuche mit einem Steuerruder von der Art, wie es eine Boeing 777 besitzt. Die Experten kamen zu dem Schluss, dass MH370 weiter nördlich von allen bisherigen Suchgebieten im Indischen Ozean abgestürzt sein muss. Das fragliche Gebiet umfasst allerdings 25.000 Quadratkilometer. Diese neuen Erkenntnisse der australischen Wissenschaftler führten jedoch nicht dazu, dass neue Ortungsversuche unternommen wurden, obwohl bei einem Treffen der beteiligten Forscher im Dezember 2016, worüber der »Spiegel«** berichtete, bereits die neuen Annahmen zum Suchgebiet thematisiert und in einem Bericht an die australische Verkehrssicherheitsbehörde ATSB zusammengefasst wurden.

Im August 2017 gaben die australischen Ermittler an, die Absturzstelle noch genauer als zuvor eingrenzen zu können: Sie werteten Satellitenbilder aus, die ca. 14 Tage nach dem Verschwinden der Boeing vom südlichen Indischen Ozean aufgenommen worden waren***. Einige sollen Ähnlichkeiten mit Wrackteilen eines Verkehrsflugzeug haben. Obwohl diese Objekte bisher nicht eindeutig als Trümmerteile einer Boeing identifiziert sind und es im Verlauf der Suche nach MH370 mehr als genug Fehlmeldungen gab, hat das amerikanische Unternehmen Ocean Infinity angeboten, nach dem Wrack zu suchen und erst dann eine Bezahlung einzufordern, wenn das Flugzeug gefunden würde. Die malaysischen Behörden haben dieses Angebot bisher nicht angenommen. Im Sommer 2017 hat eine Angehörigengruppe von den auf dem Flug ver-

* http://www.aero.de/news-26525/MH370-Wrack-vermutlich-weiter-im-Norden.html

** http://www.spiegel.de/panorama/flug-mh370-experten-wollen-suche-nach-verschollenen-flugzeug-ausweiten-a-1126665.html

*** Frankfurter Allgemeine Zeitung, 18.8.2017, Nr. 191, S. 6.

schollenen Menschen in einem offenen Brief Malaysia wegen seiner Weigerung, mit Ocean Infinity zu kooperieren, kritisiert*.

Mittlerweile haben die australischen Flugunfallermittler sogar die Koordinaten der augenblicklich am wahrscheinlichsten erscheinenden Absturzstelle veröffentlicht: 35,6° S, 92,8° O**. Trotz aller neuen Erkenntnisse wurde bisher nicht umdisponiert und in dem neu definierten Gebiet gesucht. Eine Entscheidung, die für die Angehörigen doppelt bitter ist. Die Behauptung, man habe an der falschen Stelle gesucht, wird seit Längerem artikuliert***.

Der aktuelle Stand**** ist der folgende: Die Suche nach MH370 wurde am 17. Januar 2017 wegen Erfolglosigkeit eingestellt und bisher nicht wieder aufgenommen. Sie kostete 160 Millionen Dollar. Das Suchgebiet wurde mehrmals verlegt. Insgesamt wurden ca. 150.000 Quadratmeter Meeresboden kartografiert. Setzt man die Kosten der Suche in Relation zum Preis einer neuen Boeing 777, der laut Richard Quest***** bei etwa 269 Millionen Dollar liegt, verschlang die Suche nach MH370 nicht einmal den Gegenwert des verloren gegangenen Großraumflugzeugs.

*

Thesen

Die Hauptthesen, die bei Flugzeugunglücken zunächst überprüft werden, sind Absturz (aufgrund eines techni-

---

* Frankfurter Allgemeine, ebd.

** Frankfurter Allgemeine, ebd.

*** Siehe z.B. im Online-Luftfahrt-Magazin aero.de: http://www.aero.de/news-26525/MH370-Wrack-vermutlich-weiter-im-Norden.html oder in der BBC: http://www.bbc.com/news/world-australia-38375357

**** August 2017.

***** The Vanishing of Flight MH370. S. 158.

schen Fehlers oder menschlichen Versagens), Entführung, Terror oder Mitnahmesuizid. Für keine dieser Annahmen wurden Belege gefunden. Stets bleiben Lücken: Entscheidende Details fehlen, für keines der denkbaren Szenarien gibt es ausreichend Belege.

Ein Absturz hätte ein Trümmerfeld erzeugt, das wenigstens für zwei bis drei Wochen an der Meeresoberfläche sichtbar gewesen wäre, bis die Strömung die Trümmer verteilt hätte oder diese gesunken wären*. Einige Hinterbliebene der Passagiere formulierten die Idee, die Maschine könnte im südostasiatischen Regenwald abgestürzt sein. In dem Fall wären aus der Luft die Trümmer kaum zu finden gewesen. Möglicherweise seien auch Trümmer aufgespürt worden, doch der (vermeintliche) Absturz würde vertuscht, um Personen zu schützen, die Fehler gemacht hätten. Ungeklärt aber bleibt, weshalb die Piloten keinen Notruf absetzten. Ein Absturz geschieht nicht aus heiterem Himmel. Wenn sich im Cockpit ein technischer Defekt wie etwa ein Brand im Laderaum bemerkbar gemacht hätte, hätte die Crew um Landeerlaubnis auf dem nächstgelegenen Flughafen nachgesucht. Beim Swissair Flug 111, der 1998 wegen eines Kabelbrandes vor der Küste Ostkanadas abstürzte, dauerte es 21 Minuten von der Entdeckung des technischen Problems bis zum Crash, die Piloten hatten Zeit genug für einen Notruf.

Für einen Absturz (oder eine Notwasserung) sprechen jedoch die Trümmerteile, die an der ostafrikanischen Küste angeschwemmt wurden. Der Flaperon, der in Réunion (einem französischen Département outre Mer) angespült wurde, wurde in Frankreich untersucht. Zunächst einigten sich die Behörden auf die Feststellung, es handle sich

* Quest, The Vanishing of Flight MH370. S. 129.

um den Flaperon einer Boeing 777, aber man zögerte, ihn MH370 zuzuordnen – wobei allerdings keine weitere 777 vermisst wurde. Quest kritisiert, die Untersuchung des Objekts habe erst vier Tage nach seiner Ankunft in Frankreich begonnen[*]. In Pressekonferenzen gaben die malaysischen Behörden andere Informationen heraus als die französischen: Während die Malaysier davon sprachen, man könne »abschließend bestätigen«, dass es sich bei dem Flaperon um den von MH370 handelte, gingen die Franzosen von einer »starken Vermutung« aus. Welche Hinweise auf dem Objekt die einen zu einer Vermutung veranlassten, während für die anderen alles klar war, wurde erst in den folgenden Tagen nachgereicht, was der Glaubwürdigkeit der Leute, die diese Informationen nachschoben, nicht zuträglich war. Gerade diese Belege hätten sofort der Öffentlichkeit unterbreitet werden können; angeblich handelte es sich um ein Wartungssiegel und eine bestimmte Lackfarbe[**]. Noch etwas später verlautbarte der neue malaysische Verkehrsminister, man habe an den Stränden von Réunion außerdem Teile von Fenstern und Sitzkissen gefunden. Niemand sonst wusste etwas von diesen Objekten; zwischen den Zeilen lässt etwa Quest durchblicken, dass all diese unsicheren »Beweise« mehr Zweifel in der Öffentlichkeit säten, ob die Untersuchungen tatsächlich transparent und ehrlich oder auch nur effektiv durchgeführt wurden[***], als dass sie Zweifel ausräumten. Als Gareth Harvey, Producer der MH370-Doku »MH370 – Special Investigation« auf einer Pressekonferenz in Malaysia nachfragt, ob der Flaperon Auskunft darüber gebe, dass MH370 kontrolliert notgewassert wurde, wie es Piloten und andere Fachleute aufgrund

* Quest, The Vanishing of MH370. S. 229ff.
** Quest, The Vanishing of MH370. S. 231.
*** Quest, ebd.

des Zustands des Trümmerteils vermuten, wird das Briefing beendet, ohne dass die Frage beantwortet worden wäre*.

Manche »Inoffizielle«, die sich mit dem Fall MH370 näher befassten, äußerten andere Bedenken**: Der Bewuchs mit Entenmuscheln auf dem gesamten Teil sei merkwürdig. Diese Organismen siedeln sich an im Meer treibenden Objekten nur an, wenn diese komplett vom Wasser bedeckt sind. Experimente in einem Treibtank legen jedoch den Schluss nahe, dass das Trümmerteil an der Wasseroberfläche trieb – eine Seite wäre also der Luft ausgesetzt gewesen. Wise lässt durchblicken, dass der Flaperon nicht auf »natürlichem« Weg in Réunion angelandet sein könnte, was wiederum unterstellt, jemand wolle einen Absturz fingieren. Meines Wissens wurden diese Einwände von offizieller Seite nicht kommentiert.

Im vorliegenden Buch allerdings ist den Drahtziehern des Verschwindens von MH370 das Treffen zwischen Stella und dem Strandgutsucher Henderson zu heiß. Daher schickt der im »Parkroyal« abgestiegene Hacker an Henderson eine Mail, mit der dem Mann vorgegaukelt wird, er sei auf einen früheren Flug umgebucht. Dadurch kommt die Begegnung zwischen Stella und Henderson nicht zustande.

Auch über Kidnapping wurden Mutmaßungen angestellt. Bei einer Entführung jedoch wären Forderungen laut geworden. Dafür gibt es im Fall von MH370 keine Ansatzpunkte, genauso wenig für einen Terroranschlag, da bei einer Sprengung der Maschine ebenfalls Trümmer hätten gefunden werden müssen.

Der Pilotensuizid kann so gut wie ausgeschlossen werden; es erscheint völlig unsinnig, sieben Stunden mit einem

* https://www.youtube.com/watch?v=Dmw0evr6uvI

** Siehe beispielsweise mehrere Einträge im Blog von Jeff Wise: www.jeffwise.net

Flugzeug voll Menschen auf den Indischen Ozean hinauszufliegen, um sich schlussendlich umzubringen*.

Das Verschwinden eines der größten Verkehrsflugzeuge der Welt, einer Boeing 777, dessen Wrack trotz aller technischen Finessen nicht gefunden wird, leistet verständlicherweise auch skurrilen Gedankenkonstrukten Vorschub. Viele von diesen werden als Verschwörungstheorien** abgetan oder disqualifizieren sich durch

---

* Die Daily Mail berichtet am 12.4.2014, also einen guten Monat nach dem Verschwinden der Maschine, der Copilot Fariq Hamid habe vom Cockpit aus versucht, einen Anruf mit seinem Handy zu machen, während die Maschine bereits ohne Transponder- und ACARS-Signale über die malaysische Westküste flog. Es ist nicht bekannt, wen er anrufen wollte und ob dieser Handyanruf mit einer etwaigen Entführung zu tun hat. In jedem Fall ist ein versuchter Anruf per Mobiltelefon aus dem Cockpit während des Flugs ausgesprochen ungewöhnlich und Hinweis auf eine höchst problematische Situation an Bord der Maschine. http://www.dailymail.co.uk/news/article-2603075/Co-pilot-missing-flight-MH370-desperate-call-mobile-phone-AFTER-aircraft-lost-normal-communication-ground.html

** Als »Verschwörungstheorie« wird ein Gedankenkonstrukt bezeichnet, welches Ereignisse unterschiedlicher Art mit dem illegalen, illegitimen und konspirativen Tun einer Gruppe von Personen, Firmen, Regierungen u.ä. erklärt. Die Attentate auf die Twin Towers am 11.9.2001 sind zum Beispiel ein beliebtes Thema für Verschwörungstheoretiker aller Art. Bei meinen Recherchen zu MH370 stellte ich jedoch fest, dass nicht jeder Erklärungsversuch, der fehlende Informationen durch Wahrscheinlichkeiten ersetzt, gleich eine bodenlose Verschwörungstheorie bar jeder realen Grundlage darstellt. Im Gegenteil: Man findet reißerische und wenig abgesicherte Erklärungen für das Verschwinden des Flugzeugs genauso wie sorgfältig durchdachte Konzepte, denen Realitätsnähe und eine gewisse Wahrscheinlichkeit nicht abzusprechen sind. Es versteht sich von selbst, dass die Unfähigkeit, das Verschwinden eines großen Verkehrsflugzeugs aufzuklären, die Öffentlichkeit verunsichert. Auch die Intransparenz der Behörden im Handling des Unglücks, die viele Informationen zunächst verschleierten oder ignorierten, um sie verspätet und fragmentarisch preiszugeben, trägt nicht zur Vertrauensbildung bei und leistet haarsträubenden Einlassungen und verstiegenen Theorien Vorschub. Das Undenkbare ist geschehen. Auch alle Gedankengebäude, die das Undenkbare heute noch in hanebüchener Weise »aufdröseln«, mögen einen Kern Wahrheit – oder mehr als das – in sich tragen.

hanebüchene Argumentation selbst. Es gibt jedoch etliche seriöse Versuche, dieses große Mysterium der Luftfahrt zumindest in der Theorie aufzuklären und die noch bestehenden informativen Lücken mit wahrscheinlichen oder naheliegenden Fakten zu vervollständigen. Der vorliegende Roman greift einige dieser Mutmaßungen und Spekulationen auf. Ihre Ausarbeitung und Weiterführung ist wie das Personal rein fiktiv. Es wird erzählt, was hätte sein können.

Bei Flugzeugabstürzen kommt es des Öfteren vor, dass Augenzeugen den Weg zum Wrack weisen. Insofern kommt der Behauptung maledivischer Fischer, sie hätten MH370 in den frühen Morgenstunden, um circa 06:15 Uhr, in niedriger Höhe über ihre Insel Kudahuvadhoo fliegen sehen, durchaus Bedeutung zu. Im Buch besucht Saul Fletcher die 23 Fischer. In der Realität wurden sie von Blaine Gibson aufgesucht, dem Strandgänger, der auch einen Flügelteil gefunden hat*. Eine Reporterin der französischen Tageszeitung »Le Monde«, Florence de Changy, schrieb am 10.6.2015**, es habe sich um eine Maschine der in denselben Farben wie Malaysian Airlines lackierten Maldivian gehandelt. Sie gab sogar eine Flugnummer des vermeintlichen Inlandsfluges an. Blaine Gibson gegenüber sagte ein nicht näher benannter Informant, diesen Flug habe es nie gegeben. Zudem hätten die Fischer durchaus zwischen einem Düsenjet (MH370) und einer Propellermaschine (Inlandsflug) zu unterscheiden gewusst. Aus dieser Diskrepanz ergeben sich für Saul im Buch wichtige Informa-

* http://www.zeit.de/2016/34/mh370-malaysia-airlines-wrack-suche/komplettansicht

** http://www.lemonde.fr/asie-pacifique/article/2015/06/10/l-avion-qui-n-etait-pas-le-mh370_4650766_3216.html?xtmc=mh370&xtcr=70

tionen. Ob die Fischer tatsächlich MH370 gesehen haben oder nicht, bleibt auch im Roman offen.

Manche Verschwörungstheoretiker argumentieren, die Maschine habe mit dem getankten Kerosin bis nach Diego Garcia kommen können, einem Atoll des Chagos-Archipels, dem letzten Teil des britischen Territoriums im Indischen Ozean. Die Insel steht unter der Kontrolle des amerikanischen Militärs und verfügt über eine ausreichend lange Landebahn. Bisher gibt es keine Beweise, dass die Maschine Diego Garcia je angeflogen hat.* Quest** thematisiert dies ebenfalls, hält eine Landung der malaysischen Maschine dort jedoch für ausgeschlossen. Die USA bestreiten es ebenfalls.*** Stella und der Pilot Callaghan diskutieren im Roman darüber, ob die Inmarsatdaten, mit denen die Analysten arbeiteten, gefälscht sein könnten, um die Suche an einem Ort zu konzentrieren, wo kein Wrack zu finden war. Die Absicht dahinter wäre, dass das Auffinden des Wracks und der Flugschreiber von Nachteil für eine bestimmte im Hintergrund operierende Gruppe

* Der freiberufliche Journalist Jim Stone behauptet jedoch genau dies in seinem Blog. Er führt diverse »Beweise« für seine Annahme an, MH370 sei auf Diego Garcia gelandet und die Passagiere seien gefangen genommen worden: http://jimstonefreelance.com/phillipwood.html. Bei Stone finden sich auch Argumente zu der angeblichen SMS, die ein »gefangen genommener Passagier« namens Philip Wood aus einer Haftzelle heraus abgesetzt haben soll, nachdem es ihm gelungen sei, sein iPhone in seinem After zu verstecken. In der Textnachricht schreibt Wood angeblich, er sei als Geisel genommen worden. Diese nie bestätigte Geschichte wurde mehrfach in den Medien aufgegriffen, z.B. hier: http://lifestyle.one/closer/news-real-life/in-the-news/missing-flight-mh370-passenger-sends-desperate-text-held-hostage/

** The Vanishing of MH370, S. 161ff.

*** Siehe z.B. http://www.mirror.co.uk/news/world-news/mh370-diego-garcia-united-states-3402879; der Aerotelegraph schreibt im Dezember 2014, das US-Militär hätte die Boeing aufgrund der Vermutung, sie könnte als terroristische Waffe verwendet werden, abgeschossen: http://www.aerotelegraph.com/mh370-malaysia-airlines-boeing-777-absturz-malediven-usa-abgeschossen-diego-garcia.

wäre. Um mit Callaghan zu sprechen: Möglich ist (beinahe) alles. Alle Arten von Datenpaketen können gehackt, infiltriert oder gefakt werden. Bisher hat es dazu jedoch keine Erkenntnisse, offenbar nicht einmal Verdachtsmomente gegeben.

An Bord der verschwundenen 777 befanden sich 20 Techniker und vier Ingenieure der Firma »Freescale Semiconductor«*. Sie stellt hochwertige und spezialisierte Prozessoren her. 2006 ging die Firma in einem Investorenkonsortium auf, an dem auch die Carlyle-Group beteiligt ist.

Die vier Ingenieure sollen von milliardenschweren Patenten der Firma jeweils 20 Prozent Anteile besessen haben, also insgesamt 80 Prozent; für Freescale Semiconductor blieben 20 Prozent. Auch an dieser Stelle setzen Verschwörungstheoretiker an, die eine Konspiration der Finanzwelt wittern, da die Patente der verschwundenen Mitarbeiter an die Firma zurückfallen würden. Bislang gibt es keine Beweise dafür, dass Schattenbanken oder andere Player der Finanzwelt die Boeing verschwinden ließen**. Im Roman habe ich die Patente-Verschwörung thematisiert und als Fehlspur angelegt. Die Firma Panucci & Caffle, die in der Romanhandlung die Rolle der »Antagonisten« einnimmt, ist komplett erfunden. Auch die Drohne, die von diesem Unternehmen hergestellt und als falsch deklarierte Fracht an Bord der malaysischen Maschine geladen wurde, ist erfunden, wenngleich die These von der nach China zu schmuggelnden Kriegstech-

* Dies berichtete als eine der ersten Agenturen die Nachrichtenagentur Reuters am 9.3.2014, einen Tag nach dem Verschwinden der Maschine: http://www.reuters.com/article/us-malaysia-airlines-freescale-idUSBREA280T020140309

** Quest, The Vanishing of MH370. S. 163.

nologie in etlichen Verschwörungstheorien* auftaucht. Der im Roman vorkommende Ramp-Agent Bao Deng ist eine komplett erfundene Figur. Auch der Europäer bzw. Amerikaner, den Bao im Operations Office gesehen haben will, ist eine Buchfigur und genauso ein Fantasieprodukt wie die Behauptung, die Frachtliste von MH370 sei innerhalb von 24 Stunden nach dem Verschwinden der Maschine aus dem Flugabfertigungssystem gelöscht worden. Tatsächlich jedoch sind vier auf den Flug nach Peking gebuchte Passagiere nie zugestiegen. Wer sie sind, ist nicht bekannt. Dies habe ich für den Roman geändert. So kamen Ron Lasser und Thomas Banton ins Spiel.

Cyberhacking ist eines jener Konzepte, die im Zusammenhang mit dem Verschwinden von MH370 relativ früh genannt wurden, und zwar nicht nur von Luftfahrtfreaks, die einen Hang zu konspirativen Thesen haben, sondern durchaus von ausgewiesenen Kennern der Materie. Die britische Anti-Terror-Expertin Sally Leivesley** äußerte sich mehrfach dazu, zuerst bereits im März 2014. Der britische »Express«

---

* Gaurav Pradhan liefert in seinem Blog eine Reihe von Argumenten, die die Idee von der geschmuggelten Kriegstechnologie durchaus plausibel erscheinen lassen http://drgauravpradhan.blogspot.de/2014/03/malaysia-airlines-mh370-crash-planned.html?view=sidebar. In einem nach Pro-und-Contra-Argumentation aufgebauten Artikel in der englischsprachigen Wikipedia wird die »Freescale-Spur« ebenfalls als »inoffizielle Theorie« erwähnt: https://en.wikipedia.org/wiki/Malaysia_Airlines_Flight_370_unofficial_disappearance_theories#Acquisition_of_Freescale_staff. Die FAZ führt in einem Artikel vom 3.4.2014 mehrere verschwörungstheoretische Ansätze auf: http://www.faz.net/aktuell/gesellschaft/ungluecke/vermisstes-flugzeug-mh370-laesst-verschwoerungstheorien-bluehen-12878820.html

** https://www.welt.de/vermischtes/article125864259/Fiel-Flug-MH370-einer-Cyber-Entfuehrung-zum-Opfer.html

fragt zur selben Zeit nach[*]: »Wurde das vermisste malaysische Flugzeug mit einem Handy gehackt?« Offenbar bieten die in Verkehrsflugzeugen eingesetzten Softwaresysteme, etwa das Entertainment in der Kabine, Angriffspunkte für Hacker. Die Pilotenvereinigung Cockpit[**] warnte im April 2017 nicht zum ersten Mal, dass gut vernetzte Angreifer auf die Steuerung einer Maschine über die Unterhaltungssoftware zugreifen könnten. 2015 griffen Medien[***] verstärkt das Thema auf. Unter anderem wurde über eine von dem IT-Sicherheitsberater Hugo Teso entwickelte App berichtet, die es dem User ermöglicht, in die Software einer Boeing einzugreifen und sie zu »übernehmen«. Teso testete seine App an einer Software, die für Pilotentrainingszwecke genutzt wird. Hierzu hat er selbst ein Dokument über Grundlagen und Abläufe erstellt, das im Internet einzusehen ist[****].

Im Roman kommt ein Hacker namens Buck vor, der Rox Tesnik über die technischen Möglichkeiten des Cyberhacks informiert. Die Figur ist erfunden, ebenso wie die Hackertagung in Riad, auf die Buck sich beruft. Der Entwickler der Kidnapping-App heißt im Roman Alf und ist ebenfalls erfunden.

---

* http://www.express.co.uk/news/world/465126/Missing-Malaysia-Airlines-plane-may-have-been-cyber-hijacked-using-mobile-phone

** https://br24.de/nachrichten/Wirtschaft/sicherheit-in-der-luftfahrt

*** Siehe die ZDF-Dokumentation »Das Geheimnis von Flug MH370 (2015): https://www.youtube.com/watch?v=BAf9zsJ_GdI; Information Security Newspaper: http://www.securitynewspaper.com/2015/10/10/european-aviation-agency-warns-of-aircraft-hacking/; Softpedia News: http://news.softpedia.com/news/aircraft-hacking-is-a-real-threat-says-european-aviation-agency-494233.shtml; Der Spiegel: http://www.spiegel.de/netzwelt/netzpolitik/piloten-und-behoerde-warnen-vor-dem-hacking-von-flugzeugen-a-1035139.html

**** http://conference.hitb.org/hitbsecconf2013ams/materials/D1T1%20-%20Hugo%20Teso%20-%20Aircraft%20Hacking%20-%20Practical%20Aero%20Series.pdf

Wenngleich im Hinblick auf die vielen Ungereimtheiten, die das Verschwinden von MH370 begleiten, etliche renommierte Kenner der Materie uneins sind – in einem widerspricht kaum ein Experte: Im Zusammenhang mit diesem »größten Rätsel der modernen Luftfahrt«* wurde verschleiert und vertuscht. Anscheinend werden weiterhin Informationen zurückgehalten mit dem Ziel, Personen zu schützen, die Verantwortung für die vielen Fehler im Handling der Krise tragen, von den ersten Minuten nach dem Abschalten der Kommunikationssysteme am 8.3.2014 bis zum Abbruch der Suche am 17.1.2017. Dies sieht auch der angesehene CEO von Emirates, Sir Tim Clark, ähnlich. Seiner Auffassung nach war die Maschine unter der Kontrolle von »jemandem«, und zwar »bis zum Ende«, wie Clark in einem Interview** mit der Daily Mail sagt. In dem französischen Online-Magazin L'Usine Nouvelle heißt es: »Es wäre zu einfach, uns auf technisches Versagen herauszureden. Man kann sich kein Szenario vorstellen, das mit den von den malaysischen Behörden übermittelten Einzelinformationen in Deckung zu bringen ist.«***

Im vorliegenden Roman sorgt Sauerstoffmangel für die Handlungsunfähigkeit der Piloten, während der Cyberha-

---

* http://www.deutschlandfunk.de/verschollener-flug-mh-370-das-groesste-raetsel-der-modernen.724.de.html?dram:article_id=378285

** http://www.dailymail.co.uk/news/article-2788599/mh370-control-probably-end-emirates-ceo-sir-tim-clark-reveals-doubts-official-view-missing-airliner-s-fate.html am 10.10.2014; siehe auch ein Interview mit dem Sidney Morning Herald am 22.11.2014, in dessen Verlauf Tim Clark sogar Zweifel an der Echtheit der Inmarsat-Daten äußert: »I am saying that every single element of the ›facts‹ of this particular incident must be challenged and examined in full transparency«: http://www.smh.com.au/world/full-transcript-emirates-chief-sir-tim-clark-on-mh17-and-mh370-20141121-11rc70.html

*** http://www.usinenouvelle.com/article/vol-mh370-disparu-pour-le-patron-du-bea-il-y-a-clairement-eu-une-volonte-de-rendre-l-appareil-invisible.N261988

cker die Maschine weiterfliegt und schließlich ins Meer stürzen lässt. Technisch ist dies möglich; ob es sich wirklich so verhielt, wird man erst klären können, wenn die Blackbox von MH370 gefunden wird. Im Augenblick sieht es nicht so aus, als ob es je dazu käme.

Die technischen und chronologischen Details im vorliegenden Kriminalroman basieren auf den genannten Quellen; das Register soll mit der Terminologie helfen. Teilweise wird im Buch auf technologische Genauigkeit zugunsten der Anschaulichkeit und Spannung bewusst verzichtet; dies ist im Einzelfall immer meine Entscheidung als Autorin gewesen. Dadurch entstandene Mängel oder Fehler liegen in meiner Verantwortung.

REGISTER

ACARS, Aircraft Communication Addressing and Reporting System
Kommunikationskanal zwischen Flugzeug und Boden, mit dem Informationen über Treibstoff, technische Daten über die Triebwerke und andere Daten automatisiert übermittelt werden.

FMS, Flugmanagementsystem
Koordiniert Nachrichten zwischen Flugzeugen und Flugüberwachung mithilfe bestimmter Protokolle und wertet diese aus.

Handshake
Kontaktaufnahme zwischen Satellit und Flugzeug, die beim Hochfahren des Bordrechners und dann stündlich erneut automatisiert stattfindet.

Inmarsat
Britische Firma, die ein den gesamten Globus bedienendes Netz an Satelliten für Mobilfunkzwecke betreibt. Einer dieser Satelliten, Inmarsat-3 F1, deckt den Indischen Ozean ab und kommunizierte mit dem Satellitengerät an Bord von MH370.

Ping
Ein Diagnosesignal innerhalb eines IP-Netzwerks, das ermittelt, ob ein bestimmter Rechner erreichbar ist und arbeitet oder nicht. Das Signal wird an den Host (etwa den Bordrechner im Flugzeug) gesendet. Die Zeit bis zur Ant-

wort des Hosts wird vom Programm gemessen und verrechnet. Damit kann man bspw. den Abstand zwischen Flugzeug und Satellit oder die mögliche Flugroute berechnen.

Primärradar
Primärradaranlagen senden Hochfrequenzimpulse aus, die von Objekten, zum Beispiel Flugzeugen, als Echozeichen zurückgeworfen werden. Das Primärradar ermittelt aus diesem reflektierten Echo Geschwindigkeit, Flugrichtung und Größe des Flugzeugs.

RAT
RAT steht für Ram-Air-Turbine, ein Notsystem für Düsenjets. Falls die Triebwerke ausfallen, wird das Hydrauliksystem des Flugzeugs nicht mehr mit Druck versorgt, wodurch die Ruder nicht mehr bedienbar sind. Um die Maschine dennoch steuern zu können, wird die RAT an der Rumpfunterseite oder an den Tragflächen ausgefahren. Der Fahrtwind setzt eine Luftschraube in Bewegung, die eine Hydraulikpumpe antreibt oder selbst elektrischen Strom generiert. So wird der Jet notversorgt.

Ramp-Agent
Flughafenmitarbeiter, der ein Flugzeug auf dem Vorfeld vor dem Start betreut, indem er die Beladung, das Auftanken und Ausstatten der Kabine mit Frischwasser und Catering sowie die Frachtpapiere und die Passagierliste kontrolliert.

SATCOM
Satellitengerät (und Teil des ACARS) an Bord einer Boeing 777, das automatisiert mit Satelliten in Kontakt treten kann und → Handshakes austauscht.

Sekundärradar
Bei dieser Technik sendet ein Abfragegerät ein Datensignal an ein Flugzeug, dessen → Transponder auf das Signal »antwortet«. Dabei können mehr Daten als beim → Primärradar übermittelt werden, u.a. Flugzeugkennung und Flugziel.

Transponder
Ein auf Funk basierendes Kommunikationsgerät, das Verkehrsflugzeuge auf dem Sekundärradar der Bodenstationen sichtbar macht und außerdem Flugstrecke, Flugnummer, Geschwindigkeit und andere Daten in Form eines Codes (auch »Squawk« genannt) mitsendet.

UA, auch UAV
Unmanned aircraft bzw. unmanned air vehicle; unbemanntes Flugzeug; allgemeinsprachlich: Drohne. Ferngesteuertes Flugobjekt unterschiedlicher Reichweite und Größe. Drohnen werden zu Kameraaufnahmen z.B. zum Zweck der Luftüberwachung wie auch als Kriegsgerät eingesetzt.